新☆ハヤカワ・SF・シリーズ

5049

サイバー・ショーグン・レボリューション

CYBER SHOGUN REVOLUTION

BY

PETER TIERYAS

ピーター・トライアス

中原尚哉訳

A HAYAKAWA
SCIENCE FICTION SERIES

CYBER SHOGUN REVOLUTION
by
PETER TIERYAS

Translated by
NAOYA NAKAHARA
First published 2020 in Japan by
HAYAKAWA PUBLISHING, INC.
This book is published in Japan by
arrangement with
HANSEN LITERARY MANAGEMENT, LLC.
through TUTTLE-MORI AGENCY, INC., TOKYO.

An excerpt from “United States of Kujira”
“The Myth of Bloody Mary”
by Peter Tieryas

“Colony”
by Peter Tieryas

カバーイラスト、口絵イラスト　John Liberto
カバーデザイン　川名 潤

メカも山も動かすスーパーエージェント
盛川水砂に本書を捧げる

著者付記

『サイバー・ショーグン・レボリューション』は、メカ・サムライ・エンパイア・ユニバースの二〇一九年を舞台にした独立の物語である。新たなキャラクター、新たな戦い、数多くの新たなメカが登場する。『メカ・サムライ・エンパイア』や『ユナイテッド・ステイツ・オブ・ジャパン』を読んでおく必要はないが、一九四〇年代後半に枢軸国側が第二次世界大戦に勝利し、ナチス・ドイツと大日本帝国がアメリカを分割統治する世界であることは念頭においてほしい。

目次

サイバー・ショーグン・レボリューション

登場人物

守川励子（もりかわれいこ）……………………大日本帝国陸軍の軍人。〈戦争の息子たち〉の会員。メカパイロット
若名ビショップ（わかな）………特別高等警察（特高）課員
嶽見ダニエラ（たけみ）…………励子の友人。〈戦争の息子たち〉の会員
渡部プリス（わたなべ）……………将軍。メカパイロット
新島リーナ（にいじま）……………大尉。メカパイロット
大西範子（おおにしのりこ）………………少佐。メカパイロット
山岡 騰（やまおかのぼる）…………………将軍、のちに総督。〈戦争の息子たち〉の指導者
多村大悟（たむらだいご）………………総督
槻野昭子（つきのあきこ）………………特高の警視監
靖（やす）……………………………特高の鑑識官
ブラディマリー………正体不明の暗殺者

第一部　〈戦争の息子たち〉の陰謀

守川励子
太閤市
二〇一九年冬

1

守川励子は雨が嫌いだ。後悔の念にさいなまれた冷たく湿った夜を思い出してしまう。それでも招集を受けて太閤市へ来た。かつてのアメリカでシアトルと呼ばれたこの街で、〈戦争の息子たち〉の緊急集会がおこなわれるからだ。

太閤市は雨の夜ほど華やかに輝く。摩天楼はネオンにいろどられ、ブランドロゴをまばゆく明滅させる。ビルの壁面全体に映される広告は、新作の電卓ゲームやクィークェッグ・コーヒー。そして遺伝子組み換えされた巨大マグロの養殖が成功して人気拡大中の鮨チェーン店各社だ。行きかう人々の大半は優雅な荒天用着物姿で、流行のファッションを光学的に再現するZコートを使う人も多い。そのかたわらをオートバイが飛ぶように通過し、ヘッドライトが過去への長い尾を引く。

最新のアヌビス級メカが二機、哨戒活動をおこなっていた。都市防衛特化型で、カンザス大虐殺の教訓をもとに設計されている。励子はその大虐殺の生存者だ。ナチスの奇襲攻撃を受けたイーストカンザスのアパートメントにいて、からくも生き延びた。

思い出して身震いした。集会会場に早めに到着してよかった。あの日の記憶が蘇らないうちに、ほかの参列者とともに作法どおりの禊をした。手足を洗い清め、清浄な服に着替えて、能面をつける。面にはマイクがしこまれ、音声認識で装着者の確認をする。身許を詐称していると、即座に内面の触覚プローブが針に変わって詐称者を殺す。目の穴が閉じられ、そのまま何粁も離れた秘密の会場へ移動させられた。目的地ではふたたび金属探知ゲートをくぐり、全身をくまなく調べられた。

廊下は行灯で照らされている。スリッパを脱ぎ、畳敷きの大講堂にはいった。

参列者は励子をふくめて四十七人。全員が能面をつけている。日本古来のこの面は皇国の版図拡大とともに種類が増え、参列者は出身地域ごとに異なるさまざまな面をつけている。〈戦争の息子たち〉の集会は通常四十七人のグループでおこなわれるが、全体の会員数はその五十倍以上にのぼる。

励子は女面をかぶっていた。まわりには不気味な怨霊面をかぶった者も何人かいる。その一人はバークリー陸軍士官学校時代からの友人、嶽見ダニエラだ。励子が〈戦争の息子たち〉に加入したのはダニエラに誘われたのがきっかけだった。カンザスシティでナチスの攻撃を受けたときのルームメイトでもある。

「いい面ね」

ダニエラから言われて、励子は答えた。

「そっちのは不気味」

「魑魅魍魎を味方につける必要があるから」

「敵をおびえさせるため？」

「それ以上の効果を期待してる」

次に励子はジョージ・ワシントンの面をつけた参列者に注目した。白髪のかつらに昔のコロニアルハットをかぶっている。かつて猛威をふるったジョージ・ワシントン団は、現在〈戦争の息子たち〉を率いる山岡騰将軍が数十年前にアーバイン陥穽で殲滅した。その面をこの集会につけてくるのは奇妙だ。特別な意味があるのだろうか。おそらくそうだろう。このような儀式は大仰で芝居がかっているものだ。

励子の視線に気づいたダニエラが言った。

「なにあれ。厳罰ものよ」

励子は顔をしかめた。ダニエラは続けた。

「まあ、あまり緊張しないで。今夜は待ち望んだ日なんだから」

「そうね」

励子は自分の機械の腕を見下ろした。遺伝子操作された皮膚におおわれ、ほぼ自然に見える。指を曲げ伸ばしした。

「カンザスから長かったわ」

「長すぎた。でもそれも今日まで」

しかし励子は確信がなかった。

集会は家康讃歌の唱和からはじまった。徳川家の初代将軍は長い戦乱を終わらせ、日本本土に太平の世をもたらした。天下統一して事実上の支配者となり、重要な政策を施行した。山崗はこの江戸時代の征夷大将軍を崇敬し、自分が陸軍将軍に昇進してからは愛用のメカに徳川の三つ葵の紋を描いているほどだ。

山崗将軍は演説にあたって名乗らなかったが、必要はなかった。よく通る声、厳粛な面、熱烈な身ぶりから一目瞭然だ。

「われわれは愛国者だ。国を愛するがゆえに集っている。現総督は東京参謀本部に虚偽の報告をし、権力の座を金で買った。軍隊経験はない。そして嘘をつく。慢心した道化だ。人命を尊重しない。その指導力の欠如ゆえにカンザス大虐殺は起きた。そればかりか面目をつくろうために責任転嫁をくりかえし、わが国の優秀な情報組織さえやり玉に挙げた。そのため高潔な同僚の多くが不当に更迭され、いわれなき罪で切腹させられた。しかし今度こそ明々白々な証拠が出た。総督はナチスの協力者だった。仇敵ナチスのだ！　こんな痴れ者に皇国の運命を託せない。われわれはここに誓う。多村総督を権力の座から排除し、新政権を樹立すると。それがわれわれの責務である」

将軍は多村総督の罪状を列挙した。些末なものから冒瀆的、不道徳的、非人道的なものまである。総督の政治的都合で自決をしいられた公職者や軍人の名が読み上げられた。

将軍自身も総督の横暴の被害者だった。カンザス大虐殺の直後、山崗は独領アメリカのテクサーカナ砦進攻を計画、実行し、政権の期待を上まわる成功をおさめた。テクサーカナを制圧し、独領アメリカで三番目に高い建造物と喧伝されるヒトラー像を引き倒し、全世界に勝利宣言をした。バイオメカを切り刻む新型ストランド級メカのまえに、ナチスはなすすべがなかった。ところが多村総督はこの勝利の報を聞いて東海岸への進軍を命じるどころか、山崗の意図を疑って東京参謀本部に讒言(ざんげん)した。これによって多くの人物が政治生命を失った。

「時は至れり」山崗は断言した。「長い雌伏もここまでだ。愚かな指導者が率いる参謀本部は皇国臣民を危難におとしいれる。ナチスは分をわきまえない。沈黙線でわが軍への報復攻撃をいまも準備している。やむをえずテクサーカナ砦の東半分を割譲する講和交渉をしているときに、参謀本部は西半分も譲渡せよと命じてきた。これは皇国の弱さをナチスに見せる結果になった。たしかに弱点である。わが国の政治指導者はサンディエゴの敗北以来、判断の誤りを続けている。ナチスと手を結んで生き延びるのは不可能だ。武力を行使するしかない。名ばかりの指導者が国を滅ぼすまえに、われわれが国を治めるのだ」

カンザス大虐殺の生存者である励子には深く共感できた。山崗将軍が同胞の仇討ちをしているときに、多村総督は横槍をいれてきた。そのことに励子はいまも腹を立てていた。ナチスから買収されていたとわかればなおさらだ。考えるだけで怒りに震える。

軍人たちが言った。

「沈黙線第九区の前哨地十八ヵ所すべての指揮官が革命支持を表明しています」

「市内十三地域の消防署長もあらゆる非常事態にそなえて警戒態勢をとっています」

多村大悟(だいご)総督を排除したあとの革命に支持を表明している会員三十人の名が読み上げられた。

山崗将軍は話した。

「これより諸君はそれぞれの持ち場につけ。失敗すれば家族ともども命はない。しかし成功すれば国を救えるのだ」

「失敗はしません！」だれかが叫んだ。

意気に感じて山崗はうなずいた。

「そのとおりだ。相手の警備はそれなりに厳重だが、組織的攻撃には脆弱(ぜいじゃく)だ。正確な移動ルートと警備の詳細は総督の側近にいる内応者から情報がはいっている。諸君の作戦における役割は、秘密保持のために現場で個別に伝える。それぞれの任務は些末に思えても、作戦においてはいずれも不可欠だ。戦闘任務につく者に心より敬意を表する。細心の注意をはらって万全の計画を立てているが、生還できない場合はつねにある。諸君の名は〈戦争の息子たち〉において永遠に語り継がれ、崇敬の対象となるだろう。無駄死にには決してしない」

将軍は低頭して、集会は終わった。

ダニエラが励子のところへ来た。

「今夜の作戦で最大の難所をまかされたわね」

「やりとげるわ」励子は答えた。

「幸運を。未来はあなたの肩にかかってる」

「プレッシャーをかけないで」

「この程度で震えたりする？」

「するわよ。ベルトーリ・ディスコのチキンダンスのように」

「作戦が終わったらＶＩＰ席のチケットをおごるわ」

励子は愛機、蝗號(イナゴ)のところへ行った。このカタマリ級は全高約十米(メートル)で、一般的なメカよりかなり小さい。小型であるかわりに敏捷性と操縦性にすぐれる。パイロットはサラマンダー・システムと呼ばれる粘液が満たされた容器にはいる。このおかげで励子はカンザス大虐殺で受けた古傷の痛みに悩まされずに操縦できる。緩和効果のある粘液は、筋肉を保護しながらパイロットの意図する動きを感知する。カタマリ級は手を使わなくても、足、目、眉、さらには声でも操縦可能だ。しかし音声制御のみでは三十分もするとパイロットの声が嗄(か)れる。励子は脚と視線と音声の組み合わせで操縦していた。

　カタマリ級はカプセル状の兜と軽い装甲を持つ。緑の装甲には光学ステルス機能があり、姿を背景に溶けこませる。マイク、動体センサー、その他の計測機器によって外部環境を適切に知覚できる。武装はスカリア一九式試作電磁銃で、照射した金属製の物体を磁化し、動かすことができる。もう一つの実験的装備は、励子が長らく要求していた指向性プラズマシールドだ。これでカタマリ級は敵にとって容易ならざる標的になる。シールドはプラズマ放射で特定方向の空気を加熱し、電磁場でそれを保持する。高温で濃密な空気層は飛翔体の運動エネルギーの大半を奪う——つまり、イナゴ号の軽い装甲で跳ね返せるくらいに減速するわけだ。

　励子はイナゴ号を操縦して倉庫から出た。普段と異なる夜の空気。雨は都市をきらめかせる。ビルが泣いているように見える。

　作戦の詳細は集会前に説明を受けて頭にはいっていた。総督を乗せた警備車両をふくむ九台の車列は西太閤橋を渡る。橋は全長約八百米(メートル)のカンチレバー橋で、夜間の交通量はごく少ない。励子の任務は警備車両二台の排除。電磁銃を使えば簡単だ。

　カタマリ級はほかに三機いて、装備は同様。この作戦へのカタマリ級の投入は賢明だ。もともと都市防衛用の機種なので、市内を集団で移動していても不審に思われない。念のためにスポケーン・ストリート陸橋ぞいの警戒任務を許可する偽造書類が用意されている。これで単純な職務質問には答えられる。

現場には二〇時一三分に到着した。総督の車列が来るまで四十分ある。多村総督は年度予算をめぐって市の幹部と議論の応酬をしており、内部情報筋によれば会議は長引きそうだという。

実行チームはおたがいを暗号名で呼んでいた。ほかの三機はゴールド、ブルー、グリーンと呼ばれる。励子は適当にレッドを選んだ。二機ずつ組んで、橋の両端で配置につく。励子の相棒はリーダーのグリーンだ。秘匿チャンネルで彼はきまじめに命令を反復確認した。その声に励子は聞き覚えがあった。カンザス大虐殺のあとの合同葬で弔辞を読んだ士官だ。

「聞いてるか、レッド？」グリーンが声をかけてきた。

「はい、聞こえます」励子は答えた。

3Dのマップがゴーグルに投影され、設定された攻撃ルートが浮かんだ。

「きみはバークリー出身か？」グリーンが訊いた。

「数年前に卒業しました」

「声に覚えがある。わたしはメカタウンで勤務した」

「おなじく」

「カンザス大虐殺で現地にいたのではないか？」

「いました。そちらも？」

「甥にカンザスのメカ訓練キャンプを見せていた。将来の夢はメカパイロットだというので、案内したんだ。フリーウェイを走っているときにナチスのバイオメカの攻撃を受け、道路が破壊された。甥は即死だったと聞かされた。気がついたら病院のベッドの上。妹に顔むけできない。息子を亡くして以来、一言も声を発していないんだ」

グリーンは黙りこんだ。励子は同情した。

別班のゴールドも話しだした。

「俺は東モスクワに駐留していたことがある。あそこは冬がきびしい。兵舎の配管が凍ってシャワーが出なくなる。そんな冬の壁ぞいにナチスはよく囚人を立たせ、おかしなポーズをとらせて上から水をぶっかけた。凍死した囚人は氷漬けのおかしなポーズのまま何ヵ月も放置される。ときどき狙撃練習の目標にされて氷ごと砕かれる。戦友の一人が西側に恋人がいて、ときどき忍んでいってたんだが、あるときつかまって、恋人といっしょに壁に立たされた。体を無理やりねじって氷漬けのハート形になってな……」

ソ連の西半分はどんな生活だろう。そこの非アーリア人は奴隷あつかいだ。純血のドイツ人でもささいな失言で政治犯として秘密警察に逮捕され、鞭打たれる。

次はブルーが話した。

「こっちは山崗将軍のテクサーカナ砦進攻作戦に参加した。そして囚人が詰めこまれた地下施設をみつけた。囚人はまるでゾンビだった。ナチスのやることはひどい。人間どうしを切って縫いあわせ、動物の遺伝子を組みこみ、さらに子どもを産ませて親の目のまえで虐待する。いまも悪夢に出てきてうなされる。とらえたナチスは捕虜にしなかった。その場で殺した。あのまま進攻を続けるべきだったんだ。多村総督の中止命令は絶対におかしい」

励子は燃える怒りを感じた。〈戦争の息子たち〉で共有される感情だ。自分が話す番だと思ったが、カンザス大虐殺の記憶や体験を話すのはまだためらわれた。

ダニエラと励子はBEMAの三年次を終えると、沈黙線での現場実習のためにイーストカンザスに送られた。アパートメントの外で起きた爆発の記憶はいまも生々しい。廊下の半分が目のまえで吹き飛び、励子は転倒して背中から壁に叩きつけられた。大小の瓦礫(がれき)が散乱し、煙が充満するなかで部屋からよろめき出ると、一度も話したことのない隣人の死体をみつけた。下半身がコンクリート塊の下敷きになっていた。励子自身も頭に痛みがあり、頬に血がつたった。顔にさわろうとして、右腕が動かないことに気づいた。見下ろすと右手は血まみれで、肘から下がつぶれていた。もとの部屋からうめき声が聞こえ、もどるとダニエラが血の海に倒れていた。重傷のダニエラは朦朧としたようすで訊いた。

「なにが起きたの？」

「わからない」励子は答えた。

「じゃあ――」

言いかけたところでダニエラは気を失った。

励子はその肩に腕をまわし、全力でかつぎあげた。引きずり、よろめきながら出口へ進み、壁にできた穴から外をのぞくと、醜悪きわまりないものがいた。黒い怪物だ。溶けて生きているような流動性の皮膚におおわれている。既存のどんなメカより大きい。表面に浮いた血管のような筋がうごめき、隣の筋ともみあっている。真っ黒な翼がはえ、それが不規則に脈動している。表面で傷口のような亀裂が波打つ。

励子は記憶から現在にもどって言った。

「行きましょう」

あの攻撃は思い出したくない。さいわい、だれもながさなかった。

通常なら警備車両が多数いるはずだが、今夜は〈戦争の息子たち〉に在籍する当局者が総督の通行ルートにあたる橋を通行規制していた。警察上層部にいる〈息子たち〉の会員は指揮下の機動隊に出動をひかえさせている。べつの関係者は〝偶発的なサージ電流〟によって付近を停電させた。橋は非常灯だけになり、監視カメラも停止。橋付近の西太閤市は市街の明かりが消え、あらゆる活動が停止している。橋のメンテナンス作業員が使うジープが橋脚のそばに七台駐まっている。すでに仕事を終えて人影はない。

幸運にも雨が上がった。月は下弦だが充分に明るい。条件はこちらに有利だ。

「芋虫がレーダー画面にはいった」

グリーンが言った。芋虫は総督の暗号名だ。

励子は計九台の車列を目視した。

「芋虫を確認」

車列が橋にかかるまでカタマリ級は待機する。攻撃開始は百米渡ったところで。事前の情報では、総督は先頭から三台目に乗っているはずだ。

先頭が橋を渡りはじめた。一般車両はいない。車列は急速に進行してくる。励子は担当の七台目のジープに照準をあわせた。

「攻撃開始」

電磁銃で標的をロックオン。同期すると、手もとの操作どおりにジープは空中に浮いた。励子はこれまでたくさんの車両を浮かせてきたが、今回はわけがちがう。高く持ち上げたところで、ためらった。ナチスを殺すのに躊躇はしないが、これに乗っているのは勤務中の友軍兵士なのだ。全体のためにしかたないとわかってはいるが、自分の音声命令一つで車内の人々が死ぬと思うと、なかなか声が出なかった。

「レッド」グリーンが言った。

励子はトリガー解除を命じ、ジープを橋の下に落とした。ほぼ同時にほかの警備車両六台もカタマリ級の操作でおなじ運命をたどった。励子は次の標的をロックオンし、おなじ操作をした。車内の兵士たちの生死はわからないが、自分も命じられた任務なのだと言い聞かせた。

作戦の第一段階は順調に終わった。

残るは装甲車一台。これに総督が乗っているはずだ。その殺害役がだれに割り振られているのか知らないが、自分ではない。任務は終わった。そう思って作戦から離脱しようとしたとき、ゴールドが言った。

「どうもへんだぞ」

「どこが?」

「俺が担当したやつは車内に熱反応がなかった」

車内の熱反応は人体を意味する。

「遮蔽されてるんじゃ……」ブルーが言った。

「確認ずみだ。だれも乗ってないんだ」

「どういうことだよ」

しかし励子は察しがついた。

「総督車を調べてみて」

「まさか――」

「確信はないけど」

ゴールドは総督の車両に近づいてスキャンをかけた。

「反応をみるかぎり無人だ。確認する許可をくれ」

だれに許可を求めているのかわからないが、とりあえず励子は答えた。

「どうぞ」

「もぬけの殻だ。自動運転になってる」

ゴールドはドアをちぎりとって車内をのぞいた。

「最初から無人の車列だったのよ」励子は言った。

「どういうことだ？」

励子は震える息を吐いた。

「罠よ」

作戦失敗か。多村総督に逃げられたと思うとはらわたが煮えくりかえる。

それを合図にしたように大きな爆発が起きて、ゴールドが吹き飛ばされた。総督車が自爆したらしい。直後に励子のコクピットで警報が鳴り、急速に接近する黒いメカが見えた。励子をふくむ残り三機のカタマリ級を狙っている。

アヌビス級だ。黒い装甲。そして腕が二本ではなく四本ある特徴的な姿。カタマリ級の倍の体軀で、巨大な薙刀（なぎなた）をかついでいる。市街戦用のアヌビス級は敏捷さと機動力が設計の主眼だ。機甲軍で長らく更新の必要がいわれていた古いガーディアン級が、カンザスでまるで戦車に突撃する騎兵隊のごとくバイオメカに惨敗したため、急ピッチで開発されたのがアヌビス級だ。

そのパイロットが誰何（すいか）してきた。

「こちらはスズメバチ號の比嘉初咲少佐だ。姓名所属を述べよ」

「お退がりください、少佐」グリーンが怒鳴った。

「貴様たちは総督を襲った。総督は天皇陛下の臣である。総督への攻撃は大逆行為に相当するぞ」

「少佐に対して敵意はありません。しかし退がっていただけないなら武力を行使します」

返事のかわりにスズメバチ號はミサイルを三発発射した。カタマリ級の三機それぞれに飛んでくる。ブルーは電磁銃でその一発の進路をそらした。励子も自分のぶんを電磁銃で湾の水面に落とそうとした。しかしブルーがそらしたミサイルが橋にあたり、大きなコンクリート塊が落下して地響きをたてる。その揺れのせいで励子のカタマリ級はよろめき、電磁銃の狙いがはずれた。ミサイルは励子の機体に直進してくる。しかし寸前で急角度にむきを変え、べつの橋桁にあたった。グリーンが励子を襲うミサイルを電磁銃で転針させたのだ。自分に飛んでくるミサイルを放置して。そらされなかったミサイルはグリーンに命中、爆発した。

「グリーン、グリーン！　大丈夫ですか？」

血を流したパイロットの顔が映った。

「いちおう無事だ」

スズメバチ號は次発をロックオンしてきた。

カタマリ級は対メカ戦設計だ。機甲軍が十年の歳月をかけ、何十億圓もの開発費を投じて完成させた電磁銃もある。それでも初撃に対応した感触では、この勝負は五分。接近戦になればアヌビス級が有利だ。活路を開くには周囲の条件をうまく使うしかない。

励子はまわりを見た。スズメバチ號は大柄なので電磁銃一挺で持ち上げるのは難しい。三機で協調しなくてはいけない。

先に〈戦争の息子たち〉の拠点に暗号通信でメッセージを送った。

『作戦失敗。罠。車列に総督の姿なし。戦闘中』

ちょうどそのときミサイルで損傷した橋桁の一部が崩落し、五十米下の海面に落下した。橋には跳び渡れないほど広い間隙ができた。

一計を案じて、励子はグリーンとブルーに指示した。

「電磁銃をスズメバチ號にロックオンしてください」

「なにをするつもりだ?」

「橋の間隙から落とします。わたしがおとりになって注意をそらすので、合図したらいっせいに電磁銃をあてて」

スズメバチ號をスキャンして改装部分を調べた。そのような箇所はえてして防護が弱い。六人乗りのブリッジ。睡眠カプセルが並ぶ就寝区画。その上でうなるブラドリウム粒子生成炉。鎧の胸甲上部にあるミサイルランチャー。励子はまず整備作業員のジープを電磁銃で持ち上げ、投げつけた。相手の脇腹にあたってつぶれる。痛くもかゆくもないだろうが、その注意を惹くことはできた。べつのジープを持ち上げてさらに投げようとしていると、スズメバチ號は駆け寄って拳で叩きつぶした。さらにイナゴ號に襲いかかる。

スズメバチ號が振りかざす薙刀に、励子は電磁銃をあてて横へ引いた。スズメバチ號は引きもどそうとして、空中での進路がずれる。励子は敵にむかって突進しながら、電磁パルスを最大出力にして相手を引き寄せた。そして寸前で極性を反転させ、強い反発力でスズメバチ號をむこうへ押し倒した。すかさずその胸甲に徹甲弾の雨を降らせる。数百発が降りそそいだ。

比嘉少佐が音声通信で言った。

「無駄な抵抗はやめろ。貴様たちの作戦は最初から失敗している。総督は攻撃を予想して通行ルートを変更された。アヌビス級の応援がまもなく来る」

励子は答えなかった。比嘉の時間稼ぎにすぎない。

「そうか。ではこちらも本気を出すぞ」比嘉は言った。

スズメバチ號の鎧の各部から煙が吹き出し、三本目の腕が体の前面に突き出た。その手から棒状のものが出て、展開して円形の防楯になった。スズメバチ號は薙刀を捨てて、イナゴ號に突進してきた。励子は退こうとしたが、相手が速い。三本の腕で殴打してくる。

「レッド、応援が必要か？」グリーンが訊く。

「いりません！　退がって」

殴られながら励子は答えた。

スズメバチ號は左、右と脇腹にパンチをいれてくる。さらに肩へアッパーカット。頭部へ連打。

イナゴ號のコクピットの電卓ディスプレイに警告表示が出た。補機類が損傷してシールド強度がゼロに近い。励子は打撃を浴びて朦朧となりかけた。

しかし待っていた瞬間が訪れた。二発のパンチが同時に飛んでくるのを、スウェーしてよける。するとその二つの拳が空中でぶつかりあった。イナゴ號は背中のブースターを噴いて体を起こし、小ぶりの融合剣を抜いて両手首に切りつけた。片手は落ち、もう一方も大きく損傷した。


両機は衝突し、もつれて倒れた。比嘉少佐は憤然としている。第三腕と第四腕の手首が構造的に弱いことを知らなかったらしい。励子は知っていた。この機種は手首の固定が甘く、特定の角度から叩くとロックがはずれやすいことを、メカタウン勤務時代に発見して上司に報告していた。

手が二本減ればスズメバチ號は電磁銃に抵抗しづらい。防楯もない。

励子はふたたび徹甲弾を雨あられと撃ちこんだ。至近距離では威力が増す。押されたスズメバチ號は、ふたたび拳で反撃してきた。励子はプラズマシールドを投射し、周囲に高熱を放った。想定外の熱を浴びてスズメバチ號の手の不具合がさらに進んだ。

「いまよ！」励子はブルーとグリーンに合図した。

両機は電磁銃を使ってスズメバチ號を固定した。彼らは引き、励子は押す。両方向に引っぱられたスズメバチ號はなすすべがない。極性をうまく使いながら機体を運んだ。行き先はいうまでもない。意思に反して引きずられるスズメバチ號は哀れだ。必死に橋の路面に手をついて抵抗している。しかし二本の腕が動かず、残った二本の腕では三挺の電磁銃に抗しきれない。

橋の崩落した間隙まで引きずり、落とした。しかしスズメバチ號はしつこく二本の腕で欄干にしがみついている。励子は電磁ビームの極性を変えて押した。ふいに警報が鳴りだした。スズメバチ號がミサイルを八発撃ったのだ。

励子はビームの出力を強めてスズメバチ號を橋から海へ突き落とした。すぐに電磁銃を上げて、飛んでくるミサイルの進路をそらす。ブルーの反応が遅く、数発を胸甲に浴びた。

「ブルー！　無事なの？」励子は訊いた。

装甲板が裂け、エネルギーレベルが急上昇している。

「無事じゃないようだ。BPGが暴走している」ブルーは答えた。

「緊急脱出して」

ブルーはあわてている。

「射出装置の制御が壊れた。脱出でき――」

爆発で通信は途絶した。

「くそっ！」

励子はののしり、空中で拳を振った。

多村総督は安全な場所に隠れ、暗殺犯を探しているだろう。まもなく増援のアヌビス級もやってくる。残った僚機のグリーンを見ると、機体の損傷がひどくて移動も難しいようだ。牽引するしかない。同志の二機の残骸はどうするか。作戦が失敗した状況で残骸が調査されるのは都合が悪い。励子は二機の残骸を海中投棄しようと電磁銃をかまえながら、グリーンにつないで指示した。

「車輪を出してください」

「どうするつもりだ、レッド？」

「牽引して帰還します」

グリーンは苦笑した。

「牽引して太閤市街を通るつもりか」

「そうです」

「無茶だ」

「無茶ではありません。メカの牽引は日常的にやっています」

「今夜の状況では無理だ。危険すぎる」

「帰還して態勢を立てなおしましょう」

「態勢を立てなおすときに、大破した機体はじゃまになる」

「戦力はすこしでも必要なはずです」

グリーンはしばし黙り、長いため息をついた。

「わたし自身が負傷している」

「救護班がいます」

「よく考えろ、レッド。牽引はわれわれの大義をあやうくする行為だ」

励子は憤然とした。

「大義は今夜ついえるかもしれないのですよ」

「危険はみんな覚悟している。信じろ」

「なにを信じろと？」言いたくないが、言わざるをえない。

「〈戦争の息子たち〉はいずれ勝利すると」

「捕虜になったら拷問を受けます」励子は指摘した。

「では生きてつかまらないようにするさ」

「いっしょに帰還すればいいのです」

「ありがたいが、それはだめだ」

グリーンはつっぱねて通信を切った。励子は呼びかけたが、返事がない。

やがてグリーンのカタマリ級は爆発した。

はじめ励子は、海に落としたスズメバチ號がなんらかの手段で攻撃してきたのかと思った。あるいは増援のアヌビス級が来たのか。しかし周囲をスキャンしてみると状況は明白だった。

グリーンは自爆したのだ。

命が無駄に消えたことに怒り、励子は震える息を吐いた。滅私の行動には敬意を表するが、ほかの道があったはずだ。電磁銃で三機分の残骸を海に落とした。三人の命が失われた。なぜか。作戦が失敗したからだ。家族は知っているのか。まだだとしてもすぐに知るだろう。国事警察の特別高等警察、いわゆる特高が自宅へ捜索にいく。満足できる答えを聞けなければ（いや、聞けたとしても）、家族は連行されるだろう。

　集合場所へ急ぎながら、皇軍メカに先まわりされていることを懸念した。そのときはグリーンとおなじ道を選ばされるだろうか。収監されたら絶望だ。特高の拷問を受けて関係者全員の名を吐かされる。彼らが使う手段に抵抗できる自信はない。抵抗して戦うべきか。〈戦争の息子たち〉の陰謀が暴露されたら、多村総督の立場は強くなる。ナチスの協力者に国をゆだねるのは不愉快だ。最後まで抵抗しよう。総督を殺すか、はたせずに死ぬか、どちらかだ。考えろ、励子。考えろ！　集合場所の情報は漏れていると考えるべきだ。総督の居場所を自力で探すしかない。

　次の行動を考えているとき、スキャン画面に接近する複数のメカが映った。警告にしたがって反応を調べると、四機が近づいてくる。やはり待ち伏せていたのだ。望み薄だが戦うしかない。武装を確認した。徹甲弾の残弾は五割八分。電磁銃はそろそろ要充電だ。掩体になるものを探してまわりを見た。

「メカを停止せよ」敵パイロットが言ってきた。

「いやだと言ったら？」励子は言い返す。

「破壊する」

「やれるものならね」

　計十六本の腕がいっせいに襲いかかってきた。大きな装甲部品が剥ぎ取られ、電磁銃も破壊された。外部スキャンによれば、次の攻撃にはもう耐えられないはずだ。励子は覚悟を決めて自爆ボタンに手をかけた。

「もう一度チャンスをやる。メカを停止して――」

「無駄よ」

通信を切る。アヌビス級たちは攻撃続行しようと拳を振り上げた。励子は自爆ボタンを押した——しかしなにも起きない。配線が切れているらしい。

「くそっ!」

戦うしかないと身がまえる。ところが正面のアヌビス級が突然爆発した。困惑して見まわすと、べつのメカが近づいてきた。二足歩行する虫のような姿で、アヌビス級より細身。クワガタムシのように二本の角が頭にはえている。多くの関節に分かれた手足は蛇のように攻撃し、腕は鞭のように動く。

嶽見ダニエラの愛機、ストライダー號だ。

「励子!」

暗号回線からダニエラの声がした。コミュニケータに友人の姿が映って励子は茫然とした。

「なにがどうなってるの?」

「メッセージを見て駆けつけたのよ。動ける?」

「かろうじて」

「すこし離れて」

可能なかぎり離れた。

ストライダー號は次々とブーメランを投げた。たんに投擲者の手もとにもどる翼状の板ではない。目標の至近で爆発して線形の衝撃波を出し、敵を両断する。四機のアヌビス級は大きな被害をこうむって逃げ腰になった。ストライダー號はその隊列に駆けこみ、ブーメランを剣のように振りまわした。駆け抜けたあとにはメカの刺身ができていた。

「来てくれるとは思わなかった。万事休すのところだったわ」励子は言った。

「こんなところで終わりじゃない。生きて帰るわよ」

「でも作戦は失敗した」

「正義をめざして目的を果たせなくても、それは失敗ではない」

ダニエラは力強く断言した。励子の手もとの戦略画面が明るくなった。

「北で大きな戦闘が起きてるわね」

「動ける？」

「補助動力でなんとか。ＢＰＧの出力経路を変更するから待って」

あちこち調節して、イナゴ號はまた動きはじめた。

ストライダー號とイナゴ號がビルと商店のあいだを抜け、曲がりくねったフリーウェイに上がろうとしたとき、その高架で連続爆発が起きた。轟然と火柱が上がる。

「なにごと？」

警報が鳴り響くなかで励子はいぶかしんだ。

十二機のアヌビス級がこちらへむかってくる。

「待ち伏せされたようね。敵は……。いえ、待って。炎のなかからだれか出てきた」

破壊されたフリーウェイの高架の下から、一人の人影があらわれた。アーマースーツにヘルメット。正体不明だが、人間の首らしいものをかかえている。

ダニエラと励子はその人影に武器をむけた。するとアヌビス級のいずれかから通信がはいった。〈戦争の息子たち〉の副司令官、豊田副大臣だ。

「銃口を下げろ。作戦は成功した」

「どういうことですか、成功とは」

「きみの報告のあとで、総督の正しい居場所をつきとめ、最強の刺客を送った。彼女が仕留めてくれた」

「最強の刺客？」

励子はアーマースーツの人影をあらためて見た。

「暗号名ブラディマリーだ」

「伝説のナチスキラーがこちらの陣営に？」ダニエラは興奮したようすだ。

「そのとおり」

励子もブラディマリーが〈息子たち〉の一員だとは知らなかった。しかし驚くにはあたらない。ブラディマリーがナチスに対して容赦ないことは有名だ。

「ほかのパイロットはどうした？」

豊田から訊かれて、励子は首を振った。自決したグリーンを思ってやりきれなくなった。その死は無駄だった。大義を守るための自己犠牲には敬服するが。

「死亡しました」

「不幸なことだ」

ダニエラも声を落とした。

「残念ね」

「ええ」

戦闘がこんな形で終わって安堵すべきか、失望すべきなのか。それでもダニエラが来てくれたのはうれしかった。もう一度ブラディマリーを見た。豊田のアヌビス級に回収されるのを待っている。

彼女の働きで多村を始末できた。しかしどうも違和感があった。なにかがおかしいのだが、それがなにかわからない。

2

「――よって捜査の進展をみるまで、山崗騰将軍を暫定総督に任じると決した。この困難な時局に国家を率い、卑劣な暗殺犯をつきとめてくれると信じる」

総理大臣によるこの記者会見のようすは、検閲局の厳格な監視のもと、主要な電卓チャンネルで一週間くりかえし流されていた。

山崗総督による捜査は、前総督とナチスの癒着の証拠を次々とあばいた。隠されていた個人銀行の取引明細や所得申告書類も出てきた。大衆はその内容に驚き、怒りの声をあげた。かつて山崗将軍のテクサーカナ砦進撃に中止を命じたような、前総督のさまざまな不可解な行動にこれで説明がついた。メディアは点と点をつなぐ調査取材に総力を挙げた。有力な手がかりもあればガセネタもあり、〝匿名の情報筋〟をもとに根拠不明の可能性が語られた。前総督の縁故者は全員逮捕された。彼らはいずれ特高の餌食になる。前総督はナチスから資金提供を受け、協力することで地位を守っていたという巨大なスキャンダルをメディアは書き立てた。

機界の交流空間ソーシャルには、山崗将軍の総督就任を賛美する書きこみがあふれた。前政権は総辞職し、主要ポストにはすべて〈戦争の息子たち〉の会員が起用された。励子も何度か役職の希望を尋ねられたが、はっきりした返事をできなかった。

めまぐるしい数週間がすぎた。かぞえきれない役人と面会し、毎晩のように〈戦争の息子たち〉の新会員を歓迎する夕食会に出た。東京参謀本部からいれかわり立ちかわり訪れる将軍や官僚は、暗殺に驚きながらも、アメリカのテロリストによる犯行という見方で一致していた。

そんなある夜、ダニエラからバークリーでの夕食に誘われて、ひさしぶりに緊張から解放された。

「もう人と会うのはうんざり」励子は言った。

「わたしもよ」ダニエラは答えた。「だから、新しくできたサイバーバブルのラウンジに行かない?」

「サイバーバブルって?」

「月へ行ったことはある?」

「バークリー時代に行こうとしたわね。酔って、プールの水面に映った月へ行ける気がして飛びこんだ」

「そのあと一カ月間、キャンパスの五つのプールを掃除させられたわね。あなたがそこで吐いたから。あのときは退学を覚悟した」

「そうね。そのこと謝ったっけ?」

「いいえ」

「失礼」

励子は笑いながら答え、ダニエラもつられて笑った。

そのラウンジは〈明日のアポカリプス〉という店名で、棺桶のようなポッドがずらりと並んでいた。店員はにきび面に大きなゴーグルをかけた十代の少年だ。

「お二人さま？」

「そうよ」

ポッドにはいると内部がジェルで満たされた。気がつくと励子は宇宙に浮いていた。寒くて完全に無音。隣にダニエラがいる。

「すごくリアル」

励子は言ったが、声は聞こえない。ダニエラが設定をいじってようやく会話できるようになった。

「これまで経験したどんなバーチャルリアリティよりすごい」励子はあらためて言った。

「ほかのVRなんてくらべものにならないわよ。さあ、月面へ降りてみて」

「どうやって」

「月へ泳ぐのよ」

ダニエラはおもしろそうに言った。

急速に月面へ降下した。一番乗りはダニエラだ。二人はクレーターからクレーターへ跳び渡り、月の地形に驚嘆した。見上げる地球が美しい。

「ほかにもいろんなVRを経験できるけど、お気にいりはこの月と、オアフ島のバンザイパイプラインね」

「そこ、いいわね。サーフィンしたい！」

サイバーバブルを楽しんだあと、二人はテレグラフ・アベニューの店で軽く飲んだ。

「楽しかった。いい店を知ってるのね」励子は言った。

「ストレス解消によく行くのよ」

「人と会うのはやっぱりストレス？」

ダニエラはグラスのなかを見つめた。

「山崗総督が進めてる改革をどう思う？」

「いいことよ。多村時代の腐敗をあばき、不正をただしている」

ダニエラは悲しげな笑みを浮かべた。なにか言おうとしたとき、野次（やじ）る声が聞こえた。どうしたのかと窓から店の外を見る。すると三十人以上が警察に連行されていた。手錠をかけられ、よろよろと歩いている。沿道の人々はそれを見て嘲笑し、食べ物を投げつけている。

「あれは?」励子はウェイターに尋ねた。

「前政権時代の国賊ですよ」

前バークリー市長もそのなかにいた。山崗の政権奪取からまもなく巨額の脱税と収賄で告発されたのだ。

「なんてこと。渡部（わたなべ）さんだわ」ダニエラが言った。

「どこの渡部さん?」

「渡部プリスの父上よ」

「プリスって……渡部プリス将軍?」

渡部将軍は機甲軍幹部の一人だ。

「そうよ。よく見て」

励子は目をこらした。将軍の父親は、バークリーで論理学を教える人気の高い教授の一人だ。

その渡部教授は、いま顔を腫らし、うつろな目をして、足を引きずって無言で歩いていた。沿道の群衆に殴られ、唾をかけられている。

ダニエラは顔をゆがめ、拳を握っていた。野次馬に殴りかかりそうなようすなので、励子は手をかけて止めた。衆人環視の場で国賊に肩入れしたと見られるのはよくない。とくにいまの政治状況では。

「場所を変えましょう」

励子はうながした。ダニエラはなおも野次馬に抗議したいようすだったが、さいわい口をつぐんだ。二人はチャニング・ウェイにはいり、しばらく歩いた。人通りが減ったところでダニエラが言った。

「なぜ止めたの?」

「言うまでもないでしょう」

「これは政治的な逮捕よ。渡部教授はおもてむき多村総督を批判せず、〈戦争の息子たち〉にも参加しなかったから」

「かもしれないけど、なにか明確な理由があるはずよ」励子はそう言ったが、確信はなかった。

「山崗総督体制を築くための粛清よ。いったい何人が逮捕、処刑されたと思う？」

その剣幕に励子はひるんだ。

「さあ……」

「そもそも気にしてないでしょう」

ダニエラは言った。励子は残念ながら否定できない。

「こんなはずじゃなかったのに」

「変革には時間がかかるものよ」励子は言った。「わたしを〈戦争の息子たち〉に誘ったときにそう言ったじゃない」

「あれはまちがいだったかもしれない」

「ばか言わないで」励子は身を乗り出した。「多村打倒は正義よ。旧体制は崩されるべきだった」

テレグラフ・アベニューを歩いていく新たな群衆をにらみながら、ダニエラは言った。

「打倒まではね。でもこの騒動はちがう。渡部教授は機甲軍の身内よ。あんな扱いはまちがってる」

「そうね」渡部教授はメカ戦闘に哲学と論理を持ちこんだ人物だ。「でも群衆を相手にまわすのはよくない。適切なチャンネルを通すべきよ」

「あなたのチャンネルをね。でも、そのチャンネルが切れたら？」

「なんとかする」

「なんとかなればいいけど」

ダニエラはため息をついた。

数日後、励子のもとに驚きの招待状が届けられた。なんと新総督からの呼び出しだ。バークリーから空路でロサンジェルス入りし、ダウンタウンの市庁舎にはいった。山崗総督は経営協議会や諸大臣、兵站、装備、経済、生産、鉄鋼、金属加工、ブラドリウム、原子力の各部門代表との会議を控えていた。ビジネススーツの二十三人を尻目に、励子は総督執務室にはいった。

山嵜は控え室の人々について言った。

「新経済五ヵ年計画の影響を懸念して集まっているんだ。変化はゆるやかで、彼らの取り分は減らないと説明する必要がある」

「はい」

「我欲は皇国を動かす強力な道具になるのだ」

「我欲は皇国を壊すこともあります。とりわけ役人が自己の利益を優先すれば」励子は指摘した。

「皇国の運営は巨額の経費がかかる。小さな我欲には目をつぶっていいときもある。一時的ならな」

「なるほど。彼らの忠誠心は、前総督時代とおなじく揺るぎないとお考えですか?」

山嵜総督は笑った。

「舌鋒鋭いな」

「舌は鈍いとよく言われます。しかし歯は鋭いつもりです」

「わたしの靴を履くとしたらどうする? つまりわたしの立場に立ったら」

励子は総督の靴を見た。

「もっと安くて履き心地がいいのを選びます。イタリアの革靴は見映えがいいかわりに、爪先が痛くなります」

山嵜は靴を脱いでゴミ箱に捨てた。

「今日聞いた一番の助言だ」背中を椅子にあずけて尋ねた。「木之下少佐の最期にいあわせたそうだな」

「名前を存じません」

「暗号名をグリーンといったはずだ」

あの夜についてこの場でおおっぴらに話すつもりかと励子はいぶかしんだ。

「なんのことかわかりません。緑は大いなる名誉と自己犠牲の色だと思っています」

山嵜はうなずいた。

「いい答えを聞いた。きみの判断もいい」

やはり励子の反応を試したらしい。

「気にいったぞ、守川中尉。皇国へのきみの助言は価値がある。本日付で大尉に昇進。教育省の指揮をまかせる」

「なぜわたしに？」

「士官候補生は皇国の生命線だ。わが国の教育制度には改革が必要だ。若き才能の発見と育成に最適な制度にしてもらいたい。貧富の差を固定する世襲制はやめたい。才能を秘めた候補生をすくい上げられるものにしたい。虚心坦懐なきみならできるだろう」

「わかりました」

「よろしい。わたしは次の面会が五分後に迫っている。きみは全国を視察してまわり、勧告をまとめてくれ。時間は……二週間やる」

総督の話は終わりのようだ。しかし励子はダニエラとのやりとりを思い出して、総督に訊きたいことがあった。

「まだなにかあるのか、大尉？」

ためらう励子に山崗は尋ねた。

「はい。この一カ月間の逮捕者のことです」

「それがどうした」

「投獄された人々の一部は、ただ忠実に働いた市民ではないでしょうか。かならずしも前総督を支持していたわけでは――」

「そこまでだ。あとは言うな」山崗は言葉を探した。「こういう言い方をしておこう――〈戦争の息子たち〉の一部は粛清をやりすぎた。この問題はいずれなんとかする」

「ありがとうございます」

励子は低頭して退室した。

教育省に赴任して最初の公務は、絞首刑の立ち会いだった。前教育大臣は資金洗浄と学生からの搾取を縁故者に許した罪で、死刑を宣告されていた。重罪ゆえに自決も許されなかった。

さいわい励子には立ち会いを避ける妥当な言い訳が

あった。多忙な全国視察の予定が組まれていたのだ。各地の校長や教頭や教員からじかに話を聞き、望ましい施策を考えた。多くは基本的なことで、たとえば教師の待遇改善と少人数学級の実現。この二つは相互に関係していて、給与を上げて教職希望者が増えればいい。

福沢諭吉高校では三百人の生徒によるパレードを見学した。鼓笛隊が流行歌を上手に演奏し、生徒たちが一糸乱れず行進した。

「もしかして、わたしのためにこれを？」

尋ねると、校長はほがらかに答えた。

「あなたと教育省のためのパレードですわ」

行く先々で美しく包装された贈り物がさしだされた。励子はもちろん受けとらなかった。判断の正当性を疑問視されたくない。歓迎会と称する高級ディナーや晩餐会への招待も断った。前大臣が去って万事が変わることをしめさなくてはいけない。

日程の最後はダラスだった。二校を視察したあと、ちょうど前総督の暗殺から百日目ということで、〈戦争の息子たち〉の記念祝賀会に参列した。今回の集会は冗談めかして、〝脱仮面〟だと言われていた。だれもが正体をみせるというわけだ。

場所がダラス都会なので、ほかの四十六人の参列者のほとんどは見知らぬ人々だ。ただしダニエラも参列することはあらかじめ知っていた。いつもの不気味な面をつけた友人は、励子に気づいて驚いていた。

「どうしてここに？」

励子もいつもの面だ。しっかりと顔をおおっている。

「視察旅行を総督から命じられたのよ。そのとき、例の話についてもすこし質問してみたわ」

「総督の返事は？」

「いずれなんとかするって」

「いずれ？」

ダニエラは納得いかないようすだ。

「〈戦争の息子たち〉は一大勢力になったから、会員の一部によるやりすぎもあるのよ」

「それで失われるのは人命なのよ」

語気を強めるダニエラに、励子はささやいた。

「革命に流血はつきものよ」

　ダニエラはうなずいた。

「先週、機甲軍の将兵四人が国賊として処刑されたことを知ってる？」

「いいえ、初耳」視察で忙しかったせいだ。

「その一人はわたしの生徒よ。彼女は〈戦争の息子たち〉に所属するある大臣にお辞儀をしなかったのをとがめられ、国賊と断罪されたの」

「まさか」

「本当よ。ねえ、場所を変えてその話を」

「集会のあとでね」

「でも――」

開会のチャイムが鳴った。

「あとで」励子は重ねて言った。

　今回の集会は派手さをひかえていた。犠牲者追悼の蠟燭をともし、一分間の黙禱をした。演壇に上がった高級将校は、皺だらけの老人の顔を彫った漆塗りの面をつけている。全員に挨拶した。

「諸君の懸念は聞いている。予定を早めるべきではとの声もある。しかしいまこそ肝要な時期であり、性急さをつつしまねばならない。すでに東京参謀本部の注目を好ましくないほど惹いている。計画全体をとどこおりなく実行するには、特段の慎重を期し、総督を信頼すべきだ」

「準備をいつまで続けるのですか？　待ってばかりで機を逸すると、いままでの戦いが無駄になります」

「拙速に事を運ぶと、革命ははじまるまえに終わってしまうぞ」

　戦略の概要が議論されるようすを励子は聞いた。再建計画には問題の発生にそなえていくつかの選択肢が用意されている。過去の革命がおかした失敗を山崗総督はよく研究している。

「会員七名が何者かに殺されたという噂はご存じですか？」だれかが質問した。

会場がざわついた。自分たちがだれかに狙われているという考えに不安になっている。規律と静聴の態度が失われ、高級将校は苛立った。

「その件は調査中だ。しかし〈戦争の息子たち〉が狙われたと断定できる証拠はない。そもそも会員の大半は軍人であり、生命のリスクはつねにある。警備態勢を強化し、犯人を捜索している」

「東京参謀本部ですか」

「それともナチス？　やつらは弱点とみれば攻撃してくるだろう」

「沈黙線のむこうのようすは念入りに監視している。ナチスの警戒レベルはいつものように高いが、こちらの混乱に乗じて攻めてくると考える特段の理由はない。情報によれば、むこうでは国家政策の修正を求めるランサー陸軍元帥にからんで大きな国内問題が起きていて、その対処で忙しいようだ」

しかし質問は続いた。狙われた被害者についてだれもが詳細を知りたがった。

ふいに、ジョージ・ワシントンの面をつけた参列者が呵々大笑しはじめた。電子的に変調された不快な笑い声。人間ではなく耳ざわりなロボットの声のようだ。

「なにがおかしい？」壇上の高級将校はただした。

「諸君全員だ」ワシントンは答えた。「こんな集会を開いて気分がいいか？　良心をなぐさめ、やましさをいやせるか？」

「無礼だぞ」

「おや、そうかな」

「何者だ」

「自分が送った殺し屋をもう忘れたか。頓挫した計画の尻拭いをしてやったのに」

高級将校は衛兵を目で探したが、一人もいない。

「ブラディマリーか」

「そう呼ばれている」

会場じゅうの面がいっせいにそちらにむいた。

突然、一人の男が悲鳴をあげはじめた。不自然にゆがんだ声。面の下の顔に異変が起きて苦しんでいるようだ。ほかの参加者たちももがいて叫びはじめた。どうやら触覚プローブの機能が改変され、針に変化して装着者の顔を刺しているらしい。息のある一人がなんとか面をはずした。その顔は穴だらけで腫れ上がっている。ほかの多くは面をつけたまま倒れて息絶えた。頭も顔も無残に変形している。ブラディマリーがその一人の顔を蹴って面を割った。励子も知っている顔だった。陸軍少佐で、沈黙線の重要な弾薬庫の責任者をつとめている。その顔は紫色に変わっていた。

会員の一人がブラディマリーに突進した。長身で筋肉質の彼は、拳を振り上げて殴りかかった。しかし股間を蹴り上げられ、ナイフで首を切られて倒れた。

「図体がでかいほどよく血が出る」

血飛沫を見ながらブラディマリーは言った。

「おまえはどっちの味方なんだ？」男の声が怒鳴った。「自分こそどちらの味方だ。面のせいでわからんな」

励子は、累々と横たわる死体のあいだに一人立つ自分に気づいた。なぜまだ生きているのか。ようやく能面がはずれて、安堵しつつも困惑した。突然の展開に茫然としながら、本能的にダニエラの面を探す。しかし見あたらない。銃を求めて手が伸びたが、さきほどの保安検査であずけていた。呼吸が速まる。義腕に隠したナイフドローンが残っていると自分に言い聞かせた。カンザスで九死に一生を得たあとに、不意討ちをくってもあわてないように用意していた。ナイフドローンは有機ポリマー素材で、スキャンしても肉体と一体化して見える。偽装のために血液さえ循環させている。励子は義腕のパネルを押してナイフドローンの格納スペースを開いた。

　ブラディマリーが励子にむきなおった。

「早まらないほうがいい。こちらを知っているなら」

「伝説のナチスキラーね」

「ならば約束事も知っているだろう」

「生存者をかならず一人残す」

「その幸運をやろう」

「これが幸運？」励子は声を荒らげた。「〈戦争の息子たち〉のためにあなたは総督を殺したはずでしょう？」

「この組織のためではない」

「じゃあなんのため？」

　返事はない。

「なぜ今度は〈息子たち〉を襲うの？」

「おなじことのくりかえしに飽きあきしたからだ。多村総督が死んで山崗があとを継いだ。山崗が死ねばべつの偉ぶった愚か者があとを継ぐ。権力の座はいつもそうだ」

「山崗総督はちがうわ」

　ブラディマリーは笑った。

「ここから見れば変わらない」

「ここって？」

「死刑執行人の立場だ」

　励子は義腕の人工皮膚をはがし、肘から二本のナイフを抜いた。一本目は手で握る。二本目のナイフドローンは内蔵の電卓チップで励子の視線を追い、敵の戦闘スタイルを分析して、自動攻撃する。敵の反撃も予想してかわす。全長は二十糎（センチ）で肘から先にすっぽりおさまる。

　励子は手にしたナイフでブラディマリーに斬りかかった。

　ブラディマリーは腕を上げ、金属製の手甲で防御した。励子は蹴りを出したが、ブラディマリーは胸で受けてびくともしない。まるで鉄塊だ。ブラディマリーはみずからもナイフを抜いた。いかにも凶暴そうな太いブレード。反撃がはじまった。めまぐるしくくり出される白刃。励子はよけるのが精いっぱいだ。ナイフドローンは肝心なときに不具合を起こして空中で停止し、そこを破壊された。

励子は突破口を探した。どこかにすきはないか。懐に飛びこんでナイフで突ける弱点はないか。ブラディマリーは完全防備のようだが、首すじにはナイフが通るすきまがあるはずだ。両者は火花を散らして斬りあった。小さなブレードと大きなブレードがぶつかる。ブラディマリーが本気を出していないとわかって、励子は苛立った。手数を増やしても最小限の動きでかわされる。押して、退いて、かわして、まわりこみ、死体だらけの床を飛びまわる。

「さっき言ったように、生存者をかならず一人残す」

ブラディマリーはふいにナイフに力をこめ、励子のナイフを中央で折った。

励子は折れ残ったブレードを相手の顔めがけて突きいれた。ブラディマリーは左腕でそれをはじく。励子はその首にまわし蹴りをいれた。しかし硬いアーマーにはじき返され、よろめき退がる。脚全体が衝撃でしびれた。

肩に衝撃を感じ、見ると投げ矢が刺さっていた。

「人を殺したことは？」ブラディマリーが訊いた。

「もちろんあるわ」

励子は答えながら、全身が脱力していくのを感じた。膝が笑い、立っていられない。

「では、一人目の殺しを憶えているか？」

「一人目？」

ジョージ・ワシントンの面の奥の目は不気味なほど無感情だ。そのまま話しはじめた。

「ブラディマリーの最初の標的は官僚だった。電卓情報の売人。ナチスのためにスパイ行為をした国賊だ。一週間尾行して調べあげた。どこで食べ、だれと話すか。家族思いで子どもと妻に献身的。しかし経済的にきびしく、多額の借金があった。帳尻をあわせるために数ヵ月に一度、ドイツ大使館に情報を流していた。そのせいで皇国の工作員が四人殺された。罪を確認して、遺書を書かせ、ビルの壁に吊って絞首刑にした。公開処刑だ。しかしそれまでに、ことあるごとに懇願された。最期に一目子どもたちに会わせろ、せめて電話をさせろと」

「許したの？」

ジョージ・ワシントンの面が励子を見つめる。

「この集会の情報を漏らした裏切り者を許せるか？」

「裏切り者？」

「仲間の一人が裏切ったということだ」

頭にダニエラが浮かんだ。しかしありえない。なにがあろうと敵になるとは思えない。

励子は膝をついて訊いた。

「だれなの？」

「だれでもいいだろう」

「殺したの？」

「裏切り者は信用できないからな」

「あなたこそ裏切り者じゃないの」励子は非難した。

「興味深い。国賊集団のくせに」

「お国のために戦ったのよ」

「政権を奪取するためだ。そのために殺した人数は、多村総督在任中に粛清された人数と変わりない」

「嘘よ」

「本当だ」

ダニエラから聞いた話を思い出す。また安否が心配になった。

「証拠は？」

「死体の山がはなつ芬々（ふんぷん）たる悪臭が証拠だ」

「どうして楽しそうなの」励子は不快感をこめた。

「楽しそう？」ブラディマリーはその表現に困惑したようすだ。「死刑執行人はゴキブリを何千匹殺してもなにも感じない」

「人間はゴキブリじゃない」

「どうして不快そうなんだ」ブラディマリーは励子の言いまわしを裏返した。「とはいえ、ゴキブリは悪くない」励子の肩に刺さった投げ矢をしめした。「もうすぐ意識が薄れる。素直に眠れ。でないと目覚めが悪くなるぞ」

「どうして生存者を残すの？」

「生きて語らせるためだ」

「だれに、なにを？」

「こう話せ。ブラディマリーはいずれ〈戦争の息子たち〉の偽善を暴露する。ブラディマリーの革命は平和ではすまない。死の革命になる」

「革命？　あなたはナチスの協力者なの？」

相手は首を振った。

「ブラディマリーはだれの指図も受けない」

戦いたいが、目がまわった。意識が遠のき、なにも言えずに倒れた。


気がついたときは病院のベッドの上だった。かたわらには山崗総督がいて、心配げにこちらを見ていた。励子は起きて敬礼しようとしたが、山崗はすぐに首を振った。

「楽にしろ」

「総督。ブラディマリーが……彼女は……」

励子は一連の出来事を説明した。思い出すと怒りがこみあげる。まるで歴史がくりかえされたかのようだ。カンザス大虐殺のときとおなじく、またしても励子は圧倒的な力に振りまわされ、無力な状況に甘んじた。

はっとして思い出す。

「嶽見ダニエラはどうなりましたか？」

「会場の外に隠れていた」

「では無事なのですね」励子は安堵した。

「無事だ。ただし少々疑問点がある」

「どういうことですか？」

部外者の侵入を許した警備体制の不備が気になる。ダニエラについても、総督の口ぶりからすると、たんにトイレに出ていたのではないらしい。

「いま彼女は心にトラウマを負っている。当面は精神状態の回復を優先させる」

「あの襲撃になんらかの形で関与していたと？」

「本人の意図するところではあるまい。まだ事実関係を調査中だ」

「嶽見は回復しますか？」

「そのはずだ。しかし身柄はしばらくあずかる」

断固たる態度だ。励子はまだ訊きたいことがあったが、そのようすからあきらめた。総督は続けた。

「同志の死はじつに痛ましい」

山崗は悲痛な調子ながら、感情を抑えて言った。

「ブラディマリー追跡部隊を指揮させてください」励子は懇願した。

「ブラディマリーについてはすみやかに対処する。しかしいまは慎重さが必要だ。より重大な最終目標が見えているときに、軽々には動けない」

その発言に虚をつかれた。聞きちがいかと尋ねた。

「といいますと？」

「ナチスはテクサーカナ砦のヒトラー像再建をはじめている。今回はさらに大きい。敵は攻撃の準備をしている。こちらは政治的変動の数カ月を乗り越えたばかりで、ブラディマリーがらみの作戦には慎重にならざるをえない。こちらの有利になるよう利用する。しかし、敵を倒すにはべつの敵をしむけるという策もある」

「べつの敵とは？」

「同胞の仇をとりたいか？」

励子は累々たる死体を思い出した。

「はい」

「わたしもそうしたい。しかし、ブラディマリーの背後に黒幕がいるとしたら、その正体をつきとめねばならない」

「それは尋ねてみましたが――」

「正直に話すわけがない。鵜呑みにするな。嘘と欺瞞で混乱を起こすのが敵の策だ」

「はい」

「特高につてがある。槻野昭子という者だ。連絡して状況を説明しろ」

「特高ですか」

「これは彼らの管轄だ。特高の捜査は容赦がない」

　やり方としては理にかなっている。特高にブラディマリーを追わせ、こちらは見物する。個人的な感情に流されず、沈着冷静に手を打つ山崗総督らしい。しかし懸念もあった。

「〈戦争の息子たち〉に特高課員がいますか？」

「いない。だからきみを連絡役にする」

　いやな気分になった。特高とは不愉快な過去がある。

「その槻野という特高課員は信用できるのですか？」

「最終判断はきみにまかせる。しかし特高の仕事ぶりは効率的だ」

「たしかに。しかし彼らはどの組織も容赦しません。捜査しだいでこちらに牙をむくこともあるのでは」

「だからきみは用心しろ。この事案は特高の領分だ。ブラディマリーが〈戦争の息子たち〉を標的にしたことに関心を持って、放っておいてもいずれ出張ってくる。ならばこちらから招きいれて、初動を誘導したほうがいい」

「なるほど。しかし……」

　山崗は励子を見つめた。

「きみが特高で過去に経験したことは承知している。ご両親は気の毒だった」

　励子は感情をみせないように努力した。

「ありがとうございます」

　ダニエラの生徒の一人が将校にお辞儀をしなかった

せいで逮捕されたという話が頭に浮かんだ。励子の両親もささいな理由で特高に連行された。思い出すといまも怒りと悔しさが湧いてくる。

「槻野課員は特高のなかで変わり者として知られる。行動は誠実で、特権濫用はしないはずだ」

幼いころ、家の玄関を特高がノックしたときのことを思い出す。応対に出ると、その一人が大きな笑顔で言った。「きみが励子か？　パパとママを呼んできてくれ」

その笑顔が頭にこびりついている。両親に害をなす者だと当時は気づかなかった。愚かにも言われるままに両親を呼んできてしまった。

「そうだといいのですが」

現在にもどって励子は答えた。心のなかは、あのとき両親に警告しなかったことへの後悔でいっぱいだった。

山崗は立ち上がり、左の手首に右手をおいた。

「これから葬儀の準備がある。革命で活躍してもらうはずだった者が何人もこの襲撃で命を落とした。その仇はとる。しかし大きな計画を粛々と進めることも彼らへの追悼だ。獅子身中の虫を探すとともに、集会のやり方も変えていく」

「どのように？」

「警備態勢を強化し、集まる人数を減らす。この話はあとにしよう。きみは体の回復に専念しろ」

山崗は去った。

励子は総督の対応に不満を感じながら、ベッドで一人横たわった。ブラディマリーの問いを思い出す。励子が初めて人を殺したのは、士官学校の最終年次に弾薬士官として軍務についたときだ。沈黙線における密輸取り引きを監視していた。雨の真夜中に十八人が違法な越境をはじめた。雨のためにセンサーがきかず、熱スキャン画像なしでは姿を確認できなかった。なのに上官から撃てと命じられた。

励子は照準をあわせ、ロックオンし、トリガーを引いた。十四人分の生体反応が消えた。ふたたび撃つと、残る四人分も消えた。

なにも感じなかった。ひたすら非現実的で生命のはかなさを思った。その行為の正邪を教える天啓のようなものはなかった。彼らはただ死んだ。それについてだれもなにも思わない。悲しむ者もいないだろう。

「いい射撃だった」

上官からはそれだけを言われた。沈黙線のむこうかからやってくる者をみつけて淡々と殺すだけの、四十代の将校だった。励子は正しいことをしたのかどうかわからず、当時は疑問にも思わなかった。

ブラディマリーが殺した一人目は、すくなくとも人となりを知った相手だった。励子はなにも知らない。そのことにぞっとした。

若名ビショップ
西テクサーカナ砦
二〇二〇年春

1

ナチスはそこを〝正直ラボ〟と称している。実際には仮設の拷問施設であり、容疑者が尋問に〝正直〟に答えるようにする場所だ。

若名(わかな)ビショップは秘密警察、特高の比較的新しい課員だ。一年前の採用後、西テクサーカナ砦に派遣されて、郊外のある倉庫の噂を調べてきた。そこにはいった者は二度と出てこないとされる。

　ビショップはZコートの襟を引き寄せた。このZコートはモデル5・9で、現在はトレンチコートを模している。服の光学属性を調節して外観、色、透明度、長さを変え、レトロ風から現代スタイルまで自在に切り替えられる。ビショップは黒のコートを好んだ。下になにを着ていてもわからないのがいい。

　ビショップ自身は髪を長く伸ばしてポニーテールにしている。身長は百八十糎(センチ)。筋肉質の体と頑丈な肩でどんな難局にも突進し、突破する。鼻はブルドッグのように丸くつぶれているが、とがった眉がつくる強い視線はなにものも見逃さない。濃い黒髪は日本人の父親から、鋭い茶色の瞳は中国人の母親から受け継いだ。カウアイ島で両方の言葉を話しながら育った。

「なにかわかったか？」

　ビショップは靖(やす)に訊いた。特高(TPF)の鑑識官で今夜の現場をまかされている。倉庫の外ではテクサーカナ警察が早く現場を調べようと待っているが、優先権は自分たち二人にある。靖はいつもむさ苦しく、スーツを着て、煙草のにおいをさせている。

「十八人分のDNAが出た。半分はドイツ系だな」

　ということはやはりナチスのしわざだろうか。すくなくとも十八人がここで拷問されたらしい。ドイツ市民か、独領アメリカの反抗的住民か。ナチスは外国人の囚人よりむしろ自国の造反者にきびしい。

　ビショップは倉庫内の情報を集めるために、電卓の後付けセンサーを操作して〝犯行現場〟モードを選んだ。電卓はデータを集め、基本的な鑑識処理をほどこし、高解像度の画像を撮影しはじめた。特高のデータベースに転送しながら、ビショップの目のコンタクトレンズにも送る。フィードバックが視野を流れはじめた。

　倉庫内の過去の状況については記録がない。西テクサーカナにドイツが建てたビルは大半がデータ不足だ。

おおまかに見たかぎりでは、もとはベルトコンベアがいくつも設置されていたらしい。いまはほとんど撤去されている。梱包会社だったのだろうか。広い空間にスポットライトがいくつか吊られている。これらが尋問中の被疑者をまばゆい円形の光で照らしていたのだろう。

「空き家になってどれくらいだ？」

「死体の一つもないとわからんな」

ビショップの問いに、靖は答えた。

こいつと組むのはこの一週間で四回目だ。靖は死体がいかにして死体になったかを調べるのにやや異常な情熱をしめす。このラボで起きたことを推測し、さまざまな拷問手法の痕跡を検知して解説する。レーザーメスや高精度焼灼器などが使われたらしい。驚くにはあたらない。テクサーカナ砦の戦闘でナチスが撃ってきた銃弾さえただの銃弾ではなかった。幻覚作用のある毒物が塗布され、それが犠牲者の血中にはいると精神が恐怖の渦に呑まれた。

「これといった発見はないのか」

「いまのところ普通の発見ばかりだ」

ナチスが使っていた倉庫跡とわかっただけでは、ドイツ大使館への抗議くらいしかできない。ナチスはそれに対して、〝西テクサーカナ砦は原則的にドイツ領であり、管轄権のない国からあれこれ言われるすじあいはない〟云々といつもの反論をするだけだ。法的水掛け論のなかでは、死者は厄介な脚注でしかなくなる。

それだけの場所とはとても思えない。悪名高い〝正直ラボ〟の跡地がこんなにきれいさっぱり片づいているはずはない。死体があるはずだ。周辺か、地面の下か。

ビショップは倉庫の外を見てまわった。変わったところはない。木箱がいくつか積まれている。すこし気になる。電卓のスキャナーで調べると中身は空。ただ積まれているのか、それとも……なにかを隠しているのか。

どかしてみた。下からパネルがあらわれた。施錠はされていない。引き上げると、地下への階段がある。靖に短いメッセージを送って、南部式熱線銃を抜き、電卓の照明機能を使って階段を下りはじめた。下からは不気味な青い光が漏れてくる。電卓の画面で熱反応の有無をたしかめながらゆっくり下りる。動くものはない。しかし人の気配がする。

「特高の若名ビショップだ。抵抗する者は撃つ」

特高と聞けば九割九分は投降する。残り一分が戦闘になる。想定外なのは沈黙だった。

床に下り立つと、銃器を詰めた木箱が十箱あった。それだけでも警戒にあたいするが、もっと不愉快なものがあった。人体がおさまるサイズの円筒形のガラス容器が四つあり、液体のなかに切断された人体の各部が無数に浮いていた。

ビショップは体をこわばらせ、顔をゆがめた。これこそ追跡中のナチスの科学者、メッツガー博士の所業ではないか。まさに鬼畜。特高の報告書によれば、博士は独領アメリカでこのような人体実験をくりかえし、犠牲者数は千人におよぶ。

吐き気をこらえて、発見した証拠品を観察した。切断された少女の生首がふいに目を開き、ビショップはぎょっとした。

「おい、意識があるのか?」

ビショップは呼びかけた。しかし少女は何度かまばたきして、また目を閉じた。

ナチスの悪行は何度見ても不愉快だが、とりわけこの少女はビショップの姪に似ていた。まさかと思って観察し、姪ではないと確認した。それにしても背すじが凍る。

ビショップは階段を駆け上がって靖を呼んだ。ようやく下りてきた靖は、地下室の光景に目をみはった。

「たしかにメッツガー博士のしわざだ」

「楽しそうだな」ビショップは正反対の表情で言った。

「こんな完全な状態で残された宝の山は初めてだ」

特高のフィードでメッツガー博士のプロファイルをあらためて読んだ。本業は歯周病専門の歯科医。しかしその生物学的好奇心は歯と歯肉を超えて人体すべてにおよんだ。メッツガーの家族は先祖代々アメリカの白人至上主義者で、当初はナチスがアメリカから他人種を駆逐してくれると期待し、歓迎していた。しかしこの期待は、ご多分に洩れず失望に変わった。ナチスは白人もこまかく分類し、ドイツのアーリア人だけを優越人種とみなした。メッツガーは旧アラバマ州のバーミングハム生まれで三十四歳。違法な武器取引も手がけ、日本合衆国(USJ)の反乱分子に武器を供給していると見られる。その密輸行為がまず特高の捜査対象になり、生化学実験の失敗で百二十三人を殺したことでお尋ね者リストの最上位に躍り出た。

しかしこの地下室を見ると、当初の想定よりはるかに大きな事案になりそうだ。

「こいつは時間くいそうだな」靖が言った。

「応援を呼ぶか？」

靖は憤然とした。

「ばかいうな。とにかくTPFをいれるな」

テクサーカナ警察とあとで一悶着ありそうだ。ビショップは切断された人体部品をあらためて見た。少女に目がいく。

「五十六人分かそれ以上ある」と靖。

「生きてはいないんだろう？」

靖は答え方に迷うようすだ。

「医学的には生きてない。でも生物学的にはどうかな。部位ごとに再利用可能かもしれない」

「どういう意味だ？」

「つまり、人間としては死んでるが、部品単位での移植はできるはずだ」

五十六人分の死体の部品か。不快きわまりない。靖は続けた。

「詳しく調べるには時間がかかる。ところで、どれもパッキングしたうえで、〝ウルフヘトナー〟と書かれてるが、どういう意味だ」

ウルフヘトナー? ビショップは見当がつかず、首を振った。

「さあ」

「近くに関係する情報があるはずだ」

「銃の箱はどうだ」

「伝票によれば、ダラスの中島空港へ運ぶ予定だった密輸品のようだな。なにかわかったら電卓に送る」

ビショップは切断死体をもう一度見てから、ダラス都会行きの新幹線の時刻表を電卓で確認した。急げば十六時ちょうどの弾丸列車にまにあいそうだ。TPFの指揮官は上にいる。管轄権について彼女がうるさく主張しないことを願った。

新幹線にはかろうじてまにあった。テクサーカナ駅では特高の身分証を提示した。あらゆる交通機関に無料で乗れる通行手形だ。特高の文字と眼が図案化され、その下に〝警察手眼〟の四字が刻まれている。

座席についてベルトを締めると同時に、列車は動きだした。車内の電卓ディスプレイは今日のニュースの要約を流している。沈黙線で続くナチスとの緊張関係についての話題がおもだ。

電卓で姪のレナに電話をかけた。母親のマイアが出て、レナは隣にいた。

「ビショップおじさん!」

レナは声をあげた。八歳で、ビショップの死んだ弟とおなじく茶色の目がいきいきしている。

「今日来る?」

姪の顔を見てほっとすると同時に、ラボの少女の死相を頭から追い払おうとした。

「今日は無理だなあ」

「週末のあたしの演奏会には来る？」

「なんとか行けるようにする。河田の曲は練習できたかい？」

「目隠ししても弾けるわ！」

亡弟はそうやってバイオリンを練習していた。レナもその話を聞いて、おなじ方法で練習していた。

「送った動画は見てくれた？」

「まだだ。でも見るよ」ビショップは約束した。

「完璧に二回弾いたのよ」

　そこにマイアが割りこんだ。

「睡眠時間をけずって遅くまで練習してるのよ。それはそうと、レナが学校でおかしなことを言ってるの。聞いて――」

　しかしそこに上司から緊急連絡がはいった。

「ごめん。あとでかけなおす」

　義妹との電話を切って、上司からの電話をとった。

特高の槻野昭子警視監。韓国人とフランス人の血が半々の彼女は、この思想警察で最高の課員の一人だ。テロ組織GW団との戦いで両腕を失いながら、生体機械の腕を装着して敵を殲滅した。その苛烈さからGW団は彼女を〝災厄〟と呼んだ。普段の沈着冷静なようすからは、かつてテロ組織を壊滅に追いこんだ勇猛な戦士の姿は想像しにくい。しかしビショップも普段は特高課員であることを隠している。

　槻野は開口一番に言った。

「ダラスに着いたら、山崗総督の執務室へ行け」

「どんな用件で？」

「中島空港についてだ。あそこは陸軍の管轄だが、靖の報告にしたがって、テクサーカナからの同様の荷物がさらにいくつかみつかったらしい」

「早いですね」

「その荷物を調べろ。ただ陸軍は貴様にお目付役をつけると言っている」

「なるほど」

「陸軍には用心しろ」
「どのように？」
「友好的に、親しげにしてきても、相手は陸軍だ。指向も考え方もちがう」
「打倒ナチスという点はおなじでは」
「打倒の定義が異なるかもしれない」
通話は切れた。

義妹にかけなおしたが、出ない。そこで姪から見てと言われた動画を見た。目隠ししてバイオリンを弾くようすだ。何度かまちがえながら、最後まで弾きとおした。練習後を撮影した動画では、塩キャラメルのケーキとストロベリーアイスを食べたいと主張した。亡弟も甘党だったと思い出して、ビショップは笑顔になった。いっしょに陸軍にいたとき、除隊したらレストランをやろうと話しあった。兄がメインのコース料理をつくり、弟はデザートを担当する予定だった。

そんなことを思い出していると、靖の報告書が電卓に届いた。ラボで発見された犠牲者と、かつてメッツガーが化学物質の人体実験に失敗したときの多数の死者を写真で比較している。死体は皮膚が腐敗し、筋肉は収縮して落ちくぼんでいて不気味な表情だ。

ビショップは捜査の予備報告書を作成、提出した。上司が読んでなにか気づいてくれることを期待した。

二十四時間近く起きているので疲れた。軽く仮眠をとるつもりで目を閉じた。

とたんに記憶に襲われた。呼吸が荒くなる。息苦しさに過去へ引きもどされる。ナチスに拘束された過去。鎖で縛られ、眼球に針を刺され、血管に薬剤を注入された。つかのまの睡眠さえ一カ月にわたって奪われた。

ビショップは目をあけ、眠れないまま車窓の外を見た。緊急機動防衛隊（RAMDET）の蟹（カニ）メカが西テクサーカナからダラス都会への列車を警護している。姪の動画をもう一度見た。

ダラスの猪田駅に到着すると、弾丸列車から地下鉄に乗り換えた。

すれちがう市民のプロファイルが視野に浮かぶ。それぞれの人生の要約がアクセス可能な範囲で表示され、次々と通りすぎる。経済状態、最新の健康診断結果、それに紐付けられた家族歴、社会階層。死に方までデータによって克明に予測される。興味深いことに、それらの個人情報の大半は自発的に提供されている。ソーシャルと呼ばれる機界の交流空間で、ユーザーは顔写真、思想信条、経歴を自己申告している。プライベートなメッセージのやりとりにも特高はアクセスできる（高度なフィルターと検索技術で、あらゆる話題における個人の思想を簡単に抽出できる。消去されても特別なカテゴリーとして閲覧可能だ）。

たとえば、隣に立つアルコールと臭豆腐のにおいをさせた男は、バカラ賭博中毒で一週間前から毎晩妻と喧嘩している。また椅子にすわると痔の出血で座面を汚してしまうらしい。

そのむこうにすわった女は多重債務者で、複数の債権取り立て屋に追われている。大学に数年残るために借金したのがはじまりで、いまは困窮して膀胱炎の治療さえままならない。

むかいの席の男女は泣く子をあやしているが、赤ん坊との血縁をしめす公的記録はない。女に妊娠の医療記録はなく、養子縁組の届けも出ていない。最近一週間に二人とも昔のアメリカの理想を賛美する発言をしている。ビショップは地元警察に注意をうながすタグをつけた。

駅で数百人が降りて、数百人が乗ってきた。混雑したJRダラス都会線の全乗客の個人情報が若名ビショップに流れこむ。この世にプライバシーは存在しないと、特高課員になって知った。

もともと存在しなかったのかもしれない。

数字と統計で見る世界は奇妙だ。だれもが丸裸だ。

例外は特高の同僚、一部の政府職員、特別な免除者だ。現役の軍人は公開情報に制限がかかる。わかるのはおおまかな配属、経歴、階級、受勲歴までだ。

ビショップ自身は陸軍時代から電卓の利用に慎重だった。小隊では被害妄想と笑われるほどだった。しかしいま、私的なメッセージを電卓利用の最初期までさかのぼって見られる立場になって、当時の慎重さは正しかったとわかった。

数千のプロファイルが浮かぶ満員電車のなかで、物理的にも精神的にも圧迫感をおぼえた。みんな生活に余裕がなく、かろうじて食いつないでいる。一人一人がかかえる困難（財務表と医療記録）、欲望（電卓の検索履歴）、交友関係（メッセージの枝分かれリンクにあらわれる親密度）、ささやかな癒やし（ゲームプレイ時間、映画の視聴傾向、小説の好み、サイバーバブルの利用プログラム）がすべて見える。

エアコンの調子が悪いのか、車内が暑い。ビショップは額の汗をぬぐった。日本語と英語で流れる車内放送に本能的に耳をすませた。次は降りる予定のダウンタウンの駅だ。下車すると、無数の顔の印象はたちまち消え去った。

駅の東口はダウンタウンながら見映えの悪い地域が広がっている。空き地にはホームレスのテントがいくつも立っている。一年前のナチスの攻撃で破壊されたビルの玄関には困窮者がすわりこんでいる。一部の男女はビショップの電卓にプロファイルが表示される。もとは中流階級だったが、さまざまな事情で財産を失った。ある女が手にしたボードには、〝初めて出産した男の子に飲ませる乳も出ません。お金をめぐんでください〟と書かれている。

ナチス攻撃前のかつての東口のようすを電卓の視野に映してみた。繁栄した市街だったようだ。洞窟のような廃墟は当時、ビショップのお気にいりであるカレー味のパストラミサンドイッチ店だった。柱が立ち並ぶだけの廃墟は、かつて病院だった。

ビショップは過去の映像を消し、目的地にむかった。

市庁舎の近くには四機のメカが常駐し、周辺の不審な動きを警戒していた。行政関連のビルのまわりには政府職員と軍人の姿が多い。山崗の総督就任後に多くの建物で改装工事がおこなわれている。画家の五十嵐ゲンによる新作展示会〈不滅の宇宙犬タナカちゃん〉の広告がたくさん出ている。来年完成予定の集合住宅はそろってナチスの攻撃に耐える強化壁を宣伝している。

山崗総督のダラス事務所には日本の甲冑がいくつも飾られていた。ビショップは受付で挨拶した。

「こちらの事務所で人に会うことになっています」

受付嬢は電卓を確認して答えた。

「おすわりになってお待ちください。すぐまいります」

椅子は厚手のクッションに見えたが、腰を下ろすと硬くてすわり心地が悪かった。立って陳列棚へ行き、総督が受けた賞や勲章の展示を眺めた。

「ひさしぶりじゃん、ビショップ」

振り返って驚いた。高校時代の同級生、守川励子だ。表示されるプロファイルはすべて空欄。ということは彼女が陸軍のお目付役なのか。

「励子? 俺のこと憶えててくれたのか」

ビショップは驚きの声をあげた。励子は笑った。

「あたりまえよ」

励子の髪は長く、黒に近い紫だ。膝丈の黒い薄手のコートをはおっている。

高校時代はおなじクラスで、政治問題についてよく議論した。日本の本州と北海道への修学旅行ではおなじ班で行動し、ビショップが料理のガイドをした。当時からビショップは外国料理をつくって友人たちに食べさせるのを趣味にしていた。励子は味覚が鋭く、意見が的確だった。卒業後も何年かソーシャルでメッセージをやりとりし、料理や店のおすすめ情報を教えあっていたが、いつのまにか疎遠になっていた。

椥野課員は二人が旧知であることを知っていたのだろうか。

「ここでなにしてるんだ？」

「最近まで山嵜将軍の副官だったのよ」それはかなり特権的な立場で、プロファイルが非公開設定なのも当然だ。「あんたこそ特高課員になるなんて意外」

「俺自身も意外だ。おまえはメカパイロットになったのか？」

「カタマリ級に乗ってたけど、最近はあまり搭乗機会がなくて。いまは総督に命じられてメカパイロットの育成カリキュラムの見直しをやってる。特高暮らしはどう？」

「それがな。いつかきっと小部屋に閉じこめられて、いままではただの適性試験で、結果は落第だと宣告されるんじゃないかって気がする」

「思想警察のくせに、そんな詐称者(インポスター)症候群めいたこと言って」

「だから詐称者をみつけるとピンとくるのさ」

励子は笑った。

「どうして特高なんかに？」

「どういう意味だ？」

「高校時代は鮨職人になるものだとばかり思ってた」

「おかしな巻き鮨を食わせたっけ」

「フライドチキンとフライドポテトが酢飯(シャリ)と山葵(わさび)とあうなんて、想像もしなかったわよ」

「見ため最低って言われたな」

「言った。食べたら最高だった」

「あわないネタをあわせる魔法の調味料があるんだ」

「どんな調味料？」

「秘密だ。べらべらしゃべるようじゃ特高失格だ」

「つまり、特高課員になったわけもしゃべらないと」

「過去の貢献と犠牲がいつのまにか評価されていたってことにしておこう」

励子は苦笑した。

「いいわ。槻野警視監からの報告は読んだ。メッツガー博士という男が銃の密輸をやってるのね」

ビショップはうなずいた。

「中島空港にある荷物から証拠が出ればいいんだが」

「行ってみましょう」

「地下鉄で？　タクシーで？」

励子は首を振った。

「メカで」

カタマリ級に乗るのはビショップは初めてだった。というより、最近のメカにはほとんど乗ったことがない。イナゴ號は小型で敏捷で、交通渋滞をかきわけて移動するには最適だ。車輪を接地させ、レールに乗って市内をすり抜ける。

ブリッジは外観の印象より狭い。励子の操縦席、ナビゲータ席、砲術管制席のほかに余分な空間はない。正面にハッチがあってほかのメカと連絡できるようになっている。非常用ロッカーにはロケットパックが二セットある。ビショップはナビゲータ席にすわった。

「ナビゲーションパネルの使い方はわかる？」励子が訊いた。

航空歩兵ともいうべきロケットパック隊にいたビショップは、ナビゲーションについてもひととおり習得していた。操縦クルーの負傷にそなえて非常時のバックアップ訓練を受けさせられたのだ。それを説明しながら、言い訳もした。

「数年ぶりで錆びついてる。そのうち思い出す」

「どんなメカに配属されたの？」

「俺はジャンゴ隊に所属して、サイレン號から出撃した。パイロットは新島(にいじま)リーナ中尉だった」

「新島は二つ上の先輩ですごく優秀なパイロットよ。

いいところに配属されたわね」

「どうだか」

「気があわなかった？」

「気があうとかじゃない。わが身が大事で、兵隊をかえりみないパイロットだった」

「自分だったらどうした？」

ビショップは肩をすくめた。

「優先順位はちがっただろうな」

必要以上に声を荒らげてしまった。

「ごめん。詮索するつもりはなかった」

「べつにいい」

ナビゲーションパネルにもどり、記憶をたどって操作した。あるボタンに手を伸ばすのを見て、励子が止めた。

「それだめ」

「これは？」

「自爆スイッチ」

「まじか」

「特定の押し方で起動する」

ビショップは手を遠ざけた。

「この機体で敵と戦ったのか？」

「実戦は一度だけ」

「どうだった？」

励子は渋い顔ですこし考えてから答えた。

「イナゴ號は性能を発揮した。でもわたし自身も多くを学んだ。次の戦闘ではもっとうまくやる」

「つまり、下手だったってことか」

励子は笑った。

「まあ、機体は無事でわたしは生きてる。ほかに望むべくもないわ」

「まあな」

この高さからだとダラス都会の高層ビル群がおもちゃの街並みのように見える。市民生活は混沌としている。ダウンタウンはインフラの大規模改修中で、上層階全体の工事が十年も続いている。沈黙線の衝突が頻発するため、周辺部は要塞化が進んでいる。主要な住宅地には核シェルターが建設されており、高額の入居費さえ払えば豪華で高級な地下施設を利用できるらしい。

　市街のあちこちに国粋主義の標語が掲げられている。コントラストの強い色で正邪を区別する。〝天皇陛下に至誠の敬愛を捧げよう〟〝疑わしきは一報を〟〝カンザスを忘れるな〟〝一九九六年七月二日を忘れるな〟……。

　中島空港には二十分弱で到着した。周辺にはアヌビス級二機が立つ。後方にもセントリー級一機の姿があるが、稼働していないようだ。警備の許可を得て軍区画に駐機し、ラダーで地上に下りた（カタマリ級は大型メカほど内部空間やエネルギーの余裕がないため、プラットフォーム式のエレベータは装備しない）。下には数人の技術者が待機し、イナゴ號の要整備項目を励子から聞きとった。

　励子はパイロットスーツのまま空港ターミナルへ歩きだした。靴だけは歩きやすいものに履きかえている。ビショップはZコートを設定変更してポンチョと半ズボンにした。

「またへんな組みあわせ。あいかわらず足首が細くてふくらはぎが太いのね」

　言われてビショップは励子を見た。へんだという自覚がないので答えようがない。

「まわりにあわせようとしたんだけど」

「目立ちすぎ」

　普通のズボンとコートに変更した。

「どう？」

　励子は笑った。

「あんまり意識しないで」

　軍の職員が二人を迎えた。

「S9」励子はそう呼んだ。「連絡をくれてありがとさすがにわずらわしい。スピーカーからは、〝疑わしい行動を見たら報告を。用心こそ安全の鍵〟という標語がくりかえし流れている。

ターミナルをいくつか通過する途中で、励子がある建物の絵画を指さした。

「あれ、いい絵ね。わたしの好きなロナ・Ｌの作品よ。鮮烈で写実的」

カウアイ島で励子に連れられて画廊めぐりをしたことを思い出した。画家の特徴をうまく説明してくれたものだ。

「その画家の作品を探してみるよ」

「ついでに思想警察は一部の画家への取り締まりをやめてほしいわね」

「特高への誤解じゃないか」

「お気にいりの画家が去年二人も逮捕されたのよ」

「理由は？」

「非人道的な絵だからって」


う」

「そちらは特高課の？」

Ｓ９はビショップを見て言った。あからさまな敵意はないが、歓迎してもいない。軍人はたいてい特高が好きではない。

「そうだ。みつかったものは？」

「モルモットの動く剝製数百個がはいっているはずの剝製師あての荷箱から、武器が」

「見せてもらっても？」

「もちろん」

Ｓ９のプロファイルを見ると、昨年、遠縁の従弟が特高に逮捕されている。電卓ゲームの『キャット・オデッセイ』をプレイ中に皇国に批判的な発言をした容疑だった。結果的に無罪で釈放されたが、職とソーシャル上の友人関係の多くを失った。Ｓ９が特高を敵視するのもしかたないだろう。

空港内の移動中はプロファイルの表示を停止した。

冗談かと思ったが、強い身ぶりからすると本気らしい。あとで調べておくことにした。それとも励子はビショップがかかわることを望まないだろうか。

倉庫にはいった。輸送される荷物がずらりと並び、レイバー級メカが仕分けを補助している。

Ｓ９にしめされた四つの箱をあけると、たしかにモルモットの剝製のおもちゃがぎっしりはいっている。励子はのぞきこんでモルモットをかきわけ、あらわれた内箱の蓋をあけた。中身は銃。そのほかに電子部品のチップと正体不明の機械部品もあった。

「載せる予定だった便はどこ行き？」励子がＳ９に尋ねた。

「ロサンジェルスです。これは？」

「ＫＬＧＯＦ-９９２１。メカ用ＢＰＧの基幹部品よ。高価で、そもそも民間人は入手できないはず」

ビショップは驚いた。

「なぜナチスがメカの部品を送ってくるんだ？」

「それが問題ね」

「発送元は？」ビショップはＳ９に質問した。

「伝票によるとアニマルライツ活動家協会アトランタ支部。代表者はフランク・レントハウザー。大尉の要請で――」Ｓ９は励子を見て言った。「――まだ拘束していません。監視だけをつけています」

名前からすると独領アメリカの住人だ。太平洋戦争後、皇国臣民はすべて日本名で戸籍をつくることを求められた（ただしほとんどは出身国の言語でニックネームを持っている）。一方、第三帝国は姓の変更を法律で禁じた。出身民族の隠蔽を防ぎ、純粋アーリア民族との区別を明確にするためだ。

「ちょっとはずしてくれる？」励子がＳ９に言った。

「この荷物については知るべき立場にあります」

「わかってる」

励子が譲らないため、Ｓ９は不満そうにその場から離れた。

「今後の対応は？」励子はビショップに訊いた。

「押収して鑑識にまわす。内容物の詳細がわかったら、このレントハウザー氏を尋問して、必要な情報を吐かせる」

「それはどうかな……」励子は疑問視する顔だ。

「どこがまずい」

「レントハウザーが荷物の中身を知っているとは考えにくいわ。そこでほかのやり方を提案したい」

「聞こう」

「あんたは電子部品のチップを一枚だけ抜いて特高の鑑識に持ちこむ。残りはそのまま送る。ロサンジェルスに配送するまでレントハウザーの動向を追い、受け取りにあらわれた連中を根こそぎ拘束する」

よさそうな案だが、槻野がどう言うか。

「上司の判断をあおがないと」

「どうぞ」

「そっちは許可いらないのか？」

「全権委任されてるから。あんたの上司がだめだというなら独自にやる」

ビショップは槻野昭子に連絡し、励子の計画を説明した。

「貴様の考えは？」

「やってみる価値はあると思います」

「陸軍が言いだしたのなら、むこうにまかせろ。メカの部品をできるだけ確保して、本部にもどれ」

「しかし警視監、成功すれば有力な手がかりを得られます。せめて同行を――」

「配送先にメッツガーがいれば陸軍が拘束する。いなかったら貴様は無駄足だ」

「でも――」

通話は切れた。

「梯子（はしご）をはずされた？」励子がからかった。

「別件が持ち上がったんだ。そっちを捜査する」ビショップは嘘をついた。

励子はせせら笑った。

「特高にも怖いものがあるのね」

「愉快そうにしやがって」

「ええ、愉快。あんたたちはいつも権柄ずくだから」

「俺はまだ新人あつかいなんだよ」ビショップは荷物を見た。「一人で大丈夫か？」

「一人で行くとは言ってないわ」

二人はカタマリ級にもどった。励子はラダーを登りながら言った。

「ひさしぶりに会えて楽しかった。短いあいだだったけど」

「こっちもな」

「この事案が片づいたら、どっかで飲もうよ。あんたの上司の許可が下りたら」

「許可なんかいらねえよ」

メカが轟音とともに去ったあと、ビショップの頭にはひっかかるものが残った。どこがどうと指摘できないが、S9が気になる。そこでS9の電卓の通信記録にフラグを立てた。電卓の電源が切られていても、本人がメッツガー博士の名、または二百十種類の指定注意語のいずれかを口にしたら通知が飛んでくる。

ビショップは軍の送迎シャトルに乗り、押収した二枚のチップとともに特高のダラス拠点へもどった。

2

廃空港の一見すると殺風景な格納庫が、特高拠点の入り口だ。ダラス都会における日本の秘密警察の重要施設であることをうかがわせる標識などはない。しかしその地下四十階まで施設が隠れている。

ここが本来のエントランスだが、課員が緊急時に使える出入り口もダラス都会のあちこちに五カ所もうけられている。かつての下水溝を利用したトンネルでこの拠点とつながっている。

ビショップは中央格納庫脇のスモークガラスのドアからはいった。内部はロビーで、大きな屋内庭園に川が流れ、橋がかかっている。特高の施設を予想しない訪問者には皇国神社に見える。襲撃者に対しては、植え込みのあちこちに銃が隠れ、各種の罠もしかけられている。航空爆撃に対してもプラズマフィールドで守られるという噂だ。課員が現場活動から帰ったときに通過が義務づけられている液体カーテンも、同様の原理によるものだ。

四人の受付係はビショップを無視した。これは認証ずみだからだ。声をかけられたのは初訪問時だけで、指紋採取と網膜スキャンをやったらそれっきりだ。

四基あるエレベータの一つで地下一階へ下りて、セキュリティゲートへむかった。ロビーの庭園とは対照的に通路の壁は無機質だ。秘密主義の特高の性格があらわれている。

保安検査だけを受ける課員の通常入り口と、現場活動からもどった課員専用の入り口が分かれている。ビショップは押収したチップを証拠品容器にいれて提出し、それはすみやかに運び去られた。

次は全裸になった。たたんだ服を検査装置にいれ、歩いて青い粘液質の液体カーテンを通り抜ける。体に付着した有機性の異物がこれで検査される。X線や温度スキャンにひっかからない化学物質もみつかる。通過するとすぐに温風をあてられ、粘液はすみやかに蒸発した。アラームが鳴らなかったので合格とわかり、服を着た。

拠点の内部は内臓のように曲がりくねった通路が無数にある。そのなかで課員は目的の部屋へ迷わず歩く。広いカフェテリアや訓練場もあるが、会話はすべて監視されている。どの通路も何時間歩いてもほとんどだれともすれちがわない。課員はオフィスにこもり、捜査は電卓経由の調査（構内システムは一般の機界ネットワークから遮断されている）や検閲局からのデータ収集でこなしている。

照明は人感センサーと連動し、だれかが通りかかると点灯する。ビショップがかつて勤務した陸軍基地とちがい、トロフィや過去の褒章などは飾られていない。業務分野をしめす看板もない。殺風景な通路が連なり、一人用のオフィスと数人の課員が集まれる会議室があるだけだ。課員同士に接点を持たせないように会議は極力おこなわない。割りあてられるオフィスは定期的に変更され、この拠点以外にも市内のあちこちにある。その大半は一部の者しか知らない。

いったん自分のオフィスにもどった。地下三階の狭い部屋で、やはり飾り気がない。それでも陸軍では大部屋に全員が机を並べていたので、プライバシーがあるぶんましだ。ガラスのデスクトップには三枚の電卓画面が埋めこまれている。入室するとプロジェクタが起動し、円形に並んで点滅するメニューが表示される。

十五の部門から書類の要求が来ていた。メカ部品についての初期報告書が回覧されたら、忙しさはこの程度ではすまなくなるだろう。

次にカフェテリアに行った。ここは専任スタッフが二十三人いて、調理員は許可なく施設外へ出られない。食事はすべて施設内で調理される。課員の健康維持のために新鮮な有機野菜だけを使い、化学添加物は避けている。課員は定期の血液検査で栄養のかたよりが発覚すると、補うために特別メニューが出される。

数百人分の席があるカフェテリアは陸軍とは対照的だ。陸軍では食事とは名ばかりの化学合成の得体のしれないものを食べさせられたが、特高では大事な課員にそんなものは出さない。テーブルや席は和風ではなく欧米流のデザインだが、障子で仕切られた個室もある（防音処理もほどこされている）。

ビショップはほうれんそうサラダを注文した。チーズやドレッシングはかけず、トマトとセロリがのっているいる。手早く食べながら、頭ではS9について考えつづけた。

　食後は上司のオフィスへ出頭した。ビショップのオフィスよりさらに無機質だ。

　槻野昭子に初めて会ったのは一年前だ。一般の警察官だった当時のビショップは、警察と裏でつながったヤクザの構成員と一悶着を起こし、署長の怒りをかって留置場に放りこまれていた。そこに槻野があらわれ、身分証を提示されたときは、とうとう特高の餌食になるのかと観念しかけた。それが特高課員採用の話だと聞いたときには、からかわれているのかと思ったものだ。

「募集に応募したのはたしかだな」槻野が尋ねた。

「はい。でも初期選考で蹴られると思っていました」

「なぜだ」

「ご存じでしょうが、父は死刑判決を受けた国事犯です。ある憲兵の虚偽の告発によって切腹させられました」

　槻野課員は顔色一つ変えなかった。

「知っている。当時あたしも不当な判決をくつがえそうと手をつくした」

　予想外の答えだった。

「あなたが？」

「父上といっしょに戦ったこともある。あたしにとっては心の師だ。せめてそれくらいはやる」

　意外だった。父と面識があったばかりか、それを認めたことに驚かされた。

「若名将軍の名誉は回復された」槻野は指摘した。

「表面的にはそうですが、俺はいまも後ろ指さされて生きています」

「そういう相手といちいち喧嘩しているからそう感じるんだ」

「父親に国賊の濡れ衣を着せられて黙っていろと？」

「殴って解決するか？」

「いいえ。でも気は晴れます」

「若名将軍はもっとも倫理的な上官の一人だった」

「そんな賛辞を母以外から聞いたのは初めてです」

「彼が受けた扱いはきわめて理不尽だった。それときみの評価はべつだ。しかし採用されると思わないのになぜ応募した？」

「父を死へ追いこんだ憲兵を探す手がかりを得られるのではと期待したからです」

「なるほど」

「虚偽の告発をした憲兵をご存じですか？」

「知っている」

「まだ生きていますか？」

「それを知ってどうする」

「十年以上も探してつきとめられないんです」

「生きているとしたらどうする」

「あたりまえのことです。正義の裁きを受けさせます」

「その情報にどんな代償を支払う？」

「どんな代償でも」

槻野は看守に合図してビショップを釈放させた。

「彼女のところへ案内してやる。貴様のいう〝正義の裁き〟を見せてもらおう」

「若名課員、聞いているか？」

机のむこうにすわった現在の槻野に問われた。ビショップははっとして答えた。

「荷物はどうもおかしいと感じました」

「具体的には？」

ビショップは考えてから答えた。

「タイミングがよすぎるのと、密輸のやり方がずさんすぎる点です」

「本命の荷物から注意をそらすためのおとりという可能性もあるか」

「やはり偽の手がかりでしょうか」

「それを判断して報告するのが貴様の仕事だ。証拠品のメカ用電子チップについてだが、初期的な検査では古い部品らしい。最新に見せかけているが」

「機能しますか？」

「現行のメカではだめだ」

ビショップはしばし黙った。

「励子に注意しないと。受け取り側で罠がしかけられているかもしれない」

「陸軍にまかせておけ。こちらの仕事は本命の荷物を追うことだ」

「その荷物はどこに？」

「貴様が調べるんだ。心あたりはあるか？」

ビショップはS9につけた監視の糸について話した。

「ほかの空港職員も要注意だな」槻野は言った。

「過去から最近までの通信記録を調査中です。警官時代の経験でいうと、職員を買収して密輸を手伝わせるのはヤクザの常套手段です。昔の協力者にあたれば手がかりが得られるかもしれません」

「なにかわかったら報告しろ」

ビショップは一礼して退室した。


その晩は特高の仮眠室に泊まったが、なかなか寝つけなかった。新品のカーペットのにおいが気になる。起きて、腕立て伏せを連続百回やって、熱いシャワーを浴びて、あらためてベッドにはいった。ようやく疲労が考え事を上まわって六時間眠れた。夢はみなかった。

目覚めて電卓を手にとり、毎朝自動で流れる特高の動画メッセージを見た。朝敵による前日の犠牲者を生々しい映像とともに報じ、特高の任務の重要さを強調する。昨日の死者は八名。うち七名がナチスに殺された。特高の公式動画の最後はシンボルマークと〝警察手眼〟の文字だ。

歯を磨いてから、事情を知っていそうなヤクザに話を聞くために出かけた。

ダラス都会の東部には大きな闇市場が三つある。二つはつぶれたショッピングモール。残る一つが最大で、かつてアメリカ時代に複合型の教会だった場所だ。いまはその一部が七鷹（しちたか）という名の市場になっている。

教会としての全盛期には、複数の礼拝所、多数の講義室、四カ所の瞑想センター、改宗者用の宿泊所、各種の宗教行事に使う広場をそなえていた。外界との接触を断って司祭との礼拝に没頭したい過激な信者のための地下施設まであった。

それらの施設が、いまはすべて闇商人の店になっている。旧アメリカの産品も並んでいるが、多くは独領アメリカからの密輸品だ。ソーセージ味のマシュマロや熊肉のフライを使ったピザ味のチップスなど、ナチスのジャンクフードばかり集めた一角もある。軍用レーザーを使って皮膚の放射線熱傷痕を除去、再生すると謳（うた）うもぐりの皮膚科クリニックもある。たいていは症状が悪化するだけだ。あくどい呼び売り商人が声を張って通行人を呼びこんでいる。

「減量にお悩みのあなた！　寄生虫ロボットを試して！　一カ月以内に目標体重になる！」

ビショップは盗品について調べたいとき、とくにナチスがらみの品物を探すときに、かならずこの七鷹に足を運ぶ。市警はこの市場を牛耳るヤクザからたっぷり賄賂をもらって、違法取り引きに目をつぶっている。

人ごみにまぎれるために、ビショップはナレルZ教の信者の格好をしていた。この一派は狂信的なメカ信奉者で、メカは地球神の体現だと信じている。銀色のローブをまとう信者は忠誠心が高い。そして七鷹に大きな支部をおいている。

ビショップの協力者の市華（いちか）も銀色のローブであらわれた。二人は信徒席に並んですわった。ビショップはいつものように追跡不能な圓がクレジットでたっぷりはいった電卓を渡した。

ビショップの視野には市華の前科が表示される。暴行で二回、ヤクザの構成員を殴った容疑で八回逮捕されている。軽微な窃盗、不法侵入、恐喝などはスクロールさせるときりがない。

「ひさしぶりね、若名さん。今日はなんの用？」

「仕事だよ」

「警察は辞めたんじゃなかった？」

「べつの種類の警察にはいった。景気はどうだ？」

正面の祭壇にある大きなセントリー級の頭部を見ながら尋ねた。

「ぼちぼちだね。東テクサーカナのご婦人からボンデージ野球カードの注文がはいって、ミンチ・リーグの揃いのセットを送ったらいい値で買ってくれた」

市場のようすを探る会話をしばらくしたあと、時間がないので本題にはいった。

「メカの部品がナチスから送られてくることはあるか？」

市華は目を細めた。いかにも警戒している。

「メカの部品て、普通はこっちから独領アメリカへ送るよ」

「逆方向の話だ」

市華は顔を寄せて話した。

「荷物の動きは詮索しないよ。それが商売のやり方。でも、二日前に中島空港から大きな箱がいくつか運ばれてくるのを見たよ」

「送り主は？」

「貧乏人にわかるわけないね」

ビショップはまた電卓を渡した。市華が受け取らないので、画面をよく見ろとうながした。開いた市華は口笛を吹いた。

「ずいぶん気前がいいね。どこの警察？」

「質問への答えがほしい警察だ」

「こっち側の受け取りは山森組」

聞いて内心でぎくりとしたが、顔には出さなかった。

「あいつら、まだ根に持ってるよ」市華はささやいた。

「わかってる。いい商売を」

「ありがと、若名さん。あんたみたいに気前のいい客が何人かいれば、こんな生活におさらばできるのに」

　ビショップは返事をしなかった。すでに頭のなかは山森組を探ることにむいていた。

　二十年前、ダラス都会の一部の街区が京都の祇園をモデルに再開発された。そこには観光客だけでなくヤクザも集まる。見習い期間中の若い芸者である舞妓が通りを歩くと、観光客がいっせいに集まって電卓で写真を撮る。しかしこの光景はすでに観光客むけの見世物にすぎない。舞妓も芸者も太平洋のこちら側では絶滅している。

　現代の芸者はもっと高級な地区でナイトクラブのホステスとして生き残っている。その踊りははるかに金のにおいがする。ホステスだけでなくホストもいる。人々は日陰に目をむけたがらないが、ビショップは通りを歩きながら、薬物の影響で路地で震える依存症のホステスや、信用詐欺のカモを探すスカウトを見かけた。

　ビショップの行き先は山森組が経営する餃子屋だ。豚肉と浅葱と酢の香りが外まで漂ってくる。暖簾をくぐると、二十三人の客のプロファイルが視界に浮かび、特高の敵国協力容疑者リストと照合される。狭い店内は夜更けにビールを飲みにきた地元客で混雑している。餃子のメニューは二十種類で、生姜、えのき茸、青紫蘇入りなどを選べる。店と客は気心が知れたようすだ。厨房の二人のうちの一人は言葉の乱暴な中年女で、名を政子という。その餃子の仕上げは揚げ、茹で、蒸しからレンジ加熱まである。

　ビショップのめあてはもう一人の男で、山森組の正規組員、伍郎だ。中央を残して剃り上げた髪は赤く染めて大量のジェルで垂直に逆立てている。ランニングシャツから伸びた腕は動物の刺青でおおわれている。伍郎は政子を手伝って餃子を茹でていた。

政子はビショップを見て、冷ややかな顔になった。

「悪いね、おまわりさん。今夜は満席だから」

「伍郎と話したいだけだ」

「うちのはいま忙しくて——」

無視して伍郎に近づいた。すると伍郎はすぐに出刃包丁をつかんでかまえた。

「荏田(えだ)さんの仇め、殺されにきたのか？」

かつてビショップが山森組の組長の息子を殴って半殺しにしたことを、組員はもちろん忘れていない。

「包丁をおけ。話を——」

伍郎は耳を貸さずに斬りつけてきた。ビショップはその左手をつかみ、熱された揚げ油につっこんだ。悲鳴とともに油がはぜる。伍郎は抵抗し、あばれるが、ビショップは腕力で押さえつける。

「いくつか質問に答えればいい」

店内の客は驚いて声をあげたり、唖然としている。

ビショップはバッジをしめした。

「特高だ。黙って食ってろ」

伍郎の悲鳴が続いているので、その手を引き上げた。皮膚のほとんどが焼けただれ、焼肉と海老フライのにおいをさせている。

「あんた、いつのまに特高に？」

政子が訊くのを無視して、伍郎を店外の路地へ連れ出した。

「悪いな、その手は」申しわけなく思うのは本心だが、こういう極道に言うことをきかせるには暴力しかないのも事実だ。「再生槽で温浸療法をやれば治る。質問に答えたら手配してやる。答えないなら銃で撃って根もとから切断だ。店内にもどって右手もこんがり揚げてやる」

伍郎はすなおにメカ部品の荷物の質問に答えた。さらに荷物を載せる予定の貨物機にメッツガー博士が乗る予定であることも吐いた。

軍の送迎シャトルで中島空港へもどった。上司の槻野に四回かけたが出ないので、これまでの経過を短くまとめてメッセージに残した。電卓にはS9の通信にしかけたフィルターが反応して通知が来ていた。暗号回線経由の通話の録音が送られてきた。

『電卓でかけてくるなんて、なにを考えてるんだ』

相手は怒った声だ。IDはビショップの電卓に表示されない。

『暗号回線を使ってる』S9は言った。

『安全なんだろうな』

『このメッセージは追跡されない』

暗号が特高によって解読ずみとは知らないようだ。

『なんの用だ』

『指示どおりに特高と陸軍に偽の部品をつかませた。でも一杯食わされたと知ったら、また来るぞ』

『わかってる。そのつもりで計画を手直しした』

『どういうことだ？』

『話してもいいが、電卓ではまずい』

通話はそこで切れた。伍郎の証言のウラがとれたことになる。時計を確認すると、ヤクザの取り引き現場を押さえるまで三十分しかない。

危険度が高まったと判断して、励子に警告しようとした。しかしこちらも電源を切られている。メッセージを残した。

「励子、ビショップだ。手がかりを追っているところだが、注意喚起だけしておく。そっちが追ってる荷物はたぶん偽物だ。俺はべつのメカ部品を追って中島空港に来てる。新しい情報があったらまた連絡する」

空港に着くと、電卓の地理位置サービス（GLS）で伍郎が白状した地点を確認した。そちらへむけて全力で走る。

どのセキュリティゲートもバッジを提示して素通りした。行き先は空港南側の自家用機発着場だ。

応援を求めるためにふたたび槻野にかけた。今度はオペレータが出た。

「若名課員、槻野警視監はただいま対応できません。伝言をことづかっています。〝山森組にかかわるな。慎重に捜査せよ。危険になったらすぐもどれ〟とのことです」

「槻野警視監に伝えてくれ。貨物機にメッツガー博士が乗ると」

空港ターミナルを出たところで、旅客用シャトルバスをみつけた。特高権限で制御を奪い、貨物機へまっすぐ走らせた。

遠くないところに大型貨物機が見えてきた。フォークリフトとレイバー級メカが大きな荷箱を機内へ搬入している。数人のヤクザが銃を手に見張っている。メッツガー博士の実験で殺された人々のことが頭をよぎり、アクセルを踏みこんだ。貨物機に体当たりするつもりで走らせる。シャトルバスはヤクザを四人はねとばして突進したが、貨物機に衝突する寸前で急停止した。レイバー級に車体の後部をつかまれたのだ。

ヤクザの一人が車内に乗りこもうとしてきた。ビショップは拳銃を抜いて応戦する。ふいに車体が轟音とともにはげしく揺れた。レイバー級が上から車体を殴りつけたのだ。屋根があっけなくつぶれた。意識が飛ぶまえに聞こえたのは、「こいつが例の特高です」というS9の大声だった。

3

目覚めたビショップは機内に乗せられていた。椅子に固く縛られている。まわりの八人のヤクザからライフルの銃口を頭に突きつけられている。鉤十字の腕章をつけた兵士も二人こちらを見ている。ナチスだ。

機内はエンジン音が充満し、ほかはなにも聞こえない。貨物区画には軍用ジープ四台が固定されている。ナチスがいまだに燃料にしているガソリンくさい。密輸品を詰めた荷箱も積まれているが、中身は不明だ。

Zコートを着ていても寒かった。まわりの者はみな手袋をしている。吐き気がして、腹の奥がずきずきと痛んだ。なぜだろう。まわりの連中に警戒をおこたらないようにした。

二カ所のハッチは閉じられ、窓はすべてふさがれている。ほかは貨物用ドアしかない。しかしパラシュートはなさそうなので、やはり絶体絶命だ。気やすめになるとしたら、むやみに発砲すると機体に穴があいてみんな減圧死することを、ナチスもヤクザも理解しているはずというところだ。

「気がついたね」

金髪のドイツ人科学者が歩いてきた。童顔の美形に四角い眼鏡。

メッツガー博士だとすぐにわかった。近づくと三十代だとわかる。歯の半分が金歯だ。態度に傍若無人なところがあり、まわりの連中はこころよく思っていないらしい。唇は厚く、左の首すじに赤い母斑がある。

「気分はどうだい?」メッツガーは訊いた。

「最高だ」

「特高はどこまで知ってる?」

「正直ラボのこととかな」

「あそこは研究を終えて何カ月もまえに閉めたよ。ジケン計画については知ってるのかい?」

ビショップはどう答えるか考えた。まずは会話を引き延ばすことだ。そのあいだに考えればいい。正直に答えた。

「〝ウルフヘトナー〟に関係あるらしいな」

メッツガーは目を見開いた。

「ウルフヘトナーについてなにを知ってる?」

「人間を切り刻むおまえの不快（シック）な実験に関係あるということだ」

「患者（シック）を治療するのが仕事だけどね。第三帝国司令部も僕の研究の重要性をなかなか理解しない。だからこうして専門外の金稼ぎをしている。研究費を捻出するためにね。でも、ジケン計画を追うでもなく、ウルフヘトナーの詳細も知らずに、どうしてここへ？」

ビショップは単刀直入に言うことにした。

「おまえを逮捕しにきた」

「逮捕？ それはご苦労さま。そもそも僕の居どころをどうやって知ったんだい？」

ここまで真実を話しているので、一つくらい嘘をまぜても通るだろう。

「おまえの暗号メッセージを追跡した」

メッツガーは高慢な笑みで兵士に命じた。

「連れてきて」

市華と伍郎が引っ立てられてきた。床に膝をつかされる。

メッツガーは特殊な銃を取り出した。プラスチックと白い骨のような材質だ。

「生物有機化学材料の銃は未来的だね」

銃身にあたるところが透明なチューブになって、青い液体がはいっている。

市華はビショップを見ている。細めた目が恐怖で震えている。伍郎は観念した顔だ。

ビショップはメッツガーに言った。

「この二人から居どころを聞き出したわけじゃない。俺の電卓を調べろ。暗号を解読した証拠を見せてやる」

「おや、協力者を案じるとは感動的だなあ。でも本人たちはよくわかってるよ」

市華がビショップに言った。

「生きて縄を解かれるとは期待してないよ」

「すまない」ビショップは言った。

メッツガーは二人にむけて一回ずつトリガーを引いた。化学物質を注射したというより、熱した鉄板に水滴を落としたような音がした。発射体は市華と伍郎の首にあたり、皮膚を溶かして体内にはいった。とたんに顔の静脈が怒張し、石灰化して硬くなり、沈んでいった。ゆっくりと頬が陥没し、額が続く。市華の鼻と口が空洞になっていくさまを、ビショップは歯を食いしばって見た。モハーベ砂漠においた氷柱のように頭部が分解して消えた。

メッツガーは化学銃をビショップにむけた。

「正直に言おうか。きみを生きたまま連れて帰れば山森組は高額の圓を払うと提案してきたよ。いったいなにがあったんだい？」

「山森組の息子は人をいたぶって殺すのを趣味にしていた。警察はそれを止めようとしなかった。だから俺が二度とそういうことをできないようにしてやった」

メッツガーは拍手した。

「勇敢だねえ。でも僕の手術用のメスを見てその勇敢さが続くかな。意識があるうちにどれだけしゃべってくれるかな。それともすぐに手術をはじめたほうがいいかい？」

「靴紐がゆるんでるぞ」ビショップは指摘した。

「なんだって？」

「靴紐だ」

「冗談を」

「ほんとだ」

メッツガーは下を見た。たしかに右の靴紐がゆるんでいる。部下に合図して締めなおさせた。

軽蔑的な笑みでメッツガーは言った。

「このあとの自分の運命を知ってるかい？」

「手術なんだろう？」

「もっと過酷だよ」メッツガーは銃のダイヤルをまわした。「きみの電卓のアクセスコードを教えてくれ」

「いいとも」ビショップはあっさり答えて、メッツガーを驚かせた。「ただし四時間ごとに変更される」

「かまわないよ」

ヤクザの見張りがビショップの拘束をゆるめ、メッツガーから電卓が返された。まず指紋でロック解除。続いて機界を検索して特高の秘密リンクにつなぎ、暗唱した。

「〝地獄にも知る人〟」

地獄のようなところでも知人はできるという意味だ。さらにパスワードを音声入力する。

「９３５５０２１３５１３４４」

秘密リンクに接続したことで球状の表示が変化した。これは使用者が危険にさらされている場合にそなえたものだ。まず、アクセスしたことで特高に警告が行く。予定どおりだ。さらに無意味な情報を掲載した偽装項目が多数表示される。なりすましを手間どらせ、そのあいだに特高が居場所を追跡するためだ。しかしここは空の上なので救援は期待できない。


メッツガーは電卓を見て、さらにビショップを見た。

「本当にはいっていいのかい？」

「もちろん」

特高の内規どおりの手順だ。拘束者に宥和的な態度をとり、拷問を極力避ける。課員の精神が明瞭な状態を長く維持したほうが、より多くの情報を得られる。

「僕について特高が調べたファイルを出して」

ビショップは指示どおりにファイルをまとめ、渡した。メッツガーはむっとした顔になった。

「なんだこのプロファイル写真。映りがいいのに替えてほしいな」

「ＩＴ課に申請しておこう」

「記述も不正確だ。ずさんで非効率な仕事しかできないみたいじゃないか。デトロイトの下水汚染は僕じゃないぞ」本気で怒っている。「こっちの出来事も無関係だ。それにウルフヘトナーの記述がないじゃないか」

ビショップは手の拘束を解かれたいまのうちに逃げることを考えた。

そのとき突然、貨物区画の後部で大きな爆発が起きた。冷えきった体に熱気がありがたく感じる。小さな火災とともに、下部コンパートメントの床に穴があいた。いったいなにが起きたのか。

そばにいる見張りのヤクザにむきなおり、顎に拳を叩きこんだ。肘に打撃の振動を感じる。素手の格闘は手を怪我しないように注意が必要だ。殴られた男は回転しながらむこうへ倒れ、飛んだ唾液がビショップの頬にかかった。

ナチスが大型ナイフをふりかざして襲ってきた。しかしその下腹に蹴りをいれると、あっさり得物を落とす。手の甲で顔を横殴りにし、鼻に肘打ちをいれた。生身のぶつかりあいは直接的かつ赤裸々なコミュニケーションだ。一瞬一瞬の表情が強く印象に残る。つぶれて裂けた鼻。殴られて開いた口。

ナイフを拾って両手でかまえた。新たに三人のナチスが襲ってくる。まず一人の肩に斬りつけて手負いにした。次は蹴飛ばし、最後は脚を刺して立てなくした。

しかし背後から四人に組みつかれ、ナイフを落とした。何発も殴られて、逆に奮起してあばれ、四人を投げ飛ばした。

銃声が聞こえた。だれかがヤクザとナチスにむけて銃撃している。だれだ？

ふりむくと、メッツガーが例の化学銃をこちらにむけていた。逆襲しようとしたとき、頬にチクリと刺されたように感じた。とたんに、脳が真空へ吸い出されるような感覚に襲われる。一点にむけて吸引されるような痛み。方向感覚を失った。天井と床、自分の手と足が混乱する。まばたきするとまぶたが鉛のように重くなって開かない。角膜が長く引き伸ばされる。闇は地球のまばたきか、それとも太陽がトイレ休憩にはいったのか。神も便所を使うのか。倒れる。落ちる。空から墜落する。

　ふたたび目を開くと、窮地は続いていた。頬に風を感じる。後部の貨物ドアのほうへ引きずられているのだ。まだ高度二万九千呎（フィート）の上空にいる。ただし貨物機は急速に高度を下げている。

　隣に女がいた。酸素マスクで顔の大半をおおい、気流から目を守るゴーグルで残りを隠している。

　なぜ自分は生きているのだろうと思いながら、ビショップは訊いた。

「だ……だれだ。ほかのやつらは……」

「みんな死んだ」

　女は答えた。ビショップは自分が死んでいないのが不思議で、また訊いた。

「なぜ俺は生きてるんだ？」

「生物兵器を無力化する対抗薬を注射した」

「あ……ありがとう。きみは特高なのか？」

　女は笑い声をたてた。その笑い方に聞き覚えがある気がした。

「メッツガー博士は？」ビショップは訊いた。

「死者の一人になった」

　背後を見てメッツガーが倒れているのに気づいた。首にナイフが刺さっている。

　大きな荷箱がすべて消え去り、かわりにナチスとヤクザの死体の山ができている。おなじように酸素マスクをした数人の女たちが残りの貨物を移動させている。

「きみはブラディマリーだな」

　かつてのナチスの拷問とあやうい脱出を思い出した。

「命を救われるのは二度目だ」

「秘密を守る兵士だからな」

　つまり、かつてビショップがテクサーカナで彼女を守るために拷問に耐えたことを知っているのだろうか。

「秘密を守れない兵士は役に立たない」

「そうだ。だから生かして話をさせる役に選ぶ」

「なにを話せと？」

「手口も計画もお見通しだと伝えろ」

「だれに？」

「〈戦争の息子たち〉、そしてこの下手な罠のことだ」

「聞いたことがないけど、なぜその連中が罠を？」

「いつもの権力争いだ。しかしもう革命は避けられない」ブラディマリーはふいにビショップを正面から見つめた。「一人目の殺しを憶えているか？」

ビショップは初めて人を殺した乱闘を思い出した。

「憶えているようだな。いいことだ。ブラディマリーの最初の殺しは、４８９００３番と呼ばれる女だった。名前はなく、あわれにも六桁の数字のみだ。製薬会社の受付で勤務しながらナチスのスパイとして働いていた。自宅のトイレで便座にすわっているところを襲った。そのときの表情を忘れられない。用便中を狙われたことへのショックと怒りだ。その表情を見て撃つのを躊躇してしまった。そのすきに銃を叩き落とされ、格闘になった。最後は流しにあった電動歯ブラシを喉に突っこんで窒息死させた」

ビショップは想像して吐き気を覚えた。ありえない。電動歯ブラシのように大きなものが喉にはいるのか。

「帰って報告すると、上官はこう言った。〝すくなくともその女はきれいな歯で死んだな〟と」

ビショップは自分が殺した一人目を思い出した。襲ってきたナチスの男だった。人間など簡単に殺せると思っていたが、素手の戦いでは時間がかかった。男の抵抗やもがく手足が記憶に焼きついている。呼吸が止まり、顔が赤黒くなっても、まだ抵抗していた。

「きみが殺した一人目の話も伝えてほしいのか？」ビショップは訊いた。

「このナチスとヤクザの死体の山をつくったのがブラディマリーであることだけ伝えればいい」

そしてロケットパックを手にとった。

「これで脱出しろ」

「きみは？」

「心配無用だ」

「またしても助けてくれてありがとう」

「地獄で会った知人の贈り物だ」

そう言って、開いた貨物ドアのむこうへロケットパックを放り投げた。

ビショップはあわてて機外へ飛び出した。ロケットパックを追う。すでにはるか下だ。手足をたたんで頭から急降下していく。雲がじゃまだ。正面に積乱雲がいくつもそそり立っている。この高度からの墜落死は悲惨だろう。すこしでも目測を誤ればロケットパックを通過してしまう。そうなったら空気抵抗を使ってももどれない。

落ちるにつれて雲が薄くなった。風圧で目が痛い。スカイダイビングは好きではない。陸軍で落下傘降下の訓練を受けたとき、ほかの兵士たちがよろこびいさんで飛行機から飛び降りていくなかで、ビショップは不必要な生命の危険に尻ごみした。とはいえ経験として無駄ではなかった。おかげでいまは恐怖に耐えられる。こういう状況のために訓練したのだと思えば、絶望的な墜落のなかにも打つ手はあると思える。まずは筋肉の緊張を解くことだ。全身を猫のようにしなやかに動かして制御を失わないようにする。重力は逆らえない流れのようなものだ。腰を使って角度を変え、落下率を調節する。角度にして一度のちがいが数秒後には大きな差になる。

両腕を体側につけて、できるだけ体をまっすぐにした。ロケットパックが近づいてくる。下は砂漠だ。荒涼とした砂の大地。ロケットパックのストラップが左右に大きくばたついている。つかみそこねる確率が上がる一方で、目標物は大きく見える。市華の崩れた顔が脳裏に浮かんだ。特高本部にもどって報告しなくてはならない。ロケットパックとの距離が縮まり、手を伸ばした。ターボジェットユニットにもうすこしで手が届く。

突然、背後から爆発の衝撃波に押されてコースが乱れた。貨物機か。続いて長く騒々しい爆発音が響いた。姿勢が乱れる。本能的にどこかを支点にしてコースを修正しようとするが、空中では支点などとれない。

訓練を思い出した。気流に身をまかせ、全身の骨で重力を感じるのだ。あえてゆっくり呼吸して五つかぞえた。爪先とふくらはぎの緊張を意識してゆるめ、腰を弓なりにして落下を抑える。空気抵抗で速度が落ちたところで、右へ体を傾け、ふたたびロケットパックへ近づいていった。

まだ時間はあると、自分に言い聞かせた。しかし頭の隅では、じつは猶予はあまりないとわかっていた。ロケットパックがふたたび手の届きそうなところにきた。腕を伸ばしてつかもうとしたが、まだ届かず、指がストラップをすり抜けた。ふたたび腰を曲げて速度を殺し、ロケットパックへ近づく。ストラップに手が届いた。引っかけて引き寄せ、右肩にかける。ここからは落下姿勢を乱さないように慎重にパックを装着しなくてはならない。左のストラップを左肩にかけ、ベルトを腰にまわしてバックルを締める。ロケットパックを使うのは数年ぶりだが、カーボンファイバー製の翼を展張するボタンは指が憶えていた。これで滑空できる。ついで燃料バルブに手をかける。しかし耐熱スーツなしではぎりぎりまで使いたくない。エンジンに点火するとロケットパックはきわめて高温になるのだ。

正面に見える山脈に、貨物機が隕石のように煙の尾を引いて落ちていった。

翼で姿勢を制御しはじめた。それをきっかけに、陸軍でテクサーカナ砦進攻作戦に参加したときのことを思い出した。当時の上層部は、ナチスの使い捨て兵士の大軍を阻止するにはロケットパック兵を使うのが効率的だと（シニカルな兵士の一部は〝安価だ〟とも）

判断していた。ビショップが受けた訓練はわずか一週間だった。旋回Gへの対応と高度への恐怖感さえ克服できればいいというのが上官たちの考えだった。航空歩兵は海外の低賃金労働者が大量生産したロケットパックをあてがわれ、最前線に投入された。その生存率は高くなかった。ナチスの対空機銃に無防備だったというだけではない。装備の不具合が原因で多くの兵士が命を落とした。ロケットパックは故障しやすい欠陥品だった。

しかし今回背負ったものはしっかりした感触で、配管の漏れなどはなさそうだ。地上から撃ってくる敵もいない。

そうやって着陸軌道を目測していると、貨物機の破片が落ちてきて左の翼を貫通した。とたんに姿勢がきりもみ状態におちいった。あやつり人形のように遠心力で振りまわされる。テクサーカナの戦闘中にもこうなったことがあったのを本能的に思い出した。あのときはどう対処したのだったか。

非常用パラシュートの放出ボタンを探り、みつけた。これを押すとロケットユニットが切り離され、安全に降下できるようになる。それには姿勢が安定していることが条件だ。しかしきりもみ状態からの脱出方法がわからない。

ビショップは深呼吸して目をつぶった。たとえ失敗して死んでも、すがすがしい死にざまだと思うことにした。数回転すると、回転が多少なりと規則的になった。そこでロケットパックのバルブをあけて点火した。背中がやけどしそうに熱いが、姿勢はまっすぐになった。タイミングが重要で、回転が落ち着くのを待つ必要があったのだ。

垂直落下の軌道に乗ったところで、バルブを閉じてロケットを止め、ユニットを切り離してパラシュートを放出するボタンを押した。ロケットユニットは放出され、パラシュートが背後で展開した。上へ引っぱられる。両肩に荷重がかかって痛い。かわりに周囲は平穏になった。これで不測の事態がふたたび起きなければ生き延びられる。パラシュートを切り裂く破片がまたしても降ってこないかと空を見上げたが、なさそうだ。

あとで取り調べを受けるだろう。なにを質問されるか。しかし心配しても無駄だ。特高本部へもどってからでいい。いまはただ生きている幸運を神に感謝した。

4

ビショップは病院の再生槽で温浸療法を受けた。傷は回復するはずだと医者から言われた。

看護師の一人から家族について問われた。

「連絡すべきご家族はいらっしゃいませんか？　リストが空欄ですが」

義妹と姪が頭に浮かんだが、わずらわせたくない。

「けっこうです」

まだ心理的に動揺していた。死ぬ寸前だったという実感があった。

昔のことを思い出した。家族を永遠に変えた電話だ。ビショップと弟は、父が将軍で戦争の英雄であることを誇りにしていた。若名将軍はGW団の脅威と戦うためにロサンジェルスに行っていた。ベトナム戦争でも三機のメカとともに出征し、当時ビショップは全校生徒から尊敬のまなざしを集めたものだ。

しかし法定休日を二日後にひかえた日に、将軍から急ぎの電話がかかってきた。音声のみで、映像はなかった。

「数分しか話せない。母はいるか？」

「もうお休みです」ビショップは答えた。

「起こせ。弟は？」

「友人宅に外泊中です。なにごとですか、父上？」

「時間がない。母を呼べ。二人に話がある」

　母が起きてきた。

「そちらはまだロサンジェルスですか？」

「そうだ。留置場の責任者の憲兵が友人で、最期の電話をかけさせてもらっている。わたしは虚偽の罪で告発された。しかし命とひきかえに家族への追及はしないと約束させた。遺族年金も満額出る」

「命って、まさか」

「死刑を宣告された」

　ビショップは足もとが崩れるような感覚に襲われた。有名な将軍である父がなぜ死刑に。

「いったいなぜ？」母は絞り出すように尋ねた。

「当直中の安全管理の欠如、無能力、職務怠慢など。ようするに適当な罪名をつけて失脚させたいだけだ」

「そんな」

「サンディエゴ時代から憲兵隊と確執があった。そして最近の出来事におけるわたしのやり方に、ある憲兵が機嫌をそこねて、虚偽の告発をしてきたわけだ」

「陸軍は黙って見ているのですか？」

　父はむこうでだれかと話しているようにしばらく沈黙した。そしてため息とともに言った。

「すまん。もう切らなくてはいけない。ビショップ」

「はい、父上」

「わたしがいなくなったあと、母と弟を頼む。誹謗に負けるな。わたしを中傷する者が出てくるだろう。父が誠実に、信念を守って行動したことを憶えておけ。たとえそのために死を受けたとしても、信条に殉じたことを後悔しない。おまえもそのように生きろ」

「はい」

　母が首を振った。

「ばかげています。承服できません」

「もう切らなくてはいけない。……すまない。いろいろとな」

「そんな、待ってください。あなた」

しかし通話は切れた。

父の声を聞いたのはそれっきりだった。まもなく若名将軍が切腹したという報道が流れた。


「なにをぼんやりしている」

現在のビショップは声をかけられて顔を上げた。上司の槻野昭子だった。

「亡霊を見ていました」

「メッツガー博士は死んだのか？」

「分身がいるのでなければ」

予備報告書を提出ずみだが、いずれ詳細な報告書も必要だろう。

「ブラディマリーがメッツガー博士を殺した理由はなんだ」

「わかりません。ただ、あれは〈戦争の息子たち〉による罠だと考えていたようです」

「ブラディマリーはどこへ行ったかわかるか？」

「見当もつきません」

「意識がもどったときには、追っていた荷物は消えていたのだな」

「そうです」

「ジケン計画についてなにかわかったか？」

「メッツガー博士が言及しましたが、詳細はわかりません。貨物機からなにかみつかりましたか？」

槻野はうなずいた。

「墜落と火災で大半が失われたが、起動可能な電卓がいくつか回収された。そこにメッツガー博士のもあった」槻野は手もとの電卓を見た。「どんな気分だ？」

「無謀で愚かだったと思います。伝言の警告にしたがうべきでした」

槻野はまたうなずいた。

「それでも本件は解決し、メッツガーは始末できた」

「始末したのは俺ではなく、ブラディマリーです。彼女を派遣してくれた皇国陸軍に感謝します。でなければ死んでいるところでした」

「それについて話しておきたいことがある」

槻野の口調が微妙に変化した。それがなにを意味するのかわからない。

「はい。なんでしょうか」

「貴様は報告書で、ブラディマリーを救出によこしたことを陸軍に感謝している。しかし彼女はすでに陸軍に所属していない」

「ではどこの？」

「不明だ。ブラディマリーは造反したと考えられる」

ビショップは驚いた。

「造反なんてありえません。俺はかつて彼女とともに戦場に出たことがあります。ブラディマリーのナチスに対する憎悪は本物です」

「その憎悪を皇国にもむけた可能性がある。それについては、あとで守川励子と話せ。外に来ている」

励子がいると知って驚いた。

「なにを知りたいのでしょうか」

「いくつかあるだろう。メッツガーの電卓から回収できた情報など」

「具体的には？」

「メッツガー博士はコサックという暗号名のナチスの兵器製造者からメカ部品を入手していた。コサックは独領側で破棄された皇国のメカ複数を入手し、ナチスの求めでその修理復元に尽力したらしい。メッツガーは入手した部品をどうするつもりだったのか不明だが、コサックなら知っている可能性がある」

「居場所は？」

「テクサーカナの独領側だ。詳細は守川大尉に訊け」

槻野は励子にメッセージを送った。すぐにはいってきた励子は憤然としたようすだ。

「どうしたんだ？」ビショップは訊いた。

「あんたの報告書を読んだ。なんですきを見てブラディマリーを殺さなかったのよ」

「すきなんてなかった。そもそも殺す理由がない。メッツガーやヤクザから殺される寸前だった俺を救ってくれたんだぞ」

「あいつは無慈悲な国賊よ」

ビショップは困惑のまなざしを上司の槻野にむけてから、続けた。

「造反者だなんて知らなかったし、俺にとっては命の恩人だ」

「弁護する気？」

槻野が口をはさんだ。

「守川大尉。若名課員は事情をまだ知らないのだ」さらにビショップに言う。「大尉が説明していないのはこういうことだ。ブラディマリーは先月、陸軍将兵四十五人を殺害し、この二日間にも新たに十数人を殺した」

「本当に？」

励子がそれに答えた。

「わたしは現場にいた。あんたとおなじく、一人だけ助命された」

「なぜそんなことを」

「造反したからよ」

「そういう話じゃない。俺が陸軍にいたころから彼女はずっと味方だった」

「いまはちがう。ただの殺し屋。それをあんたは逃がした」

「ブラディマリーを取り押さえるべきだなんて知らなかった。そもそも俺の仕事はメッツガーの追跡だったんだ」

槻野が割りこんだ。

「貴様たちは二人ともブラディマリーに助命された経験がある。過去にそれぞれ彼女とかかわりがある。協力して追跡するコンビとして最適だな」

ビショップは首を振って、励子に言った。

「ブラディマリーに腹を立ててるのはおまえだ。まかせるよ。さっき言ったように、俺は二度命を救われた。皇軍の特殊部隊のなかでも精鋭中の精鋭だ。恩義がある」

「じゃああんたは敵国協力者で国賊ってことね」

「総兵がむかって歯が立たない相手に俺たちがなにをできるっていうんだ？」

「どうして白か黒に分けようとする」

「国賊認定が得意な特高のくせに」

「できるかどうかではない」槻野が言った。「これは命令だ、若名課員。守川大尉と協力し、ブラディマリーと名乗る工作員を逮捕せよ。おとなしく拘束できない場合は殺害せよ」

反論しかけるビショップを、槻野がさえぎった。

「特高課上層部として守川大尉への協力を命じる。独領アメリカにこちらの管轄権はないが、今回は特例としてむこうが認めている」

ビショップは信じられない思いで苦笑した。

「ブラディマリーを殺害？　ふたたび会ったら生きて帰れるかどうかすらわからないのに。自殺行為です」

「どうして俺たちなんですか？」

「過去にブラディマリーとかかわりを持つ貴様なら追跡しやすいだろうと判断した」

「あきれた臆病者ね」と励子。

「悪魔の化身と出会わないように用心するのは、賢明でこそあれ臆病じゃない」

「特殊部隊を送ったほうがいいのでは？」

そのほうが筋がとおる。

「送ったわよ」励子が言った。

「結果は？」

「総兵秘匿作戦隊の一班が派遣されたのち消息不明」

槻野がさえぎった。

「守川大尉。悪いがしばらく席をはずしてくれ」

励子は憤然として退室した。

ビショップはここ数日の出来事を考えながら槻野を

見つめた。

「これまでのメッツガー博士をめぐる捜査は、じつは彼が最終目標ではないのですね。本星はブラディマリーだ。彼女をおびき寄せるのにメッツガー博士の銃器密輸を利用したのにすぎない」

「当初からそう見立てていたわけではない。しかし状況が変化した。コサックの部品の送り先をつきとめれば、ブラディマリーの発見につながるといまは考えられている」

ビショップは両手で顔をおおい、頬をこすった。

「ブラディマリーはナチスキラーです」

「怖いのか?」

「もちろん怖いです。しかし躊躇する理由は……べつにあります」ナチスから拷問を受けた記憶が蘇る。

「俺の陸軍時代の記録は読んでいらっしゃるでしょう。彼女との作戦でどんな経験をしたか……。そして今回、貨物機の機上で意識をとりもどしたとき、俺はメッツガーと仲間の悪党たちに殺されそうになりました。そこに彼女はふたたびあらわれて窮地から救ってくれました。なのに次は逮捕しろと命じられても、すなおに従えません」

槻野の目に同情の光が浮かんだ。しかしすぐに消え、きびしい目つきになった。

「特高課員たる者、個人的価値観を忘れて皇国に奉仕する覚悟を持たねばならない」

どう理屈をこねてもブラディマリーを国賊として追うことを自分では正当化できない。といって、いまさら特高を辞めて一般市民にはもどるわけにもいかない。命令違反者として特高と憲兵から吊るし上げられる。

「炎上する飛行機から飛び降りたばかりなんですよ」

「若いんだから」

「一日くらい休ませてもらっても」

「今夜、東テクサーカナ砦の公共施設でコサックと会えるように協力者に手配させた」

東とはつまり独領だ。

「いますぐ出発しろと？」

槻野は無言。肯定だ。

「ブラディマリーは自分を地獄で会った知人だと言いました」

「悪魔の多くは堕天使だ」

「天使が天国から出るのはよほどの理由です」

「追放されたのかもな」

「ブラディマリーに殺された将兵はなぜ狙われたのですか」

「それだけの理由があるからだろう」

「励子にも明かしていないなんらかの事情が？」

「もちろんある」

「教えてください」

「知るべき情報は守川大尉が説明するだろう。しかし現在、皇国指導層の主流を占めるにいたった組織に大尉が属していることは言っておく」

「その組織とは……」

「〈戦争の息子たち〉だ。皇国が誤った方向へ進むことを憂う愛国者集団だ」

「もしや警視監も？」

槻野は首を振った。

「〈戦争の息子たち〉については特高の資料を送信しておいた。概略だが、それ以上の詳細は極秘扱いで、あたしの権限でも読めない」

「つまり……」

「前回の警告はまだ生きている」

陸軍には用心しろという警告だ。

もはや言うだけ無駄だが、反発心がまだ残っていた。

「この任務に自分が適任だとは思えません」

「懸念はわかる、若名課員。できるだけ援護する。しかしこれは命令だ」

従うしかない。

「わかりました」

「貴様の父上からよく言われた。味方の味方は味方、味方の敵は敵、敵の敵は味方。しかし、ときには味方が敵になることもある」

「俺には味方も友人もいません」

「いいことだ」

　ビショップは着替えて、病室の外で待つ励子のところへ行った。

「さっきはごめん。きつい言い方をして」励子は謝った。「この二週間、大騒動だったのよ。荷物についての警告もありがとう。聞いたときはこっちもわかってたけど、確認になった」

「いいんだ。ブラディマリーが皇国将兵を殺した話はさっき初めて聞いた。でも俺は殺される寸前で、燃える機内で目覚めたところに脱出用のロケットパックを投げてもらった。救出に来てくれたと思ったんだ。射殺すべき相手だとは夢にも思わなかった」

「特高はなんでも知ってると勘ちがいしてたわ」

「表むきそう見えても、実際はなんでも知ってるわけじゃない。それで、これからどこへ行くんだ？」

　励子は背をむけて歩きだした。

「まず駅へ。闘熊（とうゆう）を見たことはある？」

「闘……熊……？」

特高を捜査に引きこんだのは総督の意図したとおりだが、励子は賛成できなかった。ビショップがブラディマリーを殺したくないというのは、本当に個人的な恩義があるからか、それとも特高として秘密の目的があるのか。

そのビショップがふいに言った。

「なあ、そろそろ本当のところを教えてくれよ。まさかこの資料を読みとおして自分で考えろってのか？」

「本当のところって？」

「〈戦争の息子たち〉って具体的にどんな連中なんだ？」

そこからか。基礎知識だと思っていた。

「皇国をあらゆる敵から守るために戦う官僚と軍人の組織よ」

「おまえもはいってるのか」

「ええ」

「かまわないのか？」

守川励子
沈黙線

1

カタマリ級メカのイナゴ號は新幹線に牽引され、ダラス都会からテクサーカナ砦へむけて沈黙線を横断していた。守川励子は若名ビショップとともにそのブリッジにいた。イナゴ號は自動操縦になっているが、励子はスキャン画面で周囲に目を配っている。

ビショップはナビゲータ席のパネルで自分のファイルを読んでいた。〈戦争の息子たち〉の資料らしい。

「なぜいけないの」

「いや、だって、〈息子〉っていうから」

「一般的な語として使ってるだけで特定の性別をさしてるわけじゃない。〝戦争の子どもたち〟ってわけにもいかないから。会員の選抜にあたっては人種も性別も問わない」

「入会した理由は？」

励子はビショップにむきなおった。質問の真意を見きわめたい。

「皇国は変化を必要としていた。〈戦争の息子たち〉はそのために行動する唯一の組織だった。だからよ」

ひとまず慎重な言い方にとどめた。

「どんな行動をした？」ビショップは訊いた。

「多村総督が殺されたあと、国内の混乱を防ぐために前面に立った」

「ブラディマリーがその会員を殺してまわるわけは？」

「こっちが教えてほしい」

「あの貨物機は〈戦争の息子たち〉がブラディマリーをおびきだすためにしかけた罠だと彼女は考えていた。そうなのか？」

「そうは聞いてない。でも可能性はある」

「会員のだれかがブラディマリーを怒らせることをしたとか？」

「不満があるならそれを主張しそうなものだけど、聞かないわね。たぶん明確な襲撃理由なんてないのよ」

ビショップは首を振った。

「そんなわけはないだろう」

「だから逮捕して調べる」

「すなおに尋問に答えるタイプとは思えない」

「すなおに答えさせるのが特高の得意技じゃないの」

「ああいうのを生け捕りにするのは難しい。ナチスはもっと昔から追ってるのにいまだに拘束できてない。そもそも、おまえだって生存者だ。その場で殺せばよ

「むこうにいたことがあるの？」

「テクサーカナにな。ナチスを追って進攻した。悲惨だった。あいつら、あわてて靴を履かずに逃げてた。死体はみんな素足だった。ほかの兵士が靴を盗んだ。多村総督の停止命令がなければあのまま追いつづけていたはずだ」

憤懣やるかたないという口調だ。

「兵士にとっては過酷ね」

「過酷なのは慣れてる。前線はそれ以上だった。こっちも戦死者が多数出た。どこまでも掃討を続けて、大陸からナチスを追い出していたら、それでも意味はあっただろう。ところがテクサーカナの半分から撤退させられ、それどころか参謀本部は西半分も放棄しようとしていた。なにもかも無駄となったらそれこそやりきれない」

「どこの部隊にいたの？」

「陸軍のロケットパック隊だ」


かったじゃないか」

「やろうとした」

「どうだったんだ？」

「今度は準備おこたりない。絶対にやる」

「復讐は心の準備だけじゃできない」

「復讐じゃない」

「ちがうのか？」

「ちがう。殺し屋を倒すだけ」

「ブラディマリーがナチスを殺してたころは放置してたくせに」

前総督の暗殺にブラディマリーが関与したことをビショップは本当に知らないのだろうか。そうだとしたら特高は詳細に通じていないわけだ。それとも、知らないふりをしているだけか。

「よいナチスは死んだナチスだけよ」

「むこうにもおなじ言い方がある。〝ナチス〟を、俺たちをさす侮蔑語にいれかえるだけだ」

「炊事兵かとなんとなく思ってた」

ビショップは苦笑した。

「そうだったら、いまごろここにはいない」

「どうしてた？」

「まだ結婚してただろう。子どももいただろう。そしてレストランを経営してた」自嘲と悲哀の声で言った。

「その暮らしにあこがれてるのね」

「失った過去にあこがれるのは愚かだ」

「弟とレストランをやると高校時代から言ってたわね」

「そうだ。でも弟はテクサーカナ郊外で死んだ」

「ごめんなさい」

「いいんだ。おまえはメカ設計者になりたいと言ってなかったっけ？」

「なったわ」

「ポストの空きがなかったのか？」

「まあ、そんなとこ」

あいまいな答え方にしておいた。

「あれから何年もたったのに、いまだに十八歳のガキのころとおなじ場所に二人ともとどまってるって、いいのか悪いのか」

「おなじ場所？」

「迷う場所だ。どっちへ行ったらいいかわからず、とらえどころのないだれかを追っている」

「十八歳のときに追いかけた、とらえどころのないだれかってだれよ」

「俺たち自身さ」

励子は首を振った。意味するところが気にいらない。

「ブラディマリーとは大ちがいね」

走行時間は長くなかった。目的地が近づくと、励子は切り離しプロトコルを電卓から新幹線へ送り、駅が見えてきたあたりで実行された。イナゴ號がむかう入り口はＵＳＪ駐屯地にある軍用ゲートだ。東テクサーカナへ行く軍用車両はすべてこのゲートで必須の許可証を提示する。

慣れ親しんだイナゴ號の操縦系は快適だ。なにもかも直感的で、考えなくてもメカの進路を修正できる。サラマンダー・システムのジェル槽にはいっているおかげで痛みもない。路上のなにかの残骸をよけて、天気を確認した。

テクサーカナ駐屯部隊は山崗将軍が昇進まで指揮していた。後任の司令官、降屋(ふるや)将軍は、十八人のナチス兵士を素手で絞め殺したという逸話の持ち主だ。もちろん〈戦争の息子たち〉の忠実な会員であり、励子には早々に通行許可を出している。

西テクサーカナ砦には五十機以上のメカが配備されている。警備上は有用だが、兵站的には悪夢だ。皇軍進攻前はドイツ領だったので、メカの集積地をささえる整備資源がない。後方から輸送してくるしかない。

基地内を通過しながら、初めての場所なのに励子は既視感をおぼえた。バークリーのメカタウンで基地の見取り図をいつも見ていたからだ。メカ用施設を新設する大規模工事現場を眺めていると、設計者の感覚が蘇ってくる。最高機密の試作機を格納する大型ドームが四棟。そのうち二棟はもとの地形を利用しきれていない。太陽エネルギーの利用構造も煮つめが甘い配置だ。ドームの外ではアヌビス級とリバイアサン級が何機か修理中だ。飛行場ではジェット機とティルトローター機が忙しく離着陸している。イナゴ號に気づいた将校が何人か軽く敬礼してくる。あとで挨拶に行かなくては。

励子はビショップに訊いた。

「ここは何年ぶり？」

「西テクサーカナには去年も何回か来た。でも基地にははいらなかった。俺のころよりはるかにでかくなってるな。三倍近く拡張されてる。当時はむきだしの地面にテントを並べただけだった」

「懐かしい？」

「懐かしいわけないだろう。こんなところに長居するくらいなら地獄がましだ」

「そんなにひどかった？」

「兵舎にはトイレがなかった。夜中に屋外便所へ行くと、そこを専門に狙うナチスの狙撃手がいた。就寝中に尿意で目が覚めたら、用たしも命がけだった」

ビショップは工事現場で働くレイバー級を指さした。

「ここは撤退予定じゃなかったのか？」

励子はそれを見た。合意があろうとなかろうと、占領した土地から唯々諾々と撤退する軍隊はこの世にない。当然だと心から思った。

「さあね。USJ参謀本部に訊いて」

「訊いたら答えるかな」

まじめに考える口調なので、あきれて顔を見た。

「あんた特高なんだから一番よく知る立場じゃない」

「あとで電卓メッセージで質問しておこう」

「特高になら真の計画を教えるかもね」皮肉っぽく言った。

「おまえは聞かされてるのか？」

「断片的に。教えられるのは必知事項のみ」

「ブラディマリーについての資料を探してるんだけど、ほとんど機密扱いか、存在しないことになってる」

総督に口添えを頼めるかもしれない。

「テクサーカナから帰ったら協力してあげられるかもしれない」

「へえ。つてがあるのか」

「探してみるわ」

基地を半分ほど通過したところで、ほかとは外見の異なるメカをみつけた。大柄で重量感があり、全長に匹敵する巨大な融合剣を持っている。

「あのメカは？」ビショップが訊いた。

励子は見てすぐわかった。

「ゾンビ號よ。降屋将軍の専用機」

「あの剣はさすがにでかすぎないか」

「初期設計ではさらに二割五分も大きかったのよ」

そこへ降屋将軍の副官からテキストメッセージが着信した。

『捜査の幸運を願う。問題が起きたら連絡を』

『実際に問題が起きた場合はどうすれば？』返信した。

『沈黙線のこちら側へもどれ。対処する』

『感謝します』

励子はやりとりを終えた。言葉の応援はありがたいが、意味するところは明白だ。沈黙線のむこうにいるあいだ降屋将軍の救援は期待できない。

二人は基地を出て、ナチス領への道を進みはじめた。近づくにつれて高い壁が迫る。追加工事でかさ上げされている。壁には囚人が何人も吊られている。体にフックをかけられているが、まだ息があり、むらがる蝿や鳥に抵抗している。

情報によれば、ナチスはヒトラー像を再建しようとしている。皇軍メカの拳で叩き壊された先代より、もっと高く大きな像を建立するつもりらしい。

三機のバイオメカが近づいてきた。いずれも全長約九十米（メートル）。釜で煮える油のように皮膚が流動している。

「なんべん見ても醜悪きわまりないな」ビショップが言った。

励子はバイオメカをスキャンした。カンザスにあらわれたものとは異なる。筋肉量が多く、より人間に近い姿をしている。リバイアサン級が対バイオメカ性能を証明して以後、ナチスは皇国技術をとりこんだ改装をはじめた。突然変異した腫瘍細胞の皮膚を、鎧でおおいはじめたのだ。胸、脚、腕の要所を赤い鉤十字を描いた装甲板で守っている。

「守川励子大尉だ」

音声のみのモードにしたコミュニケータでバイオメカに呼びかけた。総督室の手配で、駐東テクサーカナ大使発行の査証を持っている。特殊な手続きではないはずだが、行く先々で身許を調べられた。

「自分と若名ビショップの適切な査証情報を送信する」

「貨物の積載は？」

「絵画を数枚いれた箱が一つ」

バイオメカの一機が近づいてきた。

「大丈夫か？」ビショップが励子に訊いた。

「なにが？」

「震えてるから」

「それは座席のほう」

励子は武装のトリガーを引きたい衝動に耐えていた。

「若名ビショップは軍人か？」質問が来た。

「いいえ。陸軍は退役している」

励子は用意した説明をした。

「訪問の目的は？」

「当地の知りあいと会って闘態を観戦するため」

「それだけか？」

「ええ」

答えながら、頭では苛立ちながら考えた――それだけでないとしても、だからなに？　こっちは査証を持ってるんだから通せ！　じゃまだ！

「道からはみださないように運転しろ、ゴミ収集車」

バイオメカは侮蔑的に言って通話を切った。

「そっちこそ収集されないようにね、ナチスのゴミ」

励子は言い返したが、相手には聞こえていない。

バイオメカ三機ににらまれながらゲートを通った。

カタマリ級ではバイオメカに歯が立たないとわかっているが、戦いをいどまれたら受けて立つ。かつてのカンザスの光景が脳裏に蘇った。いま独領アメリカにいる自分が信じられない。

東テクサーカナ砦の最初のエリアは廃墟ばかりだった。見かけるのは檻と戦車と兵士。そして警戒に立つバイオメカだ。二人の男がパン切れを奪いあっていた。自動拡大機能を使うとパンは腐ってウジが湧いている。

「東テクサーカナに来たことは?」

励子が問うと、ビショップは首を振った。

「基地からじかに戦場へ出てたからな」東側の市街地を見まわす。「アメリカ時代のテクサーカナはどんなとこだったんだろう」

「小さな町だったはずよ。国境の町になってからナチスが拡張した」

「暮らしは?」

「金持ちには住みやすいでしょうね」

円形闘技場は遠くないところにあった。侵攻作戦時に破壊されなかったのは山崗将軍の判断のおかげだ。現代的な建物や高層ビルが建ちならぶダラス都会にくらべると、東テクサーカナは古めかしい。住宅と農家と軍事工場しかない。

「スモッグがひどいな」ビショップが言った。

大気汚染の原因は工場群が吐き出す煙らしい。

「いまだに化石燃料をエネルギー源にしてるのよ」

「時代がかってるな。ここでだれと会うんだ?」

「協力者のルドー。彼がコサックとの面会を手配してくれる。買い手の情報をなんとか聞き出したい」

「代価はなにを?」

「交渉してみるまでなんとも。知りたいのはUSJ臣民の名前だから、ふっかけてこないと思いたいけど」

「USJに潜伏したナチスかもしれないぞ」

「いずれにしてもかならず聞き出す」

真剣さにビショップは驚いたようだが、詮索はしない。

「ルドーってのは陸軍の情報員なのか?」

「いまはね。じつは元特高課員」

「元?」

「馘になったのよ」

「なにをやらかして?」

「電卓スキャンで知りえた情報を濫用、懲戒解雇になった。それを陸軍がよろこんで拾った。彼が送ってくるナチス情報は質が高かったから。ただし本人はギャンブル中毒。だから動向には注意している。金ほしさに高額報酬でナチスに釣られかねないから」

「貴重な情報をありがとう」

「どういたしまして。そちらからも情報を提供してくれていいのよ」

「あったら教えるよ」

「わたしの個人情報も電卓スキャンで丸裸なんでしょう？」

特高課員はどこまでお見通しなのか純粋に興味があった。

「丸裸ってことはない。政府高官と現役軍人は検索対象から除外されてる」

「嘘じゃないでしょうね」

「おまえに嘘はつかねえよ」

それはどういう意味か訊こうとしてやめた。

「ここにいない人の情報もわかるの？」

「相手によりけりだけど、いちおう」

だったら知りたいことがある。

「探してる友人がいるの。名前は嶽見ダニエラ。数カ月前から行方不明。居場所をなんとか調べられない？」

ビショップは首を振った。

「任務に関係ない個人情報の検索はしない」

励子は食い下がった。

「安否だけでも。それだけわかればいいわ。あちこち訊いてまわったけどだれも消息を知らないのよ」

「教えてやりたいけどできない」

「特高の倫理規定？」

「ちがう。電卓が働かないんだ。接続できない」

励子は自分の電卓を確認した。

「機界接続が妨害されてるみたいね」

「沈黙線からそれほど離れてないのにな」

「ええ。でもナチスの妨害電波はあちこち出て円形闘技場に着いた。イナゴ號は警備の命令で数粁手前で停止させられた。励子はサラマンダー・システムから出た。スーツの粘液はすぐ乾く。その上からカーゴパンツを穿いてジャケットをはおる。さらに装備品のユーティリティベルトをつけて機器を点検した。年々重くなるが、どれも必要不可欠だ。電卓の機能を拡張してスキャン範囲を広げ、暗所を明るくする装備。さらにイナゴ號に緊急搭乗するためのフックとケーブルもある。

「大荷物だな」ビショップが言う。

「どんな任務にも携行するアクセサリー類よ」

「歯ブラシもか」

「ええ、歯ブラシもドライヤーも口紅も」皮肉っぽく答えてやった。

「冗談だよ」

「銃は持った？」

「もちろん」ビショップは南部式熱線銃を抜いてみせた。「指向性エネルギー弾の自動装填。標的脆弱部の判定機能や、動きや周辺危険物の補正機能を持つスマート照準インターフェース」

「ごたいそうだけど、特高の標準支給品？」

ビショップはウィンクした。

「じつはちがう。そっちはどんな武装を？」

励子は太陽エネルギー式レーザー銃をしめした。リコイルは最小限。排熱の大幅改良で、連射を続けてもやけどしない。

ビショップは感心したようすだ。

「大きくてかさばるレーザー銃ばかり見てきたけど、こいつはいいな」

機外へ降りた。灼熱の外気につつまれる。シャトルを待ちながら、ビショップが首すじの汗をぬぐった。

「やれやれ、地上の地獄を再訪か」

励子は首を振った。

「地獄はもっと暑い」

「体験者らしい口ぶりだな」

励子はにやりとした。

「お望みなら案内するけど」

「けっこうだ」ビショップは円形闘技場を見上げた。

「アメリカ時代から闘熊の殿堂だったのか？」

「ナチス侵攻以後よ」

「どんな見世物なんだ？」

「読んだかぎりでは不愉快で退廃的で不道徳」

「それは闘熊か、ナチスのことか？」

「いい質問ね」

シャトルが来て、二人を乗せて巨大な円形闘技場にはいった。内部はいたるところに鉤十字の旗がかかげられ、壁は暗い赤で塗られている。観戦者の大半が銃をホルスターで携行している。小学生の団体もいて、全員が防弾ベストをつけている。引率の教師は機関銃を吊っている。クロークルームではコートだけでなく、アサルトライフルやバズーカのような大型の武器もあずけられる。ナチスの兵士の一人がスコーピオン短機関銃を出しながら、係員を脅していた。

「俺の愛銃に傷一つつけたらおまえの命で責任とってもらうぞ」

頭上には凶暴そうな熊がホロ映像で投影され、観客に牙をむいている。

「これが独領アメリカで最高の人気を誇るスポーツよ」励子は奥をしめした。「あれが今日の協力者」

知らない男が近づいてきた。金髪を短い角刈りにし、金色のサンバイザーをかぶっている。毛皮のコートは胸に大きな銀色のエンブレムがつき、手にしたライフルにもダイヤがちりばめられている。

「ルドーだ。以後ご懇意に願いたい」慇懃にお辞儀する。「きみらの武器はそのちっちゃい拳銃だけか？」

「大口径の銃が必要だったか？」ビショップは訊き返した。

「テクサーカナはどこでも武装が必須だ」ルドーはに

やりとして、ビショップの肩を快活に叩いた。「前職のお仲間はひさしぶりだ。新人かい？」

「そうだ」

「特高課員の役得は、恒久的なスキャン除外リストに載っけてもらえることだ。きみの電卓で俺の情報が読めないのはそのせいだ」

「そもそも電卓がここでは機能しなくてね」

「俺の退職理由は聞いたか？」

「ああ、解雇理由は聞いたよ」

「恐喝した相手は相応の悪人ばかりだった」

「一方の釈明として聞いておく。詳細は関知しない」

ルドーは笑った。

「特高らしくないセリフだな」励子に目をやって続けた。「お二人さん、闘態を見たことは？」

二人とも首を振る。

ルドーは顔を輝かせた。

「ちょうどいい。今夜はグルゲが出る。負け知らずの野獣だ。二人とも心臓が弱くないだろうな」

「なぜだい」

「残酷きわまりないからさ。今夜の対戦はとくにな」

ルドーはずらりと並んだホロ映像の熊を指さした。

励子は周囲からビショップに集まる視線に気づいた。はじめは偶然かと思ったが、やはりじろじろ見られている。居心地悪い。ルドーも気づいている。

「見られても気にしないことだ。非白人なのに鎖につながれてないのがめずらしいんだよ」

「どうして非白人は鎖を？」ビショップが訊いた。

「普通は奴隷だからさ」

「ナチスが夢みるアーリア人だけの世界か。夢が実現したら、そのあとはどうなるんだろうな」

「ヨーロッパとおなじことが起きるだろう。次は貧乏人が奴隷にされる。その次は宗教の信徒。さらに性倒錯者や不純思想の持ち主。だれでも奴隷の基準にあてはまる。人種じゃないんだ。はなから関係ない」

奴隷の一人が運んできたビールが注文とちがったらしく、高慢そうなドイツ人の軍人から殴打されていた。この場で殺されないのをありがたく思えと声高にののしられている。まわりのドイツ人は見むきもしない。

励子はそちらへ足を踏み出しかけた。それをルドーが止め、首を振った。

「やめときな」

「なぜ」

「手を出せば確実に奴隷は殺される。あんたはこの闘技場から叩き出され、西テクサーカナへ強制送還だ」

「ナチスの類型そのままだな」ビショップが言った。

「こんなのを類型とはいわないわ」励子は言った。

奴隷はアジア系で、三十代か四十代。首に鎖をつけられ、黙って殴打に耐えている。

励子は目を閉じて深呼吸し、自分に言い聞かせた。任務を思い出せ。騒ぎを起こすのに適切な場所でも時間でもない……。

奴隷は胸を強く蹴られた。

「東洋人の奴隷はだめだな。役に立たん！」ドイツ人の軍人は怒鳴っている。

ルドーはビショップを相手に話題を変えた。

「槻野昭子はどうしてる？」

「面識があるのか？」

「昔からな。あいつは人殺しの達人だ。同僚か？」

「上司だよ」

「上司ぃ？」ルドーはあきれた顔をした。「あいつが管理職とはな。まあ、そりゃそうか。昔、十数人のテロリストを殺すのに……。おいおい、なにやってる」

ナチスのほうへ歩きだした励子にルドーは言った。

励子はつまずいたふりをして軍人に体をぶつけ、タイミングよくその頭を押し下げた。顔面をコンクリートの床に強打して軍人は意識を失った。

「あら、ごめんなさい」

奴隷に小さくウィンクして、もとの場所へもどった。

ルドーは地団駄を踏み、声をひそめて警告した。

「奴隷のために俺たちの命まで危険にさらす気か」

「大丈夫よ。気がつくまでに行方をくらませるから」

ルドーは驚いた表情から、あきれて愉快そうな顔に変わった。

「たいした肝っ玉だ、守川大尉」

「肝はあるわ。玉は願い下げ」

エスカレータで上がり、南ゲートからアリーナにはいった。中央は相撲の土俵に似ているが、プラットフォームに載って空中に浮いているのが大きなちがいだ。アリーナをかこむように配された大型の電卓ディスプレイでは、現在の入場者数を一万二千二百九人と流れるテキストで伝えている。各ゲートの上にはドイツ語の警句のようなものが大きな文字で刻まれている。

「なんて書いてあるんだ？」

ビショップに訊かれて、励子は翻訳してやった。

「〝霊的理念を剣にて絶やせるのか？〟――ヒトラーの『わが闘争』の一節よ」

「読んでない。退屈そうだ」

「フランスに一年留学したときにカリキュラムにふくまれてたわ。五巻全部読まされた。『わが闘争』『わが蜂起』『わが勝利』『わが平和』『わが芸術』」

「ヒトラーが画家だとは想像がつかないな。うまいのか？」

「ルーブル美術館にヒトラーの絵だけを集めた別棟があるんだけど、フランス・ルネサンス隊のメンバーがペンキで塗りつぶしてしまって、もとの絵はわからなくなってる」

「復元すればいいだろう」

「学芸員は警備の不備を認めたくない。ナチスの将校はペンキもヒトラーの意図かもしれないと思って告発できないのよ」

ビショップは失笑した。

「似たような話を昔、聞いたことがあるな」

予約したボックスシートはアリーナより一つ上のフロアにあった。八席の個室だ。下の客席がよく見える。客の大半はビールで酔って騒いでいる。ナチスの軍服も見えるが、多くは一般市民だ。赤いレザー、ベルベットのスエットスーツ、レギンス、スポーティな髪型などが見える。ステージに上がった演奏隊はゆったりしたトーガをまとい、トランペットを吹き鳴らした。

闘熊のはじまりだ。

「ずいぶんでかい熊だな」ビショップが言った。

ルドーがビール片手に説明した。

「攻撃的で恐れ知らずの性格になるように、誕生前から遺伝子をいじられている。トレーナーは成長ホルモンを投与して通常の二倍の体格に育てる。仔熊のときからワイヤで吊って空中戦に慣れさせる。額に装置がついてるだろう。専用の神経強化装置で、本能を刺激し、大量のアドレナリンを出させる。残忍さには報酬を、臆病さには罰をあたえる」

第一戦から凄惨だった。熊は対戦相手の体を次々と食いちぎった。どちらも全長三米(メートル)かそれ以上で、巨体が空中に浮いて戦うのは曲芸的だ。旋回し、突進し、攻撃する。観客は興奮し、叫び、必殺の一撃を求める。試合はベルモイヤという熊が腕を切り裂かれて血染めになって決着した。

「ご感想は?」ルドーが尋ねた。

「前代未聞だ」

ビショップは熊がたがいに牙を立てるのを見ながら答えた。一頭が肩の肉を食いちぎられている。

「それは気にいったという意味か? 正直に答えていいんだぜ。電波妨害装置を使ってるからナチスに聞かれる心配はない」

「動物虐待よ。反吐(へど)が出る」励子は言った。

動物がやらされていることも不快だが、この残虐行為を夢中で観戦し、ビールをがぶ飲みし、浮かれ騒ぐ観客にさらに嫌悪感をいだいた。

「反論はしない」ルドーが言った。「最強の闘士はグルゲだ。なにしろ三十二連勝中だ。小さな国境の町で、ほかに娯楽がないから過激だ。あとの試合ほど凄惨になって、死ぬまで戦わせる。それどころか、なかなか死なないように大量の薬物を注射するんだ」

ルドーの言うとおりだった。熊の肉片が客席まで飛んできた。二頭の熊は場内のあちこちに飛びながら戦う。励子の顔にも血まみれの肉片が落ちてきた。ルドーはタオルとアルコール入りのナプキンを渡した。場内の観客は興奮し、熊の荒々しい一撃ごとに叫び、歓声をあげる。

「ナチスらしい娯楽ね」励子は嫌悪と不快感をあらわにした。

「慣れるとやみつきになるぜ」とルドー。

「慣れたくないわ」

「大自然は残酷だ。ナチスはその現実を受容し、恐れない」

「こんなものは現実の受容じゃない。醜悪さを強調し、極端化して、金儲けの見世物にしてるだけ」励子は手負いの動物から目をそむけて尋ねた。「コサックはどこに？」

「もうすぐ来る」

「どんな人物？」

「彼女は第三帝国でもトップクラスの熊調教師。そして富豪だ。本物の城を所有し、メッツガー博士に個人的に資金援助していた。第三帝国とも関係が深い。芸術科学国家賞を三回、国家への貢献を表彰する鷲盾賞を二回受けている。独領ではとても名誉な賞で、毎年のニュルンベルク党大会で授与される。帝国文化院の役員もつとめている」

「帝国文化院というのは？」

「文化活動を統制する機関だ。独領アメリカの市民生活で芸術は大きな役割をはたしている。芸術家階層は第三帝国で唯一、納税を免除されている」

「初めて知った」

「ナチスが非アーリア人の活躍を認めているのは芸術分野だけだ。コサックと取り引きするなら美術品がいい」

「コサックはメッツガーの死を知っているの?」

「たぶん知ってる。尋ねてみればいい」

ちょうど懐のコミュニケータが鳴って、ルドーは立ち上がった。

「いま着いたらしい。ロビーへ迎えにいってくる」

ボックスシートから出ていった。

励子はビショップに尋ねた。

「熊の戦いを楽しんでる?」

「見てない。観客を観察してる」ビショップは答えた。

「どんなふう?」

「あそこにスキンヘッドの集団がいるだろう。頭に日本語を刺青してる。その一人が字をまちがえて、〝私は名誉ある馬鹿者で、便所で小便を犠牲にします〟という意味になってる」

励子は大笑いした。

「あんたが教えてやる? それともわたしが?」

闘技場の大型ディスプレイには試合のあいまに広告が流れた。まもなく開幕する闘鰐(わに)シーズンの通しチケット。炎を噴き出すチェーンソーの新製品。人気の熊闘士のおもちゃは手足が着脱式だ。小学生の観客むけには最新式のキッズ拳銃が宣伝されている。四十五口径のグリップを小型化したもので、〝悪の帝国からやってくる東洋人の殺し屋〟に対して自衛しようと謳っている。

広告さえ吐き気をもよおす。

ビショップが訊いた。

「交渉にむけて腹づもりはあるのか? それとも出たとこ勝負か?」

「コサックとの交渉は十八の条件でシミュレーションした」

「そのうち俺たちが死ぬケースは？」

「四つ」

「それ以外にしてくれ」

「相手の出かたしだいよ。彼女の興味を惹きそうな絵画を何枚か載せてきた」

「どんな絵だ」

「去年、サクラメントの画商が画家を四人誘拐して地下スタジオに監禁し、文字どおり死ぬまで描かせた出来事があったわ。飢餓と睡眠不足による絵の変化を画商は克明に記録した。そして、できた絵をナチスのある画廊へ送ろうとしたところを、途中で押収した」

「その絵を取り引き材料にするのか」

励子はうなずいた。

「ナチスの芸術は死の芸術だな」とビショップ。

「ナチスでなくても芸術は死のにおいがするものよ」

「それでも絵が好きなのか」

「ええ」

「高校時代は授業中によくメカの絵を描いてたな。最後は講堂に大きな壁画を描いた」

「よく憶えてるわね」

「迫力あるバークリーの戦闘だったよ」

ルドーがコサックと三人の護衛をともなってもどってきた。コサックは濃い色のサングラスをかけた痩せた四十代の女だった。イギリスとオランダ系の顔立ちに、鳶色のまっすぐな髪。高級なミンクのコートのおかげで顔が白い綿毛にかこまれているように見える。

ルドーはボックスシートの前面にスモークガラスを立ち上げ、外からのぞかれないように、話し声が漏れないようにした。

コサックは言った。

「特高に一度会ってみたかったのよ。用件はわかっているわ。先にそちらの取り引き材料を提示してちょうだい」

メッツガーのことを訊かれると思っていた励子は、

順序を前倒しして話した。

「画商のリルム・ベイリーから没収した商品です」

　コサックは表情に出さなかったが、ぴくりと動いた指先に興奮があらわれている。

「ものを見られるかしら？」

　励子は電卓を相手にむけた。画面にはすでに絵が表示されている。喰らいあう二頭の凶暴な熊がおどろおどろしい筆致で描かれている。スワイプすると、次は熊が熊をグリルで調理する場面。そのあとも熊の絵が続くが、しだいに絵具をランダムに画布に塗りたくったようになっていく。強い色彩のコントラストのなかにかろうじて熊らしい輪郭が見え隠れする。

「これらの絵が手もとに届く保証があるのかしら」コサックは訊いた。

「そちらの情報に交換価値があると保証できますか」

　励子は訊き返した。

「信じてほしいわね。価値はある」

「絵の半分をメカに積んできています。それをお渡ししますが、先にメカ部品を送っている相手の名前を教えてください」

「まず絵がほしい」

「こちらは約束を破ったらこの闘技場から無事に出られない立場なのですよ」

　コサックはすこし考えてから、話した。

「渡部プリスよ」

　励子はショックを受けたが、すぐに表情を消した。コサックに気づかれたら交渉上の立場が弱くなるからだ。しかし遅かった。

「信じがたいでしょうね。そちらの国で最高のメカパイロットの一人が反逆をくわだてているなんて」

「個人的な用途かもしれません。自分専用のメカを組み立てているとか」

　コサックは嘲笑した。

「わざわざ密輸部品を使って？　ずいぶん好意的な解

釈だこと」

　たしかに。

「用途をお聞きですか？」

「わたしも興味を――」

　突然の銃弾の雨がガラスを破った。励子はビショップに飛びついて床に伏せさせたが、ルドーとコサックは遅かった。暗殺者は二人を十数発の銃弾で穴だらけにし、下のフロアに飛び降りた。

「いまのはだれだ？」とビショップ。

　励子は慎重に顔を上げて、割れたガラスごしにのぞいた。見えたのは赤褐色のチュニックを着た青い髪の男。二挺のアサルトライフルをかかえている。そして〈戦争の息子たち〉の会員とおなじ種類の能面をつけている。

　突然の銃声に観客席から警戒の声があがった。

「ブラディマリーとはちがうな」ビショップが言った。

「ゲシュタポによる抹殺？」励子は二人の死体を見た。

「つかまえればわかる」

　中央のステージでは、まだ吊り上げられていない二頭の熊が戦いの準備をしていた。暗殺者はその熊にむけて撃った。すると一頭の拘束具が壊れてはずれた。

　リッパーという名のその熊は、突然解放されてとまどっていたが、ゆっくりと前進して自由の身であることを確認し、まず調教師を襲った。凶暴な野生獣のリッパーはまわりの人間たちより圧倒的に大きい。茫然としている最前列の客に突進した。十代の子ども二人をなぎ倒して、大人の男の顔面に嚙みつき、振りまわす。

　驚くべきことに闘技場のだれも逃げようとしなかった。ショーの一部と思って興奮し、歓声をあげている。

　励子は装備品ベルトからワイヤを出し、フックを椅子の脚にかけた。ビショップに言う。

「しばらくこの椅子にすわってて」

「なにする気だ？」

指示どおりに腰を下ろしながらビショップは訊いた。

「ちょっと近道」

励子はワイヤをくり出しながら飛び降りた。ビショップはフックのかかった椅子を尻でかろうじて押さえる。励子はすみやかに下のフロアに降り立った。

暗殺者は近くにいる。励子は拳銃を抜いてその脚を撃った。男は倒れたものの、すぐに起き上がった。なんらかのアーマーをつけているらしい。それでも義足でなければ負傷したはずだ。

励子は二発目を撃とうとした。ところが視界の隅に、こちらへ突進してくる巨大な影が見えた。リッパーだ。観客席の三人がはじき飛ばされて重傷を負った。

励子はその座席列から飛びのき、かろうじて突進をかわした。観客たちはようやくリッパーが暴走状態であることに気づいたようだ。ホルスターから銃を抜いて撃ちはじめる。四方八方から銃弾が乱れ飛ぶ。大半は熊にあたらず、むしろ逃げまどう人間たちを誤射している。撃たれた観客の悲鳴が響く。もはや熊より流れ弾が危険だ。怒った客同士の銃撃戦に発展している。

励子は暗殺者を探した。べつの出口へ走っているのが見えた。ほかの観客たちもパニック状態になり、本能的に出口へ殺到している。

そんな人間の波に逆らってビショップがやってきた。

「なにぐずぐずしてたの」

「警備員がいれてくれなかった。犯人は？」

「あそこから出た」

励子は出口を指さした。二人はそちらへ追った。

「渡部の名前が出るのを待って撃ったのか、あるいは直後だったのは偶然なのか」ビショップが言った。

渡部プリスがナチスからメカ部品を密輸入し、ブラディマリーと協力関係にあると暴露されて、励子は銃撃戦とはべつのところで愕然としていた。

「さあね。すくなくとも今日の面会予定が漏れてたのは確実」

「だれが漏らしたんだ」

　考えている暇はない。暗殺犯は駐車場に走っていく。二人はあとを追った。

　闘技場を出たところで、機関銃の連射が聞こえた。駐車場のまんなかに三脚無人地上車（UGV）、通称トライウォーカーがいて、ナチスの兵士と駐車車両を攻撃している。戦車なみの装甲と、毎分数千発を発射するJ290機関銃（ミニガン）を二門そなえる。全高八米（メートル）で三本の多関節アームをはやし、三本脚で歩行する。

　そんなトライウォーカーがナチスの装甲兵員輸送車とその兵士たちと交戦している駐車場のむこうで、暗殺犯がティルトローター機に乗りこもうとしているのが見えた。機体は旧式の四発で、マーキング類をすべて消されている。もう追いつくのは無理だ。

　励子は一計を案じた。拳銃用のアタッチメントを出して取り付け、ティルトローター機にむける。遠くてロックオンできないので、走って前進した。

　ビショップが追いかけながら訊いた。

「どうするつもりだ」

「あのティルトローター機に近づきたい」

「うかつに出ると三本脚のミニガンに撃たれるぞ」

「ナチス相手で手いっぱいだから大丈夫」

　励子は乗用車の陰にしゃがんでむこうをのぞいた。障害はない。機体にむかって走った。ビショップは銃を手に追う。

　機体にロックオンできる距離に近づいたとき、励子は視界の隅でなにかに気づいた。真横にいるナチスの兵士一人がこちらに気づいて、アサルトライフルで撃とうとしている。寸前でビショップが怒鳴った。

「伏せろ！」

　そして拳銃で兵士の肩を撃った。衝撃で兵士は一回転し、励子を狙った銃弾は空中にそれた。ビショップは兵士に襲いかかってライフルを奪い、殴って昏倒させた。

「助かった。ありがとう」励子は言った。

「借りがあるからな」

励子は暗殺犯のティルトローター機にむきなおった。離陸を開始している。

「掩護して」

乗用車の屋根に飛び乗る。それを見たナチスが銃をむけたが、ビショップがその胸を撃ち抜いた。

上昇するティルトローター機の速度と気流を補正してトリガーを引く。発信機が空中の標的に貼りついた。

「励子、来るぞ！」ビショップの叫び声。

トライウォーカーがナチスの掃討を終えて、こちらに注意をむけた。励子が屋根から飛び降りたのと、ミニガンが乗用車を蜂の巣にするのとほぼ同時だった。

ナチスの兵士たちのようすを見る。兵員輸送車は破壊され、兵士はすべて倒れたようだ。二人は身動きがとれない。トライウォーカーはそこへ歩いてくる。

「追尾はできてるか？」

頭上を通過したティルトローター機についてビショップが訊いた。

励子はうなずいた。発信機は機体の外側に貼りついている。よほど注意深く調べないかぎりみつからないだろう。発信機の信号はGLSが中継して電卓に位置を知らせてくる。

トライウォーカーが迫ってきた。励子はイナゴ号に、〝現在地へ来い〟と命令を送った。機界妨害電波に影響されないチャンネルを使った。

「このままだと絶体絶命だな」ビショップが言った。

「イナゴ号は裏切らない」

「だといいが」

「大丈夫」

イナゴ号までの距離とトライウォーカーの接近速度を比較して、イナゴ号を最高速度に上げた。それでもぎりぎりだ。

「陽動しかないな」とビショップ。

「どうするの？」

「かくれんぼさ」

ビショップはフードをかぶった。服全体が周囲の環境を映し、おかげで姿や位置を視認しにくくなった。

トライウォーカーは射撃を中断して二人を探している。そのすきにビショップは隣の車の陰に走った。励子は電卓でイナゴ號の到着予想を見る。あと二分。トライウォーカーの足音が近づいてきた。

その頭部が横から銃撃された。ビショップだろう。トライウォーカーは砲塔を旋回させ、移動方向をそちらへ変えた。

励子はレーザー銃で反対側にある乗用車を撃ち、爆発させた。トライウォーカーは混乱する。新たな爆発に注意をむけ、その攻撃元を探している。今度はビショップが反対方向にレーザーを撃った。トライウォーカーはまた移動し、攻撃すべき場所を探している。

二人とも動けないのはおなじだが、陽動で時間を稼げた。おかげでついにイナゴ號が到着した。

その機影が視程にはいると、トライウォーカーはすぐにむきなおって得意のミニガンを高速連射した。しかしプラズマシールドを作動させたイナゴ號の装甲は強力で、機関銃弾程度ではかすり傷一つつかない。

励子には電卓接続したコンタクトレンズでイナゴ號の一人称視点映像が見えている。遠隔操作でトライウォーカーへむかわせた。シールドと殴打でその主要兵装をすみやかに沈黙させる。トライウォーカーがミサイルを発射しようとしたので、直前に電磁銃で抑えこんだ。ミサイルは発射筒内で爆発。トライウォーカーは胴体が吹き飛んで三本脚だけが残った。脚が自律的に動いたりしないよう、念をいれて踏みつぶした。

ビショップは励子のところへ駆けもどった。

「疑って悪かった」

「いえ、紙一重だった」

イナゴ號から下ろされたラダーでブリッジに上がり、

それぞれ席につく。ベルトを締め、励子は周囲をスキャンした。暗殺犯の乗ったティルトローター機はすでに遠い。闘技場にはナチスの部隊が集結しつつある。

イナゴ號を国境方面へ走らせた。騒動の中心である闘技場に当局の注意がむいているなら、国境付近は手薄なはずだ。スキャンすると警備隊はアリーナを包囲しており、追手はかかっていない。そもそも全速力で走るカタマリ級に追いつける機体は少ない。

ところが国境ゲートのまえで二機のバイオメカが立ちはだかった。往路にいた通常の二足歩行型ではない。胴体から六本の腕と太いギグランツ‐ナフォイエ砲一本が突き出ている。さらに頭からは二本の角、肩からは明るい赤の骨状構造が肩章のようにはえている。脆弱部をおおう装甲板には鉤十字。

励子は音声メッセージを送った。

「こちらは守川大尉だ。西テクサーカナに帰る」

巨大な怪物二機が威圧的に近づいてきた。パイロットが言う。

「守川大尉、こちらはパイク・ラシークだ。さきほど八人の市民が暗殺された。そのうちの一人はきみが観戦した闘熊会場でだ」

八人？　どういうことだ。コサックだけではないのか。

「この件について捜査に協力してもらいたい」

「大使館を通して。こっちは急いでるのよ」

「大尉、メカから降機を願う。引き返して事情聴取に応じてもらいたい」

「なんの事情聴取？」

「強気に出られる立場か。手間どらせるな」

励子はにやりとした。

「イナゴ號からは降りないし、聴取にも応じない」

「状況をわかってないようだな。一撃で——」

励子は通信を切って、さっと両機のあいだをすり抜けた。俊敏さが敵の意表を突いた。ゲートを跳び越え、テクサーカナの非武装地帯にはいる。

壁の上の砲塔が撃ってきた。一発が不運にもイナゴ号の腰に命中し、配線を損傷させた。関節の動きが鈍くなり、速度が半分に落ちる。すぐに自律修復関節モジュールを起動したが、初期診断によると、性能を回復するには関節全体の交換が必要らしい。しかたなく、足を引きずりながらUSJ領をめざした。

バイオメカは巨体ながら速く、追いつかれた。イナゴ号は殴られて肩関節を壊し、その場で一回転した。バイオメカの腫瘍細胞の皮膚は不定形というより、みずからを食っているように見える。不気味に分裂し、うごめく。

イナゴ号は電磁銃のビームをバイオメカの装甲板にあて、押しのけようとした。しかし重すぎて動かない。電磁場をものともせずに近づいてくる。

「衝撃にそなえて」励子はビショップに言った。

「なにする気だ?」

励子が非常ボタンを押すと、ブリッジ全体がメカの頭部から胴体内へ下がった。直後にバイオメカがイナゴ号の頭を殴りつけた。大きくへこんだところにもう一撃。ついに頭部は吹き飛んだ。

ブリッジ内に鳴り響く警報を励子はすぐに止めた。胴体内に格納されたブリッジははるかに狭くなった。補助的な操縦機器は頭上に残っている。

励子はイナゴ号の足裏ブースターを噴いて、二機のバイオメカからいったん距離をとった。作戦がある。

はずれたイナゴ号の頭を電磁銃で持ち上げ、突進してきたバイオメカに砲弾で横殴りにするようにぶつけた。衝撃でバイオメカは横に飛んだ。

もちろん倒せるほどではないが、かまわない。USJ領までの残り数米(メートル)に敵をいれたくないだけだ。その狙いどおりになった。バイオメカは数歩退がり、ふたたび突進してきた。バイオメカを一時的にせよ押しのけられるプラズマシールドを張って、イナゴ号は西テクサーカナへ走った。バイオメカは追いすがる。

「しつこいな」ビショップが言った。

「やられない方法を考えて」

「闘熊観戦チケットを贈ったらどうだ」

「わけわかんないことを」

バイオメカの一機が飛びかかってきた。イナゴ號はブースターを噴いてかろうじてよけたが、もう一機が迫っている。さすがにその一撃をくらったらメインシステムを破壊される。

そのとき、巨大な剣が攻撃を防いだ。背後に降屋将軍の操縦するゾンビ號が立っている。救援に来てくれたのだ。そのアーマーはエメラルド色に輝き、大剣の長さはバイオメカの全長に匹敵する。

「ありがとうございます、将軍」

ゾンビ號は先頭のバイオメカを蹴飛ばし、一刀のもとに首を刎ねた。ナチスの巨大メカは膝から崩れ落ち、地響きとともに倒れた。もう一機は応戦のかまえをとる。

降屋将軍は一般用の音声チャンネルで言った。

「ナチスのバイオメカ。わたしを知らなくても、このメカは知っているだろう。趣味はナチスのゾンビをつくることだ。一度だけ警告する。国境侵犯は許さん。早々に立ち去れ。さもなくば叩き壊して、わがコレクションに加えるぞ」

ゾンビ號は両手で大剣を振り上げた。バイオメカの全長に届く影がその中心線に落ちる。ゾンビ號はかまえたまま呼吸をはかっている。バイオメカは微動だにできない。

勝負はすでに決したと判断して、励子はゲートへ進んだ。

「すごいもんだな。あっというまに救援が来た」ビショップが言った。

「ゾンビ號は高速性で有名なのよ」

「剣もでかい。敵があわれだ」ビショップは笑った。

「ナチスをうならせるのは力だけ」

「そして熊の絵か」

「コサックに悪いことをしたと思う？」

「ぜんぜん。しかしルドーは残念だ。遺体を回収できなかった」

「陸軍が大使館経由でなんとかするわよ」

「まあな。それでも元特高だ」

励子は電卓をイナゴ號に挿して、ホロディスプレイにマップを表示した。暗殺者を追跡する信号が点滅している。

「どこへむかってる？」ビショップが訊いた。

「西」

「ダラスか」

「まだわからない。ようすを見ないと」

「ようす見は嫌いだ」

「わたしもよ」

背後で二機目のバイオメカが首を落とされて倒れた。


大きく損傷した愛機を見るのはつらい。イナゴ號の頭部は交換、脚部も分解修理が必要だ。それでも担当の技術者は自信ありげに言った。

「もっと大破した機体も手がけたことがあります」

「修理期間は？」

「予算割り当てと部品供給しだいですね。一週間か、一カ月か。在庫のないイナゴ號専用部品も取り寄せないと」

しかたない。カタマリ級はまだ運用数が少なく、入手難の装備もある。生産部門での経験から理解しているが、メカは新規製造より、整備部品を潤沢に流通させて損傷した現用機を修理したほうが安上がりだ。かつてナチスは戦車の新造を優先して整備部品の供給をおこたったために、数十年前の旧ソ連進攻戦で勝利を逸しかけたことがあった。冬の豪雪や春の雪解けによる道路の泥濘化に耐えきれず、ドイツ軍戦車は次々と故障した。皇軍が東から攻めいらなければ戦争の趨勢はどうなっていたかわからない。

メカも故障するが、おもな原因は地形ではなく、複雑な設計そのものだ。イナゴ號はかつて吸気ダクトに誤って鳩を吸いこみ、複数のヒューズが飛んで左腕が動かなくなったことがあった。修理に丸四日かかり、励子はその作業を整備員の背後から見守ったものだ。

一人の中尉がやってきて連絡した。

「大尉、副市長が至急、話をしたいとのことです」

副市長には会ったことがない。

「すぐ行く」

「きみたちはいったいなにをやらかしたんだ？」

西テクサーカナ砦の久保義市（くぼぎいち）副市長は詰問した。アイルランド人とスコットランド人の血を引く元陸軍の長身の男性だ。

「闘態を観戦していたら何者かに銃撃されたのです」

励子は答えた。

「面会相手が殺されました」ビショップも言う。

「ドイツ大使によると、八人の政治的要人が死亡したとのことだ。そのなかにはゲーリング大管区指導者の甥と、ナチスの将軍二人もふくまれる。ゲーリングは激怒し、抗議と処罰を求める書簡が大使館から何度も送られてきた。もう一度尋ねる。いったいなにをやらかしたんだ？」

暗殺された被害者が何人もいるとバイオメカのパイロットが主張したのは、本当だったわけだ。励子は困惑顔で答えた。

「わたしたちは無関係です」

「ナチスはきみたち二人を指弾している」

「不運な偶然です」

とはいえ、どう見えるかを考えると怒りで頭に血が上った。

「陸軍と特高の人間が独領にはいり、直後の混乱した状況で八人の要人が暗殺された。二機のバイオメカが事情聴取を求めると、攻撃を受けた。これが不幸な偶然だと?」

「不審な状況に見えるでしょうが、わたしたちはその八人を殺していません」

「ではだれが?」

「わかりません」

久保は返事が気にいらないようだ。

「ナチスへの対応にわれわれがどれほど難儀しているか知っているか?」

「想像はできます」

「いいや、想像以上だ。やつらの人種差別的な言説に毎日耐えている。軍が対ナチス戦を計画しているなら、われわれも参加したいくらいだ。沈黙線をとりまく政治は複雑で、メカやバイオメカばかりではない。貿易、関税、資源管理、道路建設など、きみたちがかかわりたがらない退屈な課題が山ほどあって、そこが戦争の勝敗を最終的に分ける。きみや特高課員がやらかす無謀な行動のせいで、状況はきわめて危うくなるのだぞ」

「申しわけありません、副市長」心にもない謝罪をした。「それでもわたしたちは無関係です」

「提出された計画書では、陸軍の情報員ルドーと合流したのち、ナチスの女男爵コサックと面会。そして帰還するとなっている」

ビショップが怒りをこめて言った。

「そのコサックが暗殺されるとは予想もしませんでした。あやうくこちらも巻きこまれるところだった。頭の上を銃弾がかすめたんです。犯罪者扱いはやめてください」

「犯罪すれすれの行動だ! もしそのせいで戦争になったら――」

「そのときはやつらを叩きつぶしますよ」ビショップは声を荒らげた。「しかし、俺たちがなにもしていないのはたしかです。もし本当にナチスを何人か殺したのなら、逃げも隠れもしません。むこうの言い分を鵜呑みにしないでください」

久保副市長はため息をついた。

「たとえきみたちに嘘がなくても、問題はナチスをどう納得させるかだ」

「ゲシュタポはわたしたちの動きを監視していたはずです。だれと会ったか、どれだけ滞在したか」励子は言った。

「だといいな、大尉。総督が急いできみと会いたいそうだ。直近の便でロサンジェルスに帰りたまえ」

励子はその指示に驚いた。

「すぐ出発します」

「総督には、今後こういう計画があったら事前に連絡をほしいと伝えておいてくれ」

「こちらの状況はどうなるでしょうか」

「ナチスも早まったことはしないと思う」

「早まったら、どうしますか？」

副市長は沈黙線のほうを見た。

「ナチスとの世界大戦が勃発するな」

世界大戦は望むところだと励子は思った。地上からナチスを一掃してやる。

ロサンジェルス行きの軍の連絡機に席をとって、ターミナルの外でビショップと話した。

「さっきは冷静さを欠いてすまん。今日は腹の立つことばかりで、それが態度に出た」ビショップは言った。

「謝ることはないわ。わたしもむかついてた」

「おまえはわりと冷静だったぞ」

「あれは、〝知らんがな〟モードにはいって耳ふさいでたのよ」

「俺もそのモードを体得すべきかな」

「よしあしよ。重要な手がかりを聞きのがすこともあるし」

「〝知らんがな〟になる基準は？」

「相手を殴りたいかどうか」

ビショップは苦笑した。

「総督への報告は大丈夫か？」

そちらは最悪の組み合わせになる。政治的、軍事的、社会的な敗北だ。

「さあね。あんたはこのあとどうするの」

「なるべく俺もロサンジェルスへ行く。渡部プリスをとらえて尋問したい。しかしまず上司に報告してからだ。例の発信機はまだ暗殺犯の居どころを伝えてきてるのか？」

「ダラスにはいったところで途切れた。GLSは電卓につながってるから、百粁(キロ)以内に近づけばまた反応が出るはず」

ビショップは電話をかけるといって別室へ行った。

ゲートが開いて連絡機への搭乗がはじまったころにもどってきた。励子は訊いた。

「許可は出た？　あんたもこれに乗る？」

「いや、いったん帰署する。完全な報告書を書いてからだ。でも今夜じゅうに行く」

励子は陽気に親指を立てた。

「着いたら連絡して」

ビショップは居心地悪そうにした。

「どうしたの？」

「おまえの友人の嶽見ダニエラについて調べた。数カ月前に収監されてたらしい」

驚いた。

「理由は？」

「反逆罪だ」

「反逆って……。いまどこに？」

「それが三カ月前に脱獄して行方が知れない」

励子は床を見て、その意味するところを考えた。やはりブラディマリーに情報を売ったのはダニエラなのか。顔を上げてビショップに言った。

「教えてくれてありがとう」

ビショップは目をそらした。

「脱獄という事実を普通に考えるといい徴候じゃない。その彼女の名前が今日の特高の報告書にふたたび出てきた」

「なんて?」

「今朝ロサンジェルスで目撃情報があったらしい。しかし特高課員が駆けつけるまえにふたたび姿を消している」

「ロサンジェルスのどこ?」

「ダウンタウンだ。詳しい情報は送る」

飛行機の座席につくと、正面のモニターでは山崗将軍のこれまでの功績を描いた番組が流れていた。離陸して目を閉じる。しかし視野が暗くなると過去を思い出してしまう。バークリーから帰省したある夏のことだ。


励子の両親は彫刻が趣味だった。その夏は写真をもとにいくつかの人物像を制作した。不運にもその写真の一枚が、皇国臣民を多数殺害した悪名高いドイツの軍人になぜかよく似ていた。そのことに両親は気づかず、完成した一連の彫刻を写真に撮ってソーシャルに投稿した。ソーシャルは、個人的な考えや写真や機界のくだらないリンクなどを人々が共有する電卓の交流空間だ。両親のフォロワーは多くなかったが、共有の連鎖によって友人のつながりはどこまでも広がる。そうやってつながった友人でフォロワーの多いだれかが、彫刻と軍人が似ていることに気づいた。彼はその写真を共有するときに、彫刻を揶揄し、両親がナチスを賛美していると非難するコメントをつけくわえた。またたくまにそれはソーシャルで拡散した。そして両親のもとに非難が殺到した。事態に気づいて投稿を削除しても、もう遅い。殺害予告や誹謗中傷や失職して路頭に迷えという呪詛が集まった。どれも〝ナチス賛美者め！〟と書かれていた。個人情報を調べられ、拡散された。それまでの友人も離れていった。

両親は夜通し口論した。父親は真っ青になっていた。母親のほうが強気だった。

「無視すればいいのよ。そのうちおさまる」

「投稿しろと言ったのはおまえだろう。公開すべきじゃなかったんだ！」

「ただの彫刻よ。なにも悪いことはしてない！」

彫刻のもとになった写真を投稿して釈明したが、火に油をそそいだだけだった。なぜ認めて謝罪しないのか？　国難の時勢になぜこんな政治的な作品を制作したのか？

脅迫、ヘイト、一家を攻撃するあらゆる罵詈雑言が集まった。励子もそれまでにソーシャルで現代の魔女狩りを目にすることはよくあった。しかし今回、機界の餌食になっているのは見ず知らずの他人ではない。自分の両親だ。

事態はさらに不愉快な展開になった。ある午後、玄関がノックされ、二人の特高課員が調査に訪れたのだ。

励子は強くまばたきした。思い出すといまだに腹が立つ。

打ちのめされたのは父親だった。職も、友人も、彫刻家になる夢も失った。あらゆる機会が奪われた。問題行動はなかったと公式に確認されたあとも、世間の目は変わらなかった。ソーシャルへの一回の不適切投稿で人生がだいなしになった。母親は気丈だった。あるいはそうふるまっていた。しかし再就職は困難だった。なにしろ機界を検索すれば、隠れナチ信奉者と虚偽の告発をする書きこみが最初に出てくるのだ。不行状を否定する正式な文書をしめしても、告発の悪印象は払拭できなかった。

励子は芸術に怒りをおぼえるようになった。機界にたむろする連中がおもしろ半分に人をおとしめ、破滅させることにさらに腹を立てた。もともと自由ではない芸術が、いまや芸術家の首を絞める縄になった。作品が制作者を殺すのだ。画商リルム・ベイリーに監禁された画家たちの逸話とおなじく、この出来事は励子を慄然とさせた。

そんなときに味方でいてくれたのがダニエラだった。両親の醜聞のせいで周囲が距離をおこうとするなかで、ダニエラはなにも気にせず、むしろ励子のかわりに怒った。候補生の一部が励子を揶揄すると、ダニエラは面とむかって言い放った。

「あんたたち、言いたいことがあるなら、せめて励子の半分の腕前になってから言いなさいよ」

ビショップから送信された報告書を読みながら、ダニエラはロサンジェルスでなにをしているのかと考えた。その存在はなにを意味するのか。

2

首都を訪れると壮大な建築群にいつも圧倒される。太平洋戦争の皇国勝利後、LAは国内で比類のない大都会として発展し、高層ビルが林立する市街地は現代都市の象徴になった。フリーウェイには家路を急ぐ電気自動車が蟻の行列のように整然と走る。市街中心は高層ビルと中低層ビルが複合構造をなし、大きなゲートが周囲をかこんでいる。その内側はビルの地上部と一体化した公園が整備され、静謐(せいひつ)な橋と池が重厚なビルと自然な対照をなしている。人の動きも活発だ。会社員が職場へ急ぎ、親子連れが散歩し、ときおり警察官が市民を手助けしている。

しかし、タクシーの窓から眺める励子の気分は畏敬より恐怖だった。高層ビルの壁面にもうけられた巨大ディスプレイには政府要人の姿が次々と映し出される。やがて山崗将軍が登場した。国家への長年の献身を誇らしく語る言葉が日本語字幕で流れる。東京にもどって宮城に参内し、天皇陛下に拝謁したという。業績が次々と映像で流され、あいまに最新の電卓ゲームの広告がはいる。羽織袴の総督は聡慧にして威風あたりを払う姿だ。空に浮かぶ飛行船は流行の〝人格シミュレーション〟の広告を流している。どんな個性も電卓上で視覚的に再現するという。三人組の女性バンド、ファンタジーノクターンが毘沙門天劇場で反ナチズムコンサートを来週開催すると告知される。電気仕掛けのカラスのようなドローンが小型バルカン砲をかかえて飛びまわる。中心街警備隊の視覚および音声フィードは特高のチャンネルにも流れてくる。セントリー級に代わって配備が進む新型のセンザンコウ級は、氷ショットガンと電磁シールドをそなえた防御のかなめだ。

総督執務室の受付エリアに着いた。外に数百人の列ができている。

「あれは？」励子は衛兵に尋ねた。

「総督への陳情者です」

総督付きの副官は十二人いる。それぞれ市内の異なる管轄区から派遣されている。奥の部屋には総督宛の進物の山がいくつもできている。これでも今週分にすぎない。軍出身の副官が励子に言った。

「総督はまだ会議中でいらっしゃる。お会いになるのはそのあとだ」

三十分待ち、一時間待ったが、まだ声はかからない。励子はこれまでの出来事をつらつらと思い出し、渡部プリス将軍についての報告書を電卓で読んだ。

渡部は戦功ある受勲者で、皇国随一のメカパイロットと評される。しかしその父親は今年初めに逮捕された。だから裏切ったのだろうか。メカ部品の注文主を渡部だと明かしたコサックを、直後に暗殺した犯人は何者なのか。ナチス側で多数の要人が殺された裏にはどんな意図が働いているのか。

電卓に通知がポップアップした。開くと、例のティルトローター機につけた発信機の信号がとらえられている。遠くない。ここから四十粁ほどだ。驚いて、その場所について電卓で調べた。政府所有の土地だが、放棄されて十年以上使われていない。詳しく調べようとしたとき、民間出身の副官の一人がやってきた。

「まもなくお会いになる」

副官は二十代男性で、無数の巻き髪がフラクタル模様のように重なった複雑な髪型をしていた。

「ありがとうございます」励子は答えた。

「しかしきみは恥知らずだな」副官は言った。

「いまなんと?」

「恥知らずと言ったのだ」

「なんのことでしょうか」

「暗殺者をとらえるべきだろう。戦争をはじめるのではなく。総督の寛容さに感謝しろ。のこのこ報告に来るとはいい度胸だ」

無礼なもの言いにさすがに腹が立った。

「わたしは命がけで任務を遂行しました。後方勤務の事務官にあれこれ言われるすじあいはありません」

「将軍たちはお怒りだ。無能なきみを解任せよと総督に迫っている。貴重な情報員までむざむざ死なせた。総督はそんなきみをかばって、苦しい立場に甘んじておられる」

軍の上層部はそういう考えなのか。こちらに非はないのに。憤懣やるかたない気持ちになった。

副官の電卓が鳴った。耳にあてて励子に告げる。

「総督がお会いになる」

更迭を覚悟した励子は、執務室にはいるなり深く腰を折って謝罪した。

「申しわけありませんでした」

「なんの話だ?」

山崗総督の言葉に、励子は虚をつかれた。

「状況を混乱させてしまったことです。特高と協力してブラディマリーを捜索せよとの命令でしたのに、ほとんど成果を挙げられませんでした」

山崗はどうでもよさそうに手を振った。これも意外な反応だ。

「なにごとも予定どおりにはいかない。机上論で戦争に勝てるなら軍人はいらない」

「将軍たちがわたしの解任を要求していると、外の副官から聞きました」

励子が率直に明かすと、山崗はあからさまに不快げな顔になった。

「あれはそんなことを言ったのか。不躾な部下ですまない」

「どんなご処分も受けます。解任でも」

「辞めたいのか?」

「いいえ」

「将軍たちが苛立っているのはたしかだ。ささいなことも気にする。いたしかたない。わたしが抑える。きみの経歴と犠牲は承知している。副官の失礼な言いぐさは忘れてくれ」

「しかし――」

「わが軍の情報員ルドーを殺したのはきみか?」

「ちがいます」

「ドイツの八人の要人を殺したのはきみか?」

「ちがいます」

「これらの出来事はきみの責任ではない。なにが起きたのか解明し、それにしたがって対処する」

励子は心から安堵した。

「ありがとうございます」

「調査結果を聞こう。ブラディマリーの居どころについて手がかりはつかめたのか?」

「いいえ。しかし、わが国のある人物が協力している可能性があります」

「国賊ということだな」

「そうです。渡部プリス将軍です」

山崗総督は眉を上げた。

「真実なら残念だ」

「ナチス側の接触相手コサックは、渡部将軍がメカ部品をむこうから密輸していることを示唆しました」

「目的はなんだ」

「ブラディマリーと渡部将軍はメカを使ったなんらかの攻撃を計画していると考えられます」

山崗は残念そうな表情になった。

「聞いているだろうが、彼女の父親は反逆罪で死刑になった」

「承知しています。ご記憶かと思いますが、当時、寛大なご処分をお願いしようとしたことがあります」

励子は初めて山崗と会ったときのことを持ち出した。

「痛恨事だった。有罪は火を見るよりもあきらかだったが、過去の業績を考慮して赦免したかった。わたしにとっては精神的な師だ。しかし国事優先を宣誓した身でもある。死刑宣告を了承せざるをえなかった。プリスとは長い時間をかけて話しあった。ありがたいことに理解してくれた。家族より国家への忠誠を優先してくれたと思っていた。所在はつかめているのか？」

「同行した特高課員が行方を追っています」

「そうか。こちらからも特高に連絡して、いつものやり方はひかえるように言っておこう」

次の質問は励子にとって言い出しにくかった。自分が難しい立場になりかねない。しかし、訊かないわけにはいかない。

「忠誠といえば、〈戦争の息子たち〉の会員である嶽見ダニエラを憶えておいでですか？」

「もちろんだ。ブラディマリー襲撃事件の生存者はきみと彼女だけだった」

総督の返事に敵意は感じられず、いい徴候だ。

「彼女のその後についてご存じですか？」

「事情聴取後に帰されたと聞いているが、どうかしたか？」

「嶽見は収監され、その後脱獄して行方不明になったとの情報を得ました。今朝、ロサンジェルスのダウンタウンで目撃されたものの、特高は拘束できずにふたたび見失ったとも」

山崗の表情にとくに変化はない。

「初耳だ。調べさせよう。ところで、ナチス側の八人はどのように暗殺されたのだ？　ブラディマリーのしわざか？」

話題を変えられた。ダニエラの件に深入りしたくないのかと、励子は驚いた。なにか隠しているのか。

「いいえ、ちがうと思います」

「ちがうというと？」

「暗殺者は別人だと考えています」

「手がかりはあるのか？」

「もうすぐわかるでしょう」

「ブラディマリーと渡部については今後、特高に一任しようと思っている」

捜査からはずれろということか。

「失礼ですが、このまま続けさせてください。本件はわが国にとって重要だと存じます」

「気持ちはわかるし、重要なのはたしかだ。しかし当面、きみは母校のBEMAにもどって働いてもらいたい。今後数週間が重大な岐路であることは説明するまでもないだろう」

総督は立って地球儀に歩み寄った。

「ブラディマリーと渡部将軍が反乱計画を練っているという話が表面化したら、東京参謀本部はこれを機に統制権の剝奪を狙ってくるかもしれない」

「よくありません」

「もちろんだ」

その言葉には深い意味が隠されている。もし統制権を東京参謀本部に召し上げられたら、山崗はどんな行動に出るだろうか。

「バークリーへ行けとおっしゃるなら、参ります」

「ありがとう、大尉。状況は――」

そのとき小さな地震のような揺れを感じた。すぐにおさまり、励子は自分の憤懣を震動と勘ちがいしたのかと思った。

「——状況は不安定だ。この件については——」

今度は提督の電卓が鳴った。山崗は無視しようとしたが、鳴りやまない。

「すまない。緊急連絡らしい。出なくてはいけない」

励子の電卓も振動した。だれかが電話をかけてきている。拒否したが、複数の友人からのメッセージ通知が出ているのに気づいた。

『どこにいる？』

『無事？』

困惑して顔を上げ、総督を見た。電卓を切った顔がきびしい。

「なにかあったのですか？」励子は尋ねた。

「アルバラード銭湯で爆弾事件が起きた」

通りの先にある公共浴場だ。地震だと思ったのは爆発による震動だったのか。


「犯人は？」

総督の表情にかすかな動揺が走ったように見えた。

「まだ情報がない。ただ、今日の会議が長びかなければ、わたしはそこへ行っていたはずだ」

まさか総督を狙った犯行なのか。

ナチスの報復か。ずいぶん早いがありえなくはない。しかし励子の脳裏に浮かんだのはブラディマリーだった。

提督は壁の大型電卓ディスプレイをつけた。爆発現場からの中継がはいっている。ここからほんの百米(メートル)だ。キャスターがしゃべっている。

「ブラディマリーと名乗る人物が犯行声明とともに、さきほどビデオを送ってきました」

直感があたった。

画面には特殊部隊の大尉が映された。頭を丸められ、顔じゅうがあざだらけだ。右目は腫れ上がって開かない。ぶるぶると震えながら話した。

「自分は総兵秘匿作戦隊デルタの横山アルバート大尉です」声が弱々しい。精鋭中の精鋭である作戦隊員がこうなっているのは恐ろしい。「ブラディマリー暗殺を目的とする違法な作戦に参加していました。卑劣で、ふ……不名誉な行動でした」大尉はろれつがまわらないようすだ。なぜこれほど動揺しているのか。「この犯罪行為のために、われわれは……だ……断罪されました。デ……デルタは、負けました。報いを受けました。なぜなら……愛国者を襲ったからです」

励子は総督を見た。固い表情だ。

画面の外からデジタル処理された声が言った。

「そこは愛国者じゃないだろう。だれだ？」

「ブ……ブラディマリーです」

「なぜ殺害命令が出された？」

「わかりません」

「理由もわからず命令に従ったのか？」

横山大尉は答えにくそうにした。

「そ……そうです」

「しかも失敗したわけだ」

何者かが大尉の肩をナイフで刺した。もう一方の肩も反対側から刺された。大尉は苦痛に耐えているが、どちらのナイフも深々と刺さっている。

カメラが上にむき、サージカルマスクをつけた顔を映した。マスクは赤く染まっている。

「わが名はブラディマリー。皇国の利益のために、皇国のだれよりも多く殺した。しかしいまはやめた。忠犬をけしかけてもこのように返り討ちにする。責任は皇国臣民全員にある。自分に罪はないという者も多いだろう。しかし無関係の臣民は一人も——」

映像が中断し、注視していた励子ははっとした。検閲局がブラディマリーの犯行ビデオを遮断したのだ。

さいわい山崗総督の権限で無検閲の映像を最後まで見ることができた。ブラディマリーの演説は次のように続いていた。

「——いかなる帝国でも、軍の行動はその国の臣民全体の責任だ。知らぬ存ぜぬは通らない。兵士の行動がもたらす利益を享受しているなら、その責任も当然負うべきだ。沈黙は有罪を意味する。武器は税金であがなわれている。臣民の社会的歓楽のために軍の残虐行為が正当化されている。皇国は世界に戦争をばらまき、語られざる被害を人々におよぼしている。そこで、その戦争の恐怖を臣民一人一人に実感してもらうことにした。防壁の内側にいても安全でないことを教えてやる。いやならロサンジェルスから脱出しろ。こちらは民間人も軍人も区別しない。いずれも有罪だ。今日の爆弾は小手調べだ。本物の戦争は明日からはじめる」

映像は大尉にもどった。体に刺さったナイフが増えている。

山崗は悪態をついた。励子も秘匿作戦隊がこれほど簡単にやられるとは信じがたく、寒気がした。テロリストの教科書どおりの演出なのだとあらためて考えた。

たんなる攻撃で終わらない。利用し、象徴にしたてる。大々的に報道させ、標的に心理戦をしかける。検閲局もまんまと不意をつかれた。映像の最初の約一分間がそのまま流れたのが証拠だ。

「総督、ＢＥＭＡにわたしのやるべき仕事があるのは理解しましたが、ここは伏してお願いします。捜査を続けさせてください。正式許可はなくても、黙認していただければけっこうです」

総督は大尉の映像を見つめたままだ。

「わたしの家族の話は聞いているか」

その悲劇は有名だ。空港からの道で見た映像でも描かれていた。

「アメリカのテロリストのために犠牲になられたのですね」

「兄二人、妹一人、そして両親が休暇でこちらを訪れていた。テロの危険はないと聞かされていた。危険がおよぶとはみじんも考えずに家族を招いた。ところがその搭乗機は離陸直前に破壊された。わたしは茫然とした。国家指導層の無能さに怒り、この手で変えようと誓った。アーバイン陥穽ではテロリスト殲滅の決意ゆえに人道無視の過剰攻撃とみなされかねないこともやった。国家の治安のためなら多少の犠牲はかまわないという考えからだ。次はカンザス大虐殺が起きた。わが国の安全保障を他人の手にゆだねておけないと思い知らされた出来事だった。そこで多村総督に対して行動を起こした。たんに国賊だからでなく、社会の安全のために彼を除く必要があった。迷いが生じたときは、いつも亡き家族を思い出した」

「だれもが最善と思って行動するものです。だからこそ、わたしも続けたいのです」

総督は励子の目に決意を見てとった。一方の励子は、総督の目に信念の揺らぎを見た。総督のほうがこのテロに動揺している。

「目立たないように動け。非公式に手助けできることがあれば、言ってみろ」

励子はビショップの頼みを思い出した。

「ブラディマリーの情報は大半が機密扱いになっています。それにアクセスしたいのです」

「必要なら副官に言え」

「嶽見ダニエラについては？」

「さきほど言ったように、調べておく」

そこへ数人の兵士がはいってきた。少佐が言う。

「総督、安全な場所へお連れしなくてはなりません」

山崗はすみやかに案内されていった。

励子はビショップに電話した。ビショップはこちらの顔を見て安心した笑顔になった。

「無事だったか」

「大丈夫。ニュースは見た？」

「すこしだけ。いまロサンジェルスに着陸した」

「ブラディマリーの映像も見た？　秘匿作戦隊の精鋭をあっさり人質にするなんて信じられない」

「いや、不思議はない」ブラディマリーの危険さを何度も見ているビショップは答えた。「爆発現場で落ちあおう。一部の特高課員がすでに銭湯に乗りこんでいる。俺はそのボディカメラ映像を見てる」

「あんたがほしがってた情報、手にはいりそうよ」

「ブラディマリーについての詳細か？」

励子はうなずいた。

「なら、見たいファイルのリストを送る」

まもなくリストが届いた。

励子はさきほど嫌みを言われた民間出身の副官に、ブラディマリーについての秘密扱いの資料を見たいと要求した。男はまだ軽蔑的な目つきだったが、依頼には従った。

励子はエレベータで降りて、銭湯へ急いだ。

アルバラード銭湯はただの公共浴場ではない。毎日数千人の客でにぎわう八階建ての娯楽施設だ。建設されたのは一九七〇年代初め。アジア出身の将軍二人が故郷で一般的だった社交場としての大規模浴場を懐かしみ、ロサンジェルスのダウンタウンに政府職員用として建設することを提案した。そうやってできた施設は、一階から四階までが各種の浴室。最上階は会員制クラブで、ジム、射撃場、ビリヤード場、大会議場をそなえる。屋上にはプールがあり、週末にはディスコに変わる。施設内には十二のレストランが散在し、京都、大阪、北海道から招聘された料理人が腕をふるう。なかでも励子のお気にいりは道産子料理の石狩鍋で、味噌仕立ての出汁（だし）で鮭が煮込まれている。蟹料理も絶品で、稚内で水揚げされたタラバガニが直輸入で提供される。さまざまな年齢層の政府職員がこの銭湯に集まり、激務の疲れをいやすのがおなじみになっている。

その建物の中央に、いま大穴があいていた。東面の壁は崩壊している。灰が舞い、塩素と煙のにおいが立ちこめている。ちぎれた死体が散乱するなかで、レスキュー隊員が生存者を探している。四機の捜索救助メカが建物の倒壊を防ぎつつ、腕から大量の放水をしている。この高圧放水は暴徒鎮圧にも使われる機能だ。これらのメカは、犬型ロボットのケルベロスと連携している。柴犬くらいの体格のこの小型ロボットは災害現場における生存者捜索を主任務にしている。励子も運用訓練を受けたことがあった。

負傷者は建物内だけではない。外の通行人にも爆風と瓦礫で重傷を負った者が多数いた。道路の車にも瓦礫が降りそそぎ、まるでメカに踏みつぶされたようなありさまだ。

シートでおおわれたストレッチャーで百以上の死体が運ばれている。陸軍が規制線を張ってレスキュー関係者以外の立ち入りを制限している。

励子の電卓が鳴った。ビショップからだ。

「着いたか?」

「ええ」

「新情報だ。監視カメラの録画から、おまえの友人のダニエラらしい顔認識反応の人影が出た」

励子は銭湯のほうを見た。

「このなかに?」

「爆発前に脱出したかもしれない。しかし今日のいずれかの時間帯に施設に立ちいったのはたしかだ」

励子は礼を言って電卓を切った。銭湯へ走っていくと、規制線で警備の兵士に止められた。

「失礼、立入禁止です」

犬型ロボットのケルベロスが火のなかに飛びこんでいくのが見えた。励子は兵士に訊いた。

「あれはどこから操縦してるの?」

兵士は捜索救助メカのヒュウガ號をしめした。

励子はそこに駆け寄り、ブリッジへのラダーを昇りはじめた。すすけた軍服に髪を乱した中尉があらわれ、制止した。

「そこはだめです」

「守川励子大尉だ。ケルベロスを一機使わせてもらう」

「守川大尉ですか?」聞き覚えがあるらしい。「〈戦争の息子たち〉の?」

「そうだ。きみは?」

「井上帆高中尉です。金堂将軍の副官です」

金堂将軍と面識はないが、彼も〈戦争の息子たち〉の会員だ。

「将軍はこのなかに?」

井上は唇を噛んで、燃える銭湯を振り返った。

「はい……」

「では〈戦争の息子たち〉の同志として、ケルベロスを一機借り受けたい。ある者を探している」

「ケルベロスのオペレータは三人が爆発で死亡しました。応援をありがたく思います」

ブリッジ下に管制デッキがある。ケルベロスのオペレータ席が八つ円形に並び、そのうち五席は埋まっている。空席の一つに励子はおさまった。

操縦系は愛機とそれほどちがわない。ただし苦痛緩和作用のあるサラマンダー・システムはない。ゴーグルをつけると犬の一人称視点になった。嗅覚フィードバックで毒物や各種ガス濃度を人間でも判別できる。コントローラはジョイスティックを使い、ボタンでジャンプ、伏せ、その他の動作ができる。この種類のコントローラはカンザス以来で、手が憶えているか不安だったが、やってみると順調に動けた。

難しいのは周囲の環境が一定でないことだ。ケルベロスはソナーと温度スキャンでより正確な施設レイアウトを把握し、励子にリアルタイムでフィードバックしてくる。十数体の遺体のそばを通ったが、すでにほかの五人のオペレータがタグをつけていた。これでレスキュー隊が存在を認識し、捜索救助メカの回収予定に組みこまれる。

ネットワーク上に嶽見ダニエラのプロファイルをみ

つけ、身体特徴のデータを取得した。これを信号に変換して常時スキャンするように設定した。ただし有効範囲が狭いので施設全域を移動しながら探すしかない。

井上中尉がべつのケルベロスを操縦しながら、近くのレスキュー隊員からの応援要請を中継してきた。そこは二階上で、励子のケルベロスは火を噴く穴をくぐり抜けて進んだ。燃えさかる炎は中心のない渦を巻き、あかあかと輝く。万物を呑んで破壊するようすには不気味な美しさすら感じられる。床の一部は崩落し、残りもいつ崩れるかわからないとレスキュー隊から警告された。床の状態に気をつけながら慎重に室内を進む。実際に一部が崩れたが、ケルベロスは難なく跳び越えた。

むこう側には陸軍の軍服姿の男が三人いた。炎にさまたげられて避難できないのだ。励子はケルベロスの音波消火器を使った。これは音波で酸素分子を可燃物から遠ざけ、火を消すものだ。床の崩落部分は人間には跳び越せない幅があったので、ケルベロスの背中から可搬式ラダーを出して渡した。軍人たちは無事にそこを渡った。あとはレスキュー隊員が外へ誘導してくれる。途中のホールの炎上がひどいので、ケルベロスはそこまで同行し、音波消火器で安全な通過を助けた。

ダニエラの反応はまだスキャンにあらわれない。

励子は救助活動を続けながら、金堂将軍のデータベースを調べた。彼がいるところに〈戦争の息子たち〉の会員が集まっていた。ダニエラもその近くにいた可能性が高い。

金堂の遺体はさらに三階上の会議室でみつかった。初期スキャンによると付近の破壊がいちじるしく、そこが爆発地点である可能性が高い。〈戦争の息子たち〉が主目標だった証拠だ。多くの犠牲者はその巻き添え被害というわけだ。

ケルベロスの捜索を急がせた。さらに四人の生存者を発見し、火をかわして脱出させた。

「守川大尉、体は大丈夫ですか?」中尉が訊いてきた。サラマンダー・システムの保護液なしだが、両手はまだ動く。

「問題ないわ」

肌にぴりぴりした感覚がないことを確認して答えた。人間とおぼしい微弱な反応をみつけた。厨房方面だ。行ってみると、二人の調理補助員が倒れていた。やけどがひどく、心拍も弱い。無理に動かすと状態が悪化しそうだ。

「現在位置で補助を要請する」

呼びかけたが、だれも来ないうちに天井が崩れはじめた。要救助者を押してもう一人に寄せ、その二人を落下物から守るようにケルベロスを立たせた。天井が一気に崩れてきた。

励子とケルベロスの接続が切れた。頭に電流が走ったような痛みを感じた。目がかすみ、軽くめまいがする。おそらくケルベロスは破壊されたのだろう。ゴーグルをはずし、隣のオペレータ席へ移って救助活動を続けようとした。

「待ってください」井上中尉が言う。

「もう一回出る」

「ケルベロスから強制切断されたあとは休憩が必要です。神経に障害が残りますよ」

「大丈夫よ」答えつつも、まだめまいがする。「調べてくるだけ。短時間だから」

新規のケルベロスにはいり、さきほどの厨房へ駆けもどった。現場は崩落した天井で埋まっている。サーマルマップでも、炎の熱のせいで人体も犬型ロボットも見分けられない。ケルベロスの口からは精密切断レーザーを出せる。励子は音波測定器で瓦礫の奥行きをはかり、目標物すれすれまで切っていくことにした。

「大尉」井上中尉が呼びかけた。

「なに」

「建物の構造躯体が弱くなっています。ケルベロスは全機脱出してください」

「もうすこし」

「大尉」

「ちょっと待って！」

まえのケルベロスの機体にのしかかった厚いコンクリート板が、レーザーでほぼ切断された。新しい機体の前脚で押してどかす。古い機体が出てきた。上面は完全につぶれているが、脚の下の人間たちは守られている。

機体をどかすと二人の人間が出てきた。意識はある。ただし初期診断では骨折箇所がある。建物が低くきしんで揺れた。犬型ロボットの口の奥にあるスピーカーから人間たちに呼びかけた。

「天井が崩れてくるので脱出します。急いで！」

女はなんとか立ち上がった。その下になっていた男は、立とうとしたが膝をついた。両手両足が骨折している。女に指示した。

「ケルベロスの背中に乗せるので手伝ってください。急いで！」

ケルベロスをストレッチャーモードにした。パネルが開いて、圧縮格納されていたストレッチャーが背中に展開される。安全に乗せられるのは一人だけ。今回は男性だ。

移動をはじめた。銭湯はいつ倒壊してもおかしくない。厨房から出て、ホールを進んだ。燃えさかる炎を抑えるために音波消火器を使った。背中に人を乗せているので照準がままならない。なんとか炎の大きな塊を消して先へ進んだ。階段までたどり着くと、数人のレスキュー隊員が救助活動をしていて助かった。ケルベロスからはずしたストレッチャーを運び、もう一人の女性を補助して下りていった。

励子はもう一度ダニエラを探してスキャンした。やはり一致する反応はない。かわりに、二階下でかすか数年前、数百粁（キロ）離れた場所で起きたことだが、おなじ光景、おなじにおいだった。

な生命反応があった。そこへむかう途中、十数人が爆風で死亡している場所があった。なにが起きたのか理解していただろうか。それとも爆発半径内での慈悲深い一瞬の死だっただろうか。めざす反応まで半分の地点に来たとき、心拍の反応が途絶えた。救助対象者は死亡した。

ほかの反応はもう近くにない。さらにダニエラを探す。しかし軀体が脆弱になった建物が大きく揺れ、ついに崩落がケルベロスを押しつぶした……。

励子はゴーグル一式をはずして、外に出た。ダニエラはやはり脱出したあとだったのか。三人の十代の子どもが一台のストレッチャーでいっしょに運ばれていた。いずれも重傷だ。二人の軍人がすわりこんで痛みに耐えている。爆発で建物から飛んできた釘が顔に刺さったのだ。多くの遺体が搬出されるのを見て、励子の目がうるんだ。まばたきして涙をこらえる。混乱とさまざまな悪臭が、カンザス大虐殺を思い出させた。

若名ビショップ
ダラス都会

1

上司と会うために、ビショップはシャイラー強化義肢クリニックを訪れた。シャイラー医師は人工義肢をあつかわせたら市内で右に出る者のない名医だ。待合室には十人以上の患者がいた。むかいにすわった姉妹を電卓で見ると、ナチスとの戦闘で両脚を失ったらしい。首を交換した男もいて、制御回路が故障した首をずっと揺らしている。家で飼っている電気羊の機械の脚を修理してもらいにきた家族もいた。

看護師が来てビショップを診察室へ案内した。槻野昭子が腕を調整中だった。左腕がむきだしになり、三カ所のパネルが開いている。シャイラー医師は接続を確認し、手首を回転させた。右へ一回、左へ一回。交換された古い部品には焼損した痕がある。回転をよくするために油脂を差して、指が手のひらにつくまで曲がることを確認した。

終わると、左腕はもとどおりに閉じられた。右腕には特殊な兵器がしこまれているという噂がある。しかし見ためは普通の腕と変わらない。皮膚の継ぎめや指の動きも本物の手と区別がつかない。

「直ったのか?」槻野は訊いた。

「とりあえずは。次はなるべく銃撃戦を避けてくれ」シャイラー医師は答えた。

槻野は診察室を出て、ビショップについてくるように合図した。

「銃撃戦が？」ビショップは訊いた。

「ちょっとした騒ぎだ」

詳しく説明する気はないらしい。物置にはいると、そこは瓶が並んでいた。槻野が特定のパターンで十八本の瓶を動かすと、奥のドアが開く。むこうはエレベータになっていて、特高第六一〇二前哨拠点へ下りはじめた。

「よく生きて帰ったな」槻野は言った。

「あちこちで助けられたおかげです」

「二機のバイオメカを自力で倒すのは難しいだろう。八人の要人を暗殺したのも貴様たちか？」

「ちがいます」

「顛末を自分の立場から話してみろ」

励子とのテクサーカナ出張での出来事を要約し、コサックの暗殺からバイオメカとの戦闘まですべて話した。

「暗殺犯の素性はわかっているのか？」

「いいえ。ただ、報告書に書いたとおり、メッツガー博士が発送していた貨物の受け取り人は、渡部プリス将軍だと思われます」

「情報に確証はあるのか？」

「といいますと？」

「無実の軍人を逮捕させようとコサックが嘘をついたかもしれない」

試されているのだとわかった。

「考えられます。だからこそ渡部将軍の所在をつきとめ、その通信を調べたいのです。本人の公式アカウントに不審なやりとりはありませんが、三つの裏アカウントをナチスとの連絡に使っていました。暗号化されているため、暗号解析班に解読を依頼しているところです」

「鑑識の靖の報告は読んだか？　メッツガー博士の電卓についてのものだ」

「まだです。この報告のあとに読むつもりです」

エレベータが停止した。出たところは地下の格納庫だ。巨大なメカの脚部コンポーネントが、数十人の特高の技官によって調べられている。

「これは？」

「ダラス都会の猪田駅からロサンジェルスの南のロングビーチへ送られる予定だったものだ。さいわい内通者から情報がはいった。関係者を尋問したところ、すでに複数の部品がロングビーチへ送られたことがわかった」

「目的は？」

「調査中だ。沈黙線付近の憲兵隊員から、三カ所のメカ廃棄場が荒らされたとの報告があり、詳しい情報を集めた」

「旧式のメカと放射性のBPGが廃棄されている場所ですね」

「そうだ。アリゾナのジャンクヤードやサンディエゴの廃墟にくらべると警備は手薄だ。記録も少ない。どんな部品が持ち去られたのかはっきりせず、廃棄場に残ったものから推測するしかない」

「だれかがメカを組み立てているのでしょう」

槻野はうなずいた。

「そう考えるのが妥当だ。初期の報告では、盗難された部品は沈黙線でアメリカ人に売られ、そのキメラのメカの改造に使われているとされていた。しかし新たな情報をもとに、現在は異なる推測がされている。尋問班はさらに情報を引き出そうと急いでいる」

「この脚部は見覚えがあります」

「貴様もよく知るパイロット、新島リーナの搭乗機の予備コンポーネントとして盗み出されたものだと結論づけられた」

その名を聞いてビショップは慄然とした。

「新島がどうかかわっているのですか？」

「その専用機サイレン號が、パイロットともども行方不明だ。最後に目撃されたのは沈黙線内にあるメカ廃棄場の一つだ」

「初耳です」

「機甲軍はこの事実を隠そうと躍起になっている。行方不明のパイロットはあと二人いる」

「その一人は……渡部プリスですか？」

「そうだ」

「新島がブラディマリーに協力しているとは信じられない。人物としては嫌いですが、機甲軍でもっとも献身的なパイロットの一人だと思っていました」

「貴様と新島のかかわりは知っている。しかし個人的な見立てでは、彼女の忠誠心は貴様のそれとおなじではない」

「テロ組織に参加している可能性があると？」

「ありえないと思うか」

「俺が知らない事実をご存じなのですか？」

「国賊が簡単にみつかるなら特高はいらん」

「悪賢い国賊もいらないでしょう」

「新島の夫と家族全員は山崗総督に処刑されている」

「理由は？」

「多村総督に協力した国賊として告発された」

「有罪だったのですか？」

「死刑になったのだからそうだろう」

「俺の父は濡れ衣で死刑判決を受けました」

「たしかにな」槻野は認めた。「父上は名誉を重んじて皇国の変革を試みられた。しかしその高潔さがあだになった。ただしようのない不正をただそうとして犠牲になった人々は、ほかにも多い」

　ビショップは、槻野と最初に会った日のことを思い出した。虚偽の告発で父を死に至らしめた憲兵隊員に会わせてやると連れていかれた。空路南へむかい、メキシコ日本連邦のモンテレー郊外にある牧場に到着した。

「女の名は金古（かねこ）ティファニーだ」

槻野は教えながら、金古が当時提出した正式な告発状を電卓ファイルで見せた。ビショップは目を通してから尋ねた。

「いまも憲兵隊の所属ですか?」

「十八年前に退職している」

「その身になにか起きたら、報復を受けますか?」

「受けるとしたら貴様はためらうか?」

ビショップは父親のことをあらためて思い出した。家族と話すのは最後だと知りながら、あえて声に力をこめていた。

「いいえ」

二人は牧場の母屋にむかった。高齢者と要介護者のための施設だ。多くは車椅子や機械補助具を移動のために必要とし、看護師の介助を受けている。施設名のわかる看板などは出ていないが、壁にかけた記念品のたぐいから退役軍人や軍関係者の施設と察せられた。

管理人が出てきた。槻野は身分証を提示して命じた。

「金古ティファニーのところへ案内しろ」

管理人はうなずいてから、二人が携行する銃を見た。

「医療班が必要でしょうか?」

槻野はビショップを見てから答えた。

「そのときになればわかる」

めあての憲兵隊員にはなにか問題があるらしい。一歩ずつ近づきながら、かつての怒りが蘇ってきた。父の死後に家族が歩んだ苦難の日々を思い出す。ほかの生徒から浴びせられる侮蔑や嘲弄(ちょうろう)には耐えた。虚偽の告発で父が死んだという怒りのほうが耐えがたかった。

あらわれたティファニーは、端正な顔に長い金髪の四十代の女性だった。庭いじりをしていたが、管理人から「お客さんよ」と声をかけられ、立ち上がって二人を迎えた。

「お客さまなんてうれしいわ!」ティファニーは声をあげてから、槻野に言った。「見覚えがある気がするけど、お会いしたことが?」

「昔の友人だ」

「あら、ごめんなさい。記憶が正常でなくて」

「どういうことだ」ビショップは訊いた。

「過去をよく思い出せないのよ。お医者さまによると、テロ攻撃で脳機能が低下する病気になったんですって」

「父を殺したことも憶えていないというのか？」

ティファニーは心から驚いた顔になった。

「お父さまを殺した？　なんのことかしら」

「おまえは俺の父を殺したんだ！」

「心あたりがありません」

ビショップは槻野にむきなおった。

「こいつが言っているのは本当ですか？」

「残念ながらな。テロ組織ＮＡＲＡが使った生物兵器のために、標的にされた人々の多くは深刻な脳障害を負った。死亡をまぬがれたとしても、脳機能が大きく損なわれ、記憶を失った」

ビショップはティファニーをにらみつけた。

「憶えてなくても関係ない。罪は罪だ」

ホルスターから銃を抜き、金古ティファニーにつきつけた。ティファニーは恐怖の顔で地面にへたりこみ、泣きだした。涙声で言う。

「なんのことかわかりません。誓ってわたしはなにもしてません」

ビショップは槻野を見た。

「本当に本人ですか？」

「まちがいない」

ビショップは怒りの目でティファニーを凝視した。涙と鼻水で汚れた顔。それでも撃ちたい。これほど至近距離で、しかも非武装の相手を殺したことはない。しかし一族の仇だ。母親の姿が脳裏に浮かぶ。夫の非業の死を受けいれられないままだった。

　本人確認が必要だ。金古ティファニーの電卓ファイルを見て、相手と照らしあわせた。若いときの写真だが、同一人物であることは疑いない。記憶がないのは本当らしい。だからと撃つべきか。

いって罪も消えるのか。

手が震える。弱気になるなと自分を叱咤した。しかし無力で当惑した相手を見るほどに気持ちが揺らぐ。

弟を思い出し、母を思い出した。すると新たな怒りが湧いた。

ティファニーの額を狙って二度引き金を引いた。

しかしなぜか発射されない。銃の故障か。

ティファニーが立ち上がり、ゆっくりとゴム製のマスクを顔から剝がした。管理人が手伝って、〝ティファニー〟の残りのメーキャップを除去していった。

槻野がビショップの肩に手をおいた。

「弾は抜いておいた」

「俺を試したんですか？」ビショップは茫然とした。

「そうだ。正直に言うが、上層部は貴様の警察時代のマイナス評価から、特高課員としての適性に疑問を持っていた。しかしあたしは、そんなささいな評点は関係なく、ほかの候補者より強い意志を持っているはずだと主張した。それをいま確認できた」

「なにがなんだか。いまの女性は？」

「特高課員の一人だ」

「俺をだましたんですか？」

「意志を試した。倫理的な葛藤がある状況でも復讐を実行するかどうかを見たかった。たいていの者は決意が鈍って看過してしまう。それは特高課員の資質としてふさわしくない。貴様は相手が過去を憶えていなくても撃った」

倫理的に解説されると矛盾がきわだつ。

「それは悪人では？」

「それが特高だ」

「本物の金古ティファニーはどこに？」

「二十年前にあたしが殺した。貴様の父上の仇として。おなじ状況でな」

愕然として槻野を見た。

「記憶を失った彼女を、ということですか？」

槻野はうなずいた。

「迷いましたか？」

「かもな」

槻野はめずらしく葛藤をうかがわせる声で言った。

「ありがとうございます、昭子さん」

「なんの礼だ」

「父の復讐を遂げていただいて」

「自分のやるべきことをやったまでだ。貴様もおなじことをやった。特高に歓迎する」

現在にもどってビショップは槻野に尋ねた。

「臣民はどうすればいいと？」

「それを考えるのは政治家の仕事だ。特高ではない」

「政治家に命運をゆだねたら悲惨なことになります」

槻野は金属の手をビショップの肩において小声で言った。

「気をつけろ。目標を確保するときに同情することと、国賊的思想を持つことはほとんどおなじだ」

「わかりました……。それで、行方不明の三人目のパイロットは？」

「嶽見ダニエラという」

名前を聞いてビショップは驚いた。槻野はそれを見てとった。

「知りあいか？」

励子が探していることや、今朝ロサンジェルスで目撃されたことを話した。

「偶然とは思えません」

「守川大尉がダニエラの失踪を手伝っている可能性は？」

「ないと思います」

「思いこみではないか？」

「たしかです」

「信用しているのか」

「信用ではありません。勘です。ダニエラの失踪については守川のほうから話しました。通信記録に不審な点がないかも調べました」

「結果は」

「シロです」

榎野はその結論を受けいれたようだ。

「三人はそれぞれ特高課員に追わせているが、いまのところ成果はない」

いずれも〈戦争の息子たち〉の関係者だが、それ以上のつながりはまだ見えてこない。

一人の特高課員が榎野のもとに来て、スペイン語で報告した。ビショップは理解できなかったが、榎野は流暢なスペイン語で返事をした。一部のフレーズから、だれかに電話しろという指示のようだが、詳しくはわからない。課員は敬礼して去った。

榎野はビショップに言った。

「まず靖の話を聞け。メッツガーの研究についてわかったことがあるはずだ。そのあとは山森組の調べを続けろ。部品の密輸にだれがかかわり、どのように連絡していたかをはっきりさせたい」

「ロングビーチのほうは？」

「あたしが行く」

ビショップは低頭して辞去した。

靖は前哨拠点の西の区画にいた。病院のような部屋になっていた。円筒形の容器がずらりと並び、特殊な液中で人間が停滞状態におかれている。多くは全身に奇妙な腫瘍ができている。

「これは？」

「モタ・バイオラボという設備だ。俺の個人的な研究室だ」靖は答えた。

「この人たちは？」

「沈黙線でナチスの生物兵器にさらされた被害者だ。

死亡寸前でウイルスによる組織破壊を停止させ、こうして停滞状態で研究している」

「こんなに何人も」

「少ないくらいさ。ただ、おまえに見せたいのはこれじゃない」

靖はビショップをテーブルに案内した。切り離された一本の腕がおかれている。皮膚の一部を押すとパネルが開いた。内側は化学物質と配線が詰まっている。

「なんだ、これは」

「これがウルフヘトナーだ。ドイツ語だが、もとは北欧神話の戦士をさしてる。オーディンの精鋭部隊の一人で、いわゆるバーサーカーに近い。変身するという特徴も符合する」

「なにに符合するんだ」

「こういう生物工学的に改変された手足を持ってるところだ。そして内部に高性能爆薬をしこまれている」

「なんのために」

「自爆テロの道具さ。スキャンしても通常の人体との差異はほとんどなく、熟練した診断者でないかぎり見分けられない。ウルフヘトナー義肢をつけられた本人も体内に爆発物が埋めこまれているとは気づかない」

「そんなことが可能なのか？」

「偽の肺や臓器などに隠されている。身体機能は正常なままだから、爆発物が体にはいってるとは知らずに生きている。町を歩いていて突然ドカン！　周囲の多数を巻き添えにして死ぬ」

「恐ろしいな」

「そして興味深い。ちょっと待て。両腕を上げろ」

「なぜ」

「検査する」

言われるままに両腕を上げると、靖は電卓のセンサーでビショップを頭から爪先まで調べた。

「おまえはウルフヘトナーじゃないな。生きたサンプルがほしいんだ。どうやってメッツガーが人体をだまして偽物の部品を埋めこんでいたのか知りたい」

　皮肉をこめてもこいつは気づかないだろうと思いながら、ビショップは言ってやった。

「みつけたら鑑識の靖を訪ねろと言っておくよ」

「よろしく頼む。おまえは杉元スタンリーってやつの捜索にロングビーチへ派遣されるはずだ。メカ部品の送り先として名前が出た。むこうでは協力者が調べていて、所在が判明したら連絡がいくことになってる」

「こっちに残って山森組の調べを続けろと、槻野さんから言われてるんだが」

「新規の命令が出てるはずだ。電卓を見ろ」

　するとたしかに、特高の副本部長から直接命令が送られてきていた。杉元スタンリーを捜索し、その過程で発見したウルフヘトナーを全員拘束せよとある。副本部長から命令を受けたのは初めてで驚いた。なぜ槻野を通さないのか。秘密許可レベルの問題があって頭ごしなのか。

「メッツガーのラボを調べたかぎりでは十八人いるはずだ」

　靖がうれしそうに言った。ビショップは耳を疑った。

「ウルフヘトナーが十八人もいるのか？」

「そうだ」

「どこに？」

「わからん。しかしメッツガーはすくなくとも三十人の顧客にウルフヘトナーを売ろうとしていた。例の貨物機にも何人か乗せられていて、その一人はブラディマリーに殺された。おかげですべてつながった」

「じゃあ、そいつらはいまブラディマリーの手中ということか」

「たぶんな」

　この任務の緊急性がようやく理解できた。副本部長から直接指示が来たのはそのためだろう。

「いい知らせが一つくらいないのか？」

「どこに悪い知らせがある？」

本気でそう思っているらしいのであきれた。靖らしい。

飛行機はすみやかにロサンジェルスへ飛んだ。そして着陸しないうちから、ビショップの電卓には全特高課員むけの緊急連絡が立てつづけにはいった。

第一報を見て懸念で胃が縮み、報告を読みすすめるうちにきりきりと痛くなった。アルバラード銭湯で爆弾事件。速報に続いて現場からの中継映像が流れる。総兵秘匿作戦隊の横山大尉への凄惨な暴行に目をおおう。確証はないが、爆発を起こしたのはウルフヘトナーとみてまちがいないだろう。

励子から電話を受けて、現地で落ちあうことを約束した。特高が用意した車が待っていて、目的地を入力すると自動的に走りだした。

空港からは三十分かかる。義妹からの着信履歴に気づいてかけなおした。

「やあ、マイア。そっちは無事かい？」

フロントガラスに亡弟の妻の姿が映し出された。

「こちらは大丈夫。爆弾事件はどんなようす？」

「それは話せない。とにかくLAにはもどった」

「うちに寄れる？」

「寄れるとしても今週後半だな。とにかく、しばらくは人が集まる場所に行かないほうがいい。絶対に」

「脅迫しているブラディマリーというのは何者？」

「捜査中だ」

「わたしたちにも危険がある？」

「もし危険になったら救出にいかせるよ。レナは？」

レナが画面に出て手を振った。ビショップは笑顔で言った。

「レナ！　演奏のビデオを見たよ」

「どうだった？」

「とてもよかったよ。そのうち行くつもりだけど、まだ仕事があるんだ」

「コンサートには来る?」期待をこめて訊く。

「行きたいと思ってる」

「コンサートが終わったらアイススケート場に行きたい。そしてかき氷を食べたい」

「そうしよう」

もっと話したかったが、読むべき緊急レポートがまた何本かはいった。特高は電卓の使用状況を監視しているので、いつまでも無視しているわけにはいかない。

「もう切らなくちゃいけない。一、二日は屋内にとどまるんだよ。そのうち会いにいくから」

姪のあとにまた義妹が出た。

「切るまえに話しておきたいことがあるの」

「なんだい」

「レナが学校でおかしなことを言いだしてるのよ」

「なんて」

「将来は特高になってみんなを取り調べしてやるって」

幼い姪が特高課員としてふるまうさまを思い浮かべて、ビショップは苦笑した。しかしマイアは笑いごとでなさそうだ。

「今度話して、冗談じゃすまないと言って聞かせるよ」

「通じるかしら。父親に似て頑固なところがあるから」

通話を終えた。

幼いころからきかん気が強かったレナのようすを思い出した。嫌いなものは絶対に口をつけず、好きなものが出てくるまで泣きつづけた。食べたがるのはたいてい大人とおなじものだった。「甘やかしすぎだ」という弟の冗談めかした批判を、ビショップは姪の好きなものをつくってやりながら、「人生は短い。うまいものを食うべきだ」と一蹴した。弟も口ではとがめながら、手はレナ用のかき氷をつまみ食いしていた。

電卓に追加で送られたレポートを読んだ。アルバラード銭湯の犠牲者数は数百人に達し、まだ増加中。消防隊は完全鎮火まで一晩かかるとみている。

　機界の交流空間に保存してある昔の写真を見た。元妻と自分、さらに赤ん坊のレナを抱いた弟一家といっしょに旅行に出かけたときの写真があった。このころの姪は会うたびに大きくなった。一人ではいはいし、手を借りずに立ち上がり、歩きだした。「ビショップおじちゃん！」と初めて呼ばれたときのことはよく憶えている。もうおじさんなのかと奇妙に感じたものだ。

　アルバラード銭湯に到着し、ちょうど消防支援に着任する二機のレスキューメカの隣で、励子と合流した。爆弾事件の現場をまのあたりにして絶句した。

「特高の失敗だ」沈黙ののちにビショップは言った。

「なぜ特高の？」と励子。

「事前にブラディマリーを拘束できなかった」

「あんたのせいじゃない」

「でも特高の仕事だ、国内の脅威を取り除くのは。小さな思想犯罪を追うのに汲々として、こんな大犯罪を見逃してしまった」

「小さな思想犯罪が重大な思想犯罪に発展することもある」

「そんなのは建前だ。ナチスの公式筋は爆弾テロを否定している。それどころか哀悼のメッセージさえ送ってきた。沈黙線の皇軍は最高度の警戒態勢だけどな」

「当然よ。ナチスは漁夫の利を狙ってるんだから」

「脅威はナチスのほかにもある。ダニエラはみつかったか？」

「まだ」

「事前に脱出したんだろう」

「だといいけど」

「総督はいまどこに？」

「身をひそめてる。でも無駄な気がするわ。相手はあの秘匿作戦隊さえ返り討ちにするブラディマリーよ」

　ブラディマリーの危険性は理解しているつもりだっ

たが、特殊部隊の精鋭をあっさり倒したことには背すじが寒くなった。

「総督の側近中にブラディマリーの手の者がまぎれている可能性は？」

「ありうるわね。アルバラード銭湯の保安態勢は厳重で、だれでも立ちいれる施設じゃない。そんな場所で〈戦争の息子たち〉を狙ってきた」

励子の指摘にビショップは驚いた。

「なぜそれが狙いだと？」

励子は金堂将軍のことを説明した。それを聞いてビショップは続けた。

「施設内の監視カメラ映像を要求しているところだ。残っているなら数時間で回収できる。それで施設内にいた全員を確認できる」

「〈戦争の息子たち〉が集合する時間と場所を犯人は正確に把握していたってことよ」

捜索救助メカが腕を長く伸ばして、ふたたびあがった火の手にむけて放水しはじめた。

ビショップはウルフヘトナーについて説明した。励子は銭湯の焼け跡を見ながら言った。

「そのウルフヘトナーというのがこの爆発にかかわったと？」

「俺はそうにらんでる。確定は靖の鑑識報告待ちだ」

「つまり、ブラディマリーの手もとにそのウルフヘトナーはまだ残っていて、メカ部隊さえ用意しているとみるべきなのね」励子の頭で点と点がつながりはじめたようだ。「ブラディマリーの脅迫への大衆の反応はどうなの？」

「インフラや交通機関の情報を見るかぎり、市外への脱出がはじまってる。渋滞はさいわいロングビーチから離れる方面で、俺が行くのとは反対方向だ」

「ロングビーチへ行くの？　なんの用？」

杉元スタンリーについて説明した。

「わたしも行く」

「人手は多いほうがありがたい」

「じつはほかにも調べたいところがあるのよ」

「どこだ」

「発信機をつけた暗殺犯のティルトローター機が、ここからほんの四十粁（キロ）のところに着陸したらしいの」

　励子の電卓を確認した。ここから東で、ロングビーチとはまったく別方向だ。それでもコサックを殺した犯人が近くにいるわけだ。

「暗殺犯はロサンジェルスの人間なのか？」

「そうみたい」

「どっちを先にあたる？」

「あんたは杉元を追えと命令されてるんでしょう？」

　ビショップはうなずいた。

「協力者が杉元を探していて、みつけたらすぐ連絡が来る手はずになってる」

　励子の口調はこわばって無関心そうなほどだ。なにかあるらしいとビショップは察した。

「暗殺犯の着陸場所はどういうところなんだ？」

「公式の地図では、放棄された政府施設ということになってる」

「そうではないと考えてるわけか」

「まあね。調べようとしたら、そこはなにもないと言われた」

「その説明を鵜呑みにはできないな」

「たった四十粁（キロ）だと思うと、どうなのか疑ってみたくもなる」

「俺が調べてもいいか？」

「できる？」

「やってみよう」

　発信機の位置情報を自分の電卓に転送させた。それを特高の調査員に送り、調べるように手配した。すると直後に槻野から電話がはいって驚いた。

「ロサンジェルスにいるのか？」

「はい。ロングビーチへ行って杉元スタンリーを追えという新しい命令を受けました」

「そうか。位置情報の場所を調べたいのはなぜだ？」

「暗殺犯が逃亡に使った航空機がそこに着陸したからです」

「そこは総兵秘匿作戦隊の秘密訓練場だ。貴様は近づくな。ロサンジェルスの拠点から課員をやって調べさせる。あたしもすぐロサンジェルスへ行く」

「ありがとうございます、警視監。ところで一つお願いが。姪が市内にとり残されています」

「人をやって安全地帯へ避難させよう」

「感謝します」

電話を切って、問題の場所は秘匿作戦隊の訓練場だと説明した。

「それってつまり……」励子は困惑顔になった。

「秘匿作戦隊がナチスの要人八人を暗殺したということになるのか……」

ビショップも困惑した。皇国の特殊部隊がなぜ関係しているのか。励子は黙りこんでいる。

「なあ、秘匿作戦隊の指揮権はだれにある？」

ビショップは訊いた。励子は返事をためらっている。しかたなく自分で答えを言った。

「山崗総督と〈戦争の息子たち〉。そうだな？」

「ええ」

「しかし、おかしいだろう。〈戦争の息子たち〉がなんらかの意図から特殊部隊を派遣し、ナチス幹部を殺害したとなると、開戦に至りかねない直接的な挑発行為だぞ」

「それが狙いかもしれない」励子は言った。

「だとしたら、なぜわざわざ俺たちが行ってるときに――」そこまで言って、ようやくつながった。「俺たちに罪を着せようとしたのか、〈戦争の息子たち〉は」

「信じられない。ほかに理由があるはず」

「どんな？」ビショップは疑わしげに訊いた。

「秘匿作戦隊の独断専行とか、べつの目的があったとか。じつは彼らじゃないのかもしれない。事実がはっきりするまで憶測はひかえるべきよ。わたしたちもいっぺんに多くを調べられない」

「秘匿作戦隊が命令なしに勝手に動いた？　そんなことがありうるか？」

励子は考えこんだ。

「どうかしら。でもまだ結論に飛びつくべきじゃないと思う」

ビショップはうなずいた。

「うちの上司が調べてくれる。こっちは杉元を調べて、その先にいるはずの渡部とブラディマリーを追おう」

励子もうなずいたが、決意が鈍っているようすだ。強気の仮面の裏に疑念が忍びこんでいる。

そんな励子に同情した。時間はあまりないが、どこかで一息いれて元気を補充すべきだと思った。

「おい、飯は食ったのか？」

「おなかすいてない」

「俺は腹へった。ぱっと食えるものがいいな。近くにいい店はないか？」

「テイクアウトのハンバーガーとか」

「肉は食わないんだ。べつのにしてくれ」

「そうだっけ？　高校時代に上海(シャンハイ)でハンバーガー食べた記憶があるけど？」励子は確認するように訊いた。

「昔は肉も食ってたさ」

「どうしてダークサイドに落ちたの？」

ビショップの過去にはおおっぴらに話していない部分がある。しかし励子も似たような経験をしていると思うと、話してもいい気がした。

「テクサーカナ時代にナチスの捕虜になったんだ。無能な上官のクソ命令のせいでな」

「あんたのプロファイルに書いてあったわね」

「ナチスの拷問を受け、体をあちこち焼かれた。それ以来、肉を焼くにおいがすると吐きそうになる」

「不愉快なことを思い出させちゃったわね」

「不愉快な話を聞かせたな。いまでも命令を出したクソ上官を思い出すと腹が立つ」

「同情する」

気まずい沈黙になり、それを破るためにビショップは無理やり言った。

「うまい麵料理の店とか心あたりないか？」

「あることはあるけど。野菜は食べられるの？　植物も意識があるらしいけど、かわいそうじゃない？」

「おまえは野菜がかわいそうか？」

「んなわけあるか。じゃあ、連れてったげる」

ダウンタウンとはちがい、ロサンジェルス西部はおおむね平坦だ。ミラクルマイルとビバリーヒルズは商業地区と住宅街として繁栄し、ロデオ・ドライブぞいには海外産の安物を売る店が並んでいる。ラブレア、ウィルシャー、フェアファクスといった集合住宅が建ち並ぶ地区を通り抜けていった。そこからラシエネガ・ブールバードを渡って一本むこうの通りに、励子ご推薦の麵料理店はあった。

「ここは最高の伊勢うどんを出す店よ。麵は極太で嚙みごたえがあって、黒いつゆは極上の出汁が使われてるの」

うまいものを食べれば気分が変わるといいたげに励子は言った。しかしビショップは疑問を呈した。

「そうかあ？　伊勢志摩でも由緒正しい伊勢うどんの店はごく少ないと聞くぞ。なのに本土以外に伊勢うどんの名店があるとは思えないな」

「だったら隣にトラフグ料理の有名店もあるけど、そっちにする？　勇気があるなら」

「うどんがいいな」

「最初っからそう言え」

ビショップは苦笑した。

「怒るな」

店内は煙と湯気が充満していた。奥の厨房からは真っ赤な炭火が見える。エアコンがないのでたちまち汗をかいた。しかしうどんの香りの誘惑には抗しがたい。

二人は狭いところに席をとり、励子が伊勢うどんを注文した。

運ばれてくると、励子はビショップの反応を見た。一口食べて、なにか言おうとしたとき、電卓に電話の着信があった。

「すぐもどる」

急いで店外へ出た。

相手は靖で、アルバラード銭湯からサンプルを回収してきた特高課員についてえんえんと愚痴を言った。

「あの無能さは無知蒙昧のド素人というしかないぜ」

ビショップは適当にさえぎって訊いた。

「それで、爆発の原因は特定できたのか？」

「ウルフヘトナーだ」

靖は断言して、さらに詳しく説明した。励子の友人の嶽見ダニエラが容疑者と接触したことも確認できたという。

ビショップは話の後半に困惑した。靖は言った。

「俺はこれから那珂原共同へ行ってさらに調べる。おまえは杉元を発見したら来てくれ」

ビショップは店内にもどり、励子に電話のことを説明しようとした。しかし励子はさえぎった。

「まず食べるものを食べて。話は外で」

そこでうどんの続きにとりかかった。ふと励子が左手で食べているのに気づいて訊いた。

「おまえ、昔から左利きだっけ？　それとも両利き？」

「なんで？」

「へんな話だけど、俺は人が食べるときに使う手をよく憶えてるんだ。俺の握った鮨を昔は右手で食べてたよな」

「もとは右利きだった。カンザスまでは」

「カンザスでなにがあったんだ？」

「話してなかったっけ？」

　ビショップが首を振ると、励子は右腕を上げた。

「カンザス大虐殺で重傷を負ったのよ。一年間、腕が動かなかった。そこで機械増強の手術を受けて、曲がらない関節を義肢に交換した。でも結局、メカ設計の仕事には復帰させてもらえなかった。痛みが出て仕事ができないだろうと思われてね。そんなときに第二の機会をくれたのが〈戦争の息子たち〉だった」

「いい人たちだな」

「それだけじゃない。旧体制を変え、機会を失った人々に機会をあたえようとしてくれる。わたしのメカにサラマンダー・システムを組みこんでくれて、おかげでまた腕を動かして操縦できるようになった。そういうことを会員一人一人のためにやってくれるの」

「おまえが参加したのは当然か」

「仕事にもどる目的だけじゃない。最大の目標はカンザスの復讐」

「復讐って？」ビショップは困惑して訊いた。

「一般論よ」励子は言いつくろった。

　問いつめようとして、やめた。あとにしよう。

　電卓で支払いをすませて店を出た。

「それで？」励子が問うた。

「ウルフヘトナーだった。身許もわかった」

「うどんの話」

「意外とうまかったよ」

　あっさりした答え方になってしまった。励子は冗談めかしたしぐさでビショップの肩を叩いた。

「舌の肥えた料理人を誘ったわたしがばかだったわ」

「気にいったってば」

「お世辞で言ってない？」

「そんなこと言うもんか」

「お世辞だったら殴る」励子は機械の腕を振り上げてみせた。「それで、だれだったの？」

「鑑識の靖によると、今回のウルフヘトナーの身許は高橋重郎（じゅうろう）陸軍中尉だ。俺も知っている、というより陸軍時代の戦友だ。おなじロケットパック隊だった。〈戦争の息子たち〉の会員かどうか、わかるか？」

「聞き覚えはないけど、調べてみる」

「おまえの友人のダニエラは、その高橋と会っていたのがわかった。なにを話したかは不明。ダニエラは顔をベールで隠していた。監視カメラの初期の顔認証にひっかからなかったのはそのためだ。その後の足どりは不明だが、銭湯を出たのはたしかだ」

励子は驚きの表情だ。

「この爆発に関与したってこと？」

「状況からするとな。さらに情報を集める」

励子はウルフヘトナーに話題を移した。

「高橋とあんたは親しかったの？」

「親しいというほどじゃない。何度か飲みにいった程度だ。タフな男だった。それがどんないきさつでメッツガーの手にかかったのか。そもそも自分がウルフヘトナーだとわかっていたのか……」

「自覚がなかったってこと？」

ビショップはうなずいた。

「おそらく。だれがウルフヘトナーでもおかしくない。答えがわかるのは死ぬときだ」

車に乗って、電卓を確認した。しかし杉元発見の報告はまだない。フリーウェイ四〇五号線をロングビーチへむけて南下した。北行きの対向車線は大渋滞だ。

「むこう側は大変だな」

「陸軍は非常線を張ってる？」

励子はこういう爆弾事件が起きたときの標準的な手順を理解している。

「市外へ脱出する交通の流れにブラディマリーがまぎれてないかは調べるさ」

「逃げるとは思えないけど」

「まあな。でも確認は必要だ」

ビショップのあくびに気づいて、励子は時計に目をやった。

「杉元がまだみつからないなら、いまのうちに仮眠とったほうがよくない？」

「妙案かもな」ビショップは認めた。

「ロングビーチにいいカプセルホテルがあるけど」

「カプセルホテルは棺桶にはいった気分でいやだ」

「死の予告篇のつもりで」

「その予告篇はもういやというほど見た」

ロングビーチの数粁（キロ）手前でモーテルにはいり、ツインの部屋をとった。すでに深夜だ。ビショップは左のベッド、励子は右のベッドを使った。

ビショップは銭湯とその犠牲者について考えつづけた。やがて意識と無意識がまじりあい、自分も銭湯にいた気がしてきた。まだ爆発は起きていない。人々は集まって世間話をしている。ビショップはなぜかロケットパックを背負った姿で、人々に叫び、これから起きることを警告した。しかしだれにも声が届かない。かわりにナチスがやってきて、ふたたび捕虜にされた。ロケットパックを脱がされ、体の肉を剥ぎ取られた。低いうなりが聞こえ、床が揺れた。だれかが叫んでいる。自分の悲鳴で目を覚ました。

「ビショップ！　ただの夢よ」

励子に揺り起こされたのだ。混乱して訊いた。

「ここは……どこだ？」

「モーテルの部屋」

目をこすり、夢かとほっとした。ふたたび枕に頭をのせたが、もう眠れない。夢の断片的なイメージと不安が残っている。右をむき、左をむき、快適な姿勢を探したがだめだ。夢のなかで無防備になるのが怖い。

しばらくして励子が声をかけた。

「眠れないの？」

「ああ」

「なんの夢だったの？」

「飛んでる夢だ。テクサーカナでのいやな経験が無意識に残ってる。ナチスはなぜああなんだ？」

「あんなふうに破壊的で凶悪な拷問をやる狂気の殺人者なのは、なぜなのかと問いたいの？」

「そうだ」

「なぜかしらね」

「ナチスを捕虜にすると、なぜおまえたちはそんなに残酷なのかと質問するんだ。するとやつらはぽかんとして、なんの話かわからないという顔をする。そしてなにを訊いても否定する」

「ブラディマリーもおなじ反応かしら」

「わからん」

「逮捕したらわかるわね」

ビショップは苦笑を漏らした。

「こっちが生き延びられたら御の字だ。しかし今度ばかりは悪い結末になりそうな気がする」

励子は運命論的な言いぐさが気にいらないようだ。

「だったら任務を断ればよかったじゃない」

「命令されたんだ。おまえだってそうだろう」

「わたしは……じつはこの事案からはずれろと命じられたのよ」

「そうなのか？」

山崗総督の命令と、引き続きやらせてくれと直訴したことを説明した。

「ばかだな」

ビショップに言われて、励子は笑った。

「否定できない。あんたは任務をはずされたらなにをしたかった？」

「姪と遊んでただろうな」

「姪ごさんは何歳？」

「八歳。カルバーシティに母親と住んでる。学校で気にいらないことがあると、将来は特高にはいってみんな取り調べしてやるって脅すらしい」

「生徒たちはびびるわね」

「まったくだ。おまえのやりたいことってなんだ」

「非戦闘用のメカをつくりたい。メカといえば戦闘用ばかりだけど、非戦闘の用途だってあるはずよ。深海探査用とか宇宙探査用とかつくってみたい」

「いいな」

「それが夢」励子は言った。「頼まれたブラディマリーのファイルは送ったけど、見た？」

「見たよ。ありがとう。彼女の過去の任務がいろいろわかった。何百人も暗殺してるな。でも肝心のことはわからなかった」

「肝心のことって？」

「本名」

それは励子も考えつかなかった。

「ファイルにはなかった。入隊以前の経歴も書かれていない。最初にブラディマリーの名が登場するのはマンハッタンでの戦術行動だ」

「なにをしたの？」

「ナチスに機密情報を流していた国賊を暗殺した。熱したスチームアイロンで殺したらしい」

「なんでも凶器にするのね」

「ペーパークリップでも人を殺せるはずだ」

「ほかになにが書いてあった？」

励子は訊いたが、返事はなく、穏やかな寝息だけだった。ビショップは眠っていた。励子はむこう向きになって自分も眠った。

午前四時。励子は揺り起こされた。

「電話がはいった。協力者の一人が杉元をエデン・フードコートで発見した。目を覚ますのにカフェインが必要か？」

「いえ、大丈夫」

エデン・フードコートは、食事をする場所というよりナイトクラブだった。正面エントランスでは派手な看板が点滅し、ホロ映像のダンサーが踊っている。しかし店内は予想したほど騒々しくなく、むしろ静かで不気味なほどだ。

あらわれた接客係はベイパーと名乗る若い男で、お辞儀をした。

「特高からのお客さまとは光栄です」

バッジを出さなくてもビショップの職業がわかるらしい。

「杉元スタンリーを探している」

「残念ながら当店ではお客さまのお名前はうかがっていません」

ベイパーは髪を白く染め、白のコンタクトレンズをいれている。ビショップはそのボウタイをつかんで整えてやりながら言った。

「おまえが電気仕掛けのロバでこっそりやってる副業はよく知ってるぞ」プロファイルを電卓で見ながら言った。「客の食べ残しを持ち帰って生体改造ペットに食わせてることを、ボスは知ってるのか？　おとなしく杉元のところへ案内したほうが身のためだぞ」

ベイパーは驚きと恐怖の表情になったが、なんとか平静をよそおっている。

「申しわけありませんが、本当に当店ではお客さまの名前は存じ上げないのです。秘密保持は重要ですから。食べ残しについては、どうせ捨てるものですから」

警備員が何人もいるところで暴力に訴えるのは得策でない。そこでベイパーの個人的なメッセージや通信記録をのぞいた。

「女性関係のやりとりはさすがに気をつけてるようだな。なにしろ相手はボスの――」

ビショップが言いおえるまえに、ベイパーはすばやくさえぎった。

「ああ、杉元さんのことをいま思い出しました。ご案内します。ところで当店のルールはご存じですか」

「どんなルール？」と励子。

「店内での会話は厳禁です。意思疎通は声を出さずにお願いします」

「質問はどうするんだ？」ビショップは訊いた。

「筆談、身ぶり手ぶり、読唇術など。とにかくいかなる場合も言葉を発したお客さまは退店していただきます」

励子と目を見かわして、うなずいた。

接客係は分厚い鉄扉をあけ、二人がはいると閉じて外の騒音を遮断した。二人が脱いだ靴は店員がどこかへ片づけた。廊下には浮世絵が何枚も飾られている。高名な画家キルゴアが千種類のプランクトンを精密に描いた連作だ。聞こえるのは足音と人工の滝の水音だけ。すれちがう人々はみな無言で、身ぶりで意を通じている。

「これは――」

ビショップが言いかけると、接客係が正面に立った。ひとさし指を口にあて、きびしい顔で緘黙（かんもく）をうながす。

最初の部屋では正装した男女が整列し、お辞儀で来客を迎えた。客はさまざまな職業の服装をしている。守衛、焚書官、ソーラー船乗り、建設作業員、メイドなど。ビショップは露出の多いチアリーダーの格好をした男や、ドイツ製の宇宙服を着た女に興味を惹かれた。廊下にはドアが並び、ほかの部屋へ通じる廊下や階段がいくつも枝分かれしている。迷路のような店内に種々雑多な職業の人々があふれ、身ぶりだけで話している。じつは夜が更けると店内の雰囲気はもっと艶めかしくなる。手をふれ、体を寄せ、キスすることが許される（ただし電卓経由の同意が必要で、違反者は厳重に取り締まられる）。

こんなところでボディランゲージだけで他人と会話しながら一晩すごすのはどんな気分だろうとビショップは思った。

たくさんの料理が供されていた。珍品の松茸、大トロの盛り合わせ、スライスしたトリュフと和牛のたたき、キャビアをのせた特製のスフレ、鯖（さば）と鮪（まぐろ）の握り、繊細なカルパッチョ……。

こういう広間を三つ通り抜けて、ようやく異なる部屋に到着した。ここでは動物の格好をした客が四人いる。接客係はめあての部屋だと身ぶりでしめした。

ビショップは四人を電卓で調べて、声で言った。

「杉元はいないじゃないか」

ベイパーは怒った。カンガルーの着ぐるみを着た四人の女は顔を真っ赤にして、あらゆる種類のジェスチャーをした。

ビショップは苛立って、かまわず言った。

「どこにいるんだ?」

ベイパーは反対方向を指さした。

グラスを片手に近づいてくる男がいた。アライグマの着ぐるみの上から金のネックレス三本、プラチナの指輪五個、ほかにも宝飾品をじゃらじゃらと身につけている。目のまわりもアライグマそっくりに黒く塗っている。唇が薄く、ほうれい線は深い。

「やあ、杉元スタンリー」ビショップは言った。

「ここは発声禁止ですよ!」杉元は怒った。

「なら場所を変えて話そう」

「どなたですか?」

「特高の若名ビショップだ」

特高と聞いて、杉元の渋面がひきつった従順な笑みに変わった。

「なんのご用ですか?」

「きみあての荷物について質問したい」

「突然変異種の巨大アリゲーターの件なら、よろこんで引き渡しますよ。大金を投じたのに大損です。観客を何人も嚙み殺して手に負えない。」

「巨大アリゲーターとは別件だ」

表示されるプロファイルには杉元の手広い商売や財産について詳細に説明されていた。偶然みつけた雄性発生を商売の種にした。精子がほかの魚の卵核を追い出し、卵を乗っ取る性質を利用したクローン作成法を考案した。これで味のいい鮪をいくらでも複製できるようになり、金に糸目をつけない鮨屋を相手に巨万の富を築いた。ほかにもベアリング工場やキャバレーや演芸場などを多角経営している。それらの事業で人や動物の命を軽視しているとたびたび訴訟を起こされるが、たいていすぐに取り下げられたり、原告が行方不明になる。

「どこかに話せる部屋はないか？」

ビショップが言うと、杉元は接客係をしめした。

「尋ねればよいでしょう」

案内された先は多数のディスプレイが並ぶ部屋だった。画面はさまざまな身ぶり手ぶりの店内の客を映している。人間の多様な感情をパントマイムで表現した展示場のようだ。接客係は音響キャンセラーを起動した。これでどんな音もフィールドの外に漏れなくなり、立ち聞きの心配がない。

「では蟹の件ですかな？」杉元は勝手な推測を続けた。「生物工学者たちが売りこんできたんですよ、大型で味のいい蟹を作成できると。爪に毒素がたまるなんて聞いてなかった。調理人の遺族にどれだけ示談金を支払ったか」

「質問したいのは輸入してるメカ部品についてだ」

「メカ部品？　政府契約の事業などしていませんが」

杉元はもっともらしく驚いた表情をした。

励子が詰め寄った。

「渡部プリスやブラディマリーと連絡があるの？」

「バーのカクテルのことかね？」

「とぼけないで」

「とぼけてなどいない」

杉元のふてぶてしい顔に腹が立ち、ビショップは威嚇的に近づいた。

「このクラブの規則のせいで話せないのか？　それはあくまで自粛だ。話したくても話せないようにしてやろうか」

「ブラディマリーやワタナビなんて名前は聞いたこともない」杉元は渡部を誤って発音した。「荷物に疑問があるなら会社の担当部長に問いあわせればいい。わたしは日常業務にかかわってない。そのために人を雇ってるんだ。なんなら電卓を調べてもらっても――」

言いながら懐に手をいれ、取り出したのは銃だった。

励子が右腕を上げた。銃弾はその金属の義腕で跳ね返された。

杉元は逃げ出した。

ビショップは励子の出血に気づいた。

「大丈夫か？」

「平気。今夜はあんたが見てない方向を見張ってる」

「仕事の顔だな」

「そうでなかったら張り倒される」

「同感」

「べつのやり方をしてみない？」

「どんなやり方だ」

「尾行する。渡部とブラディマリーのところへ勝手に案内してくれるかも」

「二人のところへ行ってくれればな」

「行くはずよ」

励子は確信をこめて言った。ビショップはうなずいて同意した。

二人は追跡をはじめた。杉元はいくつかドアを通り抜けていった。

「靴を履かずに走るのはおかしな感じだ」ビショップは言った。

「あとで取りにもどらないと」

追っていった先は大きな舞踏室だった。数百人が踊っている。多くはペアだ。全員が奇妙な面をかぶり、音楽なしで動きをあわせている。面の表情は見る角度で変わる。神の怒り、冷淡な愉悦、荒々しい欲望……。杉材の面に刻まれ、天然の顔料で描かれた顔が千変万化の人間の感情をあらわす。声はなくとも体の振りが感情を雄弁に語る。

中央に円柱が立ち、その上に歌い手がいた。やはり面で顔を隠している。声に出して歌ってはいない。白い衣装が白鳥を思わせる。

励子が怒鳴った。

「杉元スタンリー、どこにいる?」

だれも答えない。

ビショップは客の面に手をかけた。無言の抗議を無視して一人一人剝がしていく。励子もならった。

「いるのはわかってるんだぞ」ビショップは声を張り上げた。

一部は面を取られまいと抵抗した。殴りかかる者もいたが、ビショップの拳を胸に受けておとなしくなった。その面をはがす。残念ながら杉元ではなかった。

ビショップは拳銃を抜き、天井にむかって撃とうとした。

すると歌い手が必死の形相で、広間の反対の角を指さして叫んだ。

「あっちよ!」

侵入者に出ていってほしいのだ。

励子とビショップは客を押しのけて追跡を再開した。杉元がドアを押しあけて奥へはいるのが見えた。

その先は厨房だ。数人の調理人がいい香りのチャーシュー入り味噌ラーメンをカートにのせて運んでいる。イカを揚げ、鮨を握っている。蟹がぎっしりはいったタンクがある。積み重なった蟹は身動きできずに調理される運命を待っている。普通の倍くらいの大きさで、これが爪に毒があるという改造種だろうか。

杉元はアライグマの着ぐるみを脱いで下着姿になっている。胸には人間を丸呑みにする龍の刺青。杉元はビショップに銃をむけた。

先に励子が撃ち、特殊な弾丸がその右足首にあたった。杉元は転倒して銃を取り落とした。

「う……撃たれた、撃たれた!」

「死にはしないわよ」と励子。

杉元は銃を拾って乱射した。その一発が調理人の胸にあたった。ビショップは駆け寄ってキッチンカウンターの裏に伏せさせた。他の厨房スタッフはすでに姿勢を低くしている。

励子が応射した。残念ながら命中はなかったが、射撃の腕はかなりのものだ。

杉元は厨房の裏口から逃げ出した。

二人は入り口にもどって靴を履き、クラブの外へ出た。すると、銃をかまえた四十人の地元警官にかこまれた。

「大包囲網ね」

励子が言うので、ビショップは説明した。

「この店をひいきにしている政治家が多いのさ。落ちる金も多額で、警察はおこぼれにあずかれる」

警察の責任者が拡声器ごしに言った。

「武器をおいて両手を高く上げろ。従わないと撃つ」

励子はビショップに訊いた。

「どうする？」

ビショップはにやりとして、声を張り上げた。

「特高の若名ビショップだ。退がれ。でないと全員まとめて逮捕するぞ！」

身分証を高くかかげる。

特高と聞いて、警官たちはすぐさま銃を下ろした。平身低頭で謝る者もいる。警官一人一人のプロファイルをビショップは電卓ごしに見た。受けとった賄賂の額、暴力行為による懲戒歴、収監者との不適切な関係……。

「姪っ子が特高になりたがるわけね」励子は皮肉った。

「ほめられない」

「跡を継がせれば」

テクサーカナでの経験をふまえて答えた。

「絶対反対だ」

守川励子

ロングビーチ

1

足首に撃ちこんだ発信機によると、杉元は車でロングビーチ市内へむかっていた。

埠頭の繁華街には独特のにおいが漂う。潮、海藻、屋台で揚げる天ぷら、貨物船の重油、海水を浴びた自動運転メカの鉄錆。派手なネオンサインが建物の正面を照らし、金で買えるあらゆる享楽を宣伝している。早朝なのに買い物客やパーティ客が通りにあふれ、酔っ払いが酔眼で孤独な仲間を探している。

ロングビーチ卸売市場はそんな早朝に繁忙をきわめる海産物の市場だ。数千人で混雑している。多くの仲卸業者が大きなマグロやメカジキを木製の手押し車に載せて急ぎ足で行きかう。全高六米(メートル)くらいの三人乗り小型メカが、海産物でいっぱいのパレットを運んでいる。鮮魚が丸のこや電気ナイフで次々と解体され、その血を洗い流すために床はいつも濡れている。

フォークリフトが警笛を鳴らし、励子はビショップといっしょに脇によけた。あとからバイクの列が通りすぎていく。

「近くにいるはずよ」励子は杉元について言った。

マグロの競(せ)り場にはいった。あちこちにパレットが積まれ、巨大なマグロが床に並んでいる。遺伝子組み換えされたマグロは天然物より四倍も大きい。

「競りってわかる？」励子はビショップに訊いた。

「おおまかに。本番の競りは一時間前に終わって、いまは高値入札ができない中小業者のための処分競りだ。天然至上主義者は、自然に育ったマグロにくらべて遺伝子組み換え物は味が落ちるという。天然物は脂がのってクリーミーだとして高値で取り引きされ、とくに津軽海峡産の直送物はプレミア価格がつく。理屈のうえではクローンのマグロも肉質はおなじはずなのに、競り値は一桁ちがう」

「食べてどう？」

「正直いって俺にはちがいがわからない」

「そのうち人間もクローン産になって、良品だけが残るかも」

「すぐにそうなるさ。従順な遺伝子でできたおとなしくて素直な人間ばかりになる」

買い手のすばやい指の動きをしめして、複雑なマグロ競りの仕組みを説明した。

励子はビショップが詳しいことに驚いた。

「いまからでも遅くないから鮨職人に転身すれば？」

「弟なしでそんな気になれない。さあ、天然物は終わって、あとはクローン物の時間だ」

そのクローンのマグロのあいだを足を引きずって歩く杉元の姿があった。

「ずいぶん急いでるな」

「どうして？」

「マグロの状態を調べてないから」

「クローン物はどれもいっしょじゃない」

「調べるのが儀式であり手順なんだよ」

ビショップがむっとしたので、おかしくなった。

「クローン競りの儀式を知らないわけね」

「ド素人め」

杉元は海産物市場を出て、埠頭のほうへ足ばやに歩いた。フェンスのむこうのエリアにはいっていく。励子とビショップは人目につかないところからよじ登って越えた。コンテナが高く積み上げられ、迷路のように見通しがきかない。レールにそって埠頭全体を移動するガントリークレーンがある。重量物運搬用の特殊装備をつけたレイバー級メカも働いている。

強力な武器を隠し持つ警備員が歩いている。いかにも不審だ。民間人の格好をしているが、あきらかに軍人だ。

「このエリアの所有者はだれ？」励子は訊いた。

「政府だ。あの警備員は元海軍。雇い主は港湾委員会じゃないぞ」

「どこよ」

「プロファイルに記載なし。公開記録で最後に目撃されてるのはバンコクで二カ月前。民間軍事会社のコントラクターとして働いていた」

励子はビショップに合図してゲートから離れ、コンテナの山へ移動した。装備品ベルトからワイヤを出し、拳銃に装着。フック先端は磁石でどんな金属にも張りつく。拳銃をかまえ、十段目のコンテナまでの距離を電卓で計算して、撃った。ワイヤが伸びて、フックが固定されるまで数秒。引いてゆるみがないことを確認し、先に登りはじめた。コンテナに足をつけてするすると登る。ビショップもあとから続いた。コンテナの上に警備員はいない。

励子は岸壁方面を指さした。

「杉元は遠くないところにいる」

コンテナの上を移動した。必要に応じてフックとワイヤを使う。まもなく岸壁の手前の開けた場所を見下ろす位置に来た。レイバー級メカの高い視点からはみつかるおそれがあるので、コンテナの上に伏せた。

杉元の姿はない。四隻の大型貨物船が係留されている。貨物を満載して喫水が深い。一機のレイバー級が甲板から大きなコンテナを持ち上げ、岸壁ぞいに五棟ある大型倉庫の一つへ運んでいく。作業服姿の数人の女性が見えた。連隊を指揮する軍人のようにきびきびと命令を出している。

「貨物の中身を知りたいわね」

「全員、軍人上がりだな」ビショップが指摘して、電卓をタップした。「機界の接続状態が悪い。妨害電波が出てるのかもしれない。データが低速だ。ちょっと待て」しばらくして検索結果が出たようだ。「下で作業している九十二人中、六十四人は元機甲軍。残りは元海軍だ」

「機甲軍?」運ばれているコンテナを見た。「積荷目録をその電卓で読めない?」

「未登録だ。でもおそらくメカ部品だろう」

励子はメカタウン勤務時代に見た特別仕様のコンテナをみつけた。

「たしかにそうね。メカを組み立ててる」

ビショップはスキャン結果を読んでいる。

「ここにいるうちの十九人はメカ技術者だな」

「パイロットは何人?」

検索結果をまた三十秒待った。

「レイバー級に乗ってる八人は免許持ちだが軍人じゃない。軍の正式なパイロットは三人だけだ」

「名前は?」

「新島リーナ、渡部プリス、そしておまえの友人の嶽見ダニエラ」

「ダニエラが? 本当にいるの?」

「ああ」

「まちがいなく?」

「まちがいない。アルバラード銭湯を脱出してここへ来たんだ」

ダニエラが爆弾事件にかかわっていたことに動揺していた。ブラディマリー襲撃直前にかわした最後の会話を思い出す。本当に裏切ったのか。

「これそのものが軍関連という可能性はないの? 皇軍の秘密作戦とか」

軍が隠密に遂行中の行動ではないかという考えを捨てきれない。ダニエラが国賊だとは思いたくない。

「考慮した。これが隠密作戦なら、俺のフィードにプロファイルは出ず、〝軍事機密〟と表示されるはずだ。でもそうならない。上司の槻野警視監にも、ここで軍事作戦が実行中かどうか確認を求めるメッセージを送った。しかしたぶんちがうだろう」

「返事はまだ？」

「いま送ったばかりだ」

「皇軍で三本の指にはいるパイロットがそろって参加してるなんて」

ビショップが電卓を見ながら言った。

「ああ、わかる。受勲歴や表彰歴が三人ともやたらと長い。資料にはあらかじめ目を通していたが、こうして経歴を見るとあらためて驚く」

たとえここにイナゴ號があっても、戦って勝てる気はしない。なにより友人のダニエラと戦いたくない。

「荷物がメカ部品だとしたら、おおまかな大きさと頭部形状を知りたいわね。それで組み立て中のメカの種類と、その目的が推測できるはず」

「近寄ってみるか？」

「目視で確認するにはそれしかない。あんたのZコート、サイズは？」

「拡張できる」

「光学ステルスモードがあるはずね」

東テクサーカナで三脚メカに対して使っていた。ビショップはためらいながら答えた。

「あることはあるけど、どうするつもりだ？」

励子は銃を確認した。

「いれて」

ビショップはサイズ調節でXLモードを選んだ。コート全体が大きくなり、励子がもぐりこめるくらいになった。足まで届く小さなテントにすっぽりはいったようになる。素材が偏光透過型なので内から外は見える。励子は周囲のようすがわかった。

「フードをかぶって出発」

二人はコンテナの上を倉庫のほうへ移動していった。

フードを深くかぶり、ステルス機能が光を屈折させているので、地上の兵士たちは気づかない。そもそも自分の仕事に忙しい。

メカの内部配管を大型のフォークリフトが運んでいるのが見えた。表面のコーティングが標準仕様とは異なるようだ。倉庫に近いコンテナへは行かず、警備が手薄な裏のコンテナへまわった。

「どうやって下りる？」ビショップが訊いた。

励子は装備品のフックを出してコンテナ上面に固定し、ワイヤを下へ垂らした。

「先に行く」

Zコートの下から出て、ワイヤをつかんで飛び降りた。ときどきワイヤを強く握って減速する。

ビショップの降下は時間がかかった。ワイヤをしっかり握り、励子のように滑って下りない。

ようやく地面についたビショップに、励子は眉を上げてみせた。ビショップは弁解がましい顔だ。

「なんだよ」

倉庫の入り口には兵士が警備に立っている。しかし手もとの電卓を見ていて注意散漫だ。

「まかせろ」

ビショップが声を出さずに口を動かした。荷箱に隠れてこっそりと背後から近づく。励子は掩護のために麻酔モードにした拳銃をかまえた。

ビショップが背後から兵士をつかもうとしたちょうどそのとき、靴がプラスチックゴミを踏んで音をたてた。兵士はくるりと振り返り、お見合いする格好になった。両者が固まっているときに、励子は兵士の胸を狙って撃った。

弾はアーマーを抜いたが、麻酔はすぐには効かない。ビショップはその顔面に拳を叩きこんだ。あおむけに倒れたところにおおいかぶさり、二発目をいれようとしたときには、兵士はすでに意識がなかった。

「助かった」ビショップは礼を言った。

「無用な手出しで失礼」励子は皮肉っぽく微笑んだ。

ビショップは兵士の腕をつかんで倉庫の扉から物陰に引っぱりこんだ。

「見かけより重いな」

「たぶん機械義肢のせいよ。筋力をおぎなうためにたいていの兵士は体を人工的に強化している。軍服を脱がすから手伝って」

軍服は励子には大きすぎたが、自動調節機能でぴったりのサイズになった。毛深い男で、何週間も洗っていない服は臭い。不快だががまんした。

ビショップは兵士をロッカーの一つに押しこんで隠した。電卓を自分のと近づけて接続し、内容をのぞく。

「おもしろいデータがある？」

「あまり。ロサンジェルスのほかの機甲軍兵士と、都市防衛隊のパトロールルートについて話した暗号通信記録が二件ある」

「パトロールルートを知りたい理由を説明してる？」

「してたら謎解きがつまらなくなる」

「つまらない解決でいいのよ」

倉庫にはいると最初のメカが見えた。組み上がっているのは上半身のみで、脚部はまだない。頭部は見慣れない新形状だ。ベースはリバイアサン級らしいが、より曲率の大きいデザインになっている。BPGの専用配線の種類からみて出力は大幅に増強されているようだ。別区画にあるはずの装甲も確認したい。

多くの疑問が浮かんでくる。フロアにいる兵士たちは組み立て作業に忙しく、軍服姿の励子やZコートのビショップには気づいていない。

「どんなメカだ？」ビショップが訊いた。

「見たことがない種類」

「戦闘用か？」

「そのようね。頭部形状からブリッジのおおまかなレイアウトと耐爆設計が読みとれる」

「どうなってる？」

「チタン製で、全種類のセンサーが頭部におさまってる。ブリッジは五人乗り。狭いけど軍用機では普通よ」気になる部分があった。「ハッチと装甲の配管形状が見たことのない設計ね」

「どんなふうに？」

「まるで液体の外層を持つことを前提としているような。どういう仕組みなのかしら」

近くから見てみたい。人体骨格を思わせる、胸郭や鎖骨に似た形状がある。甲冑をモデルにした従来のメカとは設計思想がまったく異なる。

ふいにブラディマリーが犯行声明のビデオで語ったことを思い出した――『その戦争の恐怖を臣民一人一人に実感してもらうことにした。防壁の内側にいても安全でないことを教えてやる。いやならロサンジェルスから脱出しろ。こちらは民間人も軍人も区別しない。いずれも有罪だ。今日の爆弾は小手調べだ。本物の戦争は明日からはじめる』

「彼らはロサンジェルスを攻撃するつもりなのよ」励子は言った。

「LAのどこを」

「全域よ」

ビショップは身をこわばらせた。

「このメカがロサンジェルスを襲ったら、どれだけの被害が想定される？」

「兵装を見ないと断言できないけど、あの三人が操縦するのならかなりの破壊が可能だと思う」

「義妹と姪にメッセージを送らせてくれ」

「どうぞ」

ビショップはメッセージを送信しようとしたが、最後は悪態をついた。

「つながらない」

励子は隅で放置されているレイバー級をしめした。

「思いついたことがあるんだけど」

「言ってみろ」

「このままメカを組み立てさせるわけにいかない。だからあれで阻止する」

「俺もおなじことを考えた」

励子はレイバー級を見上げた。

「応援は呼ぶ？」

「ひと暴れしてから呼ぼうぜ」

「賛成」

「このレイバー級は動くのか？」

「きっと動く」

レイバー級に近づいた。古いモデルで、多少手荒に使われた跡がある。胸郭上部にBPGがおさまり、整備員二人がすわる狭い機械室もある。人型ではあるが、どちらかというと建設機械に近い。

前面のラダーを上がって頭部のブリッジにはいった。セキュリティでロックされていたら万事休すだったが、さいわい機界の不正アクセスを防ぐ接続制限だけだ。この制限もバークリー時代に同期生たちをあきれさせた乱暴な方法で回避できる。制御プログラム全体を工場出荷状態にリセットするのだ。他人がいれた追加機能も設定もすべて消える。むしろそのほうが好ましい。ほかのユーザーによる操縦系カスタマイズやカメラ設定や手足の動作感度データが残っていると、他人の服を着ているような違和感がある。

BPGが始動し、ブリッジに電力が来た。旧式のブリッジで、操縦系に高度な機械増強は組みこまれていない。何本もはえたレバーとずらりと並んだボタンでメカを動かす。機械的な不具合の有無を診断系で確認した。一部に要整備の回路があり、左腕が正常に動かない。そのせいで使用休止中らしい。しかし胸のエネルギー源からの送電経路を鎖骨下の配線に変更してやると、動くようになった。主経路に障害が出た場合の予備経路だ。

レイバー級は暖機に二分かかる。そのあいだに各関節の動作確認をした。前後の回転、上下の伸縮。腕は意のままに動く。インターフェースをあらためて見て、この機体の個体名が南雲號であることがわかった。頑丈で、今回の仕事にはぴったりだ。

「俺はなにをすればいい？」あとから乗りこんできたビショップが訊いた。

「コミュニケータで騎兵隊を呼びつづけて。義理の妹さんにも連絡して」

レイバー級は腕が交換可能な設計になっている。標準仕様の手を、磁石、クレーン、パワードリルなどに交換できる。現状の南雲號の右手はドリルで、左は標準の手になっている。

励子は組み立ての進んだメカを見て、躊躇した。任務遂行に疑問はないが、メカの破壊はためらってしまう。とりわけこんな美しい最新型は。

ひとまずビショップに質問した。

「呼びかけに反応はある？」

「非常事態を知らせる一斉送信はやった。反応はないけど送るだけ送った」

「義理の妹さんは？」

ビショップは首を振った。

「つながらない」

「しっかりつかまって」

南雲號を一歩前進させた。レイバー級は慣れたイナゴ號より重い。感覚をあわせるのにしばらくかかった。

動きだしたことでフロアの作業員たちの注目が集まった。もうあともどりできない。組み立て中のメカに近づき、まず頭に、続いて胸に拳を叩きこんだ。仮留め状態だった腕は簡単にはずれてフロアに落ちた。もう一発いれると胴体がくぼみ、配線がちぎれた。メカをささえる構造が壊れてあおむけに倒れ、背後のコンテナをつぶした。南雲號は腕のドリルを回転させ、頭部にねじこんでブリッジを破壊した。

さらに胸にドリルで穴をあけていると、粘液質の物質が漏れてきた。バイオメカの皮膚に似ている。粘液は侵襲に反応して急激に硬化し、ドリルのビットは途中から折れた。励子は拳で粘液層を突き破ろうとしたが、かえってこちらの指がゆがんだ。

「この新型、どうやらバイオメカ技術が組みこまれてるわね」

「なんだって？」

「皇国最先端のメカと、ナチスの最先端のバイオメカをかけあわせる。最強メカのできあがり」その意味するところは明白だ。「皇軍は太刀打ちできなくなる。完成前にほかのも壊さないと」

　南雲號は立ち上がった。ドリルが折れ、手が損傷していても、組み立て途中のメカなら破壊できる。

　しかし倉庫から出ようとすると、べつのメカが近づいてきた。いま破壊したメカとは異なる。これは渡部プリスの愛機、シグマ號だ。

「このメカは見たことがある。渡部将軍だな」ビショップが言った。

　将軍搭乗機シグマ號は真っ赤な塗装で、外見からも敵を寄せつけない威圧感がある。頭部は象に似て、牙はくるりと反っている。チタン製の胸甲は肋骨のような形状で、四肢は極端に太い。手足の関節と肩パッドからは太いとげがはえ、前腕には攻撃用のブレードがついている。最大の武器は両手持ちの巨大なチェーンソーで、融合剣は鞘におさめたままだ。伸縮性の長い鼻の先にも刃がついていて、不用意に接近した敵を切り裂く。

「戦って勝てるか？」

　ビショップに訊かれて即答した。

「無理。でも見逃してほしいと頼んでみる」

「見逃してくれるか？」

「やってみる」

　音声のみの接続要求をシグマ號に送った。渡部プリスの姿がコミュニケータにあらわれた。

「レイバー級の操縦系が不具合を起こし、制御できませんでした」励子は嘘の弁明をした。「ウイルス感染かもしれません。助けをお願いします」

返事はない。かわりにシグマ號はチェーンソーをまっすぐ突き出し、南雲號の両腕を切断した。返す刃で南雲號の機関部をつらぬき、逃亡を防いだ。さらに頭部にチェーンソーをあて、首を切り落としはじめた。ダンスのように華麗な動き。ただし殺されようとしているのは励子だ。

励子は座席を強くつかんだ。ビショップも座席に固定されている。ブリッジが急激に胴体内に落下し、内部の床に叩きつけられた。衝撃吸収フォーム材がブリッジに展開されてショックをやわらげる。しばらく身動きできず、励子とビショップは視線だけをかわした。ビショップは無言だが、両手は動いてコミュニケータでメッセージを送りつづけている。

やがて状況は変化した。メカ頭部の側面に穴があけられ、数人の兵士がはいってきた。銃を突きつけられ、励子とビショップはベルトをはずして、兵士たちとともに機外へ出た。

シグマ號のほうは開いた膝パッドからラダーが出て、二人の女性が降りてきた。一人は渡部プリスだとわかる。人種は日系人。頭を丸め、眉も睫毛(まつげ)もない。隣の女は背恰好がブラディマリーと一致する。白い革のパイロットスーツを着て白いヘルメットで顔を隠している。

「守川励子か?」渡部は言った。

「渡部将軍」励子は答えた。

「メカタウン以来、数年ぶりだな」

「はい」

「なぜメカを破壊した」

「それについては、なぜこれらを組み立てておられるのかと質問しなくてはなりません」励子は負けじと言い返した。

「多村大悟総督の死にまつわる隠された真相を知って

いるか？」

「真相とは」

「暗殺についてだ」

「暗殺はテロリストが――」

「黙れ、たわごとを言うな」渡部は軍刀を抜いてビショップの首に突きつけた。切っ先が接したところから一筋の血が流れる。「もう一度訊く。前総督の死亡の状況を知っているか？」

励子はビショップを横目で見た。その表情には困惑が浮かんでいる。

「はい」励子は答えた。

「では現政権が正統性を欠いていることも理解しているな。山崗総督が政敵や多村総督の支持者をどう始末したかも知っているか？」

「支持者の最期は当然の報いです。国をナチスに売ったのですから」

「わたし自身は前総督の支持者ではなく、暗殺の是非をうんぬんするつもりはない。しかし山崗総督はわたしの父母をとらえて豚の檻にいれ、生きたまま海に投じた。百人の公職者とともにな」

「そ……そんなことをするはずありません」

「わたしは皇国臣民として両親の死を受けいれた。多村総督の死について虚偽の説明を信じこまされていたからだ。両親は薬物によって安らかに死亡したと聞かされた。ナチスに国を売ったのなら断罪はやむをえない。しかし現在の理解は異なる。両親はナチスと結託したゆえに殺されたのではない。権力維持のためだ」

「だれの？」

「むろん、山崗総督のだ」渡部将軍は言った。「伝統は強さだと信じてきた。しかし臣民を屈服させる鞭にすぎなかった」将軍は隣のブラディマリーをしめした。「彼女が真実を教えてくれた。わたしはもう〈戦争の息子たち〉の一員ではない。きみも理性があるならこちらに加わるべきだ」

励子は暗殺決行の夜のことを思い出した。一方でアルバラード銭湯の多数の犠牲者も頭に浮かんだ。

「ご両親についてはお悔やみ申しあげます。存じませんでした。しかし主義主張のために無辜の臣民を害するテロ組織には参加できません」

渡部はうなずいた。

「やはりおのれを縛る鎖が見えないか」

軍刀を振り上げ、二人の首を落とそうとした。まずビショップからだ。しかしブラディマリーがあいだにはいって制止した。

「この男はやめろ」

「生かしてはおけない」渡部将軍は言った。

「目的にかなうなら生かしてもいい」ブラディマリーは励子とビショップにむきなおった。「奇妙な組み合わせの二人だな。どちらも過去に助命されたことを感謝しにきたのか？」

「銭湯で何百人も殺したくせに！」励子は叫んだ。

「一人殺すのも千人殺すのもおなじだ。無辜の臣民というのがそもそも空想の概念だ」ブラディマリーは背すじを伸ばし、嘲笑的な演説者然として話しだした。

「われわれはこれより大規模な残虐行為をおこなう。偉大なわが国の復活のためだ！　この暴力から目をそむけるとはなんたる悲劇。そうして得るのはなんだ？　時間を無駄にする自由か？」

励子はげんなりした。

「社会に訴える暗殺者。めずらしいわ。不平不満があるなら、わたしたちに言わずにソーシャルで書き散らせばいいのに。みんなやってるでしょう」

ブラディマリーは笑った。

「口をつつしめ！」渡部は怒鳴って励子を蹴った。

「かまわない」ブラディマリーは言った。「ソーシャルのアカウントはある。たまには投稿もする。しかし架空のアバターを介した機界のやりとりより、行動を直接見せるほうが影響力は大きい」

「見せているのは行動ではなく犠牲者よ」

ブラディマリーの声には愉悦の響きがあった。純粋に楽しんでいる。この会話をではない。この状況全体に刺激を感じているのだ。

「自分は高潔なつもりらしいが、実際には開戦寸前の行動に加担したことを理解しているのか？」

「いつ、どこで？」

「テクサーカナで八人の政治的要人が暗殺された件だ。山崗総督はブラディマリーに責任をかぶせようとしたが、もちろん濡れ衣だ。山崗はナチスとの戦争を望んでいる。そこで諸君を責任者にしたてようとした」

励子は大声で否定したかった。しかしできない。否定できるだけの確信がなかった。

ブラディマリーはおもしろそうに続けた。

「納得したようだな。それでも忠誠をまげないのか？道理がわからないか？」

渡部プリスがビショップを詰問した。

「どうやってこの場所を知った？」

「特高ははじめからここを把握している」

ビショップは嘘をついた。ブラディマリーはため息をついた。

「だれがしくじったのかわかっている。杉元を連れてこい」

兵士たちが杉元スタンリーを引っぱってきた。大きなベルトに、マグロ用の手鉤、定規、ハンドライトを差している。

「尾行がついていたぞ」

ブラディマリーは抑揚のない声でビショップと励子のことを言った。

「申しわけありません。ちょっと市場にもどってマグロの品定めをしていました。その女はわたしの足を撃ったんですよ」

ブラディマリーは杉元の足首を調べた。そして本人のベルトから手鉤を抜き、鋭い先端を傷口に容赦なく叩きこんだ。杉元は悲鳴をあげ、悪態を吐き散らした。

発信機を壊したブラディマリーは、励子に言った。

「これでたどってきたようだな」杉元に目をもどす。「見ても見えない目なら、いらないな」

手鉤の先端を今度は杉元の右目に打ちこみ、眼球をつぶした。さらに額に何度も叩きこんで殺した。

兵士たちはビショップと励子をかこみ、射殺しようとかまえた。しかしブラディマリーは止めた。渡部が抗議した。

「こいつらはシュペーア號を破壊した。生かしておくと通報されます」

「それでいい」ブラディマリーは言った。「ここで知ったことを大衆に伝えろ。そうやって機界の煉獄で焼かれればいい」

「機界の煉獄？」

「いずれわかる」

「目的を教えなさい」

励子は攻撃を準備しているメカをしめした。かわりに渡部が答えた。

「まだ理解できないのか。わたしたちは多くの戦闘に参加した。なんのためか。人類の栄光のためだ。多村総督が死んで状況はよくなると期待した。しかし結局、山崗もおなじだった」

「総督にも充分な時間を……」

「時間はやった」渡部は強く言った。

ビショップが口をはさんだ。

「俺も質問していいかな」

ブラディマリーは首を振った。

「質疑応答は終わりだ」

「彼女の質問だけ答えるのは卑怯だ」

「では一問につき手足を一本もらう。最初はどれだ」

ビショップは口をつぐんだ。

ブラディマリーと渡部将軍は赤塗りのシグマ號にもどった。

励子が言った。

「まさかとは思うけど、訊こうとしたのは本名？」

「よくわかったな」

「ばかじゃないの」

「自覚はある」

二人は見つめあった。話すのはこれが最後かもしれないと思うと、励子は急に寂しくなった。

ビショップが言った。

「生きて再会できたら、伊勢志摩に連れていって本場の伊勢うどんを食わせてやるよ」

「昨晩のは気にいらなかったってこと？」

「ロサンジェルスにしては上等だった。でも父は本土へ旅行するたびに一番いい店に連れていってくれたんだ」

兵士が二人に注射器を刺した。励子は意識が遠くなった。

2

気がつくと、励子は点滴チューブにつながれて横たわっていた。隣にも全身を包帯で巻かれた女が一人寝ている。その脇にはガラス容器があり、液中に肝臓が浮いている。ガラスケースには凍った手足が何本かある。室内全体に浄化槽洗浄薬と消毒用アルコールのにおいが充満している。なのに床は衛生的でなく、血だらけで人体組織がちらばっている。

ここは倉庫だ。励子の腕は動けという脳の命令にしたがわない。立とうとしても脚が反応しない。

「ああ、ようやく目覚めたね」

サージカルマスクをした男が言った。手にした血まみれの臓器をテーブルにおく。

「これからいくつか質問するよ。質問というより確認だ。正直に答えれば経験する苦痛をできるだけ少なくしよう。まだ声は出ないから、まばたきで答えてほしい。イエスは一回、ノーは二回だ。簡単だろう。まず第一問。血液型はA型かい？」

励子はどこの病院にいるのか訊きたかった。しかしあきらめて、二回まばたきした。

「よくできたね。きみはA型じゃない。これは会話を理解しているか確認するための問いだ。状況に困惑しているだろう。心配いらない。悩まないほうが結果はいい。きみの家族に医者の手に負えない重大な疾患を持つ人はいたかい？」

二回まばたきした。

「よろしい、よくできた。ここからは難しい質問になるよ。きみの個人ファイルにアクセスできなかったんだ。全部機密扱いになってる。きみは政府職員だね。これは質問じゃない。そうなのは知ってる。知りたいのは次のことだ――臓器などの体の一部を交換したことはあるかい？」

励子は思い出そうとした。しかし記憶があいまいだ。かわりに医師の隣の看護師が言った。

「それはあとでいいわ。あなたの両親の記録を読んでいるところよ。反逆罪を犯し、ナチスを利する言動があったとされているけど、これは事実？」

励子は怒って首を振った。両親の名誉は完全に回復されている。そう叫びたかった。

白衣に蛇の鱗をつけた医師が言った。

「まだ効きが浅いね。もう少しやって。責任は僕が」

看護師はなにかを励子の頭にあてた。左右のこめかみに鋭い先端を感じたと思うと、全身に電気が流れた。臓器や四肢を売買する闇医者だろうか。こういう状況の訓練を受けたはずだ。どうすれば脱出できるか。

医師は赤く光る鋭い刃物を手にした。励子の両腕を体と直角になるように広げて固定する。

「この義腕は高級品だね。肩との接合部にずいぶん傷痕がある。どこで負傷したんだい？　大丈夫。もう話せるはずだ」

「な……なにをしてるの？」

「きみの感情、記憶、感覚を記録しながら手術をする。抵抗してもいいし、しなくてもいい。重要なのは真実性があること。それがあればサイバーバブルに記録して客に体験させられる。演技しても、それも記録されるからね」

「手術……？　サイバーバブル……？」

「きみの腕を切除して隣の患者と交換するんだ」横たわったもう一人の女をしめした。「彼女は染色体が突然変異しやすい異常体質で――」

頭のなかに複数の記憶が浮かんだ。まるで自分の過去を場面ごとに並べた商品棚。あるいはさまざまな謎の混合体だ。両親は娘をよく理解してくれた。ペーパーテストの点数を気にせず、好きなことを追求させてくれた。評点は関係ない、おまえが好きなことをやれと。


地面を破ってメカがあらわれた。それは母の姿をしていた。メカは分裂して一方は父になった。父は歌舞伎役者のように片脚立ちだ。両親は飛び上がって大きな鶏（にわとり）の背に乗って飛んだ。ところが悪い鶏がたくさん集まって、両親が乗った鶏を空から落とそうとしはじめた。うるさい鳴き声が地球を満たした。

励子は両親に助言した。

「耳を貸さないで！　聞かなくていいのよ！」

しかしすべて消えた。かわりにだれかがこちらへ歩いてくる。はじめは人間くらいに縮んだバイオメカに見えた。巨大な斧を引きずっている。持ち上げるのも大変そうだ。励子は退がろうとしたが動けない。見ると両脚がコンクリートのブロックに埋まって固まっている。あわててブロックを拳で叩き、のがれようともがいた。人影は近づく。最悪の予想をした。斧を地面に引きずる音が耳ざわりだ。

バイオメカではなく、ブラディマリーだった。顔につけた面からブーツまで全身が血染めだ。励子は襲われると思って身がまえた。その返り血は電卓映画のように黒っぽい。真っ赤ではなく、有機素材のスーツに染みて黒ずんで見えるのだ。

しかしブラディマリーは励子を見ずに通りすぎた。その先に数百人の人間が地面に倒れてぐったりしている。励子は大声で警告した。

「逃げて！　早く逃げて！」

ブラディマリーは巨大な斧を持ち上げて振りはじめた。あたった人間は霞（かすみ）と化して消えていく。

「やめて！　お願いだからやめて！」

ブラディマリーは耳を貸さない。容赦なく人間を黒い霞に変えていく。人間たちは悲鳴をあげず、無言だ。口をあけても声帯は震えない。歯は腐って抜け落ち、喉の奥は油のように黒い。

群衆の中央に励子の両親がいた。鶏の背から落ちたのだ。ブラディマリーはまっすぐそこへ歩いていく。

励子は両親に逃げてと叫ぼうとした。

ふいに、ブラディマリーも人間たちもかき消えた。

天井が見える。鼠と象の模様がある。

隣を見ると、医師がもう一人の女に手術をしている。

いままでのは幻覚か。いや、体に埋めこまれた化学的防御機構が働いたおかげだろう。

励子が機械義肢を取り付ける手術を受けたとき、化学的補助装置をインプラントすることをすすめられた。ある閾値（いきち）以上の外的物質に自動的に対抗するものだ。軍人にはこの装置が推奨されるが、拒否する者も多い。精神障害を引き起こすという科学的根拠のない噂がその理由だ。

意識を回復しながら、励子は噂にまどわされずに化学的防御機構を導入しておいてよかったと思った。とはいえ急いで手を講じないと、ふたたび意識を失ってサイバーバブルの夢に閉じこめられてしまう。あの悪夢の先はどう展開したのだろう。サイバーバブルはなにを経験させるのだろう。

　医師は隣の女の手術を続けている。電動カッターの回転音、女の悲鳴、鋸刃（のこば）が骨を削る不快な音……。麻酔を使っていないのか。麻酔なしの手術という苦痛体験を、金を払って体感したがる人間がいるのか。

　考えると怒りが湧いてきた。体に力がみなぎる。拘束具をかけられているが、ナイフドローンを起動して射出して切ればいい。まだ望みはある。

　ラジオで音楽が鳴っている。バイオリンの旋律が駆けめぐり、オーケストラの伴奏と耳のなかで衝突する。

　励子は自由になるために抵抗をはじめた。

第二部　血染めのメカによる革命

若名ビショップ

ロングビーチ

1

　ビショップは睡眠が嫌いだ。無意識が手綱を切ってあばれだして危険だからだ。ブラディマリーの兵士に幻覚剤を注射されても眠るまいとした。

「ブラディマリーはどこにいる？」

　遠い過去からの反響が聞こえた。顔を上げると、人骨を組みあわせた鉤十字が見えた。

「知らん」

「名前は？」

　ナチスの士官は訊いた。髪は火がついて燃えている。肌は半透明で、顔の奥の骸骨が透けて見える。

「若名ビショップだ」

「軍ではなにをしている？」

「お……俺は農業調査員だ」

「嘘をつくのか、若名ビショップ？」

「う……嘘じゃない。俺は農業調査員だ」

「そうか。わたしは嘘つきが一番嫌いだ」

　鞭打たれた。殴られた。歯を一本ずつ抜かれた。まぶたを閉じられないように針金で固定された。質問がくりかえされた。

「おまえの任務はなんだ？　ブラディマリーはどこにいる？」

　こちらを見下ろしているのは、じつはナチスではなかった。医師と看護師だ。マスクで顔は見えない。彼らが知りたいのはブラディマリーの居場所ではない。

ブラディマリーの指示でここへ来たのだ。

　ふたたび視界がぼやけた。天井のあちこちで黒いしみが動いている。不定形のスライムの集合体だ。ビショップが弱って無防備になったらおなじ黒いしみに変えようと待っている。ビショップは歯を食いしばった。喉へ伸びる手がある。息の根を止めようとしている。目を閉じて、もう一度あけると、手は消えていた。

　壁をつたって水がしたたり落ちている。緑色の粘液で刺激臭がする。吐き気がした。気持ち悪くてめまいがする。地震で床が波打つ。部屋全体が回転している。床のタイルが、これまでビショップが埋めた死体の顔になっている。目を閉じて視線をさえぎった。ふたたびナチスにとらわれる。いままでの経験を嘲弄される。

「ブラディマリーはどこにいるのか、それだけ話せばいい」

　質問された。しかし過去からの声だ。そこで答えた。

「知らん。なにも聞いてない」

　ゆっくり回転する部屋にいれられた。床に倒れるたびに回転感が強まり、頭がぐるぐるする。目をあければ回転は穏やかになる。速度変化は妄想の一部か。注射された薬物のせいでありとあらゆる妄想が掘り起こされる。

　いつからナチスの拷問を受けているのだろう。蚊の部屋を思い出した。真っ暗ななかに閉じこめられた。なにも見えず、蚊の羽音だけが聞こえる。全身を刺されて二、三時間後にはありとあらゆるところがかゆくなった。しかし鎖で縛られているので掻けない。血を吸いつづけられて失血死しそうだ。人間一人分の血を吸いつくすのに何匹の蚊が必要だろう。媒介する伝染病のほうを心配すべきかもしれない。どうにかして蚊を殺したい。うとうとするたびに羽音が耳もとで鳴る。いつまで蚊といっしょに閉じこめられるのか。

「ブラディマリーはどこにいる？」

　だれかがまた訊いた。なぜそればかり訊くのか。彼女の任務がなんだったのか知らないが、とうに完了しているはずだ。

全身がかゆい。小さな虫に血液を奪われていると思うと腹が立つ。ブラディマリーの行き先を話せばいいではないか。簡単だ。

「子どもがほしいか?」ナチスが訊いた。

「考えたことはない」

「子どもがほしいと思ったことはないか?」

「ない」嘘をついた。

「あるはずだ。死が怖くないのはわかった」全身の傷や骨折を見まわしてナチスは言った。「では未来はどうだ?」

「未来?」

「反抗を続けるなら精巣を不妊化する。妻にどう思われるかな」

既婚者だとなぜ知っているのだろう。

「妻などいない」嘘で切り抜けようとした。

「結婚していると話していたぞ」

「いいや、未婚だ」

「嘘をつくのか。嘘つきは嫌いだと言ったはずだ。妻は子どもをほしがっていると話した」

家族の話をしただろうか。子どもは三人以上ほしいと話したのか。なにを話し、なにを話さなかったのか記憶がないが、それは本当だ。幼いときに父を失ったビショップは、子ども時代に持てなかった家族を求めていた。

ナチスは不妊化銃を手にして選択を迫った。

「やめろ」

「ブラディマリーはどこにいる?」

ビショップは不妊化銃をにらんだ。すでになにもかも奪われている。このうえ子どもを持つ機会まで奪われるのか。

ナチスは迷う表情を見てとった。

「最後のチャンスだ。ブラディマリーへの忠誠を守っているて、自分の大切なものをすべて失っていいのか?」

話してしまいたかった。いつか脱出して妻と子どもたちと暮らすという希望にしがみつきたかった。喉もとまで出かけた言葉を渾身の力で抑えた。たとえブラディマリーを裏切っても結局は殺されると考えて、ナチスの顔に唾を吐きかけた。弱気のときに毅然とした。不妊化銃の動作は穏やかだった。宝石のような先端からまばゆい光と熱を発し、一分ほどで終わった。

ナチスは不本意ながら一抹の敬意をこめて言った。

「秘密を守るために本当にすべてを捨てたわけだ。これでもうきみに子どもはできない」

その夜はひどく殴られた。しかしどうでもよかった。生涯の希望の一つを奪われたからだ。正気でいたいとも思わなかった。いまビショップは、無意識を過酷な現実として投影する幻覚剤を大量に投与されている。時間を超え、妻のフェリシアと対峙していた。結婚生活の将来をだいなしにしたと強くなじられた。

「どちらか選べと言われたそうじゃない」妻は言った。

「だれから聞いた?」

「だれでもいいでしょう。言われたの?」

怒った妻と目をあわせられず、白状した。

「言われた」

「話せと命じられてなぜ話さなかったの? みんな話してるのに」

問いつめられ、憤然と反論した。

「なにが悪い。俺がなにをされたと思ってるんだ。ありとあらゆる拷問と辱(はずかし)めを受けた。それでも負けを認めたくなかったんだ!」

「家族のためだと思えばできるでしょう」

家族か。父はどうだったか。なんのために死なねばならなかったのか。

フェリシアは気性がはげしかった。ビショップもおなじだ。夜通し怒鳴りあった。アパートメントの警備員が何度も来て、隣近所から苦情が出ていると言われた。それでもフェリシアは怒鳴った。

「退役軍人恩給をもらってもぎりぎりの生活よ！　こんな安アパートにいつまでも住んでいたくない。外は強盗におびえて歩くような地区で、トイレはすぐ詰まるし、温水はしょっちゅう出なくなる。エレベータは毎週のように故障して、痛い膝をがまんして階段で十四階まで上り下りするのはうんざり！」

「警察にはもどりたくないんだ」

「どうしてもどりたくないの？」

声が訊く。元妻の声ではない。励子の声に聞こえる。

「毎日死体を見るのはうんざりだ」

テクサーカナ侵攻作戦では毎日死体ばかりだった。メカのサイレン號の機上から見るとおもちゃの兵隊のようだった。ロケットパックで飛ぶと蟻が戦っているように見えた。

「好成績だ」医師が言った。ただしナチスの医師ではない。「きみのサイバーバブルはこの三時間でサイト最高のトラフィックを稼いでいる。すばらしい出来だ。みんなきみの過去に注目している。異様なほど明晰だ。機械増強や記憶記録を使わずにこれほど鮮明な過去にダイブできるものはほかにない」

「過去のいつ？」ビショップは訊いた。

「ナチスの収容所の場面だ。視聴者は細部まで見たがる。きみの記憶はなぜか顔がブロックされている。それでもかまわないが、なるべく詳細に思い出してくれるとありがたい。視聴者は敵の存在を好むからだ。妻との口論もいい。ドラマと状況に迫真性と感情をあたえる。しかし、そこまでして守っているのはいったいなんだ？　最後に大きな秘密の暴露があれば評価はさらに上がり、スポンサーの広告料がたっぷりはいってくるだろう。ただし、きみを解放してやることはできない。それは問題外だ。それでもスポンサーが充分についてて記憶に織りこめたら、完全な著作者の地位がきみに認められるかもしれない。そうなれば人々が有料で楽しんでいるさまざまな経験やジャンルをきみも楽しめるようになるし、それ以上の提案もできる。きみの嗜好にあう快楽をね」

スポンサーと聞いて、またフェリシアのことを思った。かなえてやれなかったさまざまな希望を考えた。

どれも基本的なものだが、家さえ買えなかった。首都ロサンジェルスは不動産価格の高騰でとても無理。ダラス都会なら警察に勤められるが、ビショップ自身がやりたくない。そのことがフェリシアを怒らせた。

「むこうなら安く家を持てるのよ。MEZエンタープライズが販売する住宅なら当初負担が軽い返済方式でローンを組める」

しかしダラス都会は沈黙線に近すぎて安心して暮らせない。無理に住んでも、家族のために最良の生活場所を選べない自分が不甲斐なく感じるだろう。

「ナチスの命令どおりに話せばよかったのに」

またフェリシアの声が聞こえた。あの決断が正しかったのか何度も考えた。なぜブラディマリーの居場所を白状しなかったのか。ほかの兵士は話して、生還後もUSJ当局からなんら処罰されなかったのに。

ビショップの両手両足は四方向に開かれ、それぞれナチスのオートバイにくくりつけられた。八つ裂き刑の現代版だ。

「オートバイが動きだしたら手足がちぎれるまで止まらないぞ!」

改良に改良を重ねた処刑法をナチスはいくつも用意していた。スカフィズム(ボートの上で沼地の虫に全身を食わせる処刑法)から各種の引き裂き刑まで、尋問者は微にいり細をうがって説明した。

「われわれの医学技術を使えば、殺して、蘇生させて、また殺すことができる。千回も死を経験できるぞ」

死とはなにか。肉体の終わりか。それとも霊魂にも終わりがあるのか。幽霊となって蘇り、復讐の念に燃えて地上をさまようのか。それとも肉体が終われば生命はついえるのか。

ナチスの尋問者の背後に黒い人影がいくつもあった。こちらを見ている。無数にいる。顔はなく、体はぼやけている。視線だけを強く感じる。たんに肉体を見ているのではない。なんらかの方法で脳をのぞき、感情を観察している。間仕切りかなにかほしかった。しかしこちらは鉄枠に縛られている。背中の皮膚は電撃で焼かれて炭化しつつある。

突然、励子があらわれた。こちらへやってくる。

「な……なぜおまえがここに。いちゃだめだろう!」

励子はビショップの手足の拘束を解きはじめた。

「これは現実じゃないのよ」

「どういうことだ」

「ここはサイバーバブルのなか。違法で悪徳な使い方がされてるようね。設定をいじって、あんたを見てる人たちをアバターとして可視化した。脳の奥深くに接続してるから、強制的に切断するとバブル精神症と呼ばれる重い精神障害が残ってしまう。自然に目覚めれば無事に帰還できる」

「なんのことだ。これはぜんぶ偽物なのか?」

「救出にきたのよ、ビショップ。目覚めて」

救出? 過去にもそう聞いたことがある。ナチスが偽の救出劇を演じたのだ。偽のロケットパック隊が突入して、救出されたと信じこませようとした。そしてビショップに訊いたのだ。

「任務は成功したのか? ブラディマリーは目標を達したのか?」

ビショップは訊き返した。

「任務? ブラディマリーの目標?」

「知ってるはずだ」味方を演じるナチスは言った。

「知るもんか!」ビショップは叫んだ。

その後、本当に救出されたが、今度は子連れの夫婦を見て落ちこむようになった。友人と会っても子どもの話ばかりでうんざりする。写真やビデオを見せられ、おかしなエピソードを聞かされても笑えない。見てくれ、うちの子が初めて犬をなでたんだ！　息子がメカパイロットのコスプレをしたんだ、かわいいだろう！

妻はいつも子連れの家族をうらやましそうに見ていた。それを見て自分が腹立たしく情けなくなった。

「居場所は知らない」

シャワーを浴びながらよく独り言を言った。だれと話してるのかとフェリシアから訊かれた。

「昔のことよ」だれかが言う。また励子の声だ。「いやな記憶が蘇ってるだけ」

「昔じゃない！　ブラディマリーの居場所は知らないんだ。俺に訊くな！」ビショップは叫んだ。

「居場所なんてどうだっていい！」

励子も声を大きくして、電撃拷問台から拘束をはずしている。

「じゃあなんの用だ」

「手を貸して」

「手？」

「いっしょに逃げるの」

励子にそっくりだ。本人だろうか。それとも記憶を読んで投影しているのか。フェリシアを知っているナチスなら励子も知っていておかしくない。

励子の手が伸びて、ビショップの手をつかんだ。もう本人と区別がつかない。ついていってもかまわないだろうか。手を握りかえすと、どこかへ引っぱられる感じがした。

気がつくと、知らない通りにいた。近くに巨大なバイオメカがそびえている。ビショップがテクサーカナ郊外で戦ったものより背が高く、星空に届きそうだ。そんなことが物理的にありえるのか。見ていて怖い。

「こ……ここは？」

訊いてから、励子が玄関口でおびえているのに気づいた。危なくないと慰めてやりたい。しかし励子の体はエネルギー障壁のようなものにおおわれて近づけない。そびえるバイオメカはすべてを破壊しながら迫ってくる。怖いというより混乱した。

「励子、これはカンザスでのおまえの記憶か？」

カンザスという言葉に反応して励子がこちらを見た。

とたんに二人ともどこかへ移動した。

室内だ。散らかっている。励子は苦痛に耐えている。腕が動かない。片腕のほぼすべてが機械義肢におきかえられ、それでも残る痛みに苦しんでいる。

「どうしたんだ？」ビショップは訊いた。

「腕が……腕が動かない」

「なぜ動かない」

「攻撃のせい。神経が傷ついて、それで……」

ふたたび周囲が切り替わった。ラボか、職場かよくわからない。パーティションで仕切られたオフィスがいくつも並び、人々がメカの部品を設計している。励子もそこに一人でいる。なぜか思考が読みとれた。腕の痛みがぶり返すのが怖い。まわりの設計者たちは優秀でメカの図面をどんどん引いていく。励子はそれができない。カンザス大虐殺で受けた傷による慢性神経痛のせいだ。作業割りあてを減らしてもらっても、締め切りを守れないことがしばしばある。同僚たちの頭の上に大きく輝かしい王冠が見える。励子の腕は粗末な木の棒に見えてくる。

「ここはわたしの居場所じゃない。かっこいいメカを設計したかったけど、もうできない……」

ふいにべつの室内に移動した。床にメカのおもちゃが散らばっている。少女が一人で遊んでいる。口で爆発音をたてながら戦わせている。幼いころの励子か。室内を見まわすと、有名なメカ戦の報道写真や、それを題材にした映画のスチル写真が壁に貼られ、大小のメカのフィギュアが飾られている。急に何年も時間が進み、励子は成長した。あいかわらずメカのおもちゃで遊んでいるが、壁に貼られているのは励子自身が描いたメカの絵だ。驚くほど上手で、電卓アニメ番組の一場面のようだ。

玄関で呼び鈴が鳴る。励子はお気にいりのメカを二つかかえて部屋を出る。玄関に立っているのは二人の男。バッジをしめしている。特高だ。なんの用か。

「だめ、だめ、だめ!」励子は叫びながら階段を駆け下り、両親に懇願する。「行っちゃだめ!」

特高が逮捕したのか。男たちは両親の頭に袋をかぶせ、手錠をかけ、精神を鎮静化する注射を打つ。

次はまたビショップが拷問される収容所になった。黒い人影はさらに貪欲な視線をこちらに注いでいる。

「ここで投影されてるのはわたしじゃない。あなたよ」励子が言った。

「俺のなんだ?」

「すべて終わったこと。何年も昔に」

「俺にとっては終わってない」

答えながら、励子の過去について考えた。特高はなぜ彼女の家を訪れたのか。

「ただのサイバーバブルだって、わかってる?」

黒い人影の群れをあらためて見た。

「わかってるつもりだ」

「ならいい。出ましょう。ついてきて」

励子は歩いていくが、歩き方が不自然だ。固くぎこちない。まるで義足のように。ビショップを尋問したナチスの女性将校の一人も義足だったことを思い出した。楽しそうな顔で侮辱した。鎖で吊って鞭打ち、どこまで耐えられるかとからかった。あの女とこの励子はおなじなのか。あるいは詐称しているのか。励子を演じてビショップから答えを引き出そうとしているのか。

「ビショップ! どこへ行くの?」

「来るな!」

「ビショップ」

「ブラディマリーの居場所は知らない。おまえのことも知らない」

「まったくもう。あんたが見てるのは大昔の出来事だといってるでしょう。娯楽のネタとして記憶を掘り起こされてるの。いいかげんに穴ぐらから出なさい!」

思想警察が励子の両親を連行したことを考えた。彼女の過去についてもっと知る必要がある。あとを追って明るい扉をあけた。


目覚めたビショップは、そばにいるのがナチスではなく励子であることにほっとした。

「ここは……?」

「現実よ」

バイオメカと、励子の家を訪れた特高を思い出した。どちらも彼女の本物の記憶だったのではないか。しかし本人は目をそらしている。

「幻覚剤への対抗薬を投与したわ。ステロイド剤も注射する。これで体内の薬物を一掃して、力が出るようにする。水分をたくさんとって」

有無を言わさず、太い注射針をビショップの静脈に刺した。ゆっくりプランジャーを押して、針を抜く。そしてボトル入りの水を渡した。

「ぜんぶ飲んで」

指示に従った。幻覚のなかでの経験は考えないようにした。とても生々しかった。抑圧していた記憶を考えると身震いした。どうしようもなく感情的になった。それをサイバーバブルに接続した大勢の見知らぬ他人に見られた。心の隅にフェリシアへの気持ちが残っていた。〝気持ち〟というべきか。ほかにどうしようもなかったのに、それでも悔いが残るだれかへの思いというべきか。

「ブラディマリーは?」

ビショップは尋ねて、室内を見まわした。モーテルの一室だ。

「あいつらはいまロサンジェルスを攻撃中」

「あいつら? 攻撃?」

「ブラディマリーと渡部将軍とダニエラが、その他のメカを引き連れて大暴れしてるってこと」

まず姪のことが頭に浮かんだ。

「状況は？　ひどいのか？」

「最悪。四時間経過して市内は壊滅的被害を受けている。犠牲者も多数」

姪と義妹をなんとか避難させなくては。しかし動こうとすると頭痛とめまいに襲われた。

「どうやって……俺をみつけたんだ？」

「隣の部屋に閉じこめられていたわ」

「医師と看護師がいた気がする」

「始末した」

励子は陰気な口ぶりで言った。その目の残忍な光を見て、あとは了解した。

励子はビショップの電卓と銃を返した。

「そばにあった」

受けとって、電卓の電源をいれた。コンタクトレンズとの接続はすぐに回復したが、機界につながらない。だからなにも表示されない。レナとマイアに何度か電話をかけたが、通じない。

「つながらないな」

「機界ネットワーク全体がダウンしてるのよ。救援要請を出しつづけてるけど、まだどこからも返事がない。でもメカ基地が近くにある。数年前に訪れたことがあるから。そこに行けば戦闘メカがあるはず」

「それで、なにを待ってるんだ？」

「あんたの回復」

ビショップは恥じいった。

「もう回復した」

「歩ける？」

「たぶん」

立とうとしてよろめいた。薬物の影響が残り、吐き気がする。しばらくすわって、ひたすら水を飲んだ。ステロイドが効いて、すこしずつ力がもどってくる。

何度目かでようやくしっかり立てるようになった。足を上げ、首をまわし、指を曲げ伸ばしする。

「食べるものはないか？」

わさびチョコチップスの袋を放ってよこされた。一枚つまむ。まずいと思ったが、空腹なのでぜんぶ食べた。

「気力はもどった？」

「どうかな」

「まだしばらく休む？」

ビショップは首を振った。

「行こう」

いっしょに部屋を出た。

ロビーでモーテルの従業員が目を丸くして止めた。

「外は危険ですよ」

「対応できるから」

励子は答えてカードキーを返却した。

従業員が応急で設置したバリケードをまわりこみ、外へ出た。たちまち煙のにおいに包まれ、目が痛くなった。

あちこち裂けた服のまま通りを走っていく男がいた。

「おい！」

ビショップは声をかけたが、男はふりむかずに走り去った。男のほかは通りに動くものはなかった。車一台走っておらず不気味だ。

「基地は四粁先よ」

励子に言われて、足ばやに歩きだした。

ビショップはまだあの体験がサイバーバブルだったことが完全には理解できていなかった。

「いろいろ整理できてないけど……抜け出せてほっとした。ありがとう、その……助けてくれて」

「いいのよ。混乱がおさまるまで一日、二日かかるはず。でも体内の薬物はぜんぶ抜いたわ」

「おまえはどうやって脱出できたんだ？」

「化学的防御機構を体にいれてるのよ」

「特高課員も全員いれるべきだな」頭を掻いた。「サイバーバブルの経験がこんなだと初めて知った。うわごとかなにか言ってたか？」

「わたしを見て何度もフェリシアって」

「すまん……別れた妻だ」

「だろうと思った」

「俺のバブルを見たのか？」

返事をためらっている。答えはそれだけで充分だ。

「ナチスに不妊化されたあと、さらに一週間拷問を受けた……。救出されたときは意識がなかった」

「味方の兵士に救出されたの？」

ビショップは首を振った。

「ブラディマリーだ」

「ブラディマリーに？　救出された？」

「信じられないだろうな」

「口を割らなかったおかげね」

「ああ。べつに根性で秘密を守ったわけじゃない。ナチスの仕打ちに腹が立ったからさ。その怒りで耐えられた。体の回復には何カ月もかかった。筋肉も腱も切り裂かれていて、再生槽につかって組織を再建する温浸療法を受けた。補助なしで歩けるようになるまで半年かかった。そんな俺をフェリシアは待っていてくれた。でも脳が……頭のなかがめちゃめちゃで現実と妄想の区別がつかなくなっていた。そして……妻との行為もできなくなっていた。必要なのは仕事だと妻は考え、俺は警察に再就職してしばらくがんばった。でもやはり離婚しようと言って彼女を泣かせ、最後は受けいれさせた」

「どうして離婚を？」

「フェリシアの夢は家族を持つことだったんだ。でも俺といっしょにいるかぎりそれはできない。なにが起きて、なにを失ったかをいつも思い出すはめになる。そんな苦悩にさらしたくなかった」

「本人が夢を捨てる覚悟をしていたとしても？」

ビショップはまばたきした。思い出すのは、声が嗄れるまで怒鳴りあったこと。疲れて言葉が出なくなっても不毛な喧嘩を続けたことだ。

「よくわからん」

二人はメカ基地に到着した。標準的な構造どおりに地上のドームの下に大規模な地下施設が隠れている。ドームは大きく壊れ、その下にあった警備メカ四機はつぶれている。

「だれかいますか？」励子は大きく声をかけた。

返事はない。

瓦礫を乗り越えて奥へはいった。八人の兵士の死体があった。爆風で飛んできた壁の一部に押しつぶされたらしい。励子はきびしい目をした。

「一瞬だったはずね」

壁付けのコミュニケータがあり、ビショップは姪と義妹に電話がかけられるかと駆け寄った。しかし雑音がするだけでつながらない。

「ビショップ！」励子が呼んだ。

軍服姿の女性が銃を手に二人に近づいてきた。足を引きずっている。

「どちらさまかしら？」

女性は尋ねた。少佐の階級章をつけた軍服は半分が血に染まっている。右脚に添え木をあててなんとか立っている。

「陸軍大尉、守川励子です。ここの駐屯部隊の方ですか？」

女はうなずいた。

「そうです。今週の合い言葉をお願いします」

「〝テラの謎は幻想ならず、ガイアの燃える魂なり〟」

女は銃口を下げ、ビショップに訊いた。

「そちらの方は？」

「特高の若名ビショップです。あなたは？」

「この基地の司令官、大西範子（おおにしのりこ）です」

「大西少佐、憶えておいでかどうか、数年前にこの基地を訪問して、都市防衛用のハザード級メカを見学したことがあります」

大西少佐は人種としてはアフリカ系日本人の黒人士官で、胸には多くの勲章をつけている。

「見覚えがあると思いましたわ、大尉。ハザード級メカの設計にご意見をちょうだいしましたわね。ご提案にしたがって装甲とジェネレータの設計を手直ししました。おかげで大きな改善が見られました」

少佐に憶えられていたことが励子はうれしそうだ。

「ありがとうございます。それで、なにが起きたのですか？」

「渡部将軍と同伴の二機のメカから突然攻撃されました。将軍の造反を知ったのは、基地を粉々にされたあとでした。片脚の負傷だけですんだ私は幸運でした。付近の機界はそのときから妨害されたままで、通常チャンネルではメッセージを送れません。かわりにOWL偵察ドローンを飛ばしてほかのメカ基地に警告を試みました」

「伝わりましたか？」

「メカ基地はほかに三カ所ありますが、いずれもすでに攻撃を受けていました。部外者に侵入されて施設を爆破されたようです」

「ウルフヘトナーだな」ビショップは言った。

「それは？」

ビショップは説明して、アルバラード銭湯爆破事件へのその関与を話した。

大西少佐は不機嫌な表情になった。

「特高はその情報を早く軍と共有すべきでしたね」

特高も知ったばかりなのだとビショップは弁明しようとしたが、やめた。

「そうですね。流動的な状況のなかだったとはいえ、警告すべきでした」

「攻撃はほかにも？」

「特高と連絡がとれていないのでわかりません」

励子が質問した。

「動かせる戦闘メカはこの基地にありますか？」

「なにをなさりたいの？」

「渡部将軍のメカに一矢報いたいのです」

「普段は私が乗っている試作機がありますわ。脚がこうでなければ自分で操縦するのですが。案内しますわ」

励子は大西少佐に手を貸してエレベータに乗り、地下二十階に下りた。ドームの下は巨大なメカ格納庫になっていた。

案内されたメカはイナゴ号より大きかった。基本的な特徴は似ていて、電磁銃も装備している。装甲は動きやすそうだ。角張った形状のおかげで、西洋騎士に近い一般的なメカよりも日本の武士に似ている。

「背の高いカタマリ級という感じですね」励子は感想を述べた。

「カタマリ級に乗られて？」

「一年間操縦経験があります」

「これはカタマリ級を大きく、強くした進化型です。残念ながら電磁銃のバッテリーがこの攻撃で損傷していますが、そのほかは無傷です。愛称はカマキリ号ですわ」

「こんにちは、カマキリ号」

励子の興奮がビショップにも伝わってきた。

このカマキリ号はイナゴ号より七割以上も大きい。

脚部に内蔵されたエレベータにいっしょに乗ってブリッジへ上がった。補助機関員が直接操作する巻き上げ機や、操舵ギアや、排気ポンプ類が見えた。

頭部中央のブリッジにはいる。照明は人感センサーで自動点灯し、足もとが照らされた。円形のブリッジには七人分の席がある。壁は透明で、三百六十度さえぎるもののない視界が得られる。電卓パネルはミニマルな設計で、操作系はほとんどがＡＲでユーザーの視界に浮かぶ。

励子は操縦席についた。ビショップは大西少佐に手を貸して砲術管制席にすわらせた。自分は通信席にした。

「どなたかと連絡を？」少佐から訊かれた。

「姪と義妹に。カルバーシティに住んでいます」

「私にも市内に身内がいます。渡部将軍は弟の動物病院を狙わないと信じたいのですが、まだ連絡がとれていません」

「ご無事だといいですね」

「クルーなしでもカマキリ號は動きますか？」励子が少佐に質問した。

「やりにくいところもあるでしょう。ほかの席の機能はここに集約しました。貴女は操縦に専念なさって」少佐はビショップを見て続けた。「言うまでもないでしょうが」

「過去に軍人としてメカに乗りました」

「ナビゲーション席に移動してください。通信機能も移しました。ヘルプモードを有効にしてあります」

「ヘルプモード？」

「初心者ナビゲータむけにいちいち説明が出ます」

「人生にもヘルプモードがあればいいのに」

「そうですわね」

大西少佐は発進制御画面を開いた。

「通常の発進口は破壊されています。でも別ルートがあるので、いつでも出られますわ」

「パイロット別設定が保存されているデータベースにアクセスできますか？」励子が訊いた。

「ご自分の操縦設定をダウンロードなさりたいのね」

「できると楽なので」

ビショップは自分のナビゲーションパネルを見た。三面の四角いディスプレイがあり、一枚目は周囲のリアルタイムマップ。二枚目は天候、地質状態、地形危険などの各種データ。最後の三枚目は二分割で両足のカメラ映像を見せている。ヘルプモードによると、パネル間の表示切り替え、フォントや画面サイズの調節、マップ操作の自動呼び出しなどが可能らしい。メニューの不明なところをさわれば機能説明のポップアップが出る。テクサーカナ時代に受けた基礎訓練を徐々に思い出した。

操縦席で励子が声をあげた。

「すごい！　イナゴ號で使っている設定がそのまま適用されたわ」

「すべて再現できましたか？」少佐が訊く。

「はい。デフォルトから微妙に変えただけの設定まで。ありがとうございます」

「恐れいります」

カマキリ號は電磁レールに載せられている。それによってトンネルを移動。壁ぎわに到着すると今度は垂直に上昇した。出口は建物に偽装されている。ガラス張りのファサードは破れていた。

「機体の大きさと力の強さに慣れるまでは慎重に」少佐は注意した。

励子は動きだした。融合剣を振り、スカリア電磁銃を抜いてみる。ただしバッテリーが壊れているので使えない。

励子はパンチを何度か出してみた。

「いい感じ」

「質問があります。正直に答えてくださいね」少佐がパイロットに言った。

「はい、もちろん」

「対メカ戦の経験はどれくらいおあり？」

「新島、嶽見、渡部にくらべたら少ないです。心配ですか？」

「もちろん。それでもその三機を阻止しなくてはいけませんから、相応の作戦を立てましょう」

「とりあえずどうすれば？」

「東進なさって。十八粁(キロ)先で数機のメカが交戦中です」

ビショップは障害物が表示されるナビゲーション画

面をにらんだ。民間車両がとくに厄介だ。大きな赤い×マークが表示され、警報音も鳴るのに、励子は二台踏みつぶした。

大西少佐はOWLドローンを何機か飛ばした。高性能な偵察機器を搭載し、指揮官が戦場全体を眺めて判断するには有効だ。その映像フィードを砲術管制パネルにじかに流している。

ビショップはナビゲーションでへまをしないように気を張りながら、メニューの各機能の理解につとめた。

励子は道路の両側に設置されたレールにカマキリ號の両足を接続し、全速力で移動しはじめた。

2

「敵方の戦力はどこまでわかっていますか？」

ビショップの質問に、大西少佐は答えた。

「機界接続が遮断される直前の情報では、敵のメカは三機。シグマ號、ストライダー號、サイレン號。すでに複数のメカ基地を攻撃して壊滅させています。ロサンジェルス郊外から応援が送られているようですが、具体的には不明。味方の空港はどこも大きな被害を受けているので、迅速な航空展開は難しいでしょうね。このような作戦にうってつけのカタリナ島在住のメカパイロットに緊急出動要請を送りました。応じてくれるかどうかはまだ不明です。連絡があるまで応援はないものと考えたほうがいいでしょう」

「楽観できませんね」

「選択肢は多くありません。民間の被害が広がらないうちに食い止める必要があります」

「民間の被害というと？」

少佐は前方を指さした。三棟の集合住宅が炎上している。

「造反者のメカは民間の目標を攻撃していますわ」

ビショップは愕然とした。ロサンジェルス全体が戦場と化している。市街地が大きく破壊され、高層ビルがあちこちで炎上している。ナビゲーションパネルのサーマルスキャン画面によるとすでに数千人単位の犠牲者が出ている。

炎上するビルの五十階から飛び降りる人影があった。焼死からのがれて墜死したわけだ。ビルのスキャン映像に目をこらすと、三十二階で助けを求める四人に気づいた。これを励子に伝えると、詳細も聞かずにメカは救助に動いた。

四人はバルコニーで逃げ場を失い、いまにも火炎に呑まれそうになっている。励子はそこへカマキリ號の手を伸ばした。二人の子を連れた夫婦だ。一家はメカの手に乗り移り、うれしそうにメカに手を振った。年下の女の子がとくに元気に手を振っている。励子は慎重に一家を地面に下ろした。両親と男の子はすぐに安全な場所へ逃げていったが、女の子だけはいつまでも見上げて手を振っていた。

ビショップは姪のことを考えないようにした。

「この地域は第一二〇隊と第三六七隊の受け持ちのはずだけど」

励子が茫然として言うと、大西少佐が答えた。

「そのはずですが、どちらの信号も拾えませんね。お手もとでなにかわかりますか、若名課員？」

「いいえ、少佐。それから俺のことはビショップでいいです。信号がないかわり、接近するメカ一機があります。ナビ情報ではペルセウス級」

ビショップは画面を見て報告した。励子が訊く。

「こっちへ来る理由は？　敵なの？」

「ちがうと思う。武器は展開していない」

大西少佐がメカを識別した。

「アホウドリ號ですわね。知人が乗っています」

「メッセージを送信する」励子はビショップに指示して、メカ間通信チャンネルを開かせた。「アホウドリ號、こちらは守川励子大尉である。シグマ號と交戦、もしくはこれを視認したか？」

ビショップは送信した。しかし応答はない。

アホウドリ號は装甲が破れ、両腕を破壊され、頭部がつぶれていた。内部には生命反応があり、動力源も稼働しているのに、問いかけに答えない。雑音だけを残して通りすぎていく。

「通信機器が壊れてるんだろう。あるいはこちらと話したくないだけか」ビショップは言った。

「OWLのスキャンでは内部の活動はありますわね。データで見るかぎり、機内の乗員は生存し、活動しています」少佐が言った。

ビショップの手もとのサーマルスキャンでもそう出ていた。生きて活動できるのに一言の返事もなしに歩き去るとは不審だ。なにをおびえているのか。ナビ情報に出てくるメカの履歴では、アホウドリ號は六年前にダラス・メカ工廠で製造。近年の機甲軍近代化計画にしたがってベーカーズフィールド工廠で改修を受けている。実証用アンドロメダエンジンを搭載するペルセウス級は四機のみ製造されている。音と水を制御して武器とするヤッファ投射機を積んでいる。

「またメカが接近してくるぞ。信号ではタウン號。やはり戦域から離脱中らしい」ビショップは言った。

「そう推測される理由は？」励子が訊いた。

「損傷が大きい。修理目的の後退かもしれない。五回呼びかけたが返事がない」

「コミュニケータの故障かも」

「そうとは思えない。混乱が起きた形跡がある」

「どういうこと？」

ビショップは再確認してから説明した。

「外の装甲よりも内部の損傷が大きい。機械故障かもしれないが、そのわりにBPGに異状はない。装甲もどこも破れていない。問題の発生源はどうやらブリッジだ。銃撃戦が原因らしい損傷……。乗員が起こしたものだろう」

ビショップはいつものようにさまざまな角度から検討し、入手した乗員の公的記録をもとに、推測から論理的結論にいたった。

「おそらく叛乱が発生してる」

「メカの機内で乗員が叛乱？　信じられない」

励子は懸念の表情だ。少佐が言った。

「ありえますわ。戦闘は人を変えます。充分に警戒なさって」

励子は武装をタウン號にロックオンしておいた。タウン號は気づいているはずだが、平然と反対方向へ歩き去った。茫然自失して放浪する幽霊メカのようだ。

遠ざかるタウン號を見ながらビショップは励子に訊いた。

「こういう前例はあるのか？」

「初耳よ」

そこから数百米（メートル）でまた新たなメカに遭遇した。


「ジェロボーム號だ」

ビショップは画面の情報を読んだ。悲惨な状態のガーディアン級だ。両腕が落ち、胴体からは煙が出ている。まわりのビルも火災を起こしている。

励子は推測した。

「敵メカのいずれかと交戦したようね。相手がどっちへ行ったか尋ねて」

「いま通信を試みてる」

ビショップは答えた。しかし何分たっても通じない。

「むこうのコミュニケータが働いてないようだ。三浦少佐名でテキストメッセージが送られてきた」

「なんて？」

「サイレン號の電子攻撃を受けて電卓系がウイルスに感染したそうだ。そのためジェロボーム號を制御できない。通信系をじかに接続するとこちらの電卓にも感染するおそれがあるので控えているらしい」

「サイレン號の行き先を尋ねて」

問いあわせたが返事がない。

「それどころじゃないんだろう。生き残った乗員は八人だけだそうだ」

ナビ情報によればジェロボーム號は定員二十二人。もとはテクサーカナに配備されていたが、内部配線に重大な不具合が起き、任務期間を短縮して後方に下げられた。修理後はロサンジェルス配備になっている。

乗員の一人について出された正式な苦情の申し立てが残っている。名前は伏せられているが、その乗員は宗教に熱中する傾向があり、天上の神と交感して未来がわかると妄想していたらしい。

ビショップはあきらめて報告した。

「三浦少佐はサイレン號の行き先について返答を拒否している」

「なぜ答えないの?」

「サイレン號には近づくなと警告している。強すぎて倒せないと」

「倒せない?」

「彼らは……悪霊であり、人の力では止められないそうだ」

すると大西少佐が口を出した。

「ビショップ、ウイルス感染についてもっと詳しく尋ねてください。サイレン號は機界経由でメカの制御を乗っ取ったのですか?」

ビショップは質問を送信した。

「応答なし。でもおそらくそうでしょう」

「機界ウイルスに対する防護策を講じましょう」

「具体的には?」励子が訊いた。

「いくつか手段があります。いずれにせよ、メカが制御不能になってパイロットたちがおびえているのはしかたないでしょう」

運命の塔が前方に見えてきた。パリのエッフェル塔を模し、高さは本物の二倍という観光名所だ。そのそばにユングフラウ號がいた。ドイツのバイオメカの特徴である再生装甲技術を組みこんだメカの一つだ。ナビ情報ではヘラクレス級で、戦闘用の設計。製造はロングビーチ工廠。一年で八機が完成してカリフォルニア省各地に配備されたが、BPGの運用不手際で七機は早々に退役扱いになった。現在唯一残るヘラクレス級がユングフラウ號だ。搭乗クルーはこの数年間、一定しなかった。ビショップの資格レベルでは開示されないなんらかの政治問題のために、指揮官が何度も交代している。外見は標準的なメカを細身にしたようで、人間の肌の毛穴を強調したような大きな配管の出口があちこちにある。

「損傷は?」

励子が訊くと、大西少佐は首を振った。

「損傷ではなく、機械的な問題でしょう」

これまで遭遇したメカのように無反応で去るかと思いきや、これはちがった。ビショップは報告した。

「緊急メッセージを送ってきている」

「流して」

むこうの大尉が話しはじめた。

「ブラドリウム粒子が払底している。再生性の皮膚にまわすエネルギーがたりない。コアをいくつか分けてほしい」

励子が了解の返事をしかけると、大西少佐に止められた。

「どうなさるおつもり?」少佐は訊いた。

「予備を一個譲ろうと」

「コアはこちらにも貴重です」少佐は強く言った。

「でもむこうは助けを求めていて……」

「非情なようですが、コアを譲っても彼らの戦線復帰は無理です。本機はこれから予備のコア一個の有無が生死を分けるかもしれませんよ」

ビショップは少佐に同意した。励子は逡巡したが、最後はビショップを見てうなずいた。

「予備のコアはない」ビショップは返事を送った。

「少しでいいから頼む」

懇願してきたが、ビショップは通信を切った。

ユングフラウ號は西へ移動していった。

「どこへ行くのかしら」励子が言った。

「さあな」視界から消えるユングフラウ號を見送りながら、ビショップは励子に言った。「すれちがうメカはどれもへんだな。陸軍時代に乗ったメカのクルーはあんなじゃなかったぞ」

「沈黙線に駐屯してるのは機甲軍の精鋭ばかりだからよ。こっちに残ってる連中はブラディマリーみたいな強敵との交戦経験がない」

「沈黙線の駐屯部隊は呼びもどされていますわ。とはいえ時間がかかります。国境を無防備にはできませんから」大西少佐は説明した。

「それまでにロサンジェルスはブラディマリーの手で焼け野原になる」ビショップは言った。

励子は怒っている。

「カンザス大虐殺の教訓が生かされてないじゃない。あらゆる事態にそなえなくてはいけないのに」

ビショップは大西少佐に訊いた。

「ブラディマリーの勢力はメカ三機のはずでは？」

「そのはずですわ」

「しかし政府施設を攻撃中のメカは八機います」

少佐は立ち上がり、足を引きずりながらビショップのナビ画面を見にきた。

「味方のはずの機体ですね」

「そう思います」

映像には攻撃するアヌビス級八機が映っている。

「造反か、機体を盗まれたのか。第三六七隊ですね。ロサンジェルス・ダウンタウン防衛隊の半分。現状でダウンタウンの防備はがら空きということです」

攻撃されている政府施設について、ビショップは電卓でスキャンするまでもなくわかった。特高の拠点だ。正式名称は倫理思想保護局。政府の検閲機関の一つだ。

このような検閲センターはロサンジェルスに五カ所あり、それぞれ異なるメディアを担当している。いま攻撃を受けている施設はゲーム分野が専門だ。臣民のゲームプレイを監視し、ゲーム中でのさまざまな判断からプレイヤーの倫理傾向を推定する。特高はその情報をもとに、不審なプレイヤーを監視対象にする。

アヌビス級はすでに建物の半分を破壊していた。

三機のアヌビス級がカマキリ號に気づいて、むかってきた。

「どうしますか？」励子は訊いた。

「交戦しましょう」大西少佐は言った。

三機のアヌビス級と交戦を開始した。励子は紫に輝く融合剣を抜き放つ。アヌビス級は三機合計十二本の腕で襲ってくる。充分に引きつけよという大西少佐の指示にしたがって、微動だにせず立つ。

「防護フィールドを立ち上げるか？」ビショップは訊いた。

「無用」

励子は答えて敵の接近を待った。間合いにはいるやいなや、融合剣を横に一閃。先頭のアヌビス級はふいをつかれて、手を二本斬り飛ばされた。残った手首の断面でむきだしになった配線が火花を散らす。励子はアヌビス級を楽々と斬り裂く刀の威力に驚きつつ、その手首をつかんで断面を相手の体に押しつけた。アヌビス級は自身の電流で感電した。電気ショックで動けなくなったそいつを、残りの二機に対する盾にした。敵がまわりこもうとすると刀で牽制する。攻撃を受け流し、残り二機の腕を斬り落としていった。

「対メカ戦の経験は少ないとうかがいましたのに」大西少佐が声をかけた。

「たしかです。この刀のおかげです」

励子は興奮したようすで言った。昨年アヌビス級との交戦で苦戦して以来、シミュレーションで練習を続けてきた。その成果が出たのがうれしかった。

少佐は武器を説明した。

「これは新型の雷電融合剣で、ハフニウムイオン蒸着をほどこしたプラズマカッターです。メカの部品を簡単に切断できます」

「まだ試作段階と聞いていましたが」

「そのとおりです。メカタウンの依頼を受けて私どもが試験運用しています」

「実戦で?」

「そうですわ」

励子は三機目のアヌビス級を特高施設の瓦礫のほうへ蹴飛ばした。メカは、ロビーと周囲のオフィスを押しつぶしてあおむけに転倒した。

残り五機のアヌビス級がカマキリ號にむけて砲撃してきた。励子はメカ用大型ライフル、水月GRL-40をかまえて応射しはじめた。短い間隔で連射する。足のブースターを噴いて機敏に動きまわりながら、敵の砲弾を刀ではじく。刀身の発するプラズマ場が砲弾を防ぐ盾となる。アヌビス級は多腕を生かして襲ってくるが、励子の射撃速度も負けていない。振り下ろされる腕を次々と砲弾がはじき返す。またたくまに敵の二機が両断された。

残る三機は退がって動かない。単独で五機を倒したこちらを警戒している。

励子は自信満々だった。シミュレーションでは感じたことのないアドレナリンが全身を駆けめぐる。ビショップに指示した。

「タコ野郎どもにメッセージを送って。電源を落として降伏しろと」

ビショップはメッセージを送信した。一機が四腕を下げてユニットの電源を落としたが、あとの二機は攻撃してきた。

励子は踏みこんで先頭のメカの胸を横一文字に斬った。胸部装甲が上下に割れ、BPGが露出して脈打つようにうなった。励子は一回転して、今度は拳をBP

Gに叩きこむ。メカはたまらず膝をついた。

二機目のアヌビス機が殴りかかってきた。励子がスラスターを噴いて飛び退がると、その拳はカマキリ號ではなく僚機にめりこんだ。腕が伸びきったところを励子は悠々と斬り落とし、ライフルで頭を撃った。アヌビス級は二機とも沈黙した。

「お見事」大西少佐が言った。

励子は無言でうなずいたが、内心では高揚していた。

「降伏した一機を呼んで、造反三機がどちらへ行ったか訊き出して」

ビショップは指示に従った。

「返答を流すぞ」

電卓ディスプレイに若い男が映し出された。

「ご出陣いただけたことを天皇陛下に感謝します。ほかのアヌビス級のパイロットから脅されて同調していました。従わないと殺すと言われて、しかたなかったのです。お許しください」

「ほかのメカの居場所は？」励子は訊いた。

「彼らは検閲拠点を標的にしています。自分たちのリーダーが放送を流せるように、妨害する機能をつぶしているようです」

「放送って、どんな？」

「不明です」

「去った方向は？」

「ダウンタウン方面です」

「同行しなさい」励子は命じた。

「はい」

そのアヌビス級ニワトリ號は横にしたがった。

しばらく行くと、エンダービー號というメカと遭遇した。パイロットは斎藤サミュエル少佐だ。これまで市街地配属ばかりで、戦闘行動の経験は少ないらしい。

彼はメカと交戦中だった。相手はサイレン號。パイロットは新島リーナ。ブラディマリーの初期からの盟友だ。そしてビショップがナチスの捕虜になったときの搭乗機パイロットだ。

新島はメカパイロットとして多くの受勲歴がある。京都大学を次席で卒業し、パイロットとしてアジア全域で勤務した。公式に残る懲戒記録は一件だけ。モスクワ勤務時代にナチスの将校から人種的侮辱（〝アジア人〟は〝東洋の愚者〟であり〝はなはだしく退化〟していると表現したらしい）を受けて、当人を殴り、その取り巻き全員を単身で倒したという。

暗い赤に塗られた新島の愛機サイレン號は、いかめしい装甲のせいでカマキリ號より横幅が大きい。鈍重だが頑丈で強力。とりわけ背甲が厚く堅牢で、たいていの攻撃は跳ね返す。アルマジロ級と呼称されるゆえんだ。この背甲の製造コストのために製造は四機のみ。ひとたび防御姿勢をとると、核爆弾以外のあらゆる爆撃に耐える。特殊な装甲スリーブをつけた腕が威圧的なほど太い。

励子が観察しながら言った。

「あの腕……詳しくスキャンしたいわね」

「どこが気になりますか？」大西少佐が訊いた。

「腕につけているものが、数年前に開発されていた試作兵器に似ているんです」

「不審なエネルギーは探知できませんけれど」

「注意しておいてください」

新島はサイレン號で十六戦して負け知らずだ。両手首にそなえる手甲刀は帯電して威力を高められている。主兵器は手にした新月刀。太い腕で明滅する光の反映で湾曲した刃が真っ赤に輝く。

しかしビショップにとっての新島は、公式記録に書かれた印象とはかなり異なっていた。

ビショップは第二九飛行中隊、総勢二十五名のロケットパック兵の一人だった。隊長の名をとってジャンゴ隊と呼ばれた。ロケットパックは故障率が高く、事前にさまざまな心理的、適応的セラピーを受けていても、隊員の不安と恐怖はそれなりに大きかった。しかし新開発品の感情プラグを挿入されるのは避けたかった。兵士のホルモンバランスを制御して平常心にするというものだが、十一人が使用翌日に植物状態になったというういわくつきだ。

ビショップはテクサーカナ砦で捕虜になったときの任務を思い出していた。異様に暑い日で、水分補給のためにボトルの水を何本も飲んだ。ロケットパックの高熱から身を守るためのスーツが暑さに拍車をかけた。そもそもテクサーカナではなにもかも燃えているように暑かった。ジャンゴ隊では二人一組でおたがいのスーツを点検することを徹底していた。どこかがゆるんだり、接続が誤っていたり、はずれてぶらさがったりしていると、ロケットパックの火で焼け死ぬことになる。ナチスの生物兵器を防御するという新開発の強化薬を鼻腔最奥に注射されたせいで鼻が痛かった。

新島中尉がスピーカーごしに通知した。

「まもなく降下ゾーンだ。敵の砲火がはげしいが、いまのところ近くにバイオメカはいない」

今回の任務は、メカの行動を妨害する目的で地上に地雷を設置する敵兵を排除することだと、ジャンゴ軍曹から説明を受けた。ナチスはメカの動きを止めるためにあの手この手を使ってくる。しかしこの説明は、情報漏れにそなえたつくり話だと知っていた。真の目標は、部屋の隅にすわっている女を守ることだ。

女は機動アーマースーツを装着していた。これほど先進的なアーマーはビショップもほかの隊員も見たことがなかった。まるで着る小型メカ。戦車大隊を壊滅させる火力をそなえている。Zコートとおなじ技術による最新のカメレオン迷彩がほどこされ、周囲の環境に姿を溶けこませる。機能がオフのいまは鏡でできた甲冑のようだ。

彼女はジャンゴ隊と同時に地上に降下する。ジャンゴ隊の真の任務は、彼女の敵地侵入を掩護することだ。

「彼女のミッションはなんですか？」

だれかが訊くと、軍曹の返事はこうだった。

「かわりに志願しようってのか？　やめとけ。おまえが百人いても役に立たんぞ」

詮索する者はたしなめられた。彼女の正体、目的、行き先はいっさい不明。わかるのはニックネームだけ。それが〝ブラディマリー〟だ。

「皇軍最強のナチスキラーだ」軍曹は部下に説明した。

女はだれとも口をきかなかった。話しかけられても無視する。

突拍子のない噂がいくつもささやかれた。八百八十八人のナチス兵と一人で戦って殺したとか、ナチスの首で研がれたナイフは人血を吸うほど切れ味が増すとか。バイオメカと生身で戦って片手で倒したという噂さえある。熱烈な信奉者でもさすがに信じがたい。

降下ゾーンにはいると、ジャンゴ隊はロケットパック兵を射出する装置内で待機した。地上を見ると野戦砲が撃ってきている。サイレン號はそれを踏みつぶし、胸部装甲のあいだから出したレーザー砲で撃破している。

ジャンゴ隊が空中に射出されると、ブラディマリーも地上に降下した。機動スーツには走行用の車輪があり、ロケットパック兵なみの速度で走れる。戦場をスケートで滑るロボットのように急速に前線へむかう。

カメレオン迷彩を起動すると姿はかき消えた。

ビショップは敵の歩兵から彼女を守ることに集中した。ナチスのオートバイが数台むかってくる。これは運転者と車体が遺伝子操作で一体化している。高い機動力とひきかえに、車体が損傷すると大きな苦痛を感じる。ビショップはこれらをスマート弾で撃った。この銃弾は周囲の環境変化にあわせて標的を追尾し、確実に命中する。

ブラディマリーは掩護に気づいているのかいないのか。すくなくとも感謝するそぶりはない。掩護者はビショップだけではない。ジャンゴ隊のほかの二十四人も、彼女の行き先を知らないまま、その進路上の敵を排除しつづけた。

ロケットパックで飛ぶとブラドリウムの排気臭まみれになるが、それでもバイオメカの独特な異臭にはかならず気づく。細胞の腐敗と悪性腫瘍による強い悪臭だ。あらわれたのは、過去に遭遇した二足歩行型とは異なる新型のバイオメカだった。蜘蛛を思わせる八脚の基部。その上に人間型の上半身がはえている。遺伝子レベルで接合された怪物だ。脚部は黒い青梗菜の葉のようなものにおおわれ、腫瘍の皮膚のあちこちから芽キャベツのような塊がはえている。顔は人間的ではなく、突出した大きな蜘蛛の眼と長い牙を持つ。舌はすばやく空中に突き出し、飛びまわるロケットパック兵を叩き落とす。効率的な暴力だ。ナチスの通常型メカよりはるかに大きい。流動性の皮膚がたてる湿った音が吐き気をもよおす。

過去に遭遇したバイオメカは攻撃にいちおうのパターンがあった。しかしこれはまったく別物だ。多数の脚で地上の兵士や車両を踏みつぶして進む。攻撃の間合いも、武器の種類も、その性能もすべて未知だ。味方の兵士が次々にやられていくなかでビショップは急いで学習した。すこしでも弱らせるために撃った。ジャンゴ隊はバイオメカに対して一斉射撃した。

するとバイオメカは羽虫機を放出してきた。数百の黒いドローンの羽虫機が咽頭にはいりこみ、喉を食い破られ、コミュニケータに兵士たちの悲鳴が響いた。一人の女性ロケットパック兵はパラシュートを開いて脱出を試みたが、そのパラシュートを穴だらけにされ、石ころのように落ちていった。

死体となって人形のように落下していく。

残ったビショップと数人のロケットパック兵は、新島のメカを探し、支援を求めて何度も呼んだ。しかしサイレン號の姿はどこにもなかった。ビショップは通信で叫んだ。

「サイレン號、こちらは攻撃を受けている。新種のバイオメカだ。サイレン號、サイレン號！」

応答はない。目視で探すと、サイレン號が背をむけて去っていくのが見えた。

メカの支援はないわけだ。なぜサイレン號はジャンゴ隊を見捨てたのか。戦域離脱を命じられているのなら、あらかじめ通知するのが通常の手順だ。

ビショップはブラディマリーを探したが、もう姿は見えない。蜘蛛型バイオメカを迂回して先行したらしい。あいだにはバイオメカがいて、掩護したくともできない。

離脱してサイレン號へもどるか。しかし羽虫機を振りきる速度はない。同僚の一人がその羽虫機に追いつかれ、どうせ死ぬなら一矢報いようとバイオメカへ突撃していった。衝突と同時にロケットパックが爆発するように設定していた。ビショップはフェリシアのことを考えた。その躊躇があだとなって、二機の羽虫機がビショップをみつけて接近してきた。かわそうにも機敏さでは相手が上だ。左のロケットを壊され、きりもみ状態で落下しはじめた。姿勢の回復や電卓からのパラシュート開傘を試みたが、損傷が大きくてできない。墜落しながら、自分の死とひきかえにブラディマリーの秘密任務が成功することを願った。フェリシアを思い、最期に一言話したかったと考えた。地面に激突すると同時に意識が途切れた。

気がついたときはナチスの捕虜になっていた。

救出後に、新島リーナの行動を知って怒った。彼女はべつの飛行中隊とバイオメカの交戦を支援するためにジャンゴ隊から離れたとのことだった。しかもその交戦で二機のバイオメカを単独で倒し、武勇を称える勲章をもらっていた。しかし彼女の義務はジャンゴ隊の支援だったはずだ。放置されたこちらは全滅。生存者はビショップ一人だった。優先責任を放棄して支援を怠ったのだ。ビショップは抗議し、告発状を提出した。しかし将校から沈黙を命じられた。新島は英雄だ。対してビショップは、勇敢だったとはいえ、捕虜となった一介の歩兵にすぎない。不満を訴えられる立場ではない。

　ビショップは不当な扱いだと感じ、新島に不信の念を抱くようになった。

　エンダービー號は大口径の機関砲をそなえ、連射していた。しかし新島のサイレン號の分厚い装甲はびくともしない。サイレン號は砲弾の雨のなかを前進し、ついにエンダービー號の腕を斬り落とした。さらに手甲刀で肩から袈裟斬りに。するとその切り開かれた体から液体が流れ出た。

「燃料？」励子がビショップに訊いた。

　ナビゲーションの化学分析結果は予想外だった。

「ビールだ」

「飲料のビール？」

　警備記録を調べると、エンダービー號のパイロットは過去に予備ジェネレータをビール樽とこっそり交換して、四回も譴責処分を受けていた。平時の警備任務は退屈で、クルーはビールでも飲まないとやってられないとパイロットは釈明した。現在のクルーの血中アルコール濃度は調べられないが、交戦開始時に大半が酩酊状態だったとしても不思議はない。これがロサンジェルス防衛隊だと思うと情けない。他方の新島が受けた唯一の譴責処分は、ナチスを殴ったことなのに。

「新島は上半身への電力供給を遮断したわ」励子がビショップに言った。BPGの出力をすべて下半身にまわしたわけだ。「相手はお陀仏ね」

　サイレン號はエンダービー號の右膝に蹴りをいれた。膝は逆に折れ、姿勢がぐらりと傾いた。しかしサイレン號はその上体をつかんで倒れさせず、頭部に拳を叩きこんだ。顔面を容赦なくつぶしていく。

励子は威嚇射撃を何発か放った。

「サイレン號に呼びかけてメッセージを送って。〝やめないと攻撃する〟と」

ビショップは送信した。

「応答が来た」

ディスプレイに新島リーナが映し出された。その家系記録によれば、人種的にはタイ人とチェコ人の混血だ。頭を丸め、眉も剃り落とし、パイロットらしい筋肉質の体をしている。

隣にべつのパイロットが表示された。エンダービー號の斎藤サミュエル少佐だ。こちらも欧亜混血でパイロットに多いスキンヘッド。新島と異なるのは腹の贅肉と、大量の汗をかいていることだ。ろれつがまわらないようすで抗議した。

「よ……予告なしの攻撃とはどういうことだ!」

新島は無視して、カマキリ號に言った。

「守川励子、生きていたか」

「どんな大義があろうと、臣民を殺すのはまちがっているわ」励子は言った。

新島はその答えを鼻で笑った。

「山崗総督は数万人の臣民を殺しながら、英雄と称賛されて昇進した。わたしたちがおなじことをやるとテロリスト呼ばわりか。そんな二重基準は愚の骨頂だ。わたしはブラディマリーにくびきを解かれ、蒙を啓かれた」

斎藤は目が泳ぎ、ふらついている。数人のクルーに背後からささえられてやっと立っているありさまだ。たとえここで死ななくても解任が妥当だとビショップは記憶にとどめた。

「酔っ払いに解説するのは時間の無駄だが、搭乗しているほかのクルーに告げる」新島は一般チャンネルで言った。「わたしの敵は諸君ではない。正統性を欠く現政権だ。むしろ諸君を守っている。そもそもそんな旧式メカでサイレン號には勝てない。パイロットに戦闘をあきらめさせろ。無用の流血だ」

それに対して励子が言った。

「たとえ世のためによかれと思っても、主義主張のために多くの命を奪うなんて……支持できないわ」

「そういう自分は山崗の革命を手伝っているではないか。犠牲者の数はそちらが多いぞ」

「崇高な大義のためよ」

「自由のために戦うのが崇高でないとでも？」

励子は周囲の破壊をしめした。

「これがその自由なの？」

「自由は安くない。どうしても戦うなら、そのポンコツの機内で死んでもらうぞ」

励子は現在の乗機を弁護して言い返した。

「カマキリ號はポンコツじゃない」

エンダービー號のパイロットが励子に尋ねた。

「こ……こっちはどうすればいいかな」

「離れていてください。さもないと反対の腕も斬り落とされますよ」

通信は切れ、エンダービー號は退がった。励子はビショップと大西少佐に振り返った。

「ご意見があるなら、わたしがサイレン號を叩きのめすまえにどうぞ」

「異議はございませんわ」少佐は言った。

「右におなじ。新島は俺の戦友たちを切り捨てた裏切り者だ」ビショップも言った。

「新島と戦線に出たことがおありなの？」

「はい。身勝手な人間ですよ」

サイレン號はまずカマキリ號にしたがうアヌビス級を襲った。ニワトリ號はわずか十秒で斬り刻まれ、崩れ落ちた。ビショップは呼びかけたがパイロットは応答しない。

「生命反応は？」励子が訊いた。

「もう検出できない」

サイレン號はこちらにむきなおり、新月刀で斬りかかってきた。カマキリ號は雷電融合剣を抜いて応じる。サイレン號はそれを新月刀で払ったが、励子の巧みな太刀筋によって手のひらの一部を斬られた。サイレン號は懐に飛びこもうと狙うものの、励子はすきを見せず、逆にサイレン號の配管や配線を切断して手負いにする。

ところが励子が踏みこもうとしたとき、サイレン號の前腕が上がって機関砲があらわれ、連射してきた。至近距離射撃の威力は大きく、カマキリ號は指を二本飛ばされて雷電を取り落とした。すぐに拾い上げたが、直後に腕が固まったように動かなくなった。

ビショップは腕を見た。刀をかまえたまま、ぴくりとも動かない。その両手が虫の大群のようなものにおおわれているのに気づいた。

励子はサイレン號から退がりながら言った。

「なぜ腕が動かなくなったの?」

大西少佐が立ち上がってビショップのパネルをのぞきこんだ。

「原因はこの虫ですね。ある種の寄生虫です」

「見せてください」

要求する励子に、少佐は画面を送った。励子はその金属の寄生虫を拡大した。

「やっぱり。レギオン機だわ」

「レギオン機? 未完成のはずでは?」少佐は言った。

「なんだ、それは」

ビショップは話がわからない。励子が説明した。

「メカタウンの秘密開発計画で、メカの攻撃能力を奪う手段の一つよ。たくさんの微小ロボットが標的にとりついて金属部品を削り取り、消化して自己複製――つまり増殖する。大半を殺しても、一機でも残っているとまた増える。でも少佐が言うように、わたしがメカタウンにいた時代には開発中だった。AIが暴走しがちで、制御下で動作させるのが難しかった」

「どうすれば除去できる?」

励子には思いつかない。大西少佐はあらためて画像を見た。

「BPGから強力なエネルギーパルスの波を出せば、この寄生虫を止められるかもしれませんね」

「というと？」

「ジェネレータのエネルギーを寄生虫にむければ機能を止められるはずです」

「できますか？」

「やってみましょう。そのために私は機関室へ下りる必要があります」

「その脚では――」

「なんとかなります。でも、失敗したらメカ全体が破壊されるかもしれませんわよ」

「そのときの対応策は？」ビショップは訊いた。

「ありません」

「準備時間は？」励子が訊いた。

「普通なら二十分と言いたいところですが、悠長にしていられませんね。エコー型ドローンを使ってできるだけ時間稼ぎをお願いします」

少佐は励子に指示して、傷めた脚に苦労しながらラダーを下りていった。

カマキリ號は敵から離れる方向へ走りながら、エコー型ドローンを射出した。これはランダムなパターンで飛行しながら、カマキリ號からサイレン號への通信を反復送信する。サイレン號が発信元を攻撃しても、そこにいるのはたいていドローンだけだ。

コミュニケータに嘲笑が響き、新島がカマキリ號をあざけった。

「犬より情けない」

「犬のなにが悪いの？」励子は言い返した。

「犬の悪口じゃない。おまえたちを笑っているんだ」

「犬は大好きよ。コーギーを飼っていたわ。犬と呼ばれても不名誉でもなんでもない。むしろほめ言葉。犬はあなたのような小賢しい攻撃をしない」

「かつてアメリカ人が初めて日本本土へ渡ったとき、強力な軍艦と兵器で幕府を屈服させた。アメリカはこれを〝砲艦外交〟と誇った」

「だから？」

「つまり――」

励子は時間稼ぎをしながら、サイレン號がべつの標的へ移動しないようにしていた。ドローンは通信を反復しながら離れていくので、新島はその信号を追って別方向へ行ってしまうかもしれない。カマキリ號はビルの建設現場をめざして移動した。

腕は肘から先がほとんどレギオン機におおわれている。昆虫型ロボットの増殖はあきらかに加速している。

「準備の進捗は？」励子は機関室に問いあわせた。

「あと数分かかりますわ」少佐は答えた。

「その数分でこの虫に食いつくされます」

とうとうサイレン號にみつかった。

「エコードローンごときでだませると思ったのか？」

新月刀で斬りかかってきた。腕が動かないカマキリ號はなんとかかわし、足裏のスケートとブースターの噴射で急速に後退した。サイレン號は追ってくる。新月刀を振り上げたすきを狙って、励子はその胴を蹴った。よろめいたところに腹部の大砲を撃つ。ただし攻撃ではない。砲弾は破裂して強力な煙幕を噴き出した。カマキリ號はスケートで滑ってふたたび距離を開いた。

「あとどれくらい？」励子は尋ねた。

「一分ですわ。メカが電力喪失しても安全な場所を探してください」

「了解」

道路の車を踏みつぶすが、いまは民間人の財産毀損を気にしていられない。建設中の中層集合住宅をみつけた。五角形のレイアウトで、一方向に開いた形をしている。工事中で住民はいない。カマキリ號はその中庭にはいってしゃがんだ。これで姿を隠せる。入り口が一つしかないので背後からサイレン號に襲われる心配はない。

　大西少佐からようやく連絡が来た。

「パルスの準備ができましたわ。腕のレギオン機に焦点をあわせています。でももし不安定な現象が起きて狙いがはずれたら……」

「なんとか対応します。やってください！」励子は叫んだ。

　メカ全体が停電した。ブリッジは三百六十度の視界が消えて暗闇に包まれた。電力喪失がいつまで続くのかわからず、パルスの効果も不明。まさかサイレン號に発見されたのではないか。

　予備電源が復旧した。赤い非常灯が点灯してブリッジが赤の明暗で見えた。かつて電卓番組がモノクロだった時代は人々の見る夢もモノクロだったという。画面がカラー化されてはじめて人々の夢にも色がついたらしい。もし世界が赤一色だったら、夢や流血はどう見えただろうか。

　BPGのうなりが聞こえて数秒後に、主電源がメカ全体に復旧した。画面に次々と光がもどり、展望スクリーンも明るくなった。サイレン號の姿はない。

　腕は無事に動いて、励子は安堵した。レギオン機は虫の死骸の塊のようにメカの拳から剝がれ落ちた。戦闘にもどるために動こうとして……脚が固まっていることに気づいた。

「ええと……今度は脚なんですけど」

　励子の報告に対して、大西少佐は答えた。

「脚の駆動系への配線が一部切れていますね。修復しますが、あくまで応急処置です」

「一時しのぎは慣れてますよ」

「駆動系交換が必要だとしたら時間がかかります。そんな時間はありませんね」

「虫が死んで手さえ動けば、サイレン號と戦えます」

　五角形の集合住宅の内側に隠れて正解だった。

「この建物は無人？」励子が訊いた。

「熱反応はないな」ビショップは答えた。

カマキリ號の背面からケーブルとフックを射出して建物に固定した。建物を利用してメカの姿勢を安定させる。

「妙案だな」ビショップは言った。

「ええ。昔のメカ競技会でだれかが使った方法よ」

この集合住宅について電卓で調べてみると、三カ月後に竣工予定となっていた。半分の部屋はあきれるほど高値で販売ずみ。広い間取りに豪華な内装をそなえたエリート層のための住宅だ。ビショップはこんなところに家族と住むのが夢だった。

側方から大きな騒音が聞こえ、建物の一部が崩れた。サイレン號は正面の入り口からではなく、建物を壊して右から侵入しようとしている。カマキリ號は動かない脚を腕で持ち上げて立ち位置を変え、敵が来る方向にむきなおった。

励子はコミュニケータで大西少佐に訊いた。

「脚の修理に要する時間は？」

「オーバーホールは不要です。ただし腰の関節モジュールは要交換です。数分かかりますわ」

「数分後には脚以外なにも残ってないかも」

駆動力がなくても関節の曲げ伸ばしはできる。スタビライザーが効いて姿勢は安定している。たりないのは時間の猶予だ。なにかできないかとビショップは考えた。

考えが浮かんだ。

「ロケットパックはどこかに積んであるかな」

励子はけげんな顔でビショップを見た。

「さあ」

「大西少佐、ロケットパックは搭載されてますか？」

「非常用のパックがあります。なにをなさるの？」

「一つ使います。敵の注意をそらします」

「第十八番椎骨の背面出口のところです」

「ありがとう」言ってから、励子のほうを見た。「試したいことがある」

「わたしの目のまえで死なないでよ」

「自己責任だ」

ラダーをつたって胸郭上部の通路に下りた。メカの外見は機種ごとに大きく異なるが、内部構造には一定のパターンがある。クルーの交代を容易にするためだ。後方の脊椎モジュールへ通路を進むと、照明が次々と点灯して行く手を照らした。さらにポールをつたって後方ベイへ下りる。そこには四機の脱出ポッドとともに、八セットのロケットパックが格納されていた。それぞれカーボンファイバー製の翼とブラドリウム燃焼エンジンをそなえる。

耐熱スーツを着て、排気から頭部を守るヘルメットをかぶり、ロケットユニットをつかんだ。使いやすさと耐熱性を向上させる改修がほどこされているのがわかる。パラシュートは使用可能な状態か確認した。ライフルはハザードSG-01。軽量で適度な威力があり、ロケットパック飛行で携行するには適当だ。標準支給品の鈴木ブーツは靴底にマグネットホイールをそなえる。

背面の脱出ハッチを開いた。むこうは建設中の集合住宅。床はあるが、外壁は未設置だ。ビショップはロケットパック各部の機能点検をして、建物に固定された足場に飛び下りた。足場は軟鋼のパイプで組まれ、建設専門の太郎ボットが働いている。補強の板材を組みつけ、防火塗装を吹いているところだ。その二機が近づいてきて尋ねた。

「人間さま、ご用事ですか?」

ビショップの脳裏に、父に連れられてサイゴンで建設中の軍事基地を訪れたときの記憶が蘇った。そこにも自律AIをそなえた愛想のいい太郎ボットがいた。父はその建物にできる最大のオフィスを使う予定で、ベトナムでまもなくはじまる作戦について話してくれた。ビショップは幼心にも誇らしく思った。

ビショップはボットの問いかけを無視して、建物の奥へ走りながら、ロケットパックの使用準備をした。手順は体が憶えていた。すべての動作を本能的にこなして、反対側から空中へ飛び出す。体にしみついた飛び方にしたがってサイレン號のほうへ急いだ。

「聞こえる?」

ヘルメットのコミュニケータから励子の声がした。

「ああ、聞こえる。どうすればサイレン號を足留めできるかな」

「ちょろちょろ飛んでるとすぐ撃ち落とされるわよ」

「わかってる」

「だったらなんで出たの」

ナチスにやられた拷問を思い出した。

「藪蚊作戦でいく」

メッツガーの燃える貨物機から脱出したときは、死なないための非常手段としてロケットパックを使っただけだった。今回は昔のように自分の意思で飛んでいる。ロケットパックも改良され、ノズル後端よりうしろまで防炎板が伸びて背中をやけどする恐れがない。操縦系も精度感が高い。左右への変針とスロットルを制御するジョイスティックは、テクサーカナで使っていたオンボロパックよりよく反応する。ブラドリウム燃料は六十分飛べる残量がある。

メカよりかなり高いところを飛んでいるおかげで、ブラディマリーが引き起こした破壊の規模を見渡せた。姪の心配は頭から追い出して、サイレン號に集中した。

このメカに大ダメージをあたえられそうな弱点は見あたらない。注意をそらして進行を遅らせることを狙ったほうがいい。飛びながら観察しても背面装甲は鉄壁で、背後からの攻撃は無駄だろう。建物はどんどん壊され、まもなく励子のところに到達しそうだ。

ビショップは深呼吸した。ここで死ぬかもしれない。それでも新島の注意をそらしたい。

メカのカメラまわりは防爆、耐衝撃設計がなされている。しかし壊せなくても、視野を妨害することはできる。このロケットパックはフル装備タイプなので、オイル散布用のホースもそなえる。サイレン號の頭部フェースプレートにぎりぎりまで近づいてオイルを吹きつければ、センサーの効きを妨害できるだろう。サイレン號が苛立ってこちらをむけば、カマキリ號の脚部修理に必要な数分間を稼げる。

ビショップも蚊も生存の鍵は一気呵成であることだ。迷うな、ためらうな。目標をさだめたら一直線に攻めろ。建物側に多数いる太郎ボットにまぎれてセンサーに気づかれないことを期待した。

サイレン號に近づき、ロケットのノズルをホバリングモードにした。サイレン號の正面にすばやくまわりこむのは無理だが、オイルホースを下に伸ばしてカメラのレンズを狙うことはできる。フェースプレート奥の光学センサーをみつけ、サイレン號の動きを待った。建物を殴りつけて腕が下がる。そのタイミングでゆっくりメカの正面に下り、ホースのオイルを噴いた。しかし狙いを大きくはずした。追加でライフルでも撃ってみたが、センサー前面のフェースプレートにはじかれた。

それどころかサイレン號に気づかれた。頭部の対空砲がこちらをむき、急いで高度を上げて逃げた。弾丸はかわりに太郎ボットを何機も破壊した。

作戦失敗だ。べつの方法を試すことにした。

「励子、俺の電卓とサイレン號を専用チャンネルでつないでくれないか」

「いますぐ?」

「できれば」

「ちょっと待って」手が四本あるわけじゃないんだからとぶつぶつ言ったあと、しばらくして続けた。「返事があるかどうか知らないけど、つないだわよ」

ビショップは呼びかけた。

「サイレン號の新島大尉。こちらは若名ビショップです。テクサーカナ侵攻のある作戦でごいっしょしました」

返事がないので続けた。

「あのとき見捨てられて全滅したロケットパック隊の生き残りです。俺はナチスの捕虜になり、ほかは全員死亡しました。当時、メカの支援を求めて必死に探しました。なのに――」

「なんの用だ、若名ビショップ」

電卓から新島大尉の問いが響いた。メカは建物を壊す手を止めている。

ビショップは返事に驚いて口ごもった。

「は……話をしたいのです」

「そうか。あきれたずうずうしさだな。昔話をするために銃でセンサーを撃つとはどういうことだ」

「飛行中隊を見捨てた理由を教えてください」

「昔のことなどいちいち憶えていない。人ちがいではないか？」

新島は強く言った。ビショップは怒りがこみあげた。責任を否定するつもりか。

「人ちがいではありません。あなたの義務はロケットパック隊を守ることだった。俺たちの義務はブラディマリーを守ることだった。いま師として従っているらしいブラディマリーと最初に会ったときのことを、忘れたとは言わせません。テクサーカナのあの作戦には彼女も参加していた」

「ああ、あのジャンゴ隊の生き残りか」

新島は思い出したようだ。

「そうです」ビショップは語気を強めた。

「あの作戦は憶えている。あのときはたしか、作戦の真の目的をきみたちに知らせるなと命じられたのだ」

「真の目的？」

「いままで考えなかったというのか？」

「俺たちはブラディマリーを守れと言われました」

「なにから守るんだ。彼女に掩護など不要だ」

　ビショップはサイレン號の頭上に移動した。ただし近づきすぎないようにした。

「じゃあ、なぜ俺たちは送りこまれたんですか？」

「言わずもがなさ。生け贄（にえ）としてだ」

「どういう意味ですか？」

「きみたちを戦場で降ろして放置しろと命じられた。なるべく多く捕虜になることを意図した作戦だった」

　ビショップはロケットパックの制御を失いそうになった。かろうじて姿勢を立てなおす。

「いったいどういうことですか」

「なんらかの秘密作戦の一部だ。わたしも上官に尋ねたが、説明は聞かせてもらえなかった。おそらく彼も知る立場でなかったのだろう」

「ありえない。あれは……きわめて重要な任務だと言われました。ブラディマリーをかならず敵地に送りこめと」

「掩護などなくても敵地には侵入できた。ブラディマリーは機動スーツを着ていた。ならばロケットパック隊の掩護の有無など関係ない」

　信じられない。授与された勲章も、上官からの賛辞も偽物だったのか。ビショップの生還は想定されていなかったというのか。新島の嘘ではないか？　混乱させたいだけではないか？　そうでないとしたら……この数年間の苦しみはなんだったのか。

　新島がふたたび言った。

「気持ちはわかる。この国の真相の一部を知ったときはわたしも茫然とした」

「真相？」

「わたしは多村総督の支持者ではなかったが、彼が暗殺されたあと、山崗総督はわたしの家族をシェイヨル送りにした。父は、〈戦争の息子たち〉の標的にされた政治家と軍の指導者の一部をかくまったのだが、それだけのことで罪に問われた」

　シェイヨル収容所については聞いたことがあった。

ナチスの血塗られた施設を総督が接収し、対立勢力を処罰する収容所に改修したとされる。そこには遺伝子操作された特殊な生態環境があり、放射線銃によって対象を急速に癌化させる。〝家畜番〟と呼ばれる生体分子学者のグループが運営し、やりたい放題の医学実験をしているという。

「わたしの家族が収監されたことを夫が抗議したら、上官からいさめられた。それを無視していると、おなじくシェイヨルへ送られた。普通ならわたしも送られるところだった。しかしメカパイロットとしての技量が総督に〝必要〟とされた。より多くの政治犯を探し出すのに役立つからだ。しかしわたしがメカパイロットとして研鑽を積んできたのは、この国を守るためだ。権力欲にまみれた政治結社の死刑執行人になるためではない」

「敵に死をもたらすのが俺たちの仕事です」

「失言におびえるだけの政治家が、きみのいう〝敵〟か？　わたしはそうは思わないし、そんな仕事につい たつもりはない。軍人は戦場の敵を殺すものだ。死刑執行人は政府に命じられて丸腰の人間を殺す。身のまわりの恐怖に耳を閉ざしたいなら、なにも知らないほうがいい。しかしわたしはできなかった。今回はきみを見逃してやる。無知ゆえの行動だろう。豚に真珠だが、ときにはそれも悪くない。しかしふたたび手出しするなら、容赦なく叩き落とす」

サイレン號は建物を壊す作業にもどった。

注意をそらさなくてはいけないとビショップはわかっていた。ロケットパックごと体当たりしてブラドリウム燃料を誘爆させれば、大きなダメージをあたえられるだろう。しかし、いま聞いた話の衝撃が大きすぎて、事の是非に頭がまわらなくなっていた。

総督暗殺の真犯人がだれだろうと興味はない。それよりテクサーカナ侵攻作戦についての新島の話は本当なのか。上官たちは自分とジャンゴ隊を捕虜にさせるつもりで送り出したのか。

「新島の話、聞いたか？」ビショップは励子に言った。

「ええ」

「思いあたるところはあるか？」

「ない。この場を生き延びたらいっしょに調べましょう。ここはひとまず退がってて」

「選択の余地はなさそうだな」

「必要なときは呼ぶから」

「どんな必要があるんだ」

「死にぎわの願い事。最期の秘蹟とか」

「たとえば最期の食事はなにがいい？」

「豚肉と葱の餛飩（ワンタン）、四川料理の水煮魚、スパム入りキムチ炒飯ね。あんたは？」

「いま食いたいのは、アルマジロの丸焼き」励子の笑い声を聞いて、ビショップは続けた。「メカを食ったことはないけど、俺のロケットパックで焼いてやる」

ビショップは建物の東端に避難して戦いを見守った。


励子はチャンネルをつないだままにしたので、ブリッジ内のやりとりが聞こえた。大西少佐が言った。

「いい知らせがあります。両脚はもう動きますわ」

「ギリギリまにあった」

サイレン號がついに建物を壊し、カマキリ號に突進してきた。振り下ろされる新月刀を、励子はカマキリ號の腕を上げて止めた。サイレン號は手首を上げた。またあのレギオン弾を撃とうとしている。励子はそれを読んでいて、発射の瞬間にその籠手（こて）を下から叩いて弾道を跳ね上げた。砲弾は建物にあたり、放出されたレギオン機は鉄骨を食いはじめた。太郎ボットがあわてて防戦に集まる。

カマキリ號はナイフを投げ、それがサイレン號の前腕に刺さった。しかしレギオン砲からははずれた。

「くそっ、くそっ」

悪態をついて、そのナイフを水月ＧＲＬ‐40で撃った。着弾と同時にナイフは爆発し、サイレン號の腕が裂けた。

「よし！」

快哉を叫んだ。しかし腕の機能は失われておらず、新月刀を振り下ろしてくる。励子も雷電融合剣で応じる。

「剣の舞いよ！」

刀と刀がぶつかり、鍔迫りあいになる。カマキリ號はサイレン號の脇腹を殴ってよろめかせた。その喉を太刀先で突く。しかし新月刀ではじかれた。逆に拳を頬にくらい、よろめいて建物に倒れこむ。

「下手な舞いだ」新島が言った。

励子は軽く笑ってすばやく起き上がった。

「いいパンチね」

ビショップは手に汗握る攻防を見つめた。一方が優位に見えてもすぐに形勢逆転する。怒濤の戦いが続き、周囲のすべてが震動した。カマキリ號は連打で相手の腕の配線を切った。これで手が動かなくなる。その敵の腹をつらぬこうと、雷電をかまえた。しかしサイレン號は腹のまえで腕をたたみ、そのままアルマジロのように体を丸めた。堅牢無比な背甲で全体がおおわれ、どんな攻撃も防護電流ではじかれる。雷電で全力で突いたが、もっと強く跳ね返された。

「短い舞いだったな」新島が言う。

「興がのるのはこれからよ」

両者から離れたところで、レギオン機が太郎ボットと戦っている。

「ビショップ？」大西少佐から呼びかけられた。

「はい」

「厄介なことになりました」

「そのようですね」

「サイレン號を分析すると、このアルマジロモードで防御姿勢をとっているかぎり、装甲板はあらゆる運動エネルギーを吸収して、攻撃を同等の力で跳ね返します。そして内部の損傷が完全に修復されるまでこのモードを維持できます。これは厄介です」
「なにか手段は？」
「それについて貴男に配送をお願いしたいのです」
「引き受けますよ。ピザでなければ」
「貴男の電卓経由で妨害システムを送らせてくださ
い」
「そのシステムの目的は？」
「レギオン機のプログラムを改変して、サイレン號の
内部で活性化させます」
「なるほど、サイレン號を体内から食わせようと」
「そのとおりです」
「だったら、そこからサイレン號にじかにプログラム
を送ればいいのでは？」
「新島のメカは外部の電卓からのアクセスを遮断して
います。そこで貴男の手でじかに接続していただきた
いのです」
「うーん、どうやって？」
「そこが難問です。頭部に整備用のアクセスパネルが
あるので、それを開いて貴男の電卓を有線接続してく
ださい。あとはこちらでできます」
「つまりサイレン號の肩に降りて電卓をその頭に挿せ
と」
「ロケットパック操縦技術の見せどころですわよ」
敵メカへの電子攻撃のために電卓への少佐のアクセ
スを許可するのはかまわない。サイレン號が防御姿勢
で静止しているうちなら降りられる。しかしこちらは
無防備だ。流れ弾一発で死ぬ。頭部付近に降下したら
さすがに気づかれるだろう。カマキリ號が次の攻撃を
するタイミングで体に降下し、頭までよじ登れば、多
少は気づかれにくいかもしれない。鈴木ブーツを確認
した。靴底のマグネットホイールも正常に機能する。
すでに一日分の幸運は使いはたした気がする。失敗
したとき失うものはなにかと自問した。答えはきびし
い。命だ。

ビショップは死の危険にひるまずに質問した。

「有線でつないでからプログラムを送りおえるまでに、どれくらいかかりますか？」

「三十秒です」

「余裕ですね」皮肉まじりに評した。

「励子に伝えます。準備はよろしいかしら？」

「待って。一計を案じたので二人とも聞いてくださ い」

ビショップは計画を話した。励子が言った。

「幸運を願ってるわ、ロケットマン。いつはじめる？」

「いまだ」

励子はすぐに攻撃を再開した。その太刀筋を観察し、自分が飛ぶべき経路を目測してタイミングを待った。

カマキリ號がサイレン號の装甲に雷電を振り下ろすと、反力で押しもどされる。その衝撃をカマキリ號が吸収しおえたのを見はからって、ロケットを噴射して地を蹴り、刃先があたった位置に飛びついた。すぐにマグネットホイールを装甲に張りつけ、進行方向にむけた。ロケットを噴いてサイレン號の背中を滑走して登りはじめる。

これはジャンゴ隊の仲間からメカに帰還する簡便な方法として教わったものだ。射出口は狭いのでこうして機体側面を滑って登るほうが早い。アルマジロ級の装甲は表面がなめらかなので滑りやすい。メカの外側をだれかが目視しているのでないかぎり、スキャンなどで探知される恐れは少ない。

サイレン號は丸まっていても巨大だ。その金属の地平を滑っていくのは穏やかな海を渡るような感覚だった。頭部に到達してジェットパックを停止し、マグネット機能を解除した。頂点へよじ登りながら電卓をつなぐべきパネルを探す。

「到着しましたか？」大西少佐が訊いてきた。

「いま探してます」

「電卓のセンサーにアクセスさせてください」

「どうぞ」

「サーマルスキャンでアクセスポートを探して……。そこです、うなじのあたり」

少佐と電卓のおかげでパネルが見えた。そちらへ移動していると、ふいにサイレン號が動きだした。はげしい揺れとともにメカが立ち上がる。防御姿勢を解除したのだ。操作盤からブーツのマグネット機能を有効にしようとしたが、揺れがあまりに急で振り落とされそうになった。落下寸前でなんとかマグネットのスイッチをいれ、サイレン號の頭部にブーツを張りつけた。こちらの体は横むきだ。

「大丈夫ですか？」少佐が訊いてきた。

「あまり大丈夫じゃないです」

「電卓は挿せましたか」

「まだです。こっちにかまわずサイレン號に応戦してください」

サイレン號とカマキリ號はふたたび刃をまじえはじめた。サイレン號の裂けた籠手はもとにもどっている。不完全とはいえ、体を丸めているうちに修復したようだ。二機のメカははげしく戦った。ぶつかりあう大刀の衝撃が周囲のすべてを揺らす。打ちこみ、かわす動きでビショップは振りまわされる。靴底のマグネットがはずれそうだ。あぶなくて一歩も動けない。

「これではたどり着けません」

正直に認めると、少佐が助言した。

「では離脱してください。べつの方法を考えます」

しかし離脱してしまっては苦労が無駄になる。短時間でも戦闘が止まってくれればいいのだ。

あるところに注意がむいた。レギオン機と建設現場の太郎ボットが戦っている。ロボットの残骸の山が急速に築かれている。両者とも自己複製機能があって無限に増えるので、戦闘は拡大するばかりだ。二機の巨大メカの戦いに劣らず熾烈で暴力的。新島とレギオン機は破壊のかぎりをつくそうとし、励子と太郎ボットの同盟軍はかろうじて防戦している。

　雷電の太刀先がサイレン號の肩をつらぬいた。引き抜き、今度はその右胸を突く。

「逃がさないわよ！」励子は叫んだ。

　決着がつくかと思われたとき、サイレン號はその刀をむんずとつかんだ。串刺しにされたまま離さない。

「だれが逃げるか」新島が答える。

　サイレン號は反対の前腕を上げ、組みあったままレギオン弾を撃つ姿勢になった。

「この状態で撃ったらそっちも侵食されるって、わかってる？」励子は訊いた。

「もとより覚悟している」

「両者が斃(たお)れる舞いなど美しくない」

「死の舞踏へようこそ」

　ビショップはパネルへたどり着く方法を一つだけ思いついた。タイミングが重要だ。ロケットパックを始動し、マグネットホイールの固定を解除するのと同時に噴射した。急速に登っていく。ただし頭部は湾曲がきついので、勢いがつきすぎると空中に飛び出してしまう。スロットルは絞り気味にした。大西少佐がマークした位置へ来ると、ロケットを停止してマグネットホイールを固定した。

　パネルは三米(メートル)先にある。そこまでマグネットの靴底で歩いた。パネルは固く閉じていてあかない。しゃがんで両手をかけて全力で引き上げる。ようやくゆるんで開いた。差し込み口がいくつかあるコンソールだ。電卓のケーブルを挿して、少佐に連絡した。レギオン弾は発射準備をしている。

「時間はどれくらい？」

「内部機界に接続しているところです。なぜそこにとどまっているのですか？」

「いや、俺の電卓が」

「買い替えればいいでしょう！　急いで離れて！」

指示にしたがってロケットパックを噴射し、離れた。

「やりましたか？」

「もうすこしです」少佐は答えた。

サイレン號はレギオン砲を撃とうとしている。撃てば両方にとって終わりだ。

ところがその籠手の内部で小さな爆発が起きた。肘でも。とたんに指が握力を失い、カマキリ號をつかむ手がゆるんだ。

「励子、離れてください！」少佐が命じる。

カマキリ號は雷電から手を離して退がった。直後にサイレン號からレギオン機の大群が噴き出して全身をおおった。

「虫が解き放たれた」励子が言った。

「餌食になりたくありませんわね」と少佐。

サイレン號の腕の装甲が内側から食い破られ、腕全体が侵食されていく。

「わたしたちがやったようにエネルギーパルスで駆除するのでは」励子は少佐に言った。

「可能です。でもレギオン機の侵食速度がこれほど速いとまにあわないでしょう」答えてから、ビショップにむけて言った。「帰投してください。肩パッドのハッチをあけます」

ビショップは開いたハッチにはいった。床に着地し、ロケットパックをはずして飛行スーツを脱ぎ捨て、ブリッジへの通路をもどった。

「いい飛行だったわ」励子が声をかけた。

「少佐の作戦だよ」

新島の姿がディスプレイに表示された。背景のブリッジは炎上している。

励子のほうから言った。

「いい勝負だったわ。今回はわたしが勝ったけど、運が味方した。日をあらためて再戦しましょう。白旗をかかげなさい。そうすればいずれ機会がある」

「それはできない」新島は言った。

「強情を張らないで。ここで死ぬ必要はない」

「降伏したら自分がどうなるか、理解していないと思うか」新島は首を振った。「口にするのさえ運動の大義において恥さらしだ。しかし若名ビショップというロケットパック兵にはひとこと述べておきたい。かつての行動を謝るつもりはない。全体の利益と信じてやったことだ。しかし……善意と信念は、それがもたらした大きな害の言い訳にはならない。これをもって慰めにしてほしい」

サイレン號は新月刀をみずからの首に突き立て、BPGを暴走させた。頭部はブリッジの全員とともに爆発した。

励子はため息をつき、胸のまえで両手をあわせて小さく一礼した。

「よかれと思っての行動が双方に大きな苦痛をもたらすなんて、皮肉な世界ね」

ビショップは新島の決断に胸を痛めた。たしかに特高の尋問室には死んだほうがましな苦しみが待っていただろう。なんらかの理由で特高が穏健に対応したとしても、新島は多くの臣民を殺しすぎた。公開処刑か、山崗政権下での政治犯の運命であるシェイヨル送りはまぬがれない。

自分がおなじ立場だったらどうしただろうか。

カマキリ號はエンダービー號のところへもどった。斎藤サミュエル少佐が勝利を称えた。

「勝ちめはないと思っていたよ。おめでとう。すばらしい」

「おなじメカパイロットの死にすばらしいところなどない」

励子が冷ややかに答えると、斎藤は軽口を続けた。

「相手はきみを殺そうとしていたんだから結果は当然さ。ビールをおごりたいところだけど、そういう気分じゃなさそうだね」

励子はうなずいた。

「そうよ。さて、まだ手を借りたい？」

エンダービー號は左腕をまるごと失っている。

「皮肉なユーモアだなあ」

ビショップはがまんならずに怒鳴りつけた。

「これがユーモアだと思うのか？」

「そうは言ってない」

「首都が炎上しているときに酒に酔って任務についていたくせに。どういうつもりだ。恥ずかしいと思わないのか？」

「どうあがいたってブラディマリーは止められない」

「おまえにメカパイロットの資格はない」

「おい、ナビゲータのくせに上官への口のきき方に気をつけろ」

ビショップは鼻で笑った。

「残念ながら俺は特高課員だ」

その意味するところを理解するのに斎藤はしばらくかかったようだ。まもなく顔色が変わった。

「言動に注意することだ」

ビショップは警告してから通信を切った。燃える鋼板骨格の山と化したサイレン號を見る。

「最低のやつだったわね」励子が言った。

「あれが味方とは情けない」

大西少佐が機関室から報告した。

「カマキリ號の腕は要交換です。応急修理した関節は長くもちません。次の戦闘は耐えきれないでしょう。弾薬も残量が心許なくなっています」

「どうすれば？」

「カルバーシティの埋倉メカステーションに立ち寄りましょう」

「そこは破壊されていないんですか？」

「民間工場なので攻撃対象になっていません。OWLを飛ばして確認し、技師長と連絡をとりました。新しい腕と脚を用意して待ってくれています」

行き先をカルバーシティに変更して進みはじめた。

「カルバーシティに着いたら、俺は降りて一人で姪を探しにいこうと思う」ビショップは言った。

「わかった」励子は答えた
「俺はずっと新島を憎んでいた。テクサーカナで裏切られたと思っていた。そんな内幕があったとは知らなかった。拷問の記憶はおまえもサイバーバブルで見ただろう。あれに耐えたのが無意味だったとは……」

「鵜呑みにしちゃだめよ」

「新島が嘘をついていると？」

励子は指摘した。ビショップはうなだれた。

「相手は敵なんだから」

「なにも聞かなければよかった」

「よくあることよ。理由もなにもない。教訓にならないし対策もできない。ただのクソ。腹が立つだけ。過ぎたことは忘れるしかない。でないと怒りにのまれて、まわりに害をおよぼしている自分に気づけなくなる」

「俺はもう遅い」

「姪っ子を探すのは遅くない」

ビショップは深く息をした。

「姪を探す目的だけだな、俺を前に進ませるのは」

「いっしょに探すわよ」

励子は約束した。

ビショップは廃墟と化した市街地を見まわし、怒りに全身を震わせた。二人はかならず生きている。気を鎮めるために自分に言い聞かせた。生きているはずだ。

守川励子
カルバーシティ

1

　多村総督暗殺のために出撃した太閤市の夜のことを、励子は考えていた。当時の決断を思い出して怒りが強く湧く。どうしてこんなことになったのか。総督暗殺は新時代の幕開けではなかったのか。

　ビショップを見ると、通信システムから家族への連絡を試みている。新島の告発を聞いてどんな思いが去来しているのか。励子自身もこの先に進むことで自分

にかんする真相が暴露されるのが不安だった。とりわけ旧友の嶽見ダニエラとの対峙が怖い。

　ビショップが痛そうにうめいた。

「どうしたの？」

「急に体が痛くなってきた。鎮痛剤が切れたらしい。追加はあるか？」

「あっち」

　励子は医薬品の収納場所を教えた。

　大西少佐がOWLドローンの情報をもとに埋倉ステーションへのルートを設定し、戦闘地域を避けて進んでいる。

　新島を倒したところから北西へ十九粁（キロ）の地点で、五機のレイバー級がパイナップルの輪切りのように切り刻まれているのを発見した。ハイウェイを二車線拡張するインフラ整備工事をしていたらしい。いまそのハイウェイには大穴があき、壊れた自動車が折り重なっている。レイバー級はSOSを発信して救助を求めて

いるが、励子は無視して前進した。敵はこういう罠をしかけることがよくある。たとえ真正な救助依頼でも、現在の機体状況ではあまり役に立てない。

八分後にイングルウッドにはいって、北へ進路を変えた。ロサンジェルスにあってイングルウッドは破壊をまぬがれていた。巨大なビルや商業施設に客の姿はないが、壁面には広告が流れている。世界的に有名なシェフのシェ・ハルナが南極点地下の氷の殿堂を訪れる食べ歩き旅行番組が告知されている。粘土文字から復元された宇宙兵器を見せるナタリア・セルベラ展が来月から開幕するらしい。皇国じゅうの有名歌手が一週間にわたって集うソウォーズ・ポップミュージック祭も開催される。

驚く光景もあった。楽師（がくし）ショッピングアーケードの拡張工事現場で三機のレイバー級がまだ働いていた。ここは隣接する真木進滋（まきしんじ）大学の学生の御用達になっている。大学は巨大な猿の形をした中央棟で有名だ。

励子はレイバー級のパイロットに尋ねた。

「なにやってるの？」

「仕事だよ。あんたは？」パイロットは訊き返した。

「わたしは守川励子大尉。ロサンジェルスが攻撃を受けていることを知らないの？」

「攻撃？　いつからだい？」

「全都が破壊されつつあるのよ」

「知らねえ。こっちは工期が迫ってるんだ。今週中にうちの工区を終わらせないと馘（くび）になる」

「軍から強く助言します。メカを停止して機体から離れてください」

「悪いけどな、大尉さん、こっちゃ忙しいんだ」

「死んだら仕事もなにもないでしょう。市内のあらゆるメカが攻撃対象なのよ」

パイロットたちは無視して作業を続けた。

カマキリ號は先へ進んだ。

カルバーシティは電卓娯楽の制作スタジオが集まる

皇国有数の中心地で、町全体がアミューズメントパークのようになっている。有名な電卓パフォーマーが出演する巨大なホロ広告があり、ジェームズ・レイトンが演じる『ジーザス・クライスト・神道スーパースター』や、有名監督里山（さとやま）ｃｏｃｏの最新作でアートとコメディの傑作『フィッシュ・メカとファイナル・ガニメデ・ラブ・ティアーズ・サガⅩⅣパート３』などが宣伝されている。通りにはポピュラーアーティストのＫＡＹｉによる不思議な猫の彫像が並んでいる。

　埋倉ステーションが見えてきた。ロサンジェルス西部における非軍用メカの整備拠点だ。さいわい、軍用メカの改修、部品交換、改造もできる。

　励子はメッセージを送った。

「こちらは守川励子大尉です。カマキリ號の交換部品があると聞いて来ました」

　太い葉巻をくわえた男が返事をした。

「埋倉ステーションの技師長、鄙口（ひぐち）真実（まさみ）だ。大西範子少佐から供出命令を受けた。腕と脚の部品は取り寄せ中だよ」そこで葉巻を口からはずして地面に唾を吐いた。「しかし市内は混乱状態だ。届くはずの貨物がすでに四個も失われてる。あんたらの部品を載せた輸送メカも救難信号を出したっきり連絡が途絶してるぜ」

「位置はわかりますか？」

「最後の発信があったのはここから八粁（キロ）東だ」葉巻をくわえなおして右半分の口で話す。「輸送メカのパイロットは、睡眠不足なのか葉っぱをやってるのか知らんが、おかしな報告をしてた。近づくと姿を消す幽霊メカから攻撃を受けたって」

「姿を消す……？　調べてみます」

「片腕が故障中ですよ」大西少佐が指摘した。

「ほかは動きます。ここはやむをえません」

　少佐は慎重ながら譲歩した。

「不必要な危険は避けてください」

「わかりました」励子はビショップを見た。「ここで降りてもかまわないわよ」

「いや、修理完了までつきあう」ビショップは答えた。

「ありがとう。でも途中でやられたり、最悪の事態になるかもよ」

「この状態で見捨てられない。たいしたことはできないが、ロケットパックが役に立つかもしれない」

励子はその義務感に感謝した。

「おおいに役に立ってくれたわよ」

カマキリ号は東へむかった。やがて破壊されたパトロールカーと警備輸送車が何台もころがっているのを発見した。道路に動くものはない。人々は隠れているか、どこか遠くへ逃げたのだろう。

大型のメカが地面にへたりこみ、機体から煙を上げている。励子はビショップに訊いた。

「敵？　味方？」

「味方だと思う。呼びかけてきている」

むこうのパイロットから名乗った。

「白鳥号の高牧レイチェル少佐だ。来てくれてありがたい」

高牧レイチェルといえば評判は聞いていた。数多くの勲章を受けたメカパイロットで、ロサンジェルス防衛隊のかなめと謳われている。この二十年間に四十回を超えるメカ戦闘を経験したベテランで、テクサーカナ砦、サンディエゴ、ベトナム、アフガニスタン、ビルマ、ウィチタでめざましい戦功を挙げている。愛機の白鳥号は近代化改修ずみのリバイアサン級だ。曲線的な銀色の装甲は特殊なステルス加工がなされ、バイオメカの攻撃にも耐える。レーザーブレードの銃剣付きM91は近年の紛争でナチスを苦しめてきた。

「守川大尉です。なにが起きたのですか？」

白鳥号は深手を負い、両手を失っている。立とうにも立てないらしい。

「ストライダー号というメカにやられた」

高牧レイチェルは四十代半ばで、励子の倍はありそうな太い腕を持つ筋骨隆々たる女性だ。ロシア人と中国人の混血で、身長は励子くらいだが、横幅ははるかに大きい。軽量で柔軟なエグゾスケルトン、グローブ、ゴーグルをつけ、粘着式のソフトヘルメットをかぶっている。瞳は濃い緑で、出撃中のメカパイロットによく見られる黒いフェースペイントを顔の上半分にほどこしている。

「パイロットの嶽見ダニエラは加速モジュールを使っている」

ダニエラがブラディマリー側にいることは知っていたが、対決せずにすむことを心のどこかで願っていた。しかし次の敵は長年の友人らしいとわかり、不安を隠せなくなった。

「たしか、近接戦闘でメカが超高速で動けるようにする特殊モジュールですね」

「そうだ。速すぎて大半のパイロットは操れないが、機甲軍で嶽見だけはうまく使える」

「超高速動作を連続させるにはエネルギー消費も膨大なはずですが」

「そのためにBPGを二基積んでいますわ」大西少佐が指摘した。

高牧少佐も言う。

「そもそも戦闘は長く続かない。われわれは一分以下でやられた。目にもとまらぬ早業だった」

「ストライダー号はどの方向へ？」励子は訊いた。

「残念ながらスキャナーをやられたので、どこへ行ったかわからない。失敗だった。自分なら倒せるという過信があった。しかし無理だった。きみはスカリア一九式電磁銃を持っているからかなり有利だろう」

「どういうことですか？」

「電磁銃を使えばスピードに対処できる。相手の動きを抑えることで互角に戦えるようになる。加速モジュールが開発中という噂は耳にしていたが、それを使うメカと戦ったのは初めてだった」

「じつはこの電磁銃は故障中なんです」

「それでは勝ちめはないぞ」

大西少佐がすぐに助言した。

「ご心配なく。埋倉ステーションで修理可能です」

それも計算のうちだったらしい。

ビショップが励子に言った。

「ナビのセンサーによると、すぐ東で味方のメカ四機がべつのメカ一機と戦っている」

「それがストライダー號かしら」

そうでないことを願う一方で、ダニエラにもう一度会いたい気持ちもあった。

高牧少佐が言った。

「可能性は高いだろう。まさか追うつもりか？」

「このメカの補修部品が輸送途中で行方不明になり、探しています。そちらは大丈夫ですか？　立てますか？」

高牧少佐はつねならぬ弱い立場に苛立った。


「脚をやられて立てない。白鳥號を動けなくするために正確に狙ってきた。掩護してやりたいが、できない。すまない」

「お気になさらず。ご自身は大丈夫ですか？」

「近くにシェルターがあるので、そこに退避する」

カマキリ號は東へ移動した。八階建ての商業ビルが並ぶところで、四機のガーディアン級が一機のメカと対峙していた。相手の機体は見覚えがある。多村総督暗殺の夜に助けにきてくれたメカ。クワガタムシのような二本の角がはえ、二本のブーメランを持つ。嶽見ダニエラの愛機ストライダー號だ。

それが先頭のガーディアン級を倒すようすに励子は慄然とした。とにかく動きが速すぎて目が追いつかないのが恐ろしい。

輸送メカ二機もみつけた。カマキリ號用の補修コンポーネントを積んでいる。荷台から四本脚がはえたような基本形状で、重量物の輸送用に設計されている。

呼びかけるとパイロットが不機嫌そうに答えた。

「レールを障害物がふさいでる。迂回ルートはこの殺し屋メカがいるところしかねえんだよ」

ビショップが詳細を報告した。

「破壊されたメカ二機がレールの上に倒れている」

「機内に生存者は？」

ビショップは調べてから答えた。

「スキャンしたかぎりではいない。そのまえに……ストライダー號と戦う必要がありそうだ」

ストライダー號の優勢は明白だったが、驚いたことに、輸送メカのパイロットと話したわずかな時間にガーディアン級が四機とも片づけられていた。輸送メカの障害物除去はあとまわしだ。

ストライダー號はこちらにむきなおり、ブーメランを正面にかまえた。

励子は深呼吸して呼びかけた。

「こちらはカマキリ號の守川励子大尉。探したわよ、この一年」

嶽見ダニエラは励子と同年だ。眉も髪も剃り落としている。イタリア系とスペイン系の混血で長身。力強い頬骨をフェースペイントで強調している。黒いパイロットスーツにはインターフェースを増強する補助具がいろいろ追加されている。用途不明の複雑な機械も装備している。スプリングで引いているのは急速な動作を補正するためか。これが加速モジュールだろうか。

「いままで？」ダニエラが訊いた。

「居場所がわからなかったのよ」

「ここに来たのは敵として？　それとも味方？」

励子は黙りこんで返事を考えた。

「敵だけど、戦わずにすむ道もある」

「その点は同意するわ」

「武器を捨てて立ち去ってくれれば、それでいい」

「新島は？」

「亡くなったわ」

「殺したの?」

「戦いが決したあとで自決したのよ」

ダニエラの目に苦痛の色が浮かんだ。

「名誉の死よ」

「あなたを説得できるとは思ってない。でも本当は真の敵であるナチスを相手にともに戦うべきなのよ。こんな内部抗争は敵を利するだけ」

「わたしたちは勝利後にあらためてナチスに対処する。あらかじめ忠告するけど、このメカははるかに優秀なテクノロジーをそなえている。命が惜しければ退きなさい」

「そうはいかない」

「言うと思った」

ストライダー号からしかけてきた。長いブーメランを刀のかわりにしてはげしく打ちこんでくる。片腕がきかないカマキリ号は一回ずつ慎重に受け流し、新たな手傷を負わないようにした。何度か刺突(しとつ)を試みるが、阻止された。ダニエラはまだ手加減している。

「大尉、腕を切り離します」大西少佐がふいに言った。

「なぜですか?」

「考えがあります」

少佐は砲術管制席から機関室機能を操作した。

カマキリ号の動かない片腕が、突然、肩関節からはずれて落下し、大きな音とともに地面にころがった。励子が少佐に抗議しようとしたとき、ストライダー号が一歩退いた。

「メカの損傷がひどいわね。腕はどうしたの?」

「新島との戦闘で侵食されたのよ。でも情けは無用。勝負は勝負よ」

「輸送メカに積まれた腕と脚の部品はあなたの?」

「そのはず」

「フェアな戦いにならないわね。修理して出直しなさい。そのときは本気で戦ってあげる」

ストライダー号は背をむけて東へ去っていった。

「意外な展開だ」ビショップが言った。

励子にはそれほど意外ではなかった。

「バークリー時代のメカ競技会を思い出すわ。ダニエラの最初の対戦相手はまだ操作がおぼつかない候補生で、まともにメカを立たせることもできなかった。ダニエラは攻撃を受け流すばかりで、とどめを刺さなかった。弱い相手を痛めつけるのは不名誉だと考えたのよ。主審から警告を受けると、抗議せずに失格を受けいれた」

「憶えています」大西少佐が言った。

「だからダニエラが退くと予想して、腕を？」

「そうです」

「退かなかったらどうするつもりだったんですか」

「どのみち動かない腕。失っても惜しくありません」

励子はダニエラとのバークリー時代を思い出した。

学生寮で部屋が隣だった。ダニエラは自炊派で、一週間の献立にそって餃子や豆腐入りの味噌汁や梨などを弁当に詰めていた。励子は料理が苦手な外食派で、寮のカフェテリアで食べるか（しかしビュッフェ料理にはすぐあきた）、お気にいりの店〈スナッチャースライス〉で新神戸ピザを食べる毎日だった。ダニエラはときどき励子のために料理をつくり、健康のために自炊しろと力説した。

「好きで退廃的な食生活をやってるのよ」励子はそう反論したものだ。

眠れない夜には大学のお気にいりの講義について議論した。児島教授の講座は現代社会における実存とソーシャル政治についてで、従来の常識に新たな光をあてるものだった。二人はさまざまな話題をとりあげ、論点や解釈をめぐって夜通し白熱した議論をかわした。ダニエラは熱心でありながらフェアな論者で、論拠に乏しいときはいさぎよく認めた。問題を精査して自説に有利なところを探してから論を立てる性格だった。

コクピットの通信席からビショップが言った。

「なぜ舌なめずりをしてるんだ?」

「してる?」

「千粁(キロ)くらい遠くを見る目だ」

「昔々のバークリーまで千粁か……」

ビショップは笑った。

輸送メカの進路をはばむメカの残骸を排除して、カマキリ號は埋倉ステーションへもどった。

2

カルバーシティの埋倉メカステーションには驚くほど多様なメカがある。大型メカが必要とされる特別なイベントむけに、注文にあわせて改造メカを仕立てるのが得意だ。電卓映画の撮影用にメカのレンタルも請け負う。軍は貸し出さないので民間の出番だ。たとえば伝説的な第一世代であるフォックス級を再現したメカもあった。新しい映画シリーズ用に製作されたという。励子が好きなボクタイ級もあった。太陽エネルギーを集めて必殺ビームを発射するもので、かつて電卓番組の主役として活躍した。

空から見た埋倉ステーションは、地下数百米(メートル)まで掘られた巨大な穴だ。その内側に円形のメカ格納庫が何層も連なっている。

カマキリ號が入り口に近づくと、見知らぬメカが近づいてきた。大型で分厚い装甲をまとい、二振りの融合剣を手にしたメカサムライだ。機体には〝ハリネズミ弐號〟とある。カマキリ號は残った腕で雷電を抜いてかまえた。

「警戒は無用ですわ」大西少佐が励子に言った。

「ご存じなんですか?」

「応援要請に応じてくれたパイロットです」

長い前髪で顔をなかば隠した男が画面に映し出された。口のまわりが食べ物かすで汚れている。

「遅うなってすまんな。スーパーでチョリソのホットドッグとパイナップルジュースを買いこんできたんや。なかなかうまいで」

口を大きくあけて咀嚼(そしゃく)中のものをカメラに見せた。

「お変わりありませんね」少佐はほがらかに笑った。

「おお、いつもどおりや」

「……だれ？」励子は訊いた。

「わいのことはKとでも呼んでくれ。ところでどないなっとるんや、この街は。いや、言わんでええ。どこのどいつをしばいたらええんや、範子？」

「詳しくは埋倉でお話ししましょう」

「ええで。ソーセージがあればな。あんちゃんたち、ソーセージは好きか？」

ビショップが答えた。

「俺は加工食品は食わないことにしている」

「〝加工〟食品て、なんや？」Kは尋ねた。

「添加剤をどっさりいれて偽物を本物のような味にしたててある食べ物のことだ」

「あんちゃん、潔癖症やな。まあ、わいもよけいな味付けなしのソーセージが好みや。それでもこのチョリソはうまい。わさびホットドッグもな。食うたことあるか？　もう、涙がちょちょぎれるで。コーヒー牛乳といっしょに食わんと、あとでケツに火がついて一時間に十回も便所いくはめになる」

「体に悪そうだ」

「体に悪いのはなんでもやで。心配するのかてストレスで体の毒になる。なあんも考えんのが一番や」

カマキリ號は指定場所で停止した。フェースプレートを開いて、整備場へのプラットフォームが上がってくるのを待つ。

励子はビショップに訊いた。

「あんたはこれからどうする？」

「ロケットパックを一つ借りて、マイアとレナのアパートメントを確認してこようと思ってる」

「メカでいっしょに行けばいいじゃない。交渉して一機借りるから」

「おまえはここにいろ」

「手伝うって言ってるの」

「首都防衛はおまえの肩にかかってるんだ」

背後の砲術管制席で確認作業をしていた大西少佐が口をはさんだ。

「住所を教えてくだされば、すぐにドローンを飛ばして調べますわ」

「いいんですか？」

少佐はうなずいた。ビショップは関連情報と写真を送り、少佐はOWLを一機発進させた。

プラットフォームが上がってきて、三人の整備員が機内に乗ってきた。励子とビショップはいれかわりに機外に降りた。

「おまえにとってはつらい戦いが待ってるな」ビショップが言った。

「気が滅入る」

「ダニエラはなぜブラディマリーの仲間になったんだろうな」

「直接会って問いただしたい。あんた、体は大丈夫？」

「大丈夫じゃないけど、そんなこと言ってられん」

降りたところで鄙口技師長が待っていた。

「大西少佐は？」

「ブリッジです」励子は答えた。

「依頼どおり、スカリアの調整とBPGのメルーゾ強化装置を手配した。両方組みこめば電磁銃の出力が大幅に上がる」

どちらの改修も初耳だ。

「作業時間は？」

「二時間」

壁に壮大な壁画があるのに気づいた。バイオメカ一機と蟹メカ複数の戦闘が克明に描き出されている。

「いい絵ですね」

「流児のオリジナルだぜ。大金がかかったが、その価値はあった」鄙口は葉巻を口の反対側へ寄せた。「ブラディマリーの軍勢に幽霊メカがいるって話、ほんとか？」

「いるわけないでしょう。どうして？」

「噂でもちきりだからさ。敵はこの世のものならぬ化け物メカをしたがえてるって」

「そんな怪奇現象じゃないですよ。超高速機動が可能な秘密技術が敵のメカに搭載されてるってだけ。みんなに説明してあげてください。恐怖心理は不利です」

鄙口はカマキリ號の腕の交換作業をはじめた整備チームへ指示を出しにいった。

「この幽霊メカの噂が数年後も流れてることに賭けるぜ」ビショップが言った。

「ブラディマリーのいつもの心理戦術よ」

「お得意だな。獲物の一部をあえて殺さずに見逃すのもそれだ」

「どういうこと？」

「恐怖の噂を拡散させたいんだよ」

「ブラディマリーの過去をよく知る人間がどこかにいるはずなんだけど」

「おまえからもらったファイルによると、あいつの活動は四十年以上におよぶ」

「四十年？　いったい何歳なの？」

「さあな。そしてその上官は全員死亡してる。事故死もあれば自然死もある」

「自然死がかえって怪しいわね」

「それらの上官の情報はすべて封印されてる」

励子は驚いた。

「全員死んでるばかりか、その情報を隠蔽している人間がいるってことね」

「この時代にまだ秘密が存在してるとはな」

「秘密が不思議？」

「政府にとって俺たちはアクセス可能な数字の羅列にすぎないんだ。それぞれの人間性も数字として解釈される」

「それを解釈するのがあんたの仕事ってわけ？」

ビショップは首を振った。

「俺はフィルターだ。臣民を国賊とそれ以外にえり分ける」

「じゃあ、皇国のためを思って抜本的変革をめざす愛国者と、ただの有害な国賊を確実に区別できる？」

「それは上司の出番だ」

「上司は絶対にまちがえない？」

ビショップは言葉に詰まり、残念そうに認めた。

「ないとはいえないな」

「ぞっとするわね。上司と見解がくいちがったら？」

ビショップは肩をすくめた。

「理屈のうえで、俺は上司の判断に逆らえない。逆らったらたちまち国賊リスト入りだ」

顔を上げて、メカの腕がカマキリ號の肩関節にはめこまれるのを見た。

「ストライダー號は幽霊みたいに人知を超えた動きをするぞ。あの加速モジュールにどう対抗する？」

「メカはパイロットしだいのものよ。武器も防具も関係ない。優秀なパイロットがかならず勝つ」

「竹槍対ジェット戦闘機でも？」

「ロケットパック兵が巨大メカの急所を突いた事例がさっきあったじゃない」

「楽天家だな」

「自分のなかの悲観主義者を抑えるためよ」

腕の接続作業をする整備員たちを眺めながら続けた。

「ダニエラと戦いたくない……」

「だったら戦わなきゃいい」

「なにそれ」

「やりたくないことはやるな」

「対決は必須なのよ」

「なぜだ」

「この街を守るために」

「だれかにまかせろ」

「ほかにパイロットはいないわ」

「だれかしらいるさ。いやなことを背負いこむな」

「軍にいるとそうはいかない」

「俺もそう思ってた。その結果がテクサーカナでの地獄だ」

「あんたの仕事って、皇国臣民が規範からはずれないよう戒めることじゃなかったの？」

「いまは革命期だ。規範は日々変わる」

そこへ例のKというパイロットがやってきた。

「範子はどこにおる？」

「ここですわ」

大西少佐がちょうどプラットフォームへ降りてきた。

「いつものクルーはどうしたんや？」

少佐の表情が暗くなった。

「渡部プリス将軍の奇襲を受けたのです」

「みんな殺されたんか」

驚くKに、少佐はうなずいた。

「むごい話やな。いいクルーやったのに」

「最高でしたわ」

「脚はどないした」

「重傷です。再生槽で治療する必要があるでしょう」

少佐はビショップに言った。「姪ごさんと義妹さんは雙葉地下シェルターに安全に登録されていました」

「無事なんですか？」

「そのようです。対抗勢力のメカはシェルター付近にいません。さほど遠くないので訪問できますよ」

「行きます」

「わたしも」励子が言った。

ビショップが反対しかけると、大西少佐が言った。

「九十分でもどればちょうどいいはずです。むこうに高牧少佐がいるはずなので、乗せて帰ってきてください」

「わかりました」励子は答えた。

大西少佐はKを見た。

「お二人を運んであげてください」

「なんでわいが。タクシーやあらへんど」

「守川大尉と高牧少佐の安全確保のためです。二人とも次の戦闘で欠かせない人材ですから」

「しゃあないな」

「俺は？」ビショップはつぶやいた。

少佐は笑った。

「貴男もですわ」


Kは自分のメカの足部分にあるリビングに二人を迎えいれた。ベンチとテーブルと小型冷蔵庫がそなえられている。壁には日本刀二振りと散弾銃一挺がかけられている。

あらためて近くから見ると、Kは三十代後半らしかった。痩せて顔は青白く、いたずらっぽい目をして無精髭を伸ばしている。ハリネズミ弐號の自動操縦を電卓から設定すると、冷蔵庫からソーセージの袋を出して、ビショップと励子に見せた。

「食うか？」

ビショップは丁重に断ったが、励子は一本受けとってかじった。

「悪くない。これにあう飲み物は？」

「プルーンジュースとクランベリージュースやな。パイナップルジュースはブリッジの冷蔵庫にしかない。あるもの好きに飲んでかめへんで」

励子は冷蔵庫から適当なボトルを取ってきた。

「ビショップ、あんたも食べてみなさいよ」

「俺は遠慮する。ともかく、きみは機甲軍の兵士なのかい？」ビショップは訊いた。

「そんなんようやらん」

「じゃあどうして自分のメカを？」

「ハリネズミ弐號は自前や。数年かかったけど、出来は完璧やで」

励子は驚いた。

「自前って、自分でつくったってこと?」

「そうや」

「不可能よ」

「多少時間はかかったけど、不可能やあらへん」

「大西少佐とはどこで知りあいに?」ビショップが訊いた。

「まあ昔の戦友や」

「いつごろ?」

「とびとびにな。質問ばっかしやな」ソーセージをかじった。

「好奇心からね」

「そっちは範子とどういう知りあいや」

Kから訊かれて、ビショップはメカステーションでの遭遇とその後の戦闘について説明した。ブラディマリーとその革命についても知るかぎり話した。

Kは鼻で笑った。

「ブラディマリーやら、ジケン計画やら、ウルフヘトナーやら。二年くらい島に引きこもっとったけど、あいもかわらずやな。おかしな名前におかしな理由で殺しあいしよる。わいは最前列で見物させてもらうで」

「これが娯楽だと?」

「アクションシーンを見とらんからまだわからんけど、おもろなかったらわざわざ来んわ」

Kは平然と答えた。

雙葉シェルターは、嶽見ダニエラと交戦した地点からそれほど遠くなかった。核攻撃に耐える設計で収容能力は二千人だ。

「きみも来るかい?」ビショップがKに尋ねた。

「まかせるわ」

Kは足のリビングに残り、励子はビショップとシェルターにはいった。

出てきたのは責任者の古谷（ふるたに）医師だ。二人を見ておおいに安堵したようすで、熱心に訊いた。

「外の危険は制圧できたのかい？」

医師の背後には負傷した警官や兵士が集まっていた。多くは包帯をして苦痛に耐えているようすだ。

励子は答えた。

「まだです。ここには何人収容されていますか？」

「限度いっぱいだ。なのにスタッフは十四人しかいない。大混乱だよ。負傷者は三百八十九人からそれ以上。医薬品が不足している。とくに鎮痛剤がない。酒居充泰（さかいみつやす）病院に搬送する必要がある」そこは有名脚本家の名を冠した総合病院だ。「しかし本格的な支援がないと運べない。なにか搬送手段はないか？」

「いまはないですね」励子は兵士のうめき声を聞きながら答えた。

「じつは人を探しにきたんです。若名マイアとレナです」ビショップは言った。

古谷医師はけげんな顔になった。

「用件は？」

「義妹と姪なんです」

古谷医師は電卓で検索した。

「収容者リストにある。呼び出しの放送をかけよう」

まもなく自動音声が施設内に流れた。

「若名マイアさんとレナさん、いらっしゃったら最上階へおいでください」

「高牧レイチェル少佐もお願いします」励子は追加で頼んだ。

古谷医師は歓迎の態度から一転して怒気をはらんだ口調になった。

「きみたちは救援に来てくれたのではないのか？」

「救援はあとで手配しますが――」

励子が言いおえるまえに医師は怒りで鼻を鳴らした。

「かまってる暇はない」

言い捨てて去っていった。

施設内の負傷者の程度はさまざまだった。打撲や出血から、四肢の切断などで危篤状態の重傷者までいる。壁の電卓スクリーンには遺体袋にはいった死者数が九十二人と表示されていた。

「俺たちにできることはないのか？」ビショップが励子に尋ねた。

「大西少佐に相談しないと。でもロサンジェルスにはこういうシェルターが百以上あって、どこも満員の収容者がいるはず」

「全都が破壊されるまえにブラディマリーを倒すしかないってことか」

「そうね」

少女があらわれた。顔がすすで黒く汚れ、髪は乱れている。恐怖でひきつった表情だったが、ビショップを見ると大きな笑みに変わった。駆け寄って飛びついてきたのを、ビショップは両腕で抱きとめ、ぐるりと一回転した。無事で安心したようすだ。レナは泣きながら大声で言った。

「ビショップおじさん！　来てくれると思った！　ママにそう言ってた！」

ビショップは抱きしめた。

「遅くなってごめん。泣くな」

涙をぬぐってやったが、レナの涙は止まらない。

「怖かった。メカがビルをどんどん壊して、どんどん迫ってきたの。踏みつぶされた家族もいた。道を走って横断している女の子の上に自動車が落ちてきたことも。警察のメカはみんなやられちゃった」

「俺たちがやっつけるよ」ビショップは約束した。

「なぜあたしたちを攻撃するメカがいるの？」

「悪いやつが乗ってるからさ」

「味方のはずなのに！」

「いまはちがう。あいつらは国賊だ」

「どうして国賊になったの？」

ビショップは返事に窮している。励子はそのようすに同情した。この子より二十歳くらい年上の自分たちもその答えをみつけられずにいる。

母親のマイアはその背後に立っていた。疲れたようすで片腕をギプスで固定している。

ビショップが声をかけた。

「大丈夫か？」

「いいえ、大丈夫じゃない」語気を強めて言う。「こういうことを防ぐのがあなたの仕事じゃないの？」

「やってるよ。ここまでどうやって避難したんだ？」

「特高の人が何人かあらわれて運んでくれた。ここなら安全だからと」

ビショップは上司の槻野に感謝した。

「戦闘は終わったの？」マイアが訊いた。

「まだだ」ビショップは認めた。

「あのメカはまだあばれてるの？」

「そうだ」

「じゃあ、なにしに来たのよ」

「きみたちの無事を確認しようと」

「二人だけで生き延びてきたから心配しないで」にべもなく言った。「あなたは外で仕事をして」

励子は冷淡な口調や態度に腹が立って、口を出した。

「彼は命がけでメカとの戦いを手伝ってくれたんです」

マイアは口調に怒気を残したまま訊いた。

「あなたは？」

「守川励子大尉です。これまで――」

言いかけると、ビショップが手で制した。

「マイアの言うとおりだ。あいつらを倒しに行くべきだ。埋倉ステーションにもどろう」

「そのまえに高牧少佐を探さないと」

励子は施設のスタッフを探しに奥へはいった。ビショップはレナを笑顔にしようと食事の話をしている。

「マンゴー・ピザを食べたい。今度はアンチョビ抜きで」レナが言った。

「レナの亀はイワシが好きだろう。おなじ種類だぞ」

「亀はピザ食べないもん」

レナはくすくす笑っている。

励子はスタッフをみつけて少佐を呼び出してもらった。十分後に高牧少佐が上がってきた。励子が大西少佐の依頼を説明すると、少佐は協力を了承して、先にKのメカのほうへ行った。

励子はビショップに声をかけた。

「行きましょう」

「行っちゃうの？」レナが訊いた。

「仕事だから」

「あたしも行く」レナは言い張った。

母親のマイアがなだめた。

「レナ、外はあぶないのよ。すなおに――」

「行くったら行く！」

「レナ――」

「じっとしてるのはいや。役に立ちたい！　あたしは訓練中の特高課員よ。人々を悪いメカから守るの」

ビショップは笑顔で説得にかかった。

「ありがとう。レナならやれるはずだ。でも、ここの人たちも助けを求めてる。だから一日名誉兵士に任命しよう」

「一日名誉兵士なんてないもん！　連れていきたくないからそんなこと言って」

お見通しだという顔でレナは言った。

ビショップはうなずいた。

「まあ、そのとおりだ。でも外は危険なんだよ。それに、レナのママと街を同時には守れない。だからママを守るのはレナに頼む」

「じゃあ、ビショップおじさんをだれが守るの？」

「わたしが守るわ」励子は口を出した。

「約束？」

励子は約束しようとしたが、マイアが割りこんだ。

「兵士は約束を守らないのよ。いらっしゃい、レナ」

娘の抗議に耳を貸さず、抱き上げて運び去った。

ビショップのつらそうな表情を、励子は横目で見た。いっしょにシェルターを出ながら声をかける。

「いい姪ごさんね」

「彼女は苦労したんだ」ビショップは義妹について言った。「しかたない。結婚してすぐ未亡人になった。女手一つの子育ては楽じゃない」

「でも、あんな言い方しなくても」

ビショップは首を振った。

「弟を守ると約束したのは俺なんだ。かならず無事に帰すとマイアに約束した。なのに……それができなかったと連絡した夜は人生でいちばんつらかったよ」

励子はビショップを見て謝った。

「ごめんなさい」

「いいんだ。あの二人が俺の唯一の家族なんだ」

励子の家族はもういない。家族にいちばん近いのは〈戦争の息子たち〉だった。その最大の絆だった友人と、これから戦場で対決しなくてはならない。

メカの足に乗りこむと、高牧少佐はKとソーセージを食べていた。


埋倉ステーションにもどるとカマキリ號の修理は完了していた。励子はブリッジに上がって一連の基本動作をはじめた。新規部品の機能性と強度の確認だ。本来なら実戦配備前に一ヵ月以上かけてやるべき負荷試験だが、いまはそんな暇がない。簡易な手順で試した。カマキリ號は改修され、スカリア電磁銃を使ってイナゴ號のときより四倍重いものまで磁化して動かせるようになった。

「操縦感覚はどうだい?」鄙ロ技師長が訊いた。

「上々です」

「スカリアを使ってみてくれ。ブースト用のモジュラー部品があったのでたっぷり増設しておいた。大西少佐の紹介でバークリーの延末(のぶすえ)技師長とも連絡をとった。

そのスカリアを使うのにメカ本体は問題ないはずとのことだ」

　励子はもう一度試験させてほしいと頼んだ。

　ナビゲーション席からビショップが訊いた。

「壊れるのが心配なのか？」

「メカは精密機械なのよ。ちょっとしたバランスの狂いから戦闘中に強い負荷が発生することもある。肩関節のボルトの種類がすこしちがっただけで故障したメカもあるわ」

「納得するまでやってくれ」

　三十分後には出撃準備ができた。三機のメカが合流した。ハリネズミ弐號はもちろんKの乗機。さらに高牧少佐と大西少佐のメカが加わった。外観からするとベヨネッタ級らしい。戦闘用の機体だ。大西少佐が説明した。

「十年前に軍から払い下げられた古い機体です。以後、埋倉で何度か改造と改修がおこなわれて戦闘能力は維持しています」

「脚のお怪我は？」励子は少佐に訊いた。

「鎮痛剤とステロイドを注射して、再生槽で温浸療法を一時間半受けました。可動範囲は狭めですがなんとか動けます」

　高牧少佐の乗機はスレーヴ参號という呼称になった。大西少佐のはヴァルキリー號だ。

　四機が集合したところで、大西少佐はストライダー號を倒す作戦を説明した。

「いい作戦だと思います。でもフェアでしょうか？」

　励子は言った。

「とおっしゃいますと？」少佐は訊き返した。

「四対一というのが」

「それでしたら十対一でも充分にいい勝負でしょう」

「でも……」

「大尉、お気持ちはわかります。情けをかけられた直後ですからね。でもお言葉を返すようですが、これはスポーツではありません。ロサンジェルス市民を守る戦いです。卑怯でもかまいません。そもそも相手には加速モジュールがあってきわめて有利です。四対一でもかなわないかもしれません」

　高牧少佐も言った。

「賛成だ。相手は圧倒的に優勢だ。チームを組んであたるのが賢明だ」

　Kがふいに励子にむかって声をあげた。

「おまえ、超高性能の電磁銃もっとるやないか！　それ使(つこ)て敵を振りまわせるやろ。メカが低重心設計で脚の機械密度が高(たこ)うて、腰にアンカーケーブルしこんどる理由がわかったわ。範子、わいにも電磁銃くれ！」

「ハリネズミ弐號の発電能力ではスカリアに充分な電力を供給できませんわ」少佐が答えた。

「いまやのうていい。手にはいったら、重量物を脚に移設してバランス補正したる。古いメカ集めるのに電磁銃あったら便利や」

「戦いのあとで相談しましょう」

　大西少佐は作戦をあらためて説明し、予定どおりに進まなかった場合の対応策を話した。

「それぞれの担当はわかりましたわね。では配置についたら作戦開始です」

「作戦名はあるんか？」Kが訊いた。

「いい案があればうかがいますわ」

「せやな、カタツムリ作戦でどや」

「ふさわしい作戦名か？」高牧少佐はいぶかしげだ。

「おうよ。ストライダー號の速さをカタツムリくらいに抑えこもうって作戦やからな」

「ふさわしいかもね。いい名だ」ビショップが言った。

「賛成してくれるか。仲間やな」

　普段の励子なら愉快がるところだが、いまはそんな気分ではなかった。

　四機から五十米(メートル)ほど離れたところに出撃準備を整

えた二機のアヌビス級がいた。標準型のアヌビス級より四割小型だ。電卓映画撮影で使う劇用機なので本物の装甲は持たない。このハリボテのアヌビス機には大量の爆薬が積まれていた。

大西少佐が言った。

「ではカタツムリ作戦をはじめましょう。OWLドローンのスキャンデータを各自に送信します。ストライダー号はここから四粁(キロ)西にいます。現地に着いたら交戦開始。ただし撃破をめざさないでください。現場はおそらく人口密集地で、民間人の安全に配慮しなくてはなりません。住民の避難が終わっていない地域があちこち残っているので、巻き添え被害は最小限にとどめたいのです。エコーパークの木霊(こだま)湖への最短ルートをそれぞれのGLSに送ります」

位置情報画面に道筋が表示された。

「これをたどってストライダー号を湖に誘いこんでください」

励子の役割は、Kと協力してストライダー号と交戦しつつ木霊湖へ引きずりこむことだ。しかし後退していると見せずに後退するのは、言うは易(やす)く行うは難(かた)しだ。防御だけでも楽ではないのに、どうやってダニエラを誘導するのか。一定の距離をとるくらいしか思いつかない。

ビショップがナビ画面を見ながら言った。

「地形は問題なさそうだ。しかし周辺の建物への被害はまぬがれないな」

励子はエネルギー供給を確認した。メルーゾ強化装置は想定どおりに働き、過剰な排出もない。しかし作戦地域の道路は平坦ではないし、レールは破損箇所が多い。こういうところで最適な経路を指示してBPGの消耗を抑えるのがナビゲータの仕事だが、ビショップは経験不足だ。

「準備はいいか?」

ビショップに訊かれて、励子は言った。

「過去のメカ革命で今回に近いのは、スタニファー策略かしら。でもあれは軍事基地内だった」

「ケリドウェン蜂起はどうだ？」

「あれは悲惨だったわね。でも十八機のメカが独立国家樹立を宣言した場所はメキシコ南部。わが国の大都市が襲われたのはやっぱり初めてよ」

「蜂起を鎮圧するまでに多くの死者が出たぞ」

「それはどの戦争もおなじ」

ストライダー號は、ウィルシャー・ブールバードとウェスタン・アベニューの交差点付近の商業地区にいた。道ぞいに高層ビルが並ぶなかで、検閲局の円形の建物を破壊している。近郊の電卓トラフィックを監視して思想保護をしている部署だ。

励子は数粁をへだてて嶽見ダニエラと対峙した。戦わない選択肢を求めて交信する。

「修理してきたわね」ダニエラは言った。

「ええ……。戦わずにすむ道はないの？」

「降伏して去ればいい」

「それはできない」

「そのほかの選択肢があるとでも？」

「思ってない。なぜ〈戦争の息子たち〉を裏切ったのか、せめて教えて」

「組織に忠誠を誓ったつもりはない。わたしの忠誠は国家に対してよ」励子がひるむほど猛々しい口調でダニエラは言った。「今度こそ準備はいい？」

励子はメカのエネルギー量を最大にして融合剣をかまえた。

「ええ、いいわ。ありがとう」

「礼にはおよばない。味方を連れてきたようね。かまわない。警告しておくけど、時間は認知に依存するのよ。フラッシュ部門は時間の認知と経験を操作するステロイド剤を開発した。認知しだいで一秒が一時間になり、その逆にもなる。それを理解すれば、あらゆる交戦速度を操作できる」

ストライダー號はハリネズミ弐號へ移動した。しかし励子の目には二点間を瞬間移動したように見えた。続いてカマキリ號の目前にいきなりあらわれた。すでにブーメランをかまえている。カマキリ號は電磁銃を使って相手を押し返した。退がったストライダー號は、また消えて、今度は右側面にあらわれた。カマキリ號はブースターを噴射して攻撃をよける。ブーメランが空振りすると、機体はまた消え、ふたたび横にあらわれて斬りかかる。おそろしく速い。

カマキリ號は突進して融合剣で連打した。ストライダー號は受け流す。励子とKはいっしょに斬りかかろうとしたが、ダニエラはハリネズミ弐號を無視してカマキリ號に集中する。どうやらスカリア電磁銃をまずつぶしたいらしい。利口な作戦だ。

「K、わたしのスカリアが狙われてる」

「わかっとる。動きを止めてくれ。わいが叩く」

カマキリ號は電磁銃をかまえ、ストライダー號をとらえて引き金を引こうとした。しかしそのとたんに標的は消え、べつのところで再出現した。あわてて照準を移して撃ったが、今度は建物の陰にはいられた。電磁ビームが持ち上げたのは自動車一台。ビームを解除すると自動車はバス停に落下した。

ハリネズミ弐號がストライダー號に斬りかかった。しかし空振り。カマキリ號の太刀筋も見切られ、佐伯(さえき)宗輔(そうすけ)商業センターの上から三階分を斬り飛ばすはめになった。

すばしこい。かろうじて集中攻撃を避けられているのは電磁銃のおかげだ。

ビショップが訊いた。

「加速モジュールが敵のどこにあるかわかるか?」

「それを調べるのがあんたの仕事」

「各センサーでスキャンして異常値を探してるけど、いまのところみつからない」

「加速する瞬間に装甲内で突出したエネルギー反応が

出るところがない?」

「どうやって調べるんだ?」

こんなときに聞きたくない質問だ。

「エネルギーセンサーを切り替えてモーションに。それをオーバーレイして」口頭で説明した。

「やってみる」

ストライダー號が斬りかかり、腕で受けざるをえなくなった。このままでは切断される。そのときビショップの画面に、指向性プラズマシールドの緊急起動を提案する表示が出て、すぐに従った。するとブーメランがはじかれ、ストライダー號は驚いたように動きを止めた。シールドの強度と耐久性を考えているのか。

「好判断よ」励子はビショップをほめた。

「なにか役に立ったのか?」

「助かった」

ビショップは拳を振り上げ、励子は笑った。

カマキリ號は背後からストライダー號に斬りつけ、相手をあわてでふりむかせた。

このタイミングでエコーパークへの後退を開始した。足裏のスケートと胸のブースターを使って急速に退がりはじめる。ハリネズミ弐號が二門の大砲を撃つ。しかしかわされて、まわりの建物に甚大な被害が出た。

「あちゃあ」Kのうめきが聞こえた。

ハリネズミ弐號も後退に加わり、両機は速度を上げた。

ビショップは励子に報告した。

「ストライダー號の内部にエネルギーの異常値はまだみつからない」

「測定を続けて」

ストライダー號が急速に追いつき、まずハリネズミ弐號に斬りかかった。Kはかわそうとするが、その敏捷さについていけず、装甲に二発ほどブーメランをくらった。さいわい装甲は耐えたが、ハリネズミ弐號は五階建ての商業ビルに倒れこんで建物を押しつぶした。

立とうともがくハリネズミ弐號を尻目に、敵はカマキリ號に狙いを移した。

励子はブースターを噴射して後退速度を上げた。しかし相手の速さにかなわない。よけることも、電磁銃で押し返すこともできない。これまでのダニエラの獲物のように切り刻まれるのを覚悟した。

ところがなぜかストライダー號は攻撃の手を止めた。ブーメランは振り上げたままだ。

「どうした？」とビショップ。

「わからない」励子は言った。

「いまこいつが動いたときに奇妙なエネルギー反応が出たぞ」

「どこから？」

ビショップが答えるまえに、コミュニケータからダニエラの声が流れた。

「最初はあなたとおなじだった。〈戦争の息子たち〉のために粉骨砕身するつもりだった。でもその後にいろいろ学んだのよ」

このすきにカマキリ號は脚のブースターを噴いて間合いをあけ、さらに電磁銃でストライダー號を押しやった。ストライダー號はまた近づこうとした。すると、例の劇用機のアヌビス級が割りこみ、ストライダー號の正面に立った。

たとえ本物のアヌビス級でも、加速モジュールをそなえた敵にはかなわない。まして劇用機では相手にならない。たちまちそのブーメランで斬り倒された。高速の刃によって切断面が赤熱している。

ビショップが声をあげた。

「また強い波形が出た。加速モジュールを使うときに右胸から反応が出る」

「よくみつけたわね。そちらでも見えましたか？」

励子は大西少佐に訊いた。

「いま気づきました。交戦を中断して湖へ退がってください」少佐は指示した。

励子はビショップに親指を立ててみせた。ビショップは誇らしげな笑顔になった。

湖へと滑走しながら、ブーメラントルネードで斬られた二機のアヌビス級を見た。どちらも倒される直前に脱出ポッドが射出されたので、クルーは無事だ。ポッドを攻撃するほど嶽見は非情ではない。

そのアヌビス級の残骸が、自爆機能を使って爆発した。そばにいたストライダー號は左腕を焼損し、胴の装甲が大きく破損した。

カマキリ號は木霊湖に到着した。湖底は機体重量に耐えられるとビショップが確認し、湖の中央に進んだ。水深は浅く、カマキリ號の足首までだ。大西少佐の作戦は明瞭だ。水の抵抗がストライダー號の速さを抑える。また移動方向に航跡ができて、水煙で動きが見えるかもしれない。

しかしストライダー號はこの罠に踏みこむだろうか。やってみるしかない。

ビショップがささやいた。

「この湖、出るって聞いたぞ。幽霊が。自殺や事故の名所だからな」

「こんなときになんて話を」

「言ってみただけさ。俺たちに万一のことがあっても、お仲間がいるわけだ」

湖面は蓮におおわれ、水鳥の楽園になっている。しかしいまはカマキリ號を見てほとんど飛び去っている。

ストライダー號が湖岸にやってきて対峙した。足もとには爆発したアヌビス級の残骸がころがっている。ストライダー號は罠を疑うように周囲をスキャンし、湖面に踏みこもうとしない。

励子は大西少佐に言った。

「マル秘作戦があるならチャンスですよ」

「お待ちください」

少佐の返事があって一分後、はげしい機関砲の連射がストライダー號を襲った。撃っているのは二機のメカ。大西少佐と高牧少佐のヴァルキリー號とスレーヴ参號だ。左右から拡散した弾幕をつくっているので敵は逃げられない。両機の撃ち方はまるで息のあった砲弾のバレエのようだ。ストライダー號も多少は砲弾をはじいたりかわしたりしたが、その場にとどまっているといずれやられる。押されて湖に踏みこんだ。

大西少佐の指示が飛んだ。

「守川大尉はストライダー號を磁化してください。Kは加速モジュールを破壊してください。右胸です。ビショップは正確な位置をしめしてください」

公園なので隠れられるものがほとんどない。ストライダー號は迷いながら湖に踏みこんだ。ヴァルキリー號とスレーヴ参號から撃たれているので動くしかない。

射程にはいるとカマキリ號はすぐに電磁銃を照射した。電磁ビームがストライダー號の動きを封じる。そこにKが刀をかまえて駆け寄った。励子はハリネズミ弐號を磁化しないように照準をずらした。自動照準は意図せぬ対象をとらえることがあるので、手動モードで操作した。

「湖の中央へ移動させる」励子は言った。

ストライダー號が加速モジュールを使おうとするたびに電磁場が乱れる。しかし動きは抑えている。左腕を損傷しているので防御もできない。Kは加速モジュールの正確な位置を融合剣で刺しつらぬき、破壊した。これでもう通常の速度しか出せない。

「退がってください！」大西少佐が二人に命じた。

Kは退がった。しかし励子はとどまった。

「待ってください、少佐」

あとはストライダー號を四機でかこんで機関砲で集中砲火を浴びせる手はずだ。

「大尉、命令に従ってください」少佐は言った。

「あとで軍法会議にでもなんでもかけてください。いまは話させてください」

「大尉」

大西少佐の声はそこで途切れた。ビショップが通信を切ったのだ。

「好きにしろよ」

ダニエラの姿が画面に出た。背後のブリッジは主電源が落ちて非常灯だけになっている。

「よく練られた作戦だったわ。立案者を称賛する」

ダニエラは全員に聞こえるように一般チャンネルで話した。

しかし励子は作戦の話をするつもりはなかった。知りたいことがある。

「なぜブラディマリーの勢力に加わったの？〈戦争の息子たち〉とは全面的に敵対関係なのに」

「わたしは〈息子たち〉に拷問された。処刑されるところだった」

励子は愕然とした。

「まさか。ありえない」

「ブラディマリーの襲撃直後、わたしは裏切り者と名指しされた。一カ月にわたって拷問され、自白を強要された」

山崗総督にダニエラのことを質問すると、答えをはぐらかされたことを思い出した。

「そんなわたしを隔離房から救出してくれたのが渡部将軍だった。彼女から救われたのは二回目」

「一回目は？」

「十代のころ。沈黙線ぞいの市に住んでいたとき」

「初めて聞くわ」

「ナチスの急襲で全市が壊滅。どこに救援要請しても断られるなかで、一人だけが応じてくれた」

「それは？」

「やってきたのは渡部プリスのメカ。派遣を指示した将校の名前は多村大悟」

「つまり、のちの多村総督？」

「そうよ。当時は沈黙線の守備隊長で、市はナチスとの貿易拠点だった。彼だけが救援要請に応じてくれた。

渡部さんはメカ一機でナチスを追い払った。多村の目的はあくまで貿易拠点を守ることだった。でもわたしにとって大事なのは、だれも救援に来ないなかで、唯一メカを送ってくれたのが彼だったということ。その攻撃で両親を亡くしたわたしを、渡部さんは保護してくれた。そしてメカ操縦を手とり足とり教えてくれた。渡部さんの父上はわたしにとって祖父がわりだった」

彼が殴られて連行されるようすをダニエラと二人で目撃した夜のことを思い出した。あのとき抗議しようとしたダニエラを止めたことを、いまになって恥じた。

「知らなかった」

「多村総督について幻想はないわ。カンザス大虐殺が起きたのは彼のせい。だからこそわたしは〈戦争の息子たち〉に加入した。でもブラディマリーの襲撃後に山崗総督は、多村との過去のつながりを根拠にわたしを裏切り者とみなした」

「総督の判断とはかぎらない。部下の独断かも」

「本人よ。総督の裁可なしにできることじゃない」

「じゃあ、渡部将軍の父上について総督が言ったことは――」

「嘘よ」

「あの夜、ブラディマリーを手引きしたのは本当にあなたじゃないの？」

「疑うつもり？」ダニエラは語気を強めた。

「そうじゃないけど」

「わたしじゃない。でもわたしが責められた」ダニエラは暗い表情になった。「わたしの両脚は義足なのよ。拷問のせいで」

「どういう――」

「拷問者はわたしの両脚を犬に食わせた。それも意識がある状態で。気絶すると無理やり目覚めさせて、苦痛を逐一感じさせた。殺してくれと頼んでも殺してくれなかった」

励子は吐きそうになった。

さい。


「上官が認めないでしょう」

「説得する」

ダニエラは微笑んだ。

「気持ちだけ受けとっておくわ。でも兵士にとって戦場は生か死か。たとえあなたが攻撃を控えても、ほかの仲間は容赦なく撃ってくる」

「その手はずだったけど、させない。決して——」

励子は口をつぐんだ。戦うと言わなければ戦う必要がなくなるかのように。

「いいのよ。負けるならあなたに負けたかった」

励子は首を振った。終わりをすこしでも先延ばしにしたい。ダニエラは続けた。

「渡部将軍とブラディマリーがもうすぐ〈戦争の息子たち〉の真相を暴露するわ。そのとき自分のいる側が正義かどうかを考えて」

「お願いだから脱出ポッドを使って」

「なぜ〈戦争の息子たち〉を裏切ったのかと訊いたわね。むしろこっちが訊きたいわ、なぜ〈息子たち〉はわたしを裏切ったのかと」昔のダニエラからは想像できない怒りがこもっている。「わたしたちは山崗総督を殺して、清新な体制を樹立する」

「どんな？」

「完全なリセットよ」

「具体的には？」

「いずれわかる」

「脱出ポッドは搭載されてる？」

投降する気がないのはわかっている。励子は訊いた。

「どういうこと？」ダニエラは訊き返した。

「いまのあなたの状態ではフェアな戦いにならない」

前回のダニエラのセリフをなぞるように言った。「脱出して出直して」

「わたしが戦いから逃げるとでも？」

「そうじゃない。でも前回見逃してもらった借りを返ダニエラは微笑んだ。

「最期に話せてよかった。わたしが経験した真実を話せた。さあ、話はここまで」

ストライダー號はカマキリ號に襲いかかった。両機は素手で戦いはじめた。柔術式の格闘戦だ。カマキリ號はアッパーカット、ジャブ、エルボーを放つ。ストライダー號はその多くを止めたが、片腕が動かないので不利だ。それでも的確な防御を続けた。

励子は聞いた話への怒りから連打を速くしていった。まるで加速モジュールがついているかのようだ。一発の拳が嶽見の防御をすり抜けた。もう一発。ついに押さえこみに成功した。相手の背中を踏み、重力とブースターの推力でストライダー號を水面下に沈める。

しかしとどめの一撃は放てなかった。

〈戦争の息子たち〉によるダニエラへの拷問を考えて涙する。なぜ知らなかったのか。自分に腹が立った。

「まだ遅くない。脱出して」

しかしストライダー號はブーメランを振り上げた。カマキリ號を攻撃しようとかまえている。やむをえない。励子は融合剣でストライダー號のBPGを刺した。暴走の徴候を確認し、すぐに抜いて離れる。装甲の奥から火花が散る。

ストライダー號は意外なほど弱かった。退がって爆発を見守った。ダニエラもクルーも死亡した。

拳を握りしめ、唇を噛んだ。

「励子……」

ビショップが声をかけたが、泣いているときにどんな言葉も届かない。

燃えるストライダー號の残骸を見ながら、ブラディマリーよりも〈戦争の息子たち〉への怒りが強く湧いた。ブラディマリーが暴露する真実とはなにか。

ビショップが穏やかにもう一度声をかけた。

「励子、大西少佐が状況報告を求めている」

励子は涙をぬぐった。

「つないで」

少佐が画面に映し出された。すこしでも叱責されたら励子は感情を爆発させただろう。しかしそうはならなかった。

「つらい戦闘だったと察します。ありがとうございます。渡部将軍が一時間前に確認された位置情報を送ります。将軍を発見したドローンはその場で破壊されてしまい、その後の足どりは残念ながらわかりません。意気消沈していると思いますが、次の戦いも手伝っていただけると助かります。落ち着いたら用心して移動してきてください」

Kは励子に専用チャンネルで話しかけてきた。

「話は聞いとった。しんどかったのう。戦争ちゅうんは豚のケツのにおいがするもんや」

励子はストライダー号の残骸を見た。

「豚のにおいはしないけど」

「カタリナ島はするで。来ることあったら連絡せえ」

通信は切れた。

ビショップはナビゲーション席から立って励子のそばに来た。

励子は言った。

「命がけで命令に従ってきたのがばかみたい」

「そうだな」

「まがいものの思想に対するこの気持ちをどう言えばいい？」

「さあ。死者への弔意かもな」

「〈戦争の息子たち〉をぶち壊したいと言ったら？」

「ブラディマリーを倒すのが先だ」

「でも——」

ビショップはさえぎった。

「たとえ〈戦争の息子たち〉の行動が誤りだったとしても、ブラディマリーがいまやっている殺戮と破壊が正当化されるわけじゃない」

励子はダニエラのことを考えないようにした。

「たしかにそうね」

　ビショップはうなだれた。

「ここには正義も悪もない。俺だって姪の手前、引き退がれなかっただけだ」

　ダニエラが言ったことを、励子はあらためて考えた。

　──渡部将軍とブラディマリーがもうすぐ〈戦争の息子たち〉の真相を暴露する。そのとき自分のいる側が正義かどうか……。

　ブラディマリーの最終目的はなにか。多村総督を暗殺したのは〈戦争の息子たち〉だと暴露するのか。しかし最終的な実行者がブラディマリーでは、だれも信じないだろう。そもそもどんな主張を流してもすぐに検閲されて……。

　いや、そうだろうか。特高の検閲拠点の多くが破壊されていることを思い出した。それらが機能しなければ、流すメッセージはフィルタリングされない。

　メッセージ……。


「ねえ、ビショップ。皇国全体にメッセージを発信したければ、どうするのが最適？」

「皇国全体か？」

「そう。隅から隅まで」

　ビショップはコンソールを指先でこつこつと叩いた。

「那珂原直弥(なおや)共同放送からやるのがいいだろうな」

「どういうところ？」

「国内通信網の最大のハブで、皇国じゅうの電卓通信がそこに接続している。特高の中枢拠点はその地下にある。機界のソーシャルもメディアも情報もすべてそこを流れる」

「どこにあるの」

「ハリウッドだけど。なぜだ？」

「彼らの行き先はきっとそこよ」

　励子は大西少佐たちに連絡して考えを話した。

「どんな革命かて、かならず妙ちくりんな信条を宣伝するもんやからなあ」Kが言った。

「那珂原共同へOWLを飛ばしてみますわ」大西少佐も言った。「Kと私はこのまま渡部将軍が最後に目撃された地点へ進行します。貴女と高牧少佐は那珂原共同へ気をつけて接近してください。シグマ號を発見したら、交戦せず後退を」

「なぜですか？」励子は訊いた。

「これまでとはまったく異なる戦闘になるはずだからです。シグマ號は重戦闘用で、ストライダー號よりはるかに大きな火力に耐えます。四機で連携して攻撃しないと勝ちめはありません。そして現地を見ないと私も作戦の立てようがありません」

「ところで、なんだこのクチャクチャいう音は？」

高牧少佐の問いに、Kが答えた。

「おお、すまん。わいや。埋倉でもろうたサーモン・チャウダー・ソーセージが旨うてな。プルーンジュースとストロベリージャムとの相性がばっちりや」

二手に分かれ、励子と高牧少佐は那珂原共同へ進んだ。

3

「損傷したメカの信号がはいっている。呼称は歓喜號（デライト）だ」ビショップが報告した。

デライト號はひどい状態だった。もはや立てず、地面にころがっている。腕も脚も頭部も失い、胴体だけが棺桶のように残っている。装甲は黒焦げだ。

「生存者は？」励子は訊いた。

「いるらしい」

「メッセージを送って――〝こちら守川励子大尉。救援が必要か？〟」

ビショップは送信した。すると、ツオ中尉と名乗る人物が音声のみで応答してきた。男の声だ。

「きみか、励子？」

「どこかで会ったことが？」

「バークリーでおなじクラスだった。メカ競技会の二回戦できみとあたった」

「思い出した。でもあなた、たしか休学したはずね」

ツォ中尉は笑った。

「そうだ。ここで会うとは皮肉だな。きみと戦ったときの負け方がぶざまで、自分にパイロットの資格があるのかと悩んで二年間休学した。復学してからは発奮してましな操縦をするようになった。訓練に没頭し、きみの戦闘映像をかたっぱしから見た。バークリー時代のはもちろん、ウィチタ駅でのトミー・ステラ少佐とサブリナ・テンテロマノ大佐との交戦も。どれも感心した」

こんなところで称賛を聞くとは思わなかった。

「ありがとう。今回はなににやられたの？」

「シグマ號だ」

「渡部将軍と交戦を？」

「そうだ。強かった。持てる技をすべて試したが通じなかった。一発もあてられなかった。長い鼻の先についた刃とチェーンソーを振りまわす。まるで千手観音と戦ってるみたいだった。最悪なのは言葉の挑発だ」

「将軍が？」

「ブラディマリーだ。俺の個人情報を調べ上げていた。軍での服務記録も、個人的な経歴も」

鼻息と鼻水をぬぐう音が聞こえた。声は叫びすぎたように嗄れている。

「しっかりしろ」ビショップは声をかけた。

「ほかのクルーはみんな死んだ。俺も時間の問題だ」

「どういうことだ？」

「破断した金属材が体を貫通してる。かなり失血した。もう手遅れだ」

励子は声をかけた。

「弱気にならないで。すぐに衛生兵が来て手当てしてくれる。治るし、まだこれからよ」

「今度ばかりは……。後悔してるよ。あの競技会のあとにきっぱり退学してれば、俺はここにいなかったし、クルーを死なせずにすんだ」

「しっかりして、ツオ。聞いてる、ツオ？」

しかしデライト號から返事はなかった。

「死んだの？」

励子はビショップに訊いた。通信は応答がない。

「スキャン結果では、パイロットの呼吸が止まった」

励子はため息をついた。今日は何人死ぬのか。

那珂原共同の近くまで来たとき、ビショップがふいに立ち上がった。

「どうしたの？」

「電卓が復活した。機界接続が蘇ったらしい」

「技術者ががんばって復旧させたのね」

すぐに通話の着信があった。発信者名は不明だが、軍の公式チャンネルだ。

「どうする？」とビショップ。

「つないで」

大佐の記章をつけた高齢の男性将校が電卓ディスプレイにあらわれた。四角い眼鏡をかけ、前歯が大きく、目の下に深い皺がある。

「こんにちは。どなたですか？」励子は訊いた。

「こちらの質問だ。きみはだれだ」

「総督付き武官の守川励子陸軍大尉です」

「ロサンジェルス参謀本部の飯干大佐だ。だれの許可を受けてカマキリ號を操縦している？」

「大西少佐から許可を得ました」

「カマキリ號をきみに貸与する権限は大西にない。これよりわたしがその指揮権を引き継ぐ」

「どういうことですか？」

「少佐はこれまでよくやったが、市街戦についてはわたしのほうが経験豊富だ」

「それで、いままでどこにいらしたのですか？」

純粋な疑問だ。すると飯干は苦りきった顔になった。

「自宅から指揮所まで渋滞に苦労したのだ」

ビショップが割りこんだ。

「こちらは三機のメカを倒し、そのうち二機は大西少佐の協力のおかげです。大佐はそのあいだご自宅でのんびりくつろいでいたと」

「だれだね、きみは」

「特高の若名ビショップです」

「特高課員が今回の事態に協力してくれるのはありがたく思うが、管轄権を尊重し、機甲軍の人事決定に口を出さないでもらいたい」

励子は決然と反論した。

「若名課員に賛成です。大佐のご不在中に大西少佐は赫々(かっかく)たる戦果を挙げられました。最後まで少佐におまかせすべきです」

「大尉――」飯干大佐は階級差を強調するように言った。「――貴官の意見は尊重する。また機甲軍の現状にうといがゆえの感情的こだわりも理解できる。しかしいまは専門家にゆだねるべき段階だ。現在の基本命令はなんだね？」

励子は大佐の口調にひるんだが、あらかさまな反抗をひかえるだけの理性はあった。

「渡部将軍を阻止することです」

「その命令を解除する。以後、別命あるまで待機せよ」

「しかし――」

「山崗総督のニュースは聞いたか？」

「ニュース……？」

「現在、行方不明でいらっしゃる。いまは総督の捜索が優先だ」

通信は切れた。

「好人物だな、大佐は」ビショップは皮肉った。

「指揮能力があるとはとても思えないわね」励子は総督について考えた。ダニエラの話をもとにすれば結論は一つだ。「つまり、ブラディマリーが総督を拘束したってこと?」

「そう考えるべきだろうな。ブラディマリーは劇場型の犯罪者だ」

「公開処刑するつもりかも」

「那珂原共同へ急ごう」

「大佐の待機命令は……?」

ビショップはディスプレイにむけて中指を立てた。

するとそれが合図になったように、ふたたび飯干大佐から着信があった。

「守川大尉、いま大西少佐から報告があったが、今日の戦闘でスカリア電磁銃が有効だったそうだな」

「役に立ったと思います」

「これよりシグマ號討伐作戦をおこなう。きみにも手伝ってもらいたい」

「はい。どのような役割でしょうか」

「シグマ號を破壊したのちの残骸の運搬をその電磁銃でやってくれ。それまで待機だ」

聞きちがいかと思った。

「失礼ですが、大佐、戦闘ではないのですか?」

「必要ない。わたしのディアドコイ隊がシグマ號を倒したら、バーバンク飛行場まで運んで片づけろ」

ディアドコイ隊というのは八機のメカ戦隊だ。対メカ戦特化型で、普段は沈黙線に常駐している。

「ディアドコイ隊が来ているのですか?」

「空輸した。彼らが状況を打破する。貴官の待機位置の情報を送る」

「わかりました。大佐もそこに来られるのですか?」

飯干大佐は首を振った。

「わたしはロサンジェルス参謀本部にとどまり、全都の状況を見て采配する」

通信は切れた。

「あと片づけって、本気か?」ビショップが言った。

「ああいう無能はときどきいるのよ」

「かかわりたくないな」

大佐が送ってきた座標は那珂原共同の近くだった。

カマキリ號が到着してみると、すでに現地ではシグマ號とディアドコイ隊の八機が対峙していた。

シグマ號は太い牙と板状の耳を持つ大型マンモスに似たメカだ。ディアドコイ隊の倍の大きさで、歩くたびに地面が震える。上げた腕の無数のパネルが開閉、移動して、肘から先が巨大なチェーンソーに変わった。励子がレイバー級で使ったものよりはるかに大きい。あちこちから刃が突き出し、左右には大砲もそなえる。装甲は目が痛くなるほど真っ赤な塗装で、見る者を眩惑する。遭遇して生き延びた者が迷信的な恐怖を語るのも無理はない。

対するディアドコイ隊は常識的な姿だ。八機の形状はさまざまで、識別用にそれぞれ専用塗装がほどこされている。飯干大佐は古代史ファンで、アレクサンドロス大王の死後にその帝国の継承権をめぐって争った配下の将軍たち、いわゆる後継者(ディアドコイ)にちなんで隊を命名した。八機のメカはそれぞれこのディアドコイ戦争で覇を競った将軍たちの名がつけられている。そのためメカの外観も伝統的な日本の武士ではなく、古代マケドニアやギリシアの兵士の姿を模している。胸甲(キュイラス)や臑当て(グリーブ)をつけ、アルゴスの円盾(えんじゅん)を使う。武器は長槍(ジストン)と短剣(マカイラ)。兜は長い鼻当て付きで、猛々しく見せるために火炎形の縁が左右にある。そのほかの付属装備は個性をきわだたせるものだ。

動きも戦い方もサムライ型とは大きく異なる。彼らは世界じゅうでナチスと叛乱勢力を苦しめた。動力源はBPGを廃し、高名な村田諄市(じゅんいち)博士が開発した実験的で高出力のプファウ・クォーク炉(P Q G)を搭載している。ブラドリウムのように小惑星から採掘してメキシコ日本連邦の粒子加速器で元素合成する必要がないので、低コストだ。

ディアドコイ隊の八機がシグマ號を包囲して攻撃し

ようというとき、包囲網の外に控えていたクラテロス號とアンティパトロス號が、ほかの六機に対して叛乱を起こした。味方機のPQG配管を剣で刺したのだ。

飯干大佐が顔を真っ赤にして怒鳴った。

「なにをしている！」

シグマ號は正面から襲いかかり、プトレマイオス號を斬った。チェーンソーと象の鼻先についた刃を振りまわす。その戦い方はまるで千手観音のようだったというツオ中尉の証言を励子は思い出した。プトレマイオス號の前面はいくつにも斬り裂かれ、内部の配線や配管が露出した。シグマ號は相手のブリッジを拳で叩きつぶし、頭部と腹部をつなぐチューブを切断してクルーが脱出できないようにした。

そのあいだにクラテロス號とアンティパトロス號は、ペルディッカス號とアリダイオス號を襲って膝をつかせた。

「クラテロス號とアンティパトロス號は故障でもしたのか？」

飯干大佐は苛立って訊いた。それに対してシグマ號の渡部プリス将軍が答えた。

「故障ではない」

「だれだ？」

「兵器の性能を過信しているな。操縦しているのがパイロットであることを忘れるとこうなる」

「なんの話だ」

「ディアドコイ隊の二人はわれわれの思想に共鳴した」

「ディアドコイ隊に裏切り者だと⁉」

「裏切りではない。強者に踏みつぶされかけているのに気づかぬ愚かさに愛想をつかした者による革命だ」

大佐は認めようとしなかった。

「鬼束（おにつか）大尉、応答せよ。鬼束大尉！」

渡部は冷ややかに宣告した。

「鬼束大尉はすでにわれわれの同志だ」

「ありえない！」

「将軍のおっしゃるとおりです」クラテロス號の鬼束大尉が答えた。「この革命において渡部将軍にお味方できることを名誉に感じます」

「そんなことは不可能だ！」

「なにごとも可能だ。ディアドコイ隊の取りこみは以前からやっていた。誘いに応じなかった者も、きみが自己の名誉に固執する愚者であることを知っている」

渡部将軍はディアドコイ隊の残り三機にむきなおった。

「降伏か死か選べ。今日はこれ以上、メカのクルーを殺したくない」

カッサンドロス號のパイロットが答えた。

「国賊に降伏するくらいなら死を選ぶ」

「心意気やよし。ただし表現は誤りだ」

シグマ號はカッサンドロス號の首にチェーンソーを振り下ろし、火花を散らして斬り飛ばした。さらに鼻先の刃がその胸をえぐり、ＰＱＧを破裂させた。戦いにもならずにカッサンドロス號は動力源を失った。

渡部将軍はディアドコイ隊のメカの構造をよく知り、弱点を把握していた。機体構造の秘密情報を転向者から受けとっていたのだ。

クラテロス號とアンティパトロス號が、残る二機のディアドコイ隊と交戦しようとかまえた。しかしシグマ號は手を振って退がらせ、みずから始末するために進み出た。

そこに新たなメカが出ていった。高牧レイチェル少佐のスレーヴ参號だ。左右のレーザーブレードを抜く。

ディアドコイ隊の最後の二機は、長槍でシグマ號に突きかかった。しかし象の鼻が一閃して、どちらの槍もへし折られた。さらにチェーンソーが一機の腹を割き、脚部の大砲がもう一機を撃ち抜いた。象の鼻はまるで生き物のように自由自在に動き、二つの標的を切り刻む。両機はＰＱＧをざっくりと斬られて動力源を失い、停止してうつぶせに倒れた。

渡部プリス将軍はスレーヴ参號に呼びかけた。

「高牧少佐、きみの息子はテクサーカナ進攻でわたしの指揮下にいた。優秀な兵士だ。彼を母なし子にしたくない。退がれ」

「息子は将軍をいつもほめていました。国賊とみなすことになるのはしのびない」

スレーヴ参號は二振りのレーザーブレードで斬りかかった。その剣術は俊敏で、シグマ號の速度と力に対抗できた。象の鼻が下から襲ってきても、くるりと身をひるがえしてよけ、逆に斬りつけた。

渡部将軍は言った。

「噂にたがわぬ剣技。しかし乗り慣れた機体でないのはあきらかだ。もう一度機会をやる。退がれ」

「国賊は迷いを消そうと多弁になるそうですね」高牧少佐は言い返した。

スレーヴ参號は神速の二刀流で戦いつづけた。シグマ號はひたすら受け、数歩退がった。攻防は数分にわたって続き、スレーヴ参號が優勢かと見えた。ところが突然、シグマ號が反撃をはじめた。チェーンソーの急速な斬りこみがついにスレーヴ参號の右手首を斬り飛ばす。高牧は左手一本で突きかかったが、渡部は予想ずみで鼻の刃で受けた。さらに丁々発止(ちょうちょうはっし)のやりとりのあと、チェーンソーがスレーヴ参號の防御を破った。その刃がBPGを深くつらぬく。

「息子への遺言があれば伝えておこう」渡部は言った。

「息子の話はやめ――」

言いおえるまえにスレーヴ参號は爆発した。

黒煙のなかからシグマ號は悠然と歩み出た。

「愚か者(イディオット)大佐」渡部はわざと飯干の名を呼びまちがえた。「部下を派遣するばかりでなく、自分も出て戦ったらどうだ?」

「報いを受けるぞ!」大佐は叫んだ。

「ありがたくいただこう、貴官の名誉から差し引きで

な。作戦がすべて失敗したことを上官に報告するがい
い」

「渡部、かならず処刑台に――」

励子は迷った。カマキリ号単独でシグマ號にいどんでも、あたりに倒れ伏したディアドコイ隊のようにやられるだけだ。しかし味方との連絡はつかない。大西少佐とKに送ったメッセージには応答がない。飯干大佐の命令でよそへ移動したのか。

できることを考えた。スカリア電磁銃を使えば、裏切りディアドコイの一機を抑えられる。しかしもう一機とシグマ號が自由に動けるのでは勝機は見えない。

渡部将軍がコミュニケータで話しかけてきた。

「どうするべきか考えているようだな。勝ちめはないとわかっていても名誉に殉じるか？」

「人の心を読めるようですね、将軍」励子は答えた。

「名乗りたまえ」

「もうお忘れですか？　守川励子大尉です」

「あのときの守川大尉か。うまく脱出したな。新島と嶽見を倒したグループの一員か？」

「どちらも犬死にでした」励子は断言した。

「犬死にではない。名誉の戦死だ。信じた大義のために戦った。兵士にとって最高の死に方だ」

「あの二人は兵士以上でした」

「兵士は信念のために命を賭す。これ以上の職業倫理はない」

「戦争は愚かで無意味です。そこで戦って死ぬことも」

「そういうきみこそ〈戦争の息子たち〉の一員ではないか」

「だから？」

「指導者がなにをめざしているか知っているのか？」

「詳しくは知りません。しかしロサンジェルス市民を復讐の生け贄にすることを正当化する材料にはならない」

「復讐ではない。わたしは両親の死を契機に気づいたのだ。皇国全土が不愉快な真実を知り、その炎に焼かれて灰燼に帰すべきだと。さいわいそれは成功した。電卓を見たまえ」

「なにを見ろと?」

「真実だ」

　励子はビショップを見た。ビショップはすぐに電卓接続をブリッジのディスプレイに流した。すべてのソーシャルが乗っ取られて、那珂原共同からのメッセージを流していた。検閲局のネットワークが破壊されているため、ブラディマリーはどんな内容も無検閲で伝えられる。

　ブラディマリーは凜々しい甲冑姿だった。古式ではなく、当世風のポリファイバー製の胴、下げ緒付きの上帯、首を守る喉輪、兜、目以外をおおう面頰をつけている。

　ブラディマリーは視聴者に呼びかけた。

「革命をお楽しみだろうか。昨日のメッセージは検閲されて全篇を届けられなかった。なんともわずらわしい。そしてそれこそがこの革命の動機だ。メディアは作為的に報じているが、これは無目的なテロではない。諸君が信頼してやまない軍は、第一級の暗殺者にブラディマリーの暗号名をつけた。そして昨年、〈戦争の息子たち〉と呼ばれる組織が、ブラディマリーに多村大悟総督の暗殺を命じた」

〈戦争の息子たち〉が言及されて、励子は背すじが冷たくなった。大衆はどんな反応をするだろうか。しかしテロリストの言葉は懐疑的に聞かれるはずだ。すくなくとも当局の言葉より重んじられるはずはない。とりわけ現下の無差別攻撃を実行しているテロリストなのだ。

　ブラディマリーは続けた。

「多村総督はナチスの協力者だと説明された。慎重な議論のすえに本土で決定されたとのことだった。そこでブラディマリーは命令に従い、総督を殺した。しかしその後おかしなことが続き、この決定に疑問を持つようになった」

わざと厳粛な口調は、皮肉をこめている証拠だ。

「調べてみると、これは山嵐総督の独断専行であることがわかった。東京からの指示などなかった。なぜあんなことをしたのだ、総督？」

カメラがパンして映し出したのは、山嵐騰総督だった。古式の甲冑姿だが、顔は青黒く腫れている。弱々しい声で答えた。

「なぜなら、自分がアメリカの征夷大将軍になりたかったからだ」

「将軍万歳か。計画を話せ」

「権力を奪取するために多村総督を殺した。そして崇敬する徳川家康とおなじ征夷大将軍の座につき、皇国からのアメリカ独立を宣言するつもりだった」

拷問されて意識朦朧としていたようすで山嵐は弱々しく答えた。

「ありがとう、将軍」ブラディマリーは演説を続けた。「まえも言ったように、戦争において罪のない者はいない。ブラディマリーもおなじだ。ほかの戦争指導者となんらかわりない。疑問があるなら、これから公表する秘密資料のファイルを見よ。秘密警察の特高が臣民一人一人を調べ上げた資料で、山嵐総督についてもふくまれる。私信、視聴した電卓フィード、暗殺が実行された夜の映像記録もある。特高内部の協力者が特別にまとめたものだ。長らく秘密が多すぎた。今回は全臣民の全ファイルを公表する。これで秘密はなくなる。多村総督暗殺にかんする山嵐の個人的な考えや発言がわかる。〈戦争の息子たち〉が皇国転覆を準備した秘密集会を見ることもできる」

励子は茫然とした。ここまでなにもかも暴露されるとは。そのファイルにいったいなにが書かれているのか。特高が多村暗殺を事前に知りながら座視したというのも驚きだ。その上層部にも〈戦争の息子たち〉のメンバーが食いこんでいるのだろう。

「いずれ山崗がやるつもりだったことだが、われわれが宣言しよう。わが国は皇国支配下から離脱する。完全な独立だ。ここは真のアメリカとなる。次の狙いは独領アメリカだ。将来への不安は無用。ナチスはいずれわれわれらの軍門に降る。彼らこそせいぜい不安になるべきだ。しかし勝利のまえに、まず自己を解放しなくてはならない」

ブラディマリーは続けた。

「率直にいって、羊に戦士の仕事はつとまらない。そこでパールハーバーにしかけた十二発の爆弾の起爆スイッチを押した。これで好むと好まざるとにかかわらず皇軍は攻めてくる。一致団結して戦い、跳ね返すか。あるいは負けてしかばねをさらすか、どちらかだ」

日本刀を抜き放ち、総督に訊いた。

「将軍殿、言い残すことは？」

「やったことは詫びない。お国のためだ。機会があればふたたびやるだろう」

山崗総督は運命を受けいれて首を垂れた。

「最期にいたってもおのれの野心を美化するとは賤劣の極み」

ブラディマリーはその首を一刀のもとに斬り捨てた。

配信は終わった。

信じられない。総督は本当に亡くなったのか。まるで電卓番組の一場面のようだった。

ブラディマリーが公開した情報パッケージを急いで開いた。テキストメッセージ、録音録画、文書……。〈戦争の息子たち〉の集会記録まで公開されている。どこもかしこも東京参謀本部を否定する言葉だらけ。動乱煽動を山崗が意図していたのは明白だ。〈戦争の息子たち〉は完全に暴露された。検索条件に自分の名前をいれてみると、個人的なメッセージも通話も録画も、ありとあらゆるものがあった。励子について書かれた報告書もある。その価値を率直だが辛辣な言葉で評価し、〈戦争の息子たち〉への加入の是非を検討している。五人が彼女の身体障害を侮辱的に指摘し、反対している。サラマンダー・システムや過去の経験を理由に、価値なしと評する声もいくつかあった。そんななかで彼女を高く評価し、加入を強く支持しているのがダニエラだった。読んでほろ苦い気持ちになった。

次にソーシャルの声を調べてみた。情報公開直後だが、すでに山崗総督への怒りの声が増えている。

「山崗を断罪しろ！　われわれではなく！」

「処刑されて当然だ」

「〈戦争の息子たち〉を抹殺しろ！」

〈息子たち〉が多村総督を暗殺した直接的な証拠もまもなく発見された。励子は、たとえこの戦いを生き延びても、もとの生活にはもどれないだろう。逮捕、尋問は確実だ。両親を思い出す。ああいう拷問を受けるだろうか。いや、もっとひどいだろう。両親の罪はたかだか芸術作品だった。こちらは前総督暗殺への関与だ。本国から特別委員会が送られ、再発防止のために厳正な処罰が下されるだろう。

〈戦争の息子たち〉と山崗への大衆の声はソーシャル上でしだいに過激になっていった。

渡部プリス将軍は励子に言った。

「きみの道は二つに一つだ。われわれとともに皇国およびナチスと戦うか。あるいは多村大悟総督暗殺の共謀者として断罪されるか」

どうすべきか。暴露内容とブラディマリーが目的を遂げたことに驚き、放心状態になった。

「どうしたらいいと思う？」励子はマイクをおおってビショップに訊いた。

そのビショップも茫然としたようすだ。

「わからん。しかし、征夷大将軍になるだって？　いつの時代だ」

励子は揺れていた。なにが正しいのか。すくなくとも渡部将軍とは戦えない。

味方の通信がはいり、同時に頭上にＯＷＬが上がっているのに気づいて、励子はほっとした。隣にＫをしたがえた大西少佐から声がかかった。

「守川大尉、もちこたえていますか？」

「なんとか。高牧少佐は亡くなりました」

「飯干大佐の作戦が不成功に終わって残念です」

「ブラディマリーのメッセージはご覧に？」

「ええ」

「どう思われました？」

「総督の行動について論評は控えます。とにかく命という形で代償を払ったわけです。いずれにせよ、異論がなければ、渡部将軍との戦いは私が引き継ぎます」

「どういうことですか？」

「借りを返さねばなりません」きっぱりと言った。

「助太刀は？」

「無用に願います」


大西少佐のヴァルキリー号が励子のまえに進み出た。

「わいはどないすればええ？」Ｋが訊いた。

「ディアドコイ機をお願いします」

「おお、チェダーチーズみたいにすりおろしたる」

大西少佐とＫは、渡部プリスのシグマ號と、鬼束大尉ともう一人のディアドコイ機に近づいた。

渡部将軍が訊いた。

「今度はだれだ」

「大西少佐です」

「少佐か。今日は一生分の死を見た。革命は成った。山嵜総督こそ国賊中の国賊と判明したいま、なにゆえ命を無駄にする」

「高潔な動機のようにおっしゃいますが、今日のメカステーションへの奇襲攻撃はなんでしょうか。味方のふりをして近づき、同僚八十六人を殺しましたね。わたしが生き延びたのは副隊長がかわりに爆風を浴びたからです」

Kも横から言った。

「どう考えても卑怯やな」

「だれだ?」

大西少佐はさえぎった。

「だれでもかまいません。戦うのは私たちです」

渡部将軍はため息をついた。

「よかろう。受けて立つ」

ヴァルキリー号とシグマ号は一騎討ちをはじめた。

大西少佐の融合剣と渡部将軍のチェーンソーががっきと嚙みあう。鋼の火花が弧を描く。両者の技量は拮抗している。驚くほど高度な剣技が次々と繰り出される。シグマ号の象の鼻は第三の腕のように俊敏に動き、ヴァルキリー号のすきを狙う。見たこともない高次元の戦いだ。

ディアドコイ機が助勢にはいろうとした。それをKがさえぎる。

「手出しはあかんで! 見るだけにしとき。びびってちびるだけや」

クラテロス号の鬼束大尉が答えた。

「わたしは渡部将軍に何度も救われた。請われれば黄泉の国までお供する覚悟だ」

「うわ、気っ色わるいなぁ。〝ぼくを黄泉の国に連れてってぇ〟か」

「冗談だというのか!」

「やっすい電卓ドラマいうとんのや。わいまで登場人物にまぜよってからに」

「機甲軍でのパイロットの扱いは劣悪だ。役に立つうちはちやほやされるが、戦闘で負傷したりして乗れなくなると、とたんに野良犬みたいに放り出される」

「ああ、知っとる。おかんもそうやった。せやからわいも機甲軍からおん出たんや」

「だったらなぜ軍に従う? 彼らがグノーシスの巨人のパイロットたちにしたことは――」

「知ったことやないし、どうでもええ」そこで喉を鳴らしてなにかを飲んだ。「しょせんおまえらは無辜の庶民を襲う悪党や。泥棒の説教やら聞くかいな」

「あなどるな。傲慢の報いを受けるぞ」

「報いも褒美も口あけて待っとるで」

Kは答えて、クラテロス號とアンティパトロス號を相手に大立回り（おおたちまわり）をはじめた。

Kの剣法はまったく常識はずれだった。すきだらけのゆるい構えから、液体のように動いて攻撃に移る。励子はどこかで見た流儀だと思ったが、思い出せなかった。

「励子」ビショップが呼んだ。

「なに？」

「手出しを断られたのなら、俺たちは那珂原共同へ行こう。相棒の鑑識官の靖がそこにいるんだ。特高課の死者がたくさん出て、脱出するのに手助けが必要らしい」

「ブラディマリーもいるの？」

「たぶん。といっても靖のメッセージを見ただけで、本人に確認したわけじゃない」

二機のメカは熾烈に戦っている。助太刀したくとも、無用といわれてしまった。山崗総督の処刑の場面を思い出し、自分もああなるのだろうかと思った。五里霧中で身震いした。

若名ビショップ
ハリウッド

1

　那珂原共同でブラディマリーと対決したい気持ちと、ためらう気持ちの両方がビショップにはあった。

　カマキリ號で到着しながら、励子が訊いた。

「ここに来たことはあるの？」

「一度だけだ。豪華なメディアセンターを課員二人に案内された。コンサート会場のように広かった」

「なにをする機関？」

「共同放送の最大の任務は国内通信網の統制だ。特高のモットーは〝元型（アーキタイプ）の建設〟なんだ」

「ご立派な響きね」

「特高は物語やシンボルの連続として社会をとらえている。大衆は物語やシンボルを信じることで社会のルールにみずから従う。物語やシンボルがなく、ただ物理的に強制しても長続きしない。法の執行者より大衆のほうが多数だからな。幅広く伝わるシンボルは大衆を統制し、秩序を守る。かつてのアメリカでこういう社会的信仰を築くのは、宗教の役割だった。皇国では、特高が社会的アーキタイプの創造と管理をになっている。思想警察として神の役割を代行し、ソーシャルをはじめとする機界の交流空間をつくる」

「特高の職務範囲がそんなに広いとは知らなかった」

「情報は選別が必要だ。フィルターをかけない完全な自由は人々を圧倒し、困惑させてしまう。本物の自由ではなく幻想の自由をあたえることが重要なんだ。幻想の選択肢さえあれば人々はなにごとも受けいれ——

——」

ビショップは言いよどんだ。励子がふりむいて、青ざめた顔を見た。ビショップはよろめいてコンソールにつかまる。

「ビショップ?」

深呼吸した。多村総督の暗殺直後に起きた事件を思い出す。軍事機密をナチスに売った容疑で、あるビジネスマンのグループを逮捕するように槻野警視監とともに命じられた。犯人たちはそれぞれの自宅で一斉検挙され、特高の広い尋問室に集められた。目隠しして並ばされた八人のうち、四人はパジャマ、二人は裸、残る二人はボクサーパンツ姿だった。三人は恐怖で下着を汚し、一人は号泣していた。特高課員たちは銃をいつでも撃てるように手にしていた。

槻野は犯人たちに言った。

「わが国のメカパイロットの個人情報をナチスに売っているのはわかっている。契約、渡した情報、ここにいる以外の協力者について話せ。最初に口を割った者は生かしてやる。残りは全員処刑する。さあ、最初に話すのはだれだ?」

「ナチスに機密は売ってない!」一人が叫んだ。

ビショップは国賊たちの醜態に辟易しながら、電卓でそれぞれのプロファイルを探した。しかし容疑内容を読みながら奇妙なことに気づいた。この八人が軍事情報をナチスに売り渡したとする告発状に添付されているのは、彼らが入手できるはずのない海軍の図表なのだ。槻野が指摘した機甲軍の情報ではない。

海軍の何者かが彼らをおとしいれようとしているのか。しかし告発状の文面にも、売り渡したのは機甲軍のメカパイロットのプロファイルとある。海底基地やクラーケン級攻撃型潜水艦の見取り図ではない。

ビショップは槻野に近づいて耳打ちした。

「すこしお話が」

槻野はうなずいて、別室へ移動した。ビショップは矛盾について説明した。すると槻野は言った。

「データシステム課に修正しろと言っておいたのだが、直していなかったようだな」

「つまり、ご存じだったと？」

「もちろんだ。憲兵隊のずさんな仕事のせいだ」

「どういうことですか」

「ある大臣がこの八人の事業を乗っ取ろうとしているんだ。業を煮やした大臣は、適当な理由をつけて排除しろと憲兵隊に命じた。その後始末をわれわれがやらされているわけだ」

「では無実なんですか？」

「容疑についてはな」

槻野が知っていたことに愕然としてビショップは訊いた。

「それでいいとお考えなのですか？」

「いいとは思ってない。しかし新政権が足場を固める過程でこういう仕事はよくあるし、われわれにしばしばまわってくる」

「隠していたんですか？」

「貴様を守るためだ」

「でも彼らは無実です。本物の国賊を探さないと」

「事情はすでに上官に報告した。それでも命令服従を指示されている」

「山崗総督はニュース番組で赦しと和解を呼びかけていました」

「事件の真相と、現場でくだる命令は乖離しているものだ」

「命令にそむくとどうなりますか？」

「ほかの特高課員がかわりにやるだけだ」

「しかし、こんなことはまちがっている」

槻野はじっとビショップを見た。

「先週、記者たちを逮捕したな」

ビショップは目を細めた。

「はい。まさか彼らも無実だったと？」

「あの記者たちは山崗総督に批判的な記事を書いた。当初あたしは処刑せよと命じられた。そこで上官にかけあい、処刑はやりすぎだと認めさせた」

「かわりに手を切断したのはやりすぎではないと？」

「義手をつければいい。今回の八人のビジネスマンはたしかに濡れ衣を着せられて処刑されるが、以前、武器の密輸出を手がけていたのは事実だ。その武器がわが軍にむけて使われた。戦いは時と場所を選ばないわけだ」

「しかし臣民を守るために臣民の手を切り落とすというのは、正気ではありません」

槻野の悲しげな表情を見て、ビショップは驚いた。

槻野は言った。

「そのとおりだ。しかしわれわれは剃刀の刃の上を渡るカタツムリだ。まずわが身の痛みを小さくとどめる。そのうえで、可能であれば他人の痛みに配慮する」

「どういうことですか」

「あたしと貴様が命令に従おうがそむこうが、あの八人は処刑される。悪をなす立場なら、配慮が必要な者への悪を緩和してやることもできる。なにもしないよりましだ」

「もっとやりようがあるはずです」

「ほかにやりようはない。特高であるかぎり」

「ビショップ！」

コクピットの励子から怒鳴られた。はっとして励子を見た。

「ちょっとぼうっとしてた。すこし休んだほうがいいようだな」

「サイバーバブルに長時間はいっていたからよ。仮眠をとりたいならしばらく待つわよ」

「仮眠か。ブラディマリーが全都を壊滅させているときに。いや、けっこうだ」

日が暮れて那珂原共同の施設全体に照明がともっている。真上にむいたスポットライトは権威の象徴だ。正面入り口前にパトロールカーが何台も止まっているが、すべて破壊されているか放棄されている。装甲兵員輸送車五台が垂直に積み重ねられているのは謎だが、シグマ號のいたずらだろう。

「おまえは来なくたっていいんだぞ」

「行く」

「カマキリ號が必要になったらどうするんだ」

「電卓が復活したから遠隔操作できる」

二人は地上に下りて施設にはいった。

正面ロビーは川が流れる屋内庭園になっている。ホロ映像の花が揺れ、蜂が飛ぶ。通常なら警備員、センサー、その他のセキュリティシステムが反応するはずだが、なにも起きない。川をのぞくと死体が多数沈んでいた。三十体以上。すべて特高関係者だ。ビショップは瞑目して怒りをこらえた。

受付のデスクに四人が倒れ伏している。

ビショップはその一人の顔を起こした。若い。数年前からこの共同の受付で勤務しているはずだ。

「知りあい？」

励子がのぞきこみ、なにかに気づいたようだ。肌の質感がどことなくプラスチックめいている。

「いいや」

ビショップはその受付係の眼窩(がんか)に指をいれた。

「なにを……！」

ビショップの指が眼窩の奥深くにはいり、眼球をえぐり出すのを励子は恐怖の目で見守った。眼球を包む強膜に、粘液におおわれた細い配線の束と赤い油脂が張りついている。

「これ……機械人間なの？」

ビショップはうなずいて、強膜から出た配線を電卓につないだ。

「こいつが見たものを見る」

受付係が死の直前に見た光景が電卓の画面に映し出された。巨大な剣をかついだ仮面の女が一人。うしろに十九人の兵士を連れている。

受付係は話した。

「特高へようこそ。現在の情勢から適切な許可証の携行をお願いしていますが、いまは身分証もご提示いただけないようです。恐縮ですが――」

ブラディマリーの大剣の切っ先が受付係の額めがけて突き出された瞬間に、映像は途切れている。

「あまり役に立たないな」

ビショップは言ってから、靖に電卓で連絡をとろうとした。

「どこにいる?」

しかし返事がない。

次にやることを考えていると、正体不明の八人がこちらへやってきた。電撃警棒や日本刀を手にしている。身につけたアーマーは身体能力を強化し、通常弾程度は跳ね返す防護性能を持つ。電卓でプロファイルを見ると、驚いたことに総兵秘匿作戦隊の兵士たちだ。

その一人が怒鳴った。

「なんの用があってはいってきた!」

「捜査に来たのよ。あなたは?」励子が応じた。

「われわれはブラディマリーの部下だ」

「本人はどこに?」

「そんなことは関係ない」

ビショップは逆にすごんだ。

「他人の本拠地に土足で上がりこんでその口のきき方はなんだ」

「気にいらなかったらどうするんだ?」

答えるまえに、励子が義腕から四本の細長いものを抜いた。それらはナイフドローンで、励子のそばに並んで浮かんだ。

「そんなの持ってたのか」

ビショップは驚いてつぶやいた。見まわすと、対峙する兵士たちもおなじように狼狽している。

励子は答えた。

「ブラディマリーの襲撃後に追加したカスタム装備よ」

悪党たちは銃と日本刀をかまえた。励子はそこにナイフドローンを飛ばした。高速で凶悪。さらにスマート徹甲弾を発射する。三人がそれで膝を撃ち抜かれて倒れた。四人はおたがいの誤射で肩や腕をえぐられた。

大柄な最後の一人は、ビショップ用に残された。

しかしこの相手には見覚えがあった。

「どこかで会ったか?」ビショップは訊いた。

「知らんな」

ビショップは殴りかかろうとして、逆に顔を蹴られて倒れた。跳ね起きて殴りあいをはじめる。

励子はそのあいだに負傷者の一人を起こし、腿にナイフドローンを突きつけて尋問をはじめた。

「話すか脚をなくすか、どっち?」

人の本性は戦ってみればわかるという言葉がある。しかしビショップの経験では、戦う人間にあまりちがいはない。だれもがあせり、愚かになり、生きることを優先する。血を流すのも、唾を吐くのも、悲鳴をあげるのもおなじ。小便の漏らし方さえおなじだ。戦闘経験があれば長く耐えるが、最後は強く優位な者が勝つ。映画やゲームとちがって、戦いに崇高な要素はない。技量の高い戦闘者でもミスはする。どんなパンチもあたりどころが悪ければ指が砕け、戦闘終了になる。

相手は訓練を積んでいた。ビショップはアッパーカットを読んで阻止し、カウンターで掌底突きをいれた。相手には力と敏捷さがあった。ふたたび拳を交差させたとき、ふいにどこで見たのか思い出した。

「横山アルバートか。ブラディマリーの捕虜になった秘匿作戦隊の」

顔の特徴はブラディマリーの映像に出てきた男と一致する。しかし映像のなかでは血とあざだらけだったのに、いまはどこにも殴られた痕はない。

横山は猛烈な勢いで突進してきた。しかし励子のナイフドローンに脚をやられて転倒した。

ビショップは不満顔で言った。

「俺が倒すはずだったのに」

「時間かかりすぎ。ふて腐れないで」

励子は四本のナイフドローンを横山に突きつけた。

「さあ、秘匿作戦隊がブラディマリーの指揮下にはいった理由はなに」

「だれも言わない真実を教えられたからだ」

「あの電卓の猿芝居に出演したのはそのため？」

「お国のためだ」

「ブラディマリーはいまどこにいる？」ビショップも訊いた。

横山は口をつぐんだ。

励子は先に尋問した兵士をしめして教えた。

「彼によると、ポートピア機界聖堂というところにブラディマリーはいるらしいわ」

ビショップは電卓で調べた。

「共同放送に四つある大ホールの一つだな。十八階のはずだ」

「この横山はどうする？」

ビショップは顔を強く殴って昏倒させた。

二人はエレベータに乗って十八階へむかった。

「どうもおかしい。いくらブラディマリーが凄腕でも、特高の本拠地の最深部までこんなに簡単にはいれるはずはない」

「ロビーで関係者が多数殺されていたじゃない」

「侵入を防ぐための暗証コードやフェイルセーフ機構がある。特殊部隊でも突破できないはずだ。ということは、内部に共犯者がいるんだろう」

「口車に乗せられたのね。秘匿作戦隊さえ口説き落とされたくらいだから」

「さっきの兵士の尋問でほかにわかったことは?」

「コサック暗殺はやはり山崗総督が彼らに命じてやらせたものだった。でも当時の秘匿作戦隊はすでにブラディマリーに取りこまれていた。だからランサー元帥の政敵を排除する目的で暗殺を実行したのよ」

「ランサーって、独領アメリカ副司令官の陸軍元帥ランサーのことか?」

「彼も独自の革命をたくらんでいるようね」

ビショップは底なし沼にはまりこむ恐怖を感じた。

「俺の手に負えない気がしてきた」

「なんとかなるわよ」

エレベータが止まった。さまざまな有名人のポスターが壁一面に貼られた廊下を二本走りぬけると、ポートピア機界聖堂にたどり着いた。そこはさながら娯楽の神々をまつった教会のようだった。壁にはめこまれたディスプレイはステンドグラスのように輝いている。

まばゆい光、高い天井。宗教的な荘厳さがただようマルチメディアの殿堂だ。

祭壇の近くに九人が逆さに吊られていた。いずれも特高課員の死体だ。ビショップは血が凍る思いでそれを見た。現実の死体に見えないが、死臭はあきらかだ。自分がこのうちの一人だったとしてもおかしくない。電卓にも名前しか表示されない。階級、経歴、行動歴は機密扱いになっている。

十人目の被害者は息があった。乾いた血をこびりつかせた顔で震えている。肩口に蝶の刺青。靖だ。

ビショップは駆け寄って尋ねた。

「なにがあった?」

「ブ……ブラディマリーだ。知りたいことを聞き出すと……みんな殺した。お……俺だけが残された。メッセージを伝えるために」

「どんなメッセージだ」

「に……日本合衆国は……死んだ、と」

恐怖で震えながら靖は言った。腕に何カ所も刺された痕があり、歯が四本以上抜けている。鑑識官の相棒がこれほどおびえているのを初めて見た。

「ほかにはなにか？」

靖は声を詰まらせ、どもりながら言った。

「き……訊かれた。一人目の殺しを憶えているか……と」

「その質問か」

「そ……そうだ」

励子が目配せした。靖の体が落下しないように二人でささえて、足を吊ったロープをナイフドローンに切らせた。

「ブ……ブラディマリーがあのメッセージを発信するのを……止めようとしたが、できなかった」

「しかたないさ。槻野さんは無事か？」

「み……見てない。ここに……来る予定だった。たどり……着けなかったのかも」

上司の安否もあとで調べなくてはいけない。

「ブラディマリーはいまどこにいる」

「う……上に行った。へ……ヘリポートだと思う」

ビショップは励子と目を見あわせた。

「行こう」

「ま……待て」靖が止めた。「まだ……話してないことが」

「なんだ」

「す……すまない。嘘を……ついていた」

「俺にか？」

「おまえは……ウルフヘトナーだ。意識を失ってるときに……メ……メッツガー博士がしかけた」

「でも、あのときおまえは——」

「嘘を……ついた。おまえの体内変化を……追跡して調べるためだ」

「じゃあ、俺の体は爆弾なのか」

メッツガーにつかまって目覚めたとき、腹の奥に痛みがあったのを思い出した。

「そうだ……。おまえの体は……適性があった」

「どういうことだ？」

「お……おまえはテクサーカナで……第四八九一計画のただ一人の生存者だった」

「なぜテクサーカナでのことを知ってるんだ？」

「お……俺もかかわっていたからだ。陸軍は……テクサーカナの東側のナチスの動きについて……情報を求めていた。でもこちらのスパイはみんな逮捕され……殺された。ナチスの地下基地でなにがおこなわれているのか……知る必要があった。生物兵器や……化学兵器が開発されているのか……」

「そのためにブラディマリーを？」

「お……おとりだ、彼女は。陸軍は……数百人の兵士の脳に……電卓痕跡（エングラム）をしこんでいた」

「エングラム……？」

「出撃前に、鼻に……なにか注射されただろう」

　あのときのワクチン接種の激痛を思い出した。

「ナチスの生物兵器を効かなくする薬だと説明されたが」

「嘘だ……あれは人工的なエングラム……脳に侵入してとどまる電卓レセプター……見たもの、聞いたもの、嗅いだにおいを記録する……」

　目的が思いあたった。

「偵察として俺たちは送りこまれたのか」

「視覚、聴覚、嗅覚、触覚情報は……すべて記録される。体が死んでも……エングラムのデータは残る」

　自分たちは情報を吸収するスポンジのようなものとして敵地に投げこまれたのだ。そして回収された記憶から全体像を描き、それをもとに特高ないし陸軍情報部は戦略を立てた。

「じゃあ、ブラディマリーの掩護はどうでもよかったのか」

「そうだ。おまえたちを送った目的は……情報だ」

「槻野さんはこのことを知ってたのか?」

「いや……警視監はご存じない。信用できないと……みなされていた」

「槻野さんが?」

「過去の記録から……部下や人々を守ろうとする傾向が強すぎると……。そのために命令にそむいたことが何度も……」

ビショップは深呼吸した。選択肢はすべて知っておきたい。

「爆弾はどうやって作動させるんだ?」

「作動……?」

「爆発させる方法だ。どうすれば自爆できる?」

ブラディマリーとの戦いが劣勢になった場合でも、最終的に彼女を阻止する方法を確保しておきたい。

靖は自分の電卓を出した。

「作動ボタンがある。押せば……爆発する」

奪うようにその電卓をつかむと、エレベータにむかった。

「ビショップ! 待って!」励子が叫ぶ。

「おまえは来るな」

「どういうこと?」

「俺はブラディマリーを止める。なにがあっても。おまえはカマキリ號にもどれ」

「単身でいどんでも勝ちめはないわよ」

「二人で行ったって勝ちめはないさ」

「だから自爆して止めようっていうの?」

「それしかなければ」

「そんな必要ない。二人で行けばなんとかなるわよ」

「悪いが、おまえは敵か味方かわからない」

「どういうこと?」

「なにも知らないと思ってるのか。おまえが多村総督を暗殺したグループに加わっていたことはわかってるんだ! ブラディマリーが公開した情報パッケージにすべて書かれていた」

励子はひるまずにビショップの視線を受けとめた。

「太閤市で総督暗殺を試みて未遂に終わったグループに、たしかにわたしは加わっていた。謝るつもりはない。多村は悪人でナチスの協力者だった。立場を利用して自分と一族の利益を追求し、臣民に不利益をしいた。この点でわたしは国賊ではないわ。むしろ彼によって国益が損なわれるのを拱手傍観(きょうしゅぼうかん)したすべての人々こそ国賊と呼ばれるべきよ。でも、わたしたちは暗殺に失敗した。なぜなら多村の警備班が計画を事前に知ってそなえていたから」

「じゃあ、どうやって――」

「やったのはブラディマリーよ」

「ブラディマリーが？」

「彼女が最終的に総督を仕留めた。そして数カ月後に、今度は〈戦争の息子たち〉を殺しはじめた」励子は説明した。「自爆はやめて」

「したくなくても、やらざるをえないかもしれない」

「姪っ子はどうすんのよ」

「むしろあの子のためだ。被害者がこれ以上増えるまえにブラディマリーを止めなくてはいけない」

「わかるけど、あんたを一人で行かせるわけにはいかない」

「いいか、俺が自爆したら――」

「死ぬのは怖くない。あの女が上にいるのなら、いっしょに止めましょう」

励子の命を危険にさらしたくない。しかし言いだしたら聞かないのもわかっている。貴重な時間を口論に費やせない。それに彼女の言うとおり、二人なら勝機があるかもしれない。

「本当に危険だぞ」

「覚悟がないとでも」

ヘリポートへ上がるエレベータに乗った。ビショップは拳銃を確認し、励子はナイフドローンを点検した。

「俺は父親のいない家庭で育ったことがいやだった。

父が名誉を捨てて生きるほうを選んだらどうだっただろうと、いつも想像した。姪のレナも自分の父親を失って苦労し、俺はその穴をすこしでも埋めようとしてきた。いま俺までいなくなるわけにいかないんだ」

「もちろん生きて帰るわよ」

ビショップは暗い顔でエレベータのドアを見た。

「あの子に話したいことがまだたくさんある。父も死ぬまえにそうだったのかな」

父が電話で自決すると知らせてきた夜のことを思い出した。

「死ぬことばかり考えないで」励子が強く言った。

最上階に着いた。

屋上に出ると、ブラディマリーが一人でいた。メッセージ映像とおなじ当世具足の甲冑をつけ、地上で戦うメカを眺めている。

Kのハリネズミ弐號は、すでに鬼束大尉とその同僚があやつるディアドコイ機を倒して煙の立ち昇る残骸に変えていた。

大西少佐のヴァルキリー號と渡部将軍のシグマ號の一騎討ちはまだ続いていた。どちらも装甲の一部を失い、シグマ號は象の鼻を切断されている。最後の突進のまえに呼吸を整えている。ヴァルキリー號は刀を右に開いた脇がまえ。シグマ號はチェーンソーを正眼にかまえる。ブラディマリーをふくめてだれもがその戦いを見つめている。メカ間の通話は一般チャンネルを通しているのでだれでも聞ける。しかしいまは両者とも無言だ。

シグマ號のチェーンソーが最後の攻撃にむけてうなった。突進して右から左へ斬りこみ、刃先がヴァルキリー號の腹にはいった。大西少佐の負けか。しかしこれは少佐が間合いを詰めるための戦法だった。チェーンソーの刃は腹部装甲（BPGを守るために装甲がもっとも厚い）にぶつかって止まっている。数秒かければ腹を割かれるだろうが、少佐にはその数秒で充分だった。融合剣の太刀先をシグマ號の首に突きこむ。急所を一撃でつらぬいた。

「革命は終わりですわ」

刀を引き抜く。シグマ號はブリッジの配線と配管をすべて絶たれ、制御を失った。チェーンソーは地に落ち、腕はだらりと下がった。

しかしブラディマリーに動揺は見られなかった。平然とビショップと励子にむきなおった。

これが最終決戦だろうかと思いながら、ビショップは南部熱線銃を強く握った。隣では励子がナイフドローンを空中に浮かせている。

「二人そろってなんの用だ」ブラディマリーは問うた。

「もうこれ以上、人々を殺さないでほしい」ビショップは言った。

「戦争の報酬は死だ。組織的殺人の血の報いを永遠の知識として刻むのが、ブラディマリーの贈り物だ」

「そんな贈り物はほしくない！」

「無料で配ろう。この情熱を感じてもらうために」

「殺人への情熱ならあきるほど感じている」

「多くあたえられる者は、多く求められる」

ビショップは銃口を上げた。

「おまえを止めるためなら、なにを求められてもかまわない。この命でも」

「求めるのが命ならとうに殺している。しかし勝負を望むのなら……」

ブラディマリーは刀をかまえた。

ビショップは励子の攻撃と同時に物理弾モードにした銃のトリガーを引いた。しかしだめだ。銃弾は指向性プラズマシールドに吸収された。ブラディマリーは平然と近づいてくる。ビショップと励子は走って距離を詰めた。近くからならシールドの効果は弱くなるはずだ。

しかしブラディマリーは俊敏だった。まずビショップがやられた。すれちがいざまに刀が一閃。空振りかと思いきや、ゴトリと音がして、見ると銃を握ったままの腕が床に落ちていた。肩口ですっぱりと切断されている。

励子のナイフドローンの最初の一本を、ブラディマリーは義腕でブロックし、もう一本は空中で叩き斬った。励子は残る二本を左右から狙わせ、自分はレーザー銃をかまえた。発射したレーザーはプラズマシールドに跳ね返されたが、その防御は側面までまわりこんでいない。ナイフの一本がブラディマリーの肩に刺さり、もう一本は反対の脇腹めがけて飛んだ。励子は好機とみて体当たりした。ナイフで横から顔を狙う。しかしブラディマリーはこれを腕で止め、励子を突き飛ばして離れた。

「ナイフドローンの技を修練したようだな」

「あの日から今日までずっとね」

励子は二本のナイフを突っこませた。ブラディマリーは上へ飛び、シールドで身を守った。ナイフを退かせ、ふたたび襲わせる。しかしプラズマシールドはナイフの運動エネルギーを吸収し、ブラディマリーの体に届くころには簡単にはじける程度にしてしまう。装甲スーツにペーパークリップを投げるようなものだ。

ブラディマリーはナイフを二本とも空中から叩き落とした。励子はレーザー銃を連射した。その一発が手に命中。

するとブラディマリーは焼けたグローブをはずし、損傷した皮膚をはがした。その下からあらわれたのは銃腕(ガンアーム)。銃というより機関砲のように太い。

「こちらは生涯をかけて革命を準備してきた」ブラディマリーは言った。

正面から四発。爆発の衝撃で励子は吹き飛ばされ、床で頭を打って気絶した。

ブラディマリーはビショップに歩み寄り、その首すじに太刀先をあてた。皮膚が焼ける。電荷で熱パルスを発し、金属さえ容易に切れるようになっている。膝を蹴ってひざまずかせた。

　ビショップのもう一方の手はポケットにはいっている。爆弾の起爆スイッチに指をかけている。

「殺されるまえに、本名を教えてほしい」

「本名?」

「ブラディマリーは仮名のはずだ」首すじの刀に負けまいと気を張った。「記録ではその名による活動歴が四十年分ある。殺されるなら本名を知って死にたい」

「ブラディマリーは何代も受け継がれてきた名だ。テクサーカナでロケットパック兵を救ったブラディマリーは、多くのナチスを暗殺してきた複数のブラディマリーとは別人だ。先代が作戦で死亡すると、次代が襲名してきた」

「ではおまえは?」

　ブラディマリーは面をはずした。

　あらわれた顔にビショップは愕然とした。同時に、深く納得してもいた。

「槻野……警視監。どういうことですか?」

「貴様を殺したくはなかった。父上のことがあるからな。しかし選択肢はもうなくなった」

「教えてください、なぜこんなことをするのか」

　しかし頭のなかで点と点がつながりはじめていた。特高の警視監ともなれば、一般に流布するプロパガンダではなく、皇国政治の実態を見られるだろう。そしてだれにもできない高度な心理戦を大衆にしかけられる。特高に気づかれずに戦力を集めることもできる。

　ビショップの指は爆弾のボタンにかけたままだ。

　槻野はビショップを見た。

「自分の立場から皇国を少しでも変えようと長年努力した。しかし現状維持、権力維持を求める既成の体制にはばまれた。若名将軍の最期がその例だ。正義のために立とうとした同僚の特高課員が何人も逮捕、処刑されるのを見てきた。真の変化をうながすにはもはや革命以外にない。暴力の洗礼で固陋を排除するしかない」

　上空からティルトローター機が降りてきてヘリポートに着陸した。

「お話は否定できません。しかし、多くの民間人を殺したのはなぜですか？」

「貴様の姪は無事だったはずだ」

「はい。その点は心から感謝しています。しかし多くの人が家族を失いました。わけを教えてください」

　槻野は答えず、べつのことを訊いた。

「一人目の殺しを憶えているか？」

「その質問はすでに聞きました」

「本当の意味での一人目だ。あたしが最初に殺したのは、皇国のために善をなす意欲に燃えていた若い女だった。彼女は沈黙線のあるキャンプ地を襲えと命じられた。ナチスがかくまわれている疑いがあったからだ。しかし実際はナチスなどいない、ただの難民キャンプだった。彼女は上司の嘘を信じて八人を殺した。翌朝になってその八人はナチスなどではなかったことを知った。自分は正義の戦士ではなかった。高い城の上で権力維持に汲々とする老人たちのために働く殺し屋でしかなかった。だから彼女は、そんな老人たちを殺すと誓った。そのためにはまず自分を殺さねばならない。だから、ブラディマリーを生み出した若い女を、この手で殺した。ずっと昔のことだ。彼女の名前も情報も残っていない。この手でもみ消した」

　腕から大量に失血したビショップは朦朧としはじめていた。遠ざかりそうになる意識を必死につなぎとめながら、若い槻野昭子が過去の自分を殺したことを考えた。ビショップは痛みを感じつつも、それさえ迷霧に呑まれようとしていた。

　電卓のボタンから指を離した。ばかなことをしていると思いながら、運命を受けいれることにした。

「もう……いいですよ」

　槻野は刀を振り上げた。しかしいつまでも刃は下りてこない。やがて鞘におさめられた。

「貴様を助命するのはこれで三度目だ」

「なぜ……?」

「若名家はすでに多くを失っている。姫のところへ行け、若名ビショップ。革命はあたしが遂行する」

槻野はもとどおりに面をつけ、ティルトローター機へ歩いて機内に消えた。

ビショップは励子のそばに這っていって、無事をたしかめた。励子は目を開いた。

「ブラディマリーは?」

ビショップはティルトローター機を指さした。

「カマキリ号を遠隔操縦するわ。そして電磁銃を使って——」

「動きを止めてくれれば、俺が乗りこんでウルフヘトナーを作動させる」

「地上から狙撃すればいいじゃない」

「じつはさっき、殺せる機会があった」

「なぜ、やらなかったの?」

しかし数日前とちがって、いまの励子の問いには怒りもとまどいもなかった。

「なぜなら、ブラディマリーの本名を知ったからだ」

ティルトローター機は離陸し、ブラディマリーは去った。ビショップの視界は暗転した。

2

小さな寝息と、腹の上の重いものに気づいて、目が覚めた。病院のベッド。姫のレナが脇の椅子に腰かけ、ビショップの腹を枕がわりに頭と腕をのせて眠っていた。病院のロビーからバイオリンの旋律が聞こえてくる。右腕はどうなったのか。肩口からはえているのはもとの腕ではない。動かそうとすると、機械義腕は小さな回転音とともに持ち上がった。

レナが目を覚まし、ビショップを見て抱きついてきた。額にこぼれた前髪をかきわけてやった。

「やっと気がついたのね！」レナは声をあげた。

そのむこうで励子がやはり椅子にすわっていた。

「よかったわね」

「どうして俺は生きてるんだ？」

「わたしが運んだから。いろんなものを破壊しながら酒居充泰病院へ急行して、失血死寸前でなんとかまにあった」

ビショップは感謝をこめて微笑んだ。

「貸しができたかもな」

「かもな？」

「ありがとう。いつか礼はする」

「おかしな巻き鮨をたくさん食べたい」

「了解。ところで……ウルフヘトナーはどうなった？」

「あんたの同僚の靖が執刀医と協力して除去した」

「あれからどれくらいたったんだ？」

「五日よ」

驚いた。

「五日も？　そのあいだになにがあった？」

「一口には説明できないほどいろいろ」

「かいつまんで教えてくれ」

「わが国は四面楚歌よ。ブラディマリーはＵＳＪの国家消滅を宣言した」

「あいつはどうなった？」

「ブラディマリーはあの日以来、行方不明」

槻野昭子とまた会う日はあるのだろうか。緊張したせいで咳きこみながら訊いた。

「皇国は？」

「いろいろ経緯があって、いまは本国から出撃した攻撃型メカがこちらへむかっている」

「俺になにができる？」

「安静と回復。そのあいだは姪とたっぷり話せばいいじゃない。わたしの話はあとでいい」

励子は病室を出ていった。レナはこの一週間に起きたことを逐一話してくれた。ビショップは笑って聞いた。

「最近はおいしいものを食べたか？」

「ママが麻婆豆腐と炒飯をつくってくれた。でもおじちゃんがつくったほうがおいしい」

「香辛料と挽肉のバランスが難しいんだ」

「わたしもお料理したい。いつ退院できる？」

ビショップはドアを見て、励子はどこへ行き、なにをするのか考えた。それから姪にもどって答えた。

「きっとすぐだ」

守川励子
ロサンジェルス

1

ビショップの病室を出て数時間後、励子は〈戦争の息子たち〉の残存会員による緊急会議に出席していた。降りだした雨が強くなり、屋根を叩いていた。

集まった上級会員四十七人は、だれも面をつけていない。政府高官、将軍、有力政治家が正体をさらして一堂に会しているのを初めて見た。

豊田副大臣が演壇に上がった。〈息子たち〉で副司令官として指揮をとってきた豊田は、山崗とおなじ陸軍出身で、二十年にわたる同僚だった。

「ブラディマリーがUSJ消滅を公式に宣言したため、皇国は戦争を準備している。しかしもっと懸念されるのは〈新アメリカ人〉と称する新勢力だ。彼らは急速に影響力を広げている。指導者の一人である大西範子少佐は、メカ部隊を率いて大臣八人を拘束した。大西は渡部将軍との一騎討ちで大衆人気を得た。ランサー元帥はこの機に乗じて独領アメリカでみずから革命を起こした。状況は流動的だ。ナチスにいつ寝首をかかれてもおかしくない」

〈新アメリカ人〉への言及を励子は興味深く聞いた。じつは革命後、励子はそこに加入していた。ブラディマリーの協力組織とみなす報道も一部にあるが、実際のつながりはない。

将軍の一人が言った。

「山崗に全責任をかぶせよう。すべて山崗の独断専行であり、征夷大将軍就任の野心などわれわれは知らなかったと、東京参謀本部に釈明すればいい」

「山崗の誤算だ！　こんなあやうい立場になるとは」

「あの秘密情報の山をどうしてブラディマリーに渡してしまったのか」

励子は強く言った。

「降伏したらこちらは全員極刑ですよ。逃げおおせるのは無理です。どう言い訳しようと東京参謀本部の手は伸びてきます。団結して戦う以外にありません」

「そのとおりだ」だれかが言った。

「慈悲など期待するな。ありえない」

「しかし山崗亡きいま、だれが指揮をとる？」

「〈戦争の息子たち〉はどうなる？」

豊田副大臣は静粛を求め、話した。

「東京参謀本部からは個人的に次の確約を得ている。山崗にすべての責を負わせるなら、東京はこれを受けいれる。われわれの復職と権限維持も認められる」

賛同の声が多くあがった。抗戦の見通しが立たない状況と、山崗への強い反感から出たものだ。

励子はそれが気にいらず、声を荒らげた。

「たしかに〈戦争の息子たち〉は終わりでしょう。しかし一人一人が持ち場を死守すれば危機を乗りきれるはずです」

「ナチスと皇国の両方とは戦争できない」

「ナチスがそんなに怖いのですか」

「二正面作戦に勝機はない」

「急いては事をし損じるぞ」

議論は紛糾した。臆病者が降伏こそ常識であり理（ことわり）であると説くようすに、励子は心底うんざりした。視線を議場の壁へとさまよわせる。そこには下手な絵が何枚もかけられていた。それぞれ隣に名刺大の紙片が貼りつけられ、題名と希望販売価格がしるされている。たいした絵ではないのに強気の値付けだ。励子の視線が惹きつけられたのは副大臣の背後にある一枚だった。

描かれているのは男を食う女。食われている男もべつの女を食い、その女もべつの男を食っている。鋭い歯の連鎖。もがいても逃れられない。

保身しか考えない〈戦争の息子たち〉に励子は幻滅していた。山崗が健在のときはこびへつらい、亡きあとは後足で砂をかける腰抜けども。真の忠節は世に少ない。しかし、のちの世には自分もそう言われるのだろう。

〈戦争の息子たち〉に合流をうながす役を〈新アメリカ人〉の幹部からまかされていた。戦力としていずれ役に立つ場面があるだろうと励子は思っていた。しかし頭がこれほど旧弊では望みはない。

会議は山崗譴責と、皇国への忠誠確約を表明することを決議して終わった。有能な高官と将軍たちが時代遅れのやり方に固執したのは残念だ。進化すべきときなのに。

〈戦争の息子たち〉が無残に失敗したあとに、新たな政治集団に参加することにはためらいもあった。しかし〈新アメリカ人〉の幹部には大西範子少佐がいて、その意見はグループ内で重んじられている。最終的に決断したのは、一般会員ではなく幹部として招かれたからだ。〈息子たち〉は多村総督の支持者を容赦なく切り捨てたが、〈新アメリカ人〉は〈息子たち〉に合流のチャンスをあたえたことも好ましく思った。しかし結局彼らは、処刑はされないまでも、逮捕されることになる。

ふたたび壁の絵を見た。女の口のなかの男は不思議な表情をしている。苦痛と、終わりない敵愾心（てきがいしん）と、他人を食う欲望。幹部会議が最後の採決をする声を聞きながら、励子は不本意ながら電卓で合図を送信した。兵士たちが議場に踏みこんでくる音を聞きながら、瞑目して、異なる未来を夢想した。メカに乗って戦争するのではなく、惑星を探検する夢だ。

美しい夢だった。

新☆ハヤカワ・SF・シリーズ版　特別コンテンツ

ユナイテッド・ステイツ・オブ・クジラ

United States of Kujira

（本篇は、槻野昭子と久地樂の活躍を描く外伝『ユナイテッド・ステイツ・オブ・クジラ』の一部を、『サイバー・ショーグン・レボリューション』特別版用に抜粋、再編集したものである。時期的には『ユナイテッド・ステイツ・オブ・ジャパン』からしばらくあと、『メカ・サムライ・エンパイア』の数年前の二人を描いている——著者）

その刑務所は全面鏡張りだった。通路からすべて鏡で、五角形の独房には数百枚の鏡がすきまなく張りこまれている。いれられた囚人はたちまち目がまわる。看守専用のナビゲーション電卓がないと脱出は不可能。隣接するエリアへ安全に移動することすらできない。

そんな所内を三人の看守と、大柄な刑務所長と、黒いビジネススーツの女が歩いていた。

独房の一つから囚人の叫びが響く。

「頼むから殺してくれ！　鏡にはもう耐えられない！」

べつの声が叫ぶ。

「やったのは俺だ！　自供する！　秘密もぜんぶしゃべる！　どんな刑罰も受けるから、ここから出してくれ！」

所長がスーツの女に説明した。

「槻野課員、失望なさらないように申しあげておきますが、ここでは大半の囚人が収監後一週間で精神に異常をきたします。全面鏡張りの効果で精神のバランスを崩すのです。効果を高めるために水や食事に幻覚剤を混ぜています。問題の収監者は三ヵ月前に送致されてから一言も口をきいていません」

日本合衆国の国事警察である特別高等警察の槻野昭子課員は、冷たい口調で応じた。

「裁判もなしになぜここへ送られたのだ?」

問われることに不慣れな所長は、あわてて電卓で確認しようとして取り落としかけた。

「当人はサンディエゴのジョージ・ワシントン団支配域で発見されました。皇国の正式な身分証明書を持たなかったので、テロリストの仲間と推定されました」

「本人に尋ねるとか、自分たちで調べるとかすればいいだろう」

「尋ねましたが、答えませんでした。当刑務所では身体的刑罰はくわえません。たいていの囚人は独房にはいると一日で口を割るからです。現時点でこの囚人は自分の名前すら知らないかもしれません。たいへん申しわけありません」

その弁解がましい調子に看守たちは驚いた。所長がこれほどへりくだるのを見たことがなかった。

ある鏡張りの独房に到着した。無数の反射で吐き気をもよおす。左右を見ただけで目が痛くなる。どこに目をむけても自分の姿がある。小さな昭子自身がこちらを見ている。カーニバルの演し物によくある鏡の迷路を過激にしたようだ。

独房の扉が開くと、刑務所長も昭子も予想しない光景が待っていた。

十代の少年が逆立ちしている。頭を床につけ、両脚を壁に立てかけ、目を閉じて瞑想している。長髪で痩身。青白い肌にいたずらっぽい唇。

「久地樂」

昭子に呼ばれて、久地樂は目をあけた。

「おお、昭子。どないした」

床に両手をついてゆっくりと頭を持ち上げる。

「なにをしている」昭子は訊いた。

「こないだの戦闘を反省しとる。ベクトルがぜんぶずれとった。もっと速度が出るはずやった。キャリブレーションして一・二四九パーセントも出とる偏差を直さなあかん。こんだけのずれに気づかんとは不覚や」

鏡に映った無数の自分をただ見ているのではない。反射像における光のゆがみやずれを見ていた。さまざまな角度から見ることで弱点をみつけ、過去の戦いを考察する材料にしていた。

「精神状態はどうだ？」昭子は訊いた。

「なんともないわい」平然と答える。「めしはまずい。そして退屈。頭んなかでメカのシミュレーションするよりほかに、やることあらへん。ここをおん出たら修正するとこをいくつかみつけた」

「出られたら、な」

「そんために来たんやろ？」久地樂はにやりとした。

「あるいは消しにきたんか。けど、それでわざわざ来るとは思えへんしな。電卓ゲームの差しいれはないんか？『キャット・オデッセイ』の第二部までしかやっとらんうちに、ここにぶちこまれてしもた。いまやったら、わいの猫を集中的に強化できる」

度胸があるのか生意気なのか、見方によりけりだが、昭子は興味深く思った。

低いうなりが聞こえた。床がごくゆっくりとつねに回転している。独房はランダムなアルゴリズムによって位置を変え、囚人が脱獄ルートを記憶できないようにしている。

「人払いを願いたい」昭子は所長に言った。

「も……もちろんです」

所長は平然としている久地樂に驚きつつも、独房の外に出て扉を閉めた。

「収監からどれだけたったか理解しているか」

「十日か？」

「三ヵ月だ」

「そないなるか」

「ああ。大半の収監者は精神に異常をきたすそうだ」

「最初の数日は腹立ったな。イワシと粥しか出えへん。ソーセージが食いとうてな。でもそのうち、ただの案やった理論をじっくり考える機会やと思うて、それやっとった」

「結論は出たのか」

「あんま進まへんかった。なんせトイレがひどい。なんもかんも鏡張りやさかい、うんこも茶色のクリスタルみたいに見える。それはそうと、どないしてわいをみつけた？」

話しながら姿勢をもどし、床に尻をつけてすわった。逆立ちをやめると前髪で顔の半分が隠れる。

昭子は問いに答えなかった。さまざまな筋に接触し、脅しと報酬で口を封じた経緯を説明する必要はないだろう。かわりにこう言った。

「貴様をここから出す。あることに協力してもらいたい」

「条件か」

「依頼だ」

久地樂は眉を上げた。

「羊の皮をかぶった狼は羊やで」

「そこは〝狼だ〟のまちがいではないか？」

「いいや。別物として呼びはじめたら、それは別物や。もう否定できん」

論理が狂っている気がする。やはり鏡部屋のせいでもとの久地樂ではなくなっているのだろうか。

「メカを操縦してもらいたい」

「ええで。ソーセージ食えればな」

久地樂が前髪を払うと、額の傷痕がのぞいた。サンディエゴで昭子とともに戦った証だ。そこで彼はメカパイロットとして最高レベルの腕前を証明した。

彼は手のひらを上にむけてさしだした。昭子は困惑して訊いた。

「なんだ」

「電卓を持ってきとるやろ。この三ヵ月分の新作ゲームをやらなあかん」

いつもの久地樂だった。


久地樂は電卓中毒であることを昭子は思い出した。

電卓は電子卓上計算機の略で、もとは単純な四則演算をこなす小型の計算機だったが、通信通話機能や高度な情報処理機能をそなえたいまもかわらず電卓と呼ばれている。昭子は数百種類のゲームをあらかじめインストールしたカスタマイズ電卓を持っていて、刑務所の門を出たところで渡した。久地樂はすぐに電源をいれて、歩きながら遊びはじめた。

車に乗った久地樂は意見を言った。

「たかが刑務所に時間と金をかけすぎや。ええ仕事したと思うとんのかいな」

昭子が隣を見ると、久地樂は電卓の画面を見つめたままだ。

「だれがだ？」

「ここを設計した建築家や。どうせ皿洗いでもしながら思いついたんやろな。せや、囚人をいじめる刑務所つくったろて。あそこ定員は何人や？」

「四四四四人だ」

四並び。日本語の四は発音が〝死〟に通じることから、わざと縁起の悪い数字にしてある。久地樂は口もとをゆがめた。

「四千人の囚人を闇のクリスタルに閉じこめて、愚者の博物館でございますって、どやっとるわけや。けたくそわるい」

「彼女にその意見を伝えておこう」

「知りあいか、マゾ建築家と？」

「バークリー時代の教授だ。〝愚者の博物館〟という評を聞くのは初めてだろう」

「どない言い訳するんかな。まさか〝生活のため〟とか言わへんやろな。最近は仕事を言い訳にするやつが多すぎる。改造フレームキットと軍用スタビライザーで大口径の銃をつくって、〝仕事やから〟。三重水素と制動用パラシュートで大量殺戮兵器つくって、〝仕事やから〟。ところで、この服を選んだんはあんたか」

久地樂は黒の長袖Tシャツと黒のジーンズをしめした。昭子は似合っていると思って返事した。

「そうだ」

「辛気くさいな。もちょっと色味のあるんにせえよ」

「目立つ服装はよくない」

「せやけど、全身黒ずくめやと気分まで落ちこんで暗うなる」前髪を払って隣を見て、昭子も黒ずくめであることに気づいた。「まあええ。それより頼みがある」

「なんだ」

「ソーセージ食いとうてかなわん。スーパーに寄ってくれ」

「時間の余裕がない。空港に急がなくてはいけない」

「そこをなんとか。ソーセージはわいの生命線や。もう長いこと食うとらん。ちょっとの時間ですむし、食うたら機嫌ようなる。なんせひさしぶりのシャバや。三ヵ月ぶりやったか？」

昭子は断ろうとしたが、久地樂が泣きそうな顔で頼むのを見て、折れた。

「わかった」

久地樂はすぐに笑顔になって電卓ゲームにもどった。

イーストロサンジェルスの第九十二区にはスーパーマーケットが三つある。フリーウェイから近い二番目の店舗にはいった。建物は七階建てで、一、二階が食品雑貨。三階が化粧品。四階以上は衣料品などとなっている。通常、接客係は顧客の電卓から検索履歴と閲覧履歴を取得して、その傾向にあう商品を追加案内する。しかし昭子と久地樂からはなにも情報がとれずに困惑し、技術的エラーだろうと考えた。じつは特高権限でどちらの電卓も暗号化されているとは思いもしない。スーパーの電卓ＡＩもこの二人の客からは情報をとれず、通路ぞいの広告はデフォルトのままだった。

久地楽は昭子に尋ねた。

「ソーセージはどこにある？」

「精肉コーナーだろう」

「精肉はどこや」

「だれかに訊け」

一階は広いフロアが分野ごとに分かれ、国際料理、各種弁当、高級チョコレートなどが並べられている。それぞれ専任の接客係がいて質問に答えたり助言したりしている。

久地楽はカートを押していって、接客係の一人に尋ねた。

「ソーセージはどこや？」

長い刑務所生活でいかにもソーセージに飢えている欲望むきだしの態度だ。フロアの奥を指さされ、駆け足でソーセージコーナーへむかった。チューブ状の加工肉を各種とりそろえた陳列棚が通路いっぱいに並んでいるのに歓喜した。

「ずいぶん品ぞろえがええな」

「どれも味はいっしょだろう」

「詰めてある豚肉、牛肉、その他のちがいで千差万別やで」久地楽は力説した。「パン粉や香辛料も適切な使い方なら問題ない。確認したほうがええのは脂肪分の比率やな。燻製、乾燥、冷凍、塩漬けなどの保存方法でも味が変わる。蒲鉾は魚肉の加工食品やけど、出来が悪いとしなびた海藻を混ぜた鮮度の悪い魚みたいな味になる。本物の腸を使う天然ケーシングは下処理をうまくせんと香りが悪い。上等なソーセージは手間暇かかるんや。気分があわんとだいなしになる。まずいソーセージ食うたら一日じゅうトイレにこもるはめになる」

そう言うと、包装をはがして店内で食べはじめた。ときどきうなり声を漏らしている。

「おいおい、なにをやってる」

「買うまえに試食や」

「包装を破った時点で買わざるをえないだろう」

「支払いは頼むで」久地樂はにんまりと笑って、ホウレンソウ味の一本をさしだした。「悪うない。一口どや」

「いらん」

久地樂はカートにソーセージを山積みにした。それだけでいっぱいだ。

「これをぜんぶ食べる気か？」

「せや」

「調理が必要だろう」

「加熱ずみや」

「健康に悪いぞ」

「なんで」

「まず加工肉だ。不健康な食品は寿命を縮める」

「たとえ早死にしても、ソーセージで死ぬよりもっと悪い死に方はいくらでもある。それに蛇かておなじや」

「蛇がどうした」

「毒蛇のあつかいをまちごうたら蛇毒で死ぬ」

「たしかに、麻痺した対象は狩られる運命だ」

多様な毒物に通じているのも仕事の一部である昭子は答えた。

「普段なにを食べとるんや」久地樂は訊いた。

「携行糧食と野菜だけだ。食事には関心がない」

久地樂は信じられないという顔をした。

「うまいもん食わなんだら人生は無意味やないか」

「関心があるのは食事による効果だけだ。たとえば有毒の蛇も、食餌（ダイエット）を変えると毒性を失うことがある」

「蛇もダイエットするんか？」

「やせるという意味じゃない。摂取する食べ物の種類のことだ。食べるものによって体は変わる」

久地楽は手にしたソーセージを大きくかじった。

「そのとおりや。あの独房で孤独に瞑想して、わいは悟りをひらいた」

そして新たなソーセージの包装を破った。

ロサンジェルス空港には稲荷神社と狐の像があちこちにある。人々はここでよくお祈りをする。空港を訪れる車は有名な〝広告のトンネル〟に迎えられる。一粁（キロ）にわたって並ぶ四角い電卓ディスプレイで最新ブランドの広告を見せられながら駐車場にはいる。政府関係者の専用駐車スペースが出入口付近に用意されていて、昭子はそこに車を駐めた。

久地楽は食べかけのソーセージをくわえたまま訊いた。

「行き先はどこや」

「カンザス省のハニービルだ」

「なんや、そこ」

「沈黙線のそばの商業地区が発展して都市化したところだ」

「待て。沈黙線いうたら、むこうにナチスがおる沈黙線のことか」

久地楽は小蠅を意味する語とおなじ発音でナチスを呼んだ。

「沈黙線といえばほかにない」

昭子は義腕を上げて人工皮膚のパネルを開き、音響妨害装置を作動させた。二人を包む小さな音の閉鎖空間ができる。

「話すときは口を隠せ」

「ええけど、これはなんや」

「盗聴デバイスを無効化する」

「えらいもんやな。それで、なにがしたいんや」

「沈黙線にメカを持ちこむ」

「沈黙線にメカを持ちこんだら戦争になるがな」

「USJの認可は受けない、私的なミッションだ」

「ほな、つかまったら――」

「救援は来ない。といっても、行き先は独領アメリカではなく、いわゆる十三区だ」

久地樂は笑った。

「なにがおかしい」

「なんで刑務所にわいを迎えにきたんかと思うたら、そういうことか。〝私的なミッション〟に志願するやつがおらんかったんやろ」

事実をいつわってもしかたない。

「そのとおりだ」

「報酬はなんや」

「自由の身だ」

「承知せなんだら、一生あそこいうわけか」

「はっきり言えばな……」

「冷たいやっちゃな」

「真実は冷たくも温かくもない」

「わいはそうは思わん。とにかく、そこ行ってなにする？」

「ある友人に力を貸す。喜多原(きたはら)ネイサンという」

「知らんな。わいが知っとるのはベンや。けったいなやつやったけど、悪人やなかった」

昭子は義腕を見た。

「石村紅功(いしむらべにこ)にはいろいろと驚かされた」

久地樂もその義腕を見た。

「新型になったんやな」

「そうだ」

前回会ったときはまだ純然たる銃腕(ガンアーム)だった。

「なんや新兵器が仕込まれとって、わいに腹立ったらそれで顔をどろどろに溶かすつもりやないやろな」

「沈黙線への侵入と脱出に不可欠なパイロットの顔を溶かすような愚かなまねはしない」

（このあと、昭子と久地樂はハニービルへ行き、裕福なビジネスマンの喜多原から真の目的を教えられる。皇国にとって重大な脅威となる伝説的生物兵器、通称神銃（ゴッドガン）を、十三区のカニバルタウンで奪取しなくてはならない。久地樂は家族の古い友人である技術者トムと再会し、その協力によって特別なファラデー級メカに乗ることになる）

地下格納庫へ移動した。ファラデー級は全長二十七米（メートル）。紫の喉輪（のどわ）、薄青の面頰（めんぼお）、日本の武将型の兜を持つ。装甲はステルス設計と思われる頑丈な画像投影面でできている。腕は左右で異なる。何本もつながったチューブはねじ込み式で、主力の腕砲（アームキャノン）からほかの装備に変更可能だ。

「ようでけとる」

久地樂は見覚えのある設計や改良部分を確認しながら率直に言った。

「全面的に改良しているぞ」トムは答えた。「初期の問題点への対策として、操縦系を簡素化し、より円滑な操作を可能にした。試作型の能力をできるだけ維持しつつ、標準設計のメカが使う兵器も組み込めるようにした。3Dプリンターの高度化のおかげで基本性能を落とさずにすんだ。最近の沈黙線は悪党が跋扈（ばっこ）しているらしいので、途中でエンジンストールを起こすわけにはいかないからな」

「かっこええわ」

「趣味で製作していたものだ。実戦投入の機会があるとは思わなかった。きみの母上は最大の支援者だった。メカ設計者としてのキャリアの大半は彼女のおかげだ。息子のきみがこの機体に乗ってくれるのは無上のよろこびだ」

久地樂はメカと心を通わせるように装甲板に手をあてた。パイロットとして触感をなにより重視する。できればあらゆる細部をさわってたしかめたい。足裏の緩衝機構と踵の防護板を調べながら尋ねた。

「名前は？」

「まだ決まっていない。きみが命名してくれないか」

「ええんか？」久地樂は顔を輝かせた。トムがうなずくと、久地樂は続けた。「自分のメカに名前つけるのは初めてや」

トムは笑った。

「きみが使い慣れた電磁ソードはないが、かわりに新型のパルス刀がカニバルタウンへの道を切り開いてくれるだろう」

トムはメカの鞘におさまった長大な刀をしめした。

「これは超音波干渉場を発して銃弾や砲弾の軌道をそらし、ある種の音響シールドをつくる」

「はよ試したいな」

「わたしは機関室に乗る。運用クルーは四人で、練度の高い者がそろっている。さらにナビゲータとしてフリーランスのメカ乗りを雇った。シドニーという。初期の機能確認試験からこのファラデー級に乗っている」

久地樂は乗る準備をしながら、昭子に電卓を渡した。

「これはなんだ」

「目え通して、検閲にひっかかりそうなとこ確認してくれ」

電卓のなかを調べると、一本の小論文があった。蜂蜜とホットドッグは水と油のように相容れないと論じたものだ。この組み合わせがいかにありえないかを四千語もついやして述べている。ソーセージの批評ではありえないほど細部まで踏みこんでいる。昭子は通して読んで、その熱烈さに驚きあきれた。検閲にひっかかりそうないくつかの冒瀆表現の変更を提案すると、久地樂は不本意そうに同意した。昭子はいくつかのメッセージタグをつけて、喜多原養蜂の取締役全員に読ませるようにした。

仮設エレベータでブリッジへ上がりながら、久地樂は昭子に訊いた。

「わいとトムが旧知やと知っとったんか？」

「それがどうした」

「気になる」

「そういうことを知っておくのがあたしの仕事だ」

「ほかにもわいのことを知っとるんか？」

昭子はそしらぬ顔で首を振った。

「いいや、知らないな」


久地樂はひさしぶりに操縦席にすわるのが楽しみだった。柔軟体操に三十分かけ、背筋、股関節屈筋、膝蓋腱、アキレス腱を伸ばした。刑務所でやっていた長時間の逆立ちは、背中と関節の負担をやわらげるためだ。母親は倒立療法と呼んでいた。力を抜き、体を柔軟にするのが重要だと何度も説かれた。メカ操縦中にこむら返りを起こしたら最悪だ。そうならないための自己管理だ。

柔軟体操にもっと時間をかけるべきだったが、早く操縦をはじめたかった。数カ月ぶりなのに、ずいぶん長くメカに乗っていない気がした。コミュニケータからトムの声がした。

「操縦系の設定はきみの昔のメカと同期してある。重量はもちろん異なるが、基本はおなじはずだ」

「冷蔵庫もあるやないか」

操縦席のわきにはゴミ箱と手を拭くためのボックスティッシュもある。

「きみにとっては重要な備品だからな」

「最高や、もう最高」

久地樂はパイロットスーツを着て、グローブとゴーグルをつけた。インターフェースは以前のまま。体の動作どおりにメカが動くようにプログラムされている。デジタル制御の触覚操作にも切り換えられる。物理的インターフェースにも、ホログラフィを使った仮想インターフェースにもできるが、後者での神経フィードバックはない。過去のメカとおなじ感覚で乗れる。B

PGを起動して計器類を調べ、各部への送電に異状がないことを確認した。

　ナビゲータのシドニーが報告する。

「全系統シンクロ。天気は良好、行動に支障なし。カニバルタウンへは幹線のハイウェイを使うけど、障害にそなえて予備ルートも設定ずみ」

「障害がありそうなんか？」

　シドニーはインド人とコロンビア人の血が半々の元軍人で、機甲軍を辞めて書道家になった変わり種だ。

「沈黙線ではなにが起きてもおかしくない。はっきりいってろくな場所じゃない」

「そんな場所へ行くんに、なんで参加したんや」

「三倍の報酬を払うと喜多原に言われてね。終わったら二年は遊んで暮らせる」

「なんや、報酬が出るんか」

　久地樂は目で昭子を探したが、ちょうど機関室へ下りている。

「ただ働きとはお人好しだね」

「だまされたわ」

　少々むっとしたが、立場のちがいがわかったのはよかった。傭兵のシドニーは必要最小限の働きしかしないはずだ。

　このファラデー級はトムの指導で無害な交易メカらしく偽装されている。兵装を隠すように商品運搬用の貨物室が設置されている。そのトムが機内コミュニケータで尋ねてきた。

「機体名は考えたかい？」

　久地樂はいい名前を決めていた。

「愚者（ぐしゃ）號にする」

　日本語で〝愚か者〟の意味だ。

　シドニーが意見を言った。

「ユーモアがあるのはいいけど、戦場で愚かな行動は勘弁してよ」

ウィチタとハニービルの東にそびえる巨大な壁は、荒廃した姿のまま何十年も放置されている。高さ十五米、総延長五百粁を超えるが、あちこち穴だらけだ。冒険的なストリートアーティストが驚くほど独創的な絵を描き、所属グループをあらわす謎めいたマークを残している。壁の崩れたところには鳥が巣をかけ、縄張り争いに明け暮れる。そのようすは沈黙線をとりまく政治的対立の構図とよく似ている。

「この壁つくったやつはあほやな。飛行機で飛び越せるやんか」

久地樂が言うと、シドニーが説明した。

「沈黙線のむこう側で越境を阻止するためにナチスが壁を建設し、それに対抗して、ある総督がこちら側にもつくったんだ」

「ナチス側に壁はいらんやろ。だれもあっちには行きたがらん。地獄を壁でかこうやつはおらんわ」

愚者號のブリッジは円形で、中央にパイロット用コンソールがある。右がナビゲーション席で、四面のディスプレイと入力用電卓パネルをそなえる。後方には兵装管制席と通信席があり、昭子はそこに乗る。外から見て愚者號の目にあたるところが窓になっており、USJのセントリー級メカ二機が壁のまえに立っているのが見える。シドニーのナビ画面は久地樂の視覚フィードを図式化したマップになっており、そこにセントリー級の位置を書きこんだ。

沈黙線のUSJ側南半分の地域防衛を担当する降屋将軍は、はるか南のダラス都会に駐留している。セントリー級亀號の大尉が通信を求めてきた。通信席の昭子は喜多原養蜂からあずかった正規の認証コードを送信した。セントリー級は手早く愚者號を調べ、足裏の車輪が貨物用の履帯仕様になっていることや、偽装として積んでいる蜂蜜の大型容器を確認した。

「行き先はニネベか?」

「そうだ」

昭子はカニバルタウンの正式名を答えた。

「機体名は愚者號だそうだが、正しいのか?」

カメ號の大尉は公式の暗号チャンネルで訊いてきた。任務で長年おなじ問答をくりかえしてきた機械的な口調に、わずかに皮肉がまじっただけで生き生きとして聞こえる。

「そうだ」

久地楽が昭子に尋ねた。

「名前が気にくわんいうとんのか?」

昭子は答えず、大尉の次の質問を聞いた。

「積荷は?」

「蜂蜜だ」

「ずいぶん多いな。食人鬼(カニバル)は人に蜂蜜をかけて食うのか?」

今度は単調な返しだ。昭子も単調に答えた。

「そのようだ」

大尉は注意点を説明した。

「この先の住民は二週間前から武装している。第七区と第十二区のあいだで抗争が起きているからだ。さらに第三区は暴風で大きな被害が出ている。こちらの射程外に出たら警戒をおこたるな」

「了解」

ちょうどそのとき昭子の電卓にテキストメッセージが着信した。

『ゾンビより挨拶を』

有名なゾンビ號に乗る降屋将軍が昭子たちのミッションを知り、動向に関心を持っているらしい。昭子は謝意を返信し、大尉には将軍によろしくと伝えた。

壁のむこうは往復二車線のハイウェイが延びる。どこかの死んだ政治家の名前がつけられているが、だれも知らないし憶えていない。USJに近い側の路面はきれいに舗装、保守されている。交通はまばらで、民間のトラックがほとんどだ。少数の四脚輸送メカのほかは自動車。なかにはガソリン車も走っている。US

Jの車両はすべて電動なのでめずらしい。独領へ近づくにつれて路面が荒れてきた。

シドニーが話した。

「ここから正式に第八区だ。カニバルタウンは北東へ二百五十粁。この幹線道路にそっていくかぎり大きな障害はないはず」

「じつは沈黙線は初めてなんや。旧アメリカ人が逃げこんだ場所ちゅうことしか知らん。なんでも知っとる昭子に解説をお願いしよか」

昭子は説明をはじめた。

「太平洋戦争後、アメリカはナチスおよびUSJと条約を結んで、沈黙線の北半分に十三の地区を設置した。皇国と独領アメリカは緩衝地帯としてそれらを承認した。以来数十年、政治的、宗教的、思想的に異なるさまざまなアメリカ人の集団がここで勢力争いをしてきた。第八区では五〇年代の食糧危機で人肉食がはじまり、住民は食人鬼と呼ばれるようになった。もとは小勢力だったが、数年前にデモインの死の芸術家グループや自由ミネソタ人との抗争に勝利して勢力を拡大した」

「死の芸術家ってなんや」

久地楽は空中に絵筆を走らせる身ぶりをしながら訊いた。

「あらゆる組み合わせで死を描こうとする集団だった」

「その絵を実際に見た？」シドニーが訊いた。

「絵画はすべて食人鬼に焼かれ、芸術家たちは食われた。あたしが見た作品は、死闘に敗れたカブトムシの死体の群れを彫刻にしたものだ」

「趣味悪い」

「自由ミネソタ人のほうは、なんで食人鬼と戦うたんや」久地楽が訊いた。

「アメリカの将来についての思想的対立が一因だ。第三区で起きたオマハ気象制御システムの事故もそうだった」

「気象制御？」

「近隣の気象を人為的に操作する施設だ。最初の三カ月は正常に機能していた。ところがシステムが暴走し、地区は居住不能になった。異常気象はデモインからミネソタまで広がった。あの地域には湖がいくつもあったが、大半が消失した」

「救えん科学やな」

「そんなときに食人鬼の攻勢にあって、ついにミネアポリスが陥落。以来、食人鬼は勢力拡大を続けている。強大になりすぎてUSJが介入するほどだ。この食人鬼と禁酒党が十三区で最大勢力を争っている」

「食人鬼の宗教は？」

「彼らの地区にだけは公式の宗教がない。それが地上の楽園を説くオプス13に食いこまれた大きな原因だ。食人鬼の生活では食事が重要だ。調べたかぎりでは、人肉料理は派手な見世物になっているらしい。年に一度の儀式で人肉食のコンテストが開かれる」

「人体を食うんか」

「食人鬼だからな」

「メカは持っとるんか？」

「ミートヘッドと呼ばれる二足歩行機械があるが、愚者號の敵ではあるまい」

「でも用心しないと一発くらったりするよ」シドニーが警告した。

「やりおうたことがあるんか？」

「素人を餌食にする山賊ミートヘッドとね。軽視すると痛いめにあう」

「肉（ミート）は軽視せえへんで」

久地楽はソーセージをかじった。

十五分ほど走ったところで、音楽がかかっていないことに久地楽は気づいた。

「トム、音楽用のスピーカーはついとるんか？」

「もちろんだ」トムが機関室から答えた。「パイロットの操縦系から選曲画面が出るだろう」

「おお、あった」曲の一覧をスクロールさせていった。「『美しく青きドナウ』はだめ。『花のワルツ』てな気分やあらへん。『くるみ割り人形』は眠うなる。ハイドンは勇ましすぎる。モーツァルトは頭がおかしゅうなる。『エリーゼのために』は好かん。ビバルディは小便しとうなる。……バーティカル・ピンク？ トム、あんたの趣味か」

そのJポップバンドのところでスクロールを止めた。

「じつは好きなんだ」トムは告白した。「電卓から自分のプレイリストをアップロードしてかまわないぞ」

「せやったら河田（かわだ）の『キャット・オデッセイ』用の新曲やな」

昭子は資料を読んでオプス13が勢力を拡大した経緯を調べていたが、子どものころに遊んだ電卓ゲームのメロディが突然ブリッジのスピーカーから流れはじめて驚いた。

「これは？」

久地樂はニヤニヤ顔で答えた。

「ドライブにご機嫌な音楽は必須や。この曲は振り付けもあるで。踊ってみせたろか」

「貴様が踊れるとは初耳だ」

「おかんから練習させられた。いろんなダンスを教えこまれたわ。メカの操縦に役立ついうてな。USJで一番のメカダンサーやで」

久地樂は自慢げだ。

「見たいね」シドニーが言った。

「いますぐは無理やな。操縦系の設定を微調整せなあかんし時間かかる。ミッションが終わったらゆっくり見せたる」

昭子は愉快そうに言った。

「メカのダンスとは見物だな」

沈黙線の幹線道路はほとんどが草原を通る。青い草が見渡すかぎり風に揺れている。久地樂の母はかつてここに駐留し、狡猾に侵入するナチスから沈黙線を防衛していた。その話を思い出す。

「草原はまるで海みたいに茫洋（ぼうよう）としとる。こんなところでなんで人が殺しあうんかわからんようになる」

母久地樂はそう言っていた。

そのときの草原もこんな眺めだったのだろうか。

「草に記憶力はあるんかな」久地樂は訊いた。

昭子はオプス13に加入したUSJ市民のプロファイルを読みながら答えた。

「草に意識があればな。草の種類が一万二千種としても、そんな特別なものはないだろう。尋ねたいことでもあるのか？」

「ある。わいがメカで踏んづけたら、重いてわかるんやろか。それともなんも感じんやろか」

「感じないと思いたいな」

「感じたらかわいそや。痛くないほうがええ」

昭子はプロファイルの画面から顔を上げ、草原を眺めた。

「草は強い。たとえ踏まれても、根もとの分裂組織から成長して新しい葉を出す。枯れることはない」

久地樂は三十分続けてメカの腕を動かしていた。運動系を自分の腕の動きと同期させるためだ。過去の機体のパラメータがトムによって移植されているが、意外にもこの数カ月で久地樂は背が伸び、腕が長くなっていた。腕を振る速度を上げるために、メカの上腕と前腕をつなぐ肘関節で長さを調整して補正しなくてはいけない。

「正常に機能しているかい？」トムが訊いてきた。

「たぶんな」

久地樂はいじって試しながら答えた。腕を長くすればリーチが伸びるが、振る速度はやや鈍る。逆も真だ。

「調整の時間がとれなくてすまない。きみの母上は完壁に調整できるまで何週間もかけた。古い設定を移植しても満足しなかった。あるとき左足の薬指の中立位置が右足側から一糎(センチ)ずれていると指摘された。母上だけが気づいた。われわれは休日返上で足を組み立てなおした」

トムは懐かしそうに笑った。そこに久地樂は言った。

「言うたら悪いけど、この愚者號も左手の小指が五粍(ミリ)ずれとるで」

「本当にか？」

「マジや」

トムは慎重にデータを調べ、目を丸くした。

「たいへんすまない。そのとおりだ。組み立てなおして――」

「もうええ。補正した」

「しかし――」

久地樂は手を振って断った。

「昔おかんからムササビ號を歯ブラシ使(つこ)て磨かされとった。ちょっとでも磨き残しがあるとやりなおしや。そうやってメカを隅々まで憶えさせられた。おかげでわいもこだわるようになった。まじめな話、五粍(ミリ)の差は大きいで」

トムはまだ動揺を隠せなかった。

「帰ったらすぐ直す」

草原にはところどころに岩の露頭がある。地下の鍛冶屋が地表へ打ち出したかのように地面から突き出ている。その色は不気味なほど鮮やかだ。錆びた金属のようなオレンジ色。地殻の自然な圧力で隆起したものにはとても見えない。夜は放射線で光る。過去の戦闘の名残だ。

「この先の道路に障害がある」シドニーが教えた。

「どないなっとる」

「通行止めと一般むけに告示されてる」

「理由は書いてあるんか」

「二週間前にあった第八区と第十二区の戦闘で損傷した区間を工事中らしい」

「無理を言って通れないか」昭子が言った。

「無理は言えるけど、告示によると道路の被害が深刻で、メカの通行には適さないらしい」

シドニーは拡大映像で道路状況を映した。爆撃であいた大穴を鉄板でおおってある。隣では建設用クレーンが動いている。

「メカの重量には耐えられそうにないね。機体が損傷しかねないし、最悪は行動不能になる」

「迂回路は」

「調べてる。ここから十粁(キロ)北で未舗装道路が分岐し、九十粁(キロ)先で合流する。こういう道は山賊が出るから、気にくわないけどね」

「どれくらい危険なんか？」

「七・五段階評価でいったら三・三」

「危険度三・三てどんなもんや」

「戦闘になる可能性大。でもメカに乗ってればなんとかなる」

「昭子から異論がないなら、そっち通りたいんやが」

久地樂はすでに針路変更の準備をしている。昭子は損傷した幹線道路を見てから答えた。

「予定のコースからそれるのは懸念があるな」

「しょうがないやろ」

昭子はあらためて画面を見た。

「くれぐれも用心しろ」

愚者號は道を曲がった。

しばらくして久地樂はシドニーに訊いた。

「雇われた仕事で一番危険なミッションはなんやったか？」

シドニーはヘッドセットをはずした。

「話してもいいけど、聞いたらきみがわたしの雇い主から殺される」

「なんでや」

「なんでって、なにが？」

「なんでわいを殺さなあかん」

「秘密のミッションだからさ。だれだって知られたくない内緒のビジネスはある。きみだって他人に知られたくないことはあるだろう」

「あるけど、知られたら殺すとまで言わへんで」

「ばれたら自分にとって価値あるものがすべてだいなしになるとしたら？」

久地樂はしばらく考えてから答えた。

「そんなおおげさな秘密はないな」

「時間の問題だよ。数年もすれば、きみもクローゼットに死体の一つや二つ隠すようになる」

「あんたは隠しとるんか」

「訊かないほうがいいし、知らないほうがいい」

左右は落葉樹の森になり、道は細くなってきた。久地樂はシドニーのナビゲーション情報を見て、メカの重量に耐えられる地質かどうかに注意しながら進んだ。周囲に慎重に目を配る。

「だれかいる」シドニーが言った。

久地樂も異変に気づいていた。

「あれがミートヘッドか」

「そう」

森から十五機のミートヘッドが出てきた。メカというより、ゴミの塊から古い兵器が突き出したような姿だ。さまざまな部品の寄せ集め。メカの合い挽肉とでもいおうか。たとえば一機は古いレイバー級で、左腕に戦車の主砲を四本、右腕に六本つけている。両脚からは自動車くらいもある大きなナイフをはやし、腹にあたるところには太い火炎放射器がついてる。部品をはずしたところもあれば、追加したところもある。多くの機体には明確な頭部がなく、それどころか腕さえない。視野はのぞき窓か潜望鏡だけらしく、センサー類はあっても初歩的らしい。

なにより腐ったにおいがする。ベンチレータを通じて愚者號のブリッジにもはいってくる。

「くせえな」

「メタンを燃料にしているからよ。ゴミでできてるせいもあるけど」シドニーが説明した。

いちおう動いているが、ブラドリウムを動力源にした機体は半分だけなので、能力は低い。こちらの正体を多少なりと知っていれば尻尾を巻いて逃げるはずだ。

「俺の領地へようこそ」

ぶっきらぼうな男の声がコミュニケータから聞こえた。映像も出た。汚い髭には食事の肉片がこびりついている。ゴーグルで目が拡大されて、オッドアイなのがよくわかる。片方は鈍い緑、もう片方は濁った茶色。どちらもとうに人間性を失っている。

「この土地の掟を知らねえなら教えてやる。通行料を払え」

「おまえ、だれや」久地樂は訊いた。

「名乗る必要があるのか？」

「要求しといて名前も言わんつもりか」

「うるわしくバニヤンとでも呼んでくれ」

「うるわしゅうはないけど、呼び名があるんはええこっちゃ、バニヤン」

「要求額は？」昭子が訊いた。

「ここでの通貨は人間だ。乗員を一人さしだせ」

「その乗員はどうなるんや」と久地樂。

「残ったおまえたちは安全に通行できるし、俺たちは食事にありつける。おたがいに利益がある。悪くないだろう」

「食事は大事やが、おまえら頭おかしいな。仲間をさしだしたりするかいな」

髭の男はにやりとした。

「だれでもそう言うな」

通信は切れた。

「一発かませばわかるやろ」

「まだ攻撃するな。もう一度連絡を試みろ」昭子は穏やかに命じた。

「なんでや」

「こういう状況を予想して、交渉に使う金(きん)と油を喜多原からあずかっている」

「ほしがるんか？」

「食人鬼の食欲にまさるのは金と油だけだ」

「支払うのは気にくわん」

「こちらは人目を惹きたくない。戦っても勝てる保証はない。たとえ勝てても、目的地までは距離がある」

「勝てるて保証するわ。わいらが戦わなんだら、この食人鬼といきあう次の旅行者はどうなる？」

「次の旅行者とは？」

「家族連れかだれかがこいつらにかこまれるやろ。金も油も持たなんだら、なにを出すんや」

「あたしたちには関係ない」

「それでええんか」

「いいから通信をつなげ」

久地楽が命令をこばむので、昭子はシドニーに連絡を命じた。シドニーは肩をすくめる。

「あんたたちの喧嘩に巻きこまれたくないね」

久地楽はシドニーに訊いた。

「地面は戦闘に耐えられそうか？」

シドニーは画面を見て答えた。

「ミートヘッドが立っていられる地質なら大丈夫。敵の大半はこの機体より重い。ただし八十メートル先にある小さな湿地は避けたほうが無難だね。風は弱い北東風。照準に補正かけてあるよ」

「最後にもう一度つなげ」昭子は言った。

久地楽はため息をついた。

「通行料が人間とは思わへんかったで」

バニヤンが画面にふたたびあらわれた。眉間に怒りの縦皺を寄せている。

「腹が鳴ってしかたないぞ。話してるうちにますます新鮮な肉が食いたくなった」

「べつの通行料を提案したい」昭子は言った。

「態度が気にくわんから値上げだ。人間二人よこせ」

「かわりに金と油ではどうだ?」

怒り顔がたちまち強欲なニヤニヤ笑いに変わった。

「交渉しようってわけか。ふむ。一人分の命にいくら出す?」

「そちらの提案を聞きたい。そのうえで受けいれるかどうか考える」

バニヤンが要求する金と油はきわめて大量だった。

「仲間と話しあって、折り返し連絡する」

「返事は急げ」

バニヤンは黄ばんだ歯をむいた。

通信が切れるとすぐに久地樂は言った。

「食人鬼と交渉はせんぞ。金と油をやったら儲けさすだけやんか」

「あたしも食人鬼は嫌いだし、できることならやっつけたい。しかしミッションの目標はオプス13で強敵だ。弾薬を無駄には――」

「喧嘩のさいちゅうに悪いけど、ミートヘッドの二機が戦闘位置に移動してるよ」

「わかっちょる」頭上のスズメにも気づいている。背後の森から飛び立ったもので、十四羽いる。「昭子、オプス13が優先といっても、ミートヘッドは先に撃ってきたで」

一斉射撃された砲弾が飛んでくる。久地樂は射撃前から予期して、軌道もベクトルも頭に描いていた。厄介なのは風だ。パルス刀を抜き、方向を計算して空中で振る。放たれた超音波干渉場で三発が両断され、八発が軌道からそれた。それらはミートヘッドにあたってそれぞれ被害をあたえた。

「ええな、この刀。なんたら干渉場はよう効く」

交易メカに偽装するためのじゃまな外装物を力まか

せに剝ぎ取った。よけいな付加物がないほうが速く動ける。食人鬼たちにむけて言った。

「不意討ちの砲撃は卑怯やな。卑怯もんはぶちのめすのが信条や」

「生きたまま食ってやる」

バニヤンは悪辣なニヤニヤ笑いで言い返した。

久地樂はそのミートヘッドの構造分析を調べた。間合いを見て、敵の胴体の弱点であるゴム部品が露出したところを確認する。邪魔者を排除するのに必要な速度と力が自然に計算される。そのとおりに動いた。バニヤンのメカの弱点を正確にパルス刀でつらぬき、そのまま斬り上げる。両断された胴体は左右に倒れた。その倒れ方が予想より一秒長くかかった。質量の見積もりが小さかったようだ。久地樂は一秒分のお返しに近づいて蹴飛ばした。パルス刀で一〇五粍砲を一門ずつ切断しながら、これらがナチスの廃棄品であるのを見てとった。


ブリッジで久地樂が腕を動かすと、愚者號は正確に動きをなぞる。操縦系はトムの言うとおり円滑だ。ムササビ號に似ているが、こちらはもっと小さく軽いので機敏に動ける。久地樂はバニヤンの機体を解体しおえて満足した。

「思ったほど歯ごたえないな。でも腹はふくれたわ」

バニヤンにむけて言うが、もちろん返事はない。

久地樂は次の三機に注意をむけた。頭のなかには戦場の配置がグリッド表示で浮かんでいる。ふたたびベクトルを計算し、データにもとづいて攻撃方向を想定する。センサーであたると推定重量が出るが、さきほどはやや不正確だった。この三機はウラン燃料を使っている。油とメタンのせいで引火しやすいので放射線まみれになりそうだ。一機はリスにカタツムリの殻をかぶせたような姿で掃除機を思わせる。もう一機はテングザルのような長い鼻と山椒魚のような体。よく歩けるものだ。

久地樂はナビゲータに訊いた。

「シドニー、アームキャノンの照準はできるか？」

「もちろん」

「使たれ」

シドニーが撃ったアームキャノンからは強力な電流が放たれ、三機のミートヘッドはたちまち動力源がショートした。さらに溶接部が溶けて三機ともばらばらに分解した。しかしおとなしい部品の山にはならなかった。部品はころころところがって愚者號の足にぶつかり、爆発した。

「なんじゃ！」

久地樂は叫んで、損傷を確認した。表面に傷がついただけだ。

「部品それぞれに爆発物と熱源追尾機能がついてるようね」

「そばに来るまえに撃て！」

シドニーは落ちた部品をすべて撃って爆発させた。


残りは十一機。

二機が前進してきた。どちらも機械のガラクタで組み立てたキノコを思わせる。それが大きな金属製ブレードを突き出し、回転しはじめた。そのブレードが左のキノコから飛んできた。勢いがついていて速い。久地樂はかろうじてパルス刀ではじいた。右のキノコもブレードを発射した。今度はかわしきれず、愚者號の脇腹をかすめた。機械の傷口が開く。

「まさか装甲を破られたんか」

機関室のトムが認めた。

「そうだ。新兵器を開発したようだな」

「怖くなった？」

シドニーに訊かれ、久地樂はにやりとした。

「ちいとも。歯ごたえがあっておもろい」

ブレードが次々と飛んでくる。久地樂は動きを頭で計算し、はじく。しかしこれだけ高速に飛んでくるものを確実に防ぎつづけるのは無理だ。突破して懐に飛びこむこともできない。

ならばと、森に退却した。多数の木が防壁になる。ブレードは単純な金属製で追尾機能はないと踏んだ。木々がじゃまになり、ブレードにとっては標的が何百にも増えたかたちだ。

久地楽はシドニーに頼んだ。

「近くにある高い木を探してくれ」

シドニーはスキャンして、ほかより高い木を四本みつけた。愚者號が樹間を走るとブレードは飛んでこない。ミートヘッドは鬱蒼とした森で移動に苦労している。あちこちにぶつかって固定の甘い部品が脱落する。

愚者號は敏捷さを活かし、木々に隠れて敵の背後にまわった。まず一機を叩き斬る。敵のブレードはどれも木に刺さるばかり。もう一機も動きがとれなくなっているところを、パルス刀で屠(ほふ)った。

シドニーが選んだ木の一本に近づき、刀で斬り倒して持ち上げた。大木をかかえても愚者號の敏捷さに大きな影響はない。そのまま次のミートヘッドの集団に突進する。こちらに気づいてまたブレードを飛ばしてきた。

久地楽は近くのミートヘッドに大木で突きかかった。敵は衝撃でよろめき、久地楽を狙ったブレードがべつのミートヘッドを二つに斬り裂いた。

「不思議に思うとることがあるんや。だれもおらん森でメカが木にぶつかるとき、音はしとるんやろか」

久地楽は外部マイクを起動して耳をすませた。鉄板のつぶれる音や、ミートヘッドが倒れて木をなぎ倒す音が聞こえる。

「音はするみたいやな。ほかはどうやろか」

久地楽はひとさし指と中指を曲げて、ミートヘッドを誘った。

戦闘はリズムに乗ったダンスだ。勢いを殺さずに方向を変えていく。二機のキノコ型ミートヘッドにすばやく近づき、刀で確実に倒した。

残りの五機がこちらを狙う。シドニーから注意された湿地を思い出し、そちらに走ってすぐ横に位置をとった。そこへ五機のミートヘッドが追ってくる。しかし初心者ダンサーのような動きだ。反応が遅く、なににやられたのかも理解していない。久地樂は攻撃するまえからすべての動きを頭に描いている。地面が愚者號の重量に耐えられるか。敵を倒すための支点になるか。敵の一機を湿地に押しやると、泥に足をとられて転倒した。べつのミートヘッドは攻撃しようとして足がはまって抜けなくなった。固定された練習台のようにその鈍重な機体を斬り下げる。刀とともに旋回する。貫通しやすい脆弱点は正確にわかっている。まさにメカ破壊の舞いだ。幼いときに母から習ったように着地点で両手を上げれば、満点をとれただろう。

「トム、この刀は敵をばっさばっさと倒せるな。結婚できるならしたいくらいや」

ミートヘッドは全滅した。

「豪華なディナーを期待しとったんやが、客はみんな寝てもうた」

返事をする者はいない。

「いい気分か？」昭子が訊いた。

「三・三倍ええ気分や。敵がディナーになってくれた」

（抜粋はここまで。読んでくれてありがとう。久地樂の冒険の続きはまたいずれ！）

コロニー

Colony

　世界が三分間、緑色になった。水草を通したようなゆらめく光。奥行き認知が狂ってすべてが平たくなる。職場の同僚たちが、海外発注した最低賃金アーティストの描く２Ｄアニメのように見える。科学理論がにおいでわかる。記憶のなかのにおいのように感じる。相対性理論は溶けかけたチョコレートスフレにかけた砂糖。僕がふった女の子たちは焦がしたコーヒーと無理な期待で煮つめすぎた鮭の切り身。循環する四つの死を毎日経験する。それは洗面所、職場の政治、テレビに映すインターネット、夢のない睡眠。僕は車を運転できない。自動車はコンピュータ制御された死のもとではないと妻はいう。インフラの欠陥ＣＰＵとはちがう。パーティションはたしかにある。社会格差は切り離せない。僕の行為は世間から見えない。そんな僕に見えるものはなにか。医者は脳画像診断から僕の脳に条虫のコロニーがあると説明する。七十四もいる大家族。僕の複雑なＣＰＵをおりなす組織を食べている。飢えた条虫たちは未知の酵素で血液脳関門を突破してきたのだろう。駆除をすすめられる。薬を飲めば殺せる。でもかわいそうだ。条虫にも生きる権利がある。たとえ僕が犠牲になっても。寄生虫に魂はないと妻はいうが、あると信じたい。なかったら僕にとって意味がない。話を聞かない土色の妻から喜びを吸い上げ、悲しみを注入する。口先で僕を愛しているという。その唇は乾いた二枚の皮膚。開いて閉じて、たまに舌でなめる。条虫のひそひそ話が聞こえる。妻は宇宙のイレギュラーで、重力のうねりとともに消えるという。

条虫は僕の耳の蝸牛を食べたいそうだ。それで平衡感覚を回復できる。条虫に寄生されて以来、感情を音として感じる。憂鬱はカタルシスをともなう不協和音。愛は不吉な無音。後悔はドラムロール。軽い連打から、たえまない苛立ちの叫びとなってすべてをのみこむ。僕はときどき旧友をみつけてその架空の人生を聞く。達成できない野心をかかえて碁を打つ。そんな僕に妻は、だれと話しているのかと訊く。みんなだよと答える。空気の分子にも耳がある。いつか電子とも話したい。きっと条虫の言葉を通訳してくれるだろう。そして条虫の恐怖をわがことのように体験するのだ。迫りくる終末の日。僕の死という世界の終わり。神経の爆発がもたらす闇と停止。救済はない。条虫に未来はない。それでも生きようともがく。だから僕も生きる。宇宙は平たい緑のフライパン。それを使って僕は人生のオムレツを焼く。目玉焼きのブランチを出す古いカフェで。

エッセイ

ブラディ・マリーの伝説

The Myth of Bloody Mary

子どものころ、ブラディ・マリーの都市伝説が怖かった。おおむね次のような内容だ。鏡のまえに立って、特定の儀式をおこなう。するとブラディ・マリーの不気味な姿が映し出され、召喚者は恐ろしいめにあう。初めてこの話を聞いたのは七、八歳のころだった。日本の都市伝説の「トイレの花子さん」にも似ていて、おかげで夜中に目が覚めると怖くてトイレに行けなくなった。がまんできなくなると、明かりを全部つけて、十字を切って、忍び足でトイレへ行ったものだ。不思議なことに、ブラディ・マリーを呼び出す方法はさまざまなバリエーションがある。ある人が不可欠だとする手順を、べつの人はまったくやらないこともある。名前を唱える回数も異なる。幽霊の起源も語り手によって異なる。バスルームで自殺した魔女だとか、イングランド女王のメアリー一世だとか、ハンガリーの伯爵夫人で若い娘の生き血に浴槽で浸かったというエリザベート・バートリだとか、いろんな説がある。ただの都市伝説と嘲笑する人もいれば、そんな嘲笑を嘲笑し、疑って後悔したという人もいる。噂が広まるにつれて組みあわせは無限に増える。こうして調べていてもぞっとするほどだ。子どものころは勇気をふるって話し、もっと勇気をふるって召喚の儀式を実際に試した。いまから思うと愚かしいが、わたしの少年時代はこんな幽霊話があふれていた。

考えてみると、ブラディ・マリーの伝説を最初に語りはじめたのはだれなのか気になる。そして子どもはなぜこういう怖い話に惹かれるのか。もし幽霊が実在するなら、それは怖いものではなく自然現象のはずだ。子どもの心は恐怖と好奇心のあやういバランスで成り立っている。たしかにわたしはブラディ・マリーを怖がりながら、同時に、それが実在するのかどうか知りたかった。最初は手のこんだ冗談か、子どもをおびえさせる目的の不愉快な嘘だったのかもしれない。それが伝説として固定されていったのだ。

都市伝説には昔から魅了されてきた。後部座席に乗せた見知らぬ客がいつのまにかいなくなる、消えるヒッチハイカーの話は有名だ。床で寝る習慣があると年に八匹の蜘蛛を就寝中に食べてしまうという不愉快な俗説のようなものもある。軍が意図的に広めた噂もある。第二次世界大戦中にイギリス軍はレーダーの存在を隠すために、ニンジンを食べると目がよくなるという風説を流した。しかしわたしが夢中になったのはやはり幽霊話だ。十代のころは毎年サマーキャンプで山小屋に泊まったが、教師の一人がかならず怖い話をたくさんして子どもたちを眠らせなかった。大きくなってからは、今度はわたし自身がキャンプのボランティア指導員になって、子どもたちに怖い話をたくさん聞かせた。ある大学生が自殺しようとビルの上からまっ逆さまに跳び下りたら、呪いをかけられて逆立ちで世界を放浪するはめになった話。苦痛をともなう病気で目が真っ赤になった子どもが亡くなり、その幽霊の目を見た人が怖がる話。ペットに霊がとりついていて、飼い主が知らずに奇怪な体験をする話。既存の話を現代的にアレンジしたり、一部を変更したりして、独自のストーリーに仕立てなおした。たとえば携帯電話がなかった時代を前提とした話はそのままでは通じない。目のまえの聴衆にあわせて即興をいれることもあった。なにがうけて、なにがうけなかったか。嘘っぽいところがあったのか（するとたちまちしらけてしまう）、それとも語り方が下手だったのか。それらの一部はのちにわたし自身の作品に昇華した。現代を舞台にたくさんの新しい話が生まれた。

　物語を組み立てる過程で、これらはただ聞き手を怖がらせるものではなく、その核心にはもっと多くの要素があると気づいた。ジャン・ハロルド・ブルンヴァンは、アメリカの都市伝説とそこにひそむ意味を考察した著書、『消えるヒッチハイカー――都市の想像力のアメリカ』のなかで、こう書いている。「それぞれの話を比較し、一貫するテーマを抽出し、それを文化全体に関連づけることで、わたしたちの現代文明のありさまについて豊かな洞察が生み出される」

　ではブラディ・マリーからはどんな洞察が得られるだろうか。まず表層的にはこういうことだ。肉体を離れた命の存在について子どもは知りたい。ブラディ・マリーは恐ろしい姿をしているが、その存在は死後の世界や知られざる真実があることを証明している。そこに惹かれるがゆえに、恐怖を忘れ、すくなくとも耐えようとする。そしてブラディ・マリーの存在は証明も否定もできない。姿があらわれなければ、子どもたちは召喚に失敗しただけだと考える。ブラディ・マリーが本当にいるなら、子どもたちからひっきりなしに呼ばれることにうんざりしているだろう。〝会いたければエージェントを通せ。うるさいから鏡のまえに立つな〟と言いたいのではないだろうか。

　おもしろいことに、ブラディ・マリーのように象徴的な人物像は独自の命を持つ。フィクションの世界ではそんな例がよくある。『白鯨』のエイハブ船長は鯨を神の残酷な使いとみなした。『デューン』のポール・アトレイデスは、ムアッディブという伝説的称号で呼ばれた。たしかに、〝やあ、ポール〟と気軽に呼ばれるより重々しい（じつというと本書のアメリカ版は『デューン』とおなじ出版社から出ている）。『一九八四年』の〈ビッグ・ブラザー〉は、慈愛に満ちた楽しげな口調で語りかける一方で、人々を威圧的に日夜監視する。『高い城の男』では枢軸国が支配する悪夢の現実とは異なる希望の世界が提示される。『ダークナイト ライジング』の悪役ベインは、もっとあからさまに、「マスクをかぶるまで、わたしはだれでもない」と言い放つ。

物語の管理人としては、さまざまな形が渦巻く広大な海のなかにあるこれら現代の神話を、理解し、認識し、その内部構造を読み解く必要がある。カール・ユングは、「たしかにいえることは、神話的イメージは身体的プロセスによって精神に刻みつけられ、幻想的でゆがんだ形で保存されているということだ。おかげで無意識はいまも同様のイメージを再生できる」と書いている。ブラディ・マリーには、特定の文化的視点でも、鏡の誘惑と恐怖という点でも、さまざまな類型がある。現代の鏡（ガラスに銀メッキしたもの）は、歴史的に比較的新しい。昔は青銅、錫（すず）アマルガムなどの材料が使われたが、明瞭に人の顔を映せるものではなかった。残念で不愉快な真実だが、完全な外部の視点から自分を見ることはできない。反射や録画で見るしかない。自分の肖像画を恐れるドリアン・グレイのように、わたしたちは真の自分を推測によって知ることしかできない。他人の視力や背の高さをふくめて、完全に客観的視点に立つことはできない。

美は見る者の目に宿るが、当人がだれかにもよる。わたしたちはじつは何者なのか。なりたかった自分や、なれなかった自分を鏡のなかに見ることになる。あこがれとその現実を見せられる恐怖と緊張がある。そこにブラディ・マリーの根源がある。

哲学者ミシェル・フーコーは、民間伝承の始まりを研究するときに重要なのは、起源そのものではなく、それが社会の権力と知識にあたえた影響だと説いた。「歴史に〝意味〟はない。しかし愚かで支離滅裂というわけでもない。逆に細部まで理解でき、分析できる。ただし闘争あるいは戦略と戦術の理解にしたがわなくてはならない。矛盾の論理としての弁証法も、情報伝達の仕組みとしての記号論も、矛盾を本質的に理解するのに役立たない」と述べている。

ブラディ・マリーの伝説がいつどこで始まったのか、特定はほとんど不可能だが、ある種の象徴が人々の想像力を刺激し、精神寄生体（パラサイト）のように棲みつく理由を探ることは重要だ。昨年わたしは『パラサイト　半地下の家族』のポン・ジュノ監督の講演を聴いた。そのとき、この映画のだれが本当のパラサイトなのかと聴衆から問われた監督は、自分がパラサイトだと答えた。人々の精神にはいりこみ、棲みつきたいのだという。革命家が視覚イメージを使って見る者を恐怖させ、それをみずからの動機のために利用すると、圧倒的で破壊的な効果が生まれる。そのようすはまるで寄生体だ。思想家が神話の社会的文脈を理解し、それを国家的時代精神に応用するには、インスピレーションを必要とする。フランスの哲学者、ジャン＝ポール・サルトルは、「非現実の対象を描くのは、欲望をしばしごまかすためだ。渇きを海水で癒やそうとするように、あとで悪化するだけだ」と警告している。人は欲望を満たしてくれるものに惹かれる。たとえそれが〝塩水〟にすぎなくても。ドイツの哲学者フリードリヒ・ニーチェは皮肉をこめて、「海で渇いて死ぬのは恐ろしい。真実にそれほど多くの塩をまぶすのは、渇きを癒せないようにするためか？」と書いている。

大量消費社会ではもっと大きな問題につながる。鏡に映る姿を見つづけて、いつか満足するのだろうか。あるいはそれは癒やせぬ渇きなのか。人々はただ貪欲に、無慈悲になって、最後は自己破壊ののちに、猟奇的だが豊かなブラディ・マリーに変わるのだろうか。

恐怖は時代に順応する。わたしは『リング』を観たあとにテレビやビデオテープが怖くなった。『エクソシスト』を観たあとは一週間眠れなくなった。どちらも本当に怖かったが、その経験は視聴者としてあくまで受け身のものだった。ビデオゲームはそれを変えた。

体験は双方向になり、ゲーマーは直接の参加者になった。その現代的極致が『P.T.』だ。小島秀夫による この秀逸なプレイアブル・ティーザー（操作可能な予告篇）では、プレイヤーはループする廊下に閉じこめられる。無限に続くステージをどうすれば終わらせられるのか、議論が百出した。さまざまな人がさまざまな仮説を立てた。この作品は現代精神に穴をあけ、ウイルスや寄生体のように体験者にとりついた。手がかりをみつけ、新たな発見をし、さらに正体不明のものが予告された。それが『サイレントヒル』の続篇での ちに制作中止）だった。これは短く、予告篇にすぎないにもかかわらず、この時代のホラーゲームの最高傑作の一つとみなされている。

かつてわたしはホラー映画に恐怖したが、ホラーゲームが登場して主人公の役を負わされるようになると、その体験は比較にならなかった。

もちろん現実には劣る。現代の現実はまるでホラー作品だ。考えられない悲劇が次々と起こる。政治家の発言さえシュールで、出来の悪いB級映画のようだ。家族と外出するたびに感染症から身を守るためにつける装備は、『12モンキーズ』の冒頭を思い出させる。そこではブルース・ウィリス演じる主人公が念入りに体を洗浄され、さまざまな装備をつけられる。どうしてこうなったのか？　未来の予測はできないが、この先にどう進んでも大きな変化が待っているだろう。その変化がなにをともなうかはわからない。重要なのは社会の鏡に自分たちを映し、その姿をありのままに見ることだ。荒廃を忘れて見る幻想は楽しい。しかし仮面をはがし、欺瞞のもとである虚構を壊して、不愉快な真実に直面する勇気を持たなくてはならない。

わたしはいまもときどき夜中に目を覚ましてトイレへ行く。バスルームの正面には大きな鏡がある。すこしでも怖いと思ったら、明かりをつけ、自分の姿をそこに映して、ブラディ・マリーの幻影を消すようにしている。わたしの子もいつかブラディ・マリー伝説の類型の一つを聞いて、トイレに行くのを怖がるかもしれない。そのときはついていってやり、怖くなる方法を教えてやりたい。それはただ、暗い場所を明るくすればいいのだ。

（ジャン・ハロルド・ブルンヴァン『消えるヒッチハイカー　都市の想像力のアメリカ』新宿書房、大月隆寛訳、ニーチェ『善悪の彼岸』光文社古典新訳文庫、中山元訳をそれぞれ参照し、引用部分は独自に訳出した——訳者）

初出一覧

「ユナイテッド・ステイツ・オブ・クジラ」
An excerpt from "United States of Kujira"
本書初出

「コロニー」
"Colony"
Watering Heaven (2012)

「ブラディ・マリーの伝説」
"The Myth of Bloody Mary"
本書初出

訳者あとがき

第二次世界大戦に日独が勝利した設定のアメリカで、日の丸をつけた巨大メカがあばれまわる衝撃的なカバーイラストで話題を呼んだ『ユナイテッド・ステイツ・オブ・ジャパン』（以下、USJ）。これにはじまる歴史改変SF三部作は、第二作『メカ・サムライ・エンパイア』（以下、MSE）をへて、この『サイバー・ショーグン・レボリューション』（以下、CSR）で幕を閉じます。著者のピーター・トライアスは第二作のタイトルがとりわけ気にいっているらしく、この三部作を呼ぶときに、〝メカ・サムライ・シリーズ〟や〝メカ・サムライ・エンパイア・ユニバース〟ということが多いのですが、ここでは短くUSJ三部作と呼ぶことにします。

第一作の『USJ』は二〇一六年にアメリカで出版され、同年秋に邦訳。高い評価を得て、翌二〇一七年に第四十八回星雲賞海外長編部門を受賞しました。この日本での好評をよろこんだ著者の協力によって、第二作の『MSE』はなんと本国アメリカより先に日本で邦訳が出版されるという快挙をなしとげました。世界のどの言語圏よりも先に日本語でシリーズ第二作が読めたのは、二〇一八年四月。英語版がアメリカで出版されたのは同年九月でした。この『MSE』もまた読者のみなさんのご支持により、翌二〇一九年の第五十回星雲賞海外長編部門を受賞しました。

シリーズの前二作が星雲賞連続受賞という大きな期待を負わされたこの第三作ですが、さすがに日本先行出版というのは契約の特別な事情や協力によって可能だったもので、毎回というわけにはいきません。本書はまず今年三月にアメリカで出版され、遅れて邦訳出版の運びとなりました。

この三作はもちろん共通の舞台を持ち、ゆるやかな登場人物の関連もありますが、基本的にはそれぞれ独立した物語になっています。とくに出版順や時系列順に読む必要はなく、著者はまず『MSE』からはいって、そのあと『USJ』、そして本書『CSR』と読み継ぐことを推奨しているようです。作風としても『MSE』は若者を主人公とした青春アクション。それに対して最初の『USJ』は陰惨な謀略サスペンス、あるいはポリティカル・フィクションというべき内容でした。本書『CSR』は、『USJ』の直系というべきサスペンス小説になっています。

時系列としては、『USJ』は一九八八年をおもな舞台とし、『MSE』はその数年後の一九九〇年代を描いていました。この『CSR』の冒頭は一気に飛んで二〇一九年。『MSE』のラストシーンから二十数年が経過しているわけです。とはいえアメリカの状況はそれほど変わっておらず、日独はあいかわらず沈黙線をはさんでにらみあっています。

主要登場人物はメカパイロットの守川励子と、特高課員の若名ビショップ。この二人は高校時代の同級生で、こういう設定は『MSE』を思わせます。しかし励子は負傷によってメカ設計者として活躍する夢を断念していますし、ビショップはナチスの捕虜になったときに受けた拷問で心身に大きな傷を負っています。士官候補生ほど夢と希望にあふれてはおらず、苦い挫折を経験した大人の物語として描かれます。

基本的には新たな登場人物による新たな物語ですが、シリーズを通した顔ぶれも登場します。『MSE』で日本合衆国の行く末を憂慮していた山崗騰大佐は、本書では将軍に昇進しており、さらに政治のトップである総督に昇りつめます。彼は軍部の有志組織〈戦争の息子たち〉の指導者であり、そこに所属する励子にとっては上官にあたります。そして『USJ』で特高課員として現場で活躍していた槻野昭子は、この第三作では警視監に昇進し、部下のビショップに指図する管理職になっています。主人公二人のそれぞれの上司が、日本合衆国の政治と謀略の世界でなにをしようとしているのか、裏の物語として読んでいく必要があります。

第一作、第二作で活躍した久地樂（くじら）は、今回は変名で登場します。第二作で登場した橘範子（たちばなのりこ）は、姓が変わって再出演します。名前がちがうために、英語版の読者のなかには前作までの登場人物と気づかない場合もあったそうですが……邦訳版では大丈夫でしょう。

ただ、範子については訳者としてここで少しお詫びと説明が必要です。『MSE』の邦訳の読者の多くは範子を日系人として読んだと思いますし、訳者もそう思っていましたが、本書ではアフリカ系、つまり黒人として描写されています。これは設定変更ではなく、前作での一部の描写を訳者が誤解していたのが原因です。誤訳を著者と読者にお詫びします。機会があれば書籍版の訳文を修正したいと思っていますが、二〇二〇年八月現在、その機会がないままです。

ＵＳＪ三部作はここで完結します。著者は今後の執筆活動について、ＵＳＪの世界からは離れると述べており、長篇作品の次回作はべつのものになるはずです。もともとトライアスはＳＦジャンルの作家ではなく、普通小説をフィールドにしています。そのキャリアを大切にするために、いったんＳＦからは離れるとも話しているので、次の作品はＳＦの形はとらないと思われます。ＳＦファンからすると寂しくも感じられますが、『ＵＳＪ』以前のトライアスの作品も根幹部分はＳＦ的なアイデアから発想されていました。今後の作品もおそらくそういう傾向を持っているでしょう。

三部作の完結により、長篇作品でのＵＳＪシリーズはこれで幕を閉じます。しかし短篇や中篇のような短い作品であれば、ＵＳＪの世界を舞台にした作品を新たに書く可能性はあるようです。というか、じつはすでに書かれたものもあり、その一部をこのＳＦシリーズ版には特別収録しています。本篇は終わっても外伝があります。いずれお見せできる日が来るまで、楽しみにお待ちください。

本書は、二〇二〇年九月にハヤカワ文庫ＳＦ版と同時に刊行されました。

A HAYAKAWA SCIENCE FICTION SERIES No. 5049

中原尚哉（なかはら なおや）

1964年生
1987年東京都立大学人文学部英米文学科卒
英米文学翻訳家
訳書
『ユナイテッド・ステイツ・オブ・ジャパン』
『メカ・サムライ・エンパイア』
ピーター・トライアス
『ネクサス』ラメズ・ナム
『神の水』パオロ・バチガルピ
『折りたたみ北京　現代中国ＳＦアンソロジー』
ケン・リュウ編（共訳）
（以上早川書房刊）他多数

この本の型は，縦18.4センチ，横10.6センチのポケット・ブック判です．

〔サイバー・ショーグン・レボリューション〕

2020年9月20日印刷　　2020年9月25日発行

著者　ピーター・トライアス
訳者　中原尚哉
発行者　早川浩
印刷所　中央精版印刷株式会社
表紙印刷　株式会社文化カラー印刷
製本所　株式会社川島製本所

発行所　株式会社　早川書房
東京都千代田区神田多町2－2
電話　03-3252-3111
振替　00160-3-47799
https://www.hayakawa-online.co.jp

（乱丁・落丁本は小社制作部宛お送り下さい
送料小社負担にてお取りかえいたします）

ISBN978-4-15-335049-6 C0297
Printed and bound in Japan

荒　潮

WASTE TIDE（2019）

陳 楸帆（チェン・チウファン）

中原尚哉／訳

利権と陰謀にまみれた中国南東部のシリコン島で、電子ゴミから資源を探し出し暮らしている最下層民〝ゴミ人〞の米米（ミーミー）。ひょんなことから彼女の運命は変わり始める……『三体』の劉慈欣（リウ・ツーシン）が激賞したデビュー長篇

新☆ハヤカワ・ＳＦ・シリーズ